MOEWIG
KLASSISCH
ABENTEUE

Marie Bartels, OS, 12.1.90

Zum Buch

Der Schiffsarzt und Kapitän Lemuel Gulliver, der Ich-Erzähler des utopisch-satirischen Reiseromans „Gullivers Reisen“ (1726), wird auf seinen abenteuerlichen Fahrten über die Meere zu den Liliputanern, den Riesen, auf die Inseln von Wissenschaftlern und schließlich zu den vernünftigen Pferden verschlagen. Seine Erlebnisse stellen sein bisheriges Weltbild, seinen Glauben an die vernünftige und moralische Natur des Menschen radikal in Frage. Jonathan Swift entwirft in seiner Schilderung der fremden Gesellschaften positive Gegenmodelle oder groteske Karikaturen zur Wirklichkeit seiner Zeit und verspottet in satirischer Verfremdung das englische Regierungssystem.
Dem Roman wurden ein pessimistisches Weltbild und eine reaktionäre Haltung vorgeworfen. Dennoch entwickelte sich „Gullivers Reisen“ zu einem der meistgelesenen Werke der Weltliteratur. Swifts Fabulierkunst, seine phantastischen und satirischen Beschreibungen und seine klare, eingängige Sprache ziehen auch heute noch den Leser in ihren Bann.

Zum Autor

Jonathan Swift, der bedeutendste irisch-englische Satiriker, wurde am 30. November 1667 in Dublin geboren. Swift studierte Theologie, arbeitete jedoch zunächst als Sekretär des englischen Staatsmanns und Schriftstellers Sir William Temple. Mit Temples unehelicher Tochter Stella verband ihn eine problematische Liebesbeziehung, die in seinem „Tagebuch in Briefen an Stella“ (1710–13) ihren literarischen Ausdruck fand.
1699 kehrte Swift nach Irland zurück und wurde 1713 Dekan in Dublin. Infolge seiner politischen Betätigung hielt er sich jedoch häufig in London auf; zunächst auf seiten der Whigs, wechselte er 1710 zu den Tories über, wo er bis zum Sturz der Tories großen Einfluß ausübte.
Seine politischen Auffassungen finden auch in Swifts literarischen Werken ihren Niederschlag. In den „Tuchhändlerbriefen“ (1724) nimmt er Partei für die von den Briten unterdrückten Iren, sein berühmtester Roman „Gullivers Reisen“ stellt eine Satire auf die bestehende gesellschaftliche Ordnung dar.
Swift starb am 19. Oktober 1745 in Dublin in geistiger Umnachtung an einem Gehirntumor.

KLASSISCHES ABENTEUER

Jonathan Swift:

Gullivers Reisen

MOEWIG Band Nr. 2515
Verlag Arthur Moewig GmbH, Rastatt

Titel der Originalausgabe: Travels into several remote nations
of the world in four parts by Lemuel Gulliver
Leicht gekürzte und stilistisch modernisierte Neubearbeitung
unter Verwendung einer Übersetzung aus dem 18. Jahrhundert
Mit 320 Illustrationen der Ausgabe von 1838 von Grandville

Umschlagentwurf und -gestaltung: Werbeagentur Zeuner, Ettlingen
Verkaufspreis inkl. gesetzl. Mehrwertsteuer
Auslieferung in Österreich:
Pressegroßvertrieb Salzburg, Niederalm 300, A-5081 Anif
Printed in Germany 1987
Druck und Bindung: Ebner Ulm
ISBN 3-8118-2515-1

SWIFT
GULLIVER
GRANDVILLE

Inhalt

VOYAGES
DE
GULLIVE

I.

Reise nach Liliput

PREMIERE PARTIE
VOYAGE
À
LILLIPUT
Verdeil

ERSTES KAPITEL.

Der Verfasser gibt Nachricht von seiner Person und seiner Familie. Seine erste Veranlassung zu Reisen. Erleidet Schiffbruch, sucht sich durch Schwimmen zu retten, erreicht wohlbehalten den Strand von Liliput, wird gefangengenommen und in das Innere des Landes gebracht.

Mein Vater besaß ein kleines Gut in Nottinghamshire; ich war der dritte seiner fünf Söhne und wurde, als ich vierzehn war, auf die Universität Cambridge geschickt, wo ich drei Jahre lang studierte. Jedoch die damit verbundenen Kosten waren zu groß für das kleine Vermögen meines Vaters, obgleich ich nur einen unbedeutenden Wechsel erhielt; also wurde ich bei Herrn James Bates, einem ausgezeichneten Wundarzt in der Hauptstadt London, in die Lehre gegeben, bei welchem ich drei Jahre blieb. Von Zeit zu Zeit schickte mir mein Vater kleine Geldbeträge, die ich zur Erlernung der Navigation und zum Studium anderer mathematischer Wissenschaften verwandte. Ich hegte nämlich immer ein gewisses Vorgefühl, dies werde früher oder später mein Schicksal sein. Als ich Herrn Bates verließ, kehrte ich zu meinem Vater zurück und erhielt von ihm, meinem Onkel James und einigen anderen Verwandten, die Summe von 43 Pfund. Zugleich wurden mir 30 Pfund jährlich zugesagt, so daß ich auf die Universität Leyden gehen konnte. Dort studierte ich zwei Jahre und sieben Monate lang Medizin; ich wußte, daß sie mir auf großen Reisen von Nutzen sein würde.

Bald nach meiner Rückkehr von Leyden erhielt ich durch die Empfehlung meines wohlwollenden Lehrers Bates die Stelle eines Wundarztes auf der „Schwalbe“, deren Kapitän Commander* Abraham Pannel war. Auf diesem Schiff machte ich einige Reisen nach der Levante und in andere Gegenden. Nach meiner

*) Ein damaliger Rang in der englischen Flotte, den Lieutenants vorgesetzt, oder ein allgemeiner Titel für ältere Seeoffiziere.

Rückkehr beschloß ich, mich in London niederzulassen, wozu mich auch Herr Bates ermutigte, nachdem er mich einigen seiner Patienten empfohlen hatte. Ich mietete mir das Stockwerk eines kleinen Hauses in Old Jewry und heiratete Maria Burton, die zweite Tochter des Strumpfhändlers Edmund Burton in Newgatestreet, von der ich 60 Pfund Mitgift erhielt.

Zwei Jahre danach starb jedoch mein Lehrer Bates. Ich hatte nur wenig Freunde, mein Geschäft ging schlecht, denn mein Gewissen erlaubte mir nicht, in meiner Praxis zuweilen so zu verfahren, wie dies viele meiner Kollegen taten. Nachdem ich diesbezüglich eine lange Beratung mit meiner Frau und mehreren meiner Bekannten gehalten hatte, beschloß ich, wieder in See zu gehen. Ich wurde Wundarzt auf zwei Schiffen und unternahm sechs Jahre lang verschiedene Reisen nach Ostindien und

Amerika, wodurch mein Vermögen zusehends wuchs. In meinen Mußestunden las ich die besten älteren und neueren Schriftsteller, denn ich hatte stets eine große Anzahl Bücher mitgenommen; war ich an Land gegangen, so studierte ich die Sitten und Charaktere der verschiedenen Nationen und erlernte ihre Sprachen, wobei mir mein gutes Gedächtnis zustatten kam.

Da die letzte dieser Reisen nicht sehr glücklich verlief, war ich des Seefahrens müde und beschloß, bei meiner Frau und meiner Familie zu bleiben. Ich zog aus Old Jewry nach Fetterlane und von da nach Wapping, denn ich hoffte, mir unter den Matrosen eine ärztliche Praxis verschaffen zu können. Diese Veränderung wirkte sich zu meinem Nachteil aus. Nachdem ich drei Jahre lang vergeblich auf eine Verbesserung meiner Lage gewartet hatte, erhielt ich vom Kapitän William Prichard, dem Eigentümer der „Antilope", das Anerbieten, nach der Südsee mitzusegeln. Wir legten am 4. Mai 1699 in Bristol ab, und unsere Reise verlief anfangs recht glücklich.

Einige Gründe veranlassen mich, den Leser mit den Einzelheiten unserer Reise in jenen Meeren nicht zu langweilen; es genüge daher die Bemerkung, daß wir auf unserer Fahrt von Bristol nach Ostindien durch einen heftigen Sturm nordwestlich von Van Diemens an Land getrieben wurden. Durch nautische Beobachtungen ermittelten wir, daß wir uns in der zweiten Minute des dreißigsten Grades südlicher Breite befanden. Zwölf Mann hatten wir infolge starker Arbeitsüberlastung bei schlech-

ter Ernährung bereits verloren; die übrigen waren völlig erschöpft. Am 5. November, dem Anfang des Sommers unter diesen Breitengraden, war das Wetter trübe; die Matrosen erblickten ein Felsenriff in der Entfernung von einer halben Kabellänge; der Wind war stark. Wir wurden darauf zugetrieben und scheiterten. Sechs von der Mannschaft, darunter auch ich, setzten das Boot aus und suchten vom Schiff und dem Felsenriff loszukommen. Wir ruderten meiner Schätzung nach drei Seemeilen, bis es uns nicht mehr möglich war, die Ruder länger zu führen, denn unsere Kräfte waren durch fortwährende Anstrengung auf dem Schiff bereits erlahmt. Wir gaben uns deshalb den

Wogen preis, bis nach ungefähr einer halben Stunde das Boot durch einen plötzlichen Windstoß von Norden her umgeworfen wurde. Ich vermag nicht anzugeben, was aus meinen Gefährten im Boot und aus der Schiffsmannschaft geworden ist; vermute jedoch, daß sie alle ertranken. Was mich betrifft, so schwamm ich auf gut Glück, wohin Wogen und Flut mich trieben. Oft ließ ich die Füße herabhängen, konnte aber keinen Grund spüren; als ich mich bereits verloren wähnte, da ich nicht länger mit den Wellen zu ringen vermochte, fand ich endlich festen Boden; zugleich ließ auch der Sturm nach. Der Strand war so flach, daß ich beinahe eine Meile laufen mußte, bevor ich etwa gegen acht Uhr abends auf das trockene Ufer gelangte. Alsdann stolperte ich noch ungefähr eine halbe Meile weiter, konnte aber keine Spur von Einwohnern und Ansiedlungen entdecken. Zuletzt war ich so schwach, daß ich überhaupt nichts mehr bemerkte. Da ich sehr müde und das Wetter heiß war und weil ich, noch bevor ich das Schiff verließ, eine halbe Pinte Branntwein getrunken hatte, trieb es mich nur zu schlafen. Ich legte mich auf das Gras, welches mir kurz und weich zu sein schien, und schlief dann fester als jemals in meinem Leben, mindestens neun Stunden lang. Als ich erwachte, war der Tag angebrochen. Ich versuchte aufzustehen, konnte mich aber nicht bewegen; während ich auf dem Rücken lag, bemerkte ich, daß meine Arme und Beine wie festgebunden am Boden hafteten. Ebenso ging es mir mit meinen sehr langen und dicken Haaren. Auch fühlte ich mehrere kleine Binden am ganzen Leibe von den Schulterhöhlen bis zu den Schenkeln. Ich konnte nur aufwärts blicken; die Sonne war heiß, und ihr Licht blendete meine Augen. Ich vernahm ein verwirrtes Geräusch in meiner Nähe; in der Stellung jedoch, die ich einnahm, konnte ich nur in den Himmel sehen.

Schließlich spürte ich, wie sich etwas auf meinem linken Schenkel bewegte; irgendeine Kreatur rückte leise vorwärts über meine Brust bis fast an mein Kinn; plötzlich erkannte ich in diesem Geschöpf ein Menschlein von etwa sechs Zoll Höhe, mit Pfeil und Bogen in der Hand und mit einem Köcher auf dem Rücken. Zugleich fühlte ich, daß wenigstens noch vierzig solcher Miniaturmenschen dem ersten folgten. Ich war äußerst erstaunt und brüllte so laut, daß sie sämtlich erschrocken fortliefen; einige, wie ich nachher hörte, beschädigten sich durch den Fall, als sie von meiner Seite herabspringen wollten. Sie kamen aber bald zurück; einer von ihnen wagte sich so weit, daß er vollkommen in mein Gesicht blicken konnte, erhob voll Bewunderung seine Hände und Augen und rief mit schallender und deutlich vernehmbarer Stimme: *‚Hekinah Degul‘*. Die Übrigen wiederholten dieselben Worte mehrere Male; ich konnte aber damals deren Sinn noch nicht verstehen.

Der Leser wird gewiß ermessen, daß ich mich in keiner angenehmen Situation befand; ich versuchte loszukommen und hatte schließlich das Glück, die Stricke zerreißen und die Pfähle, an denen mein rechter Arm befestigt war, abbrechen zu können. Als ich den Arm nun zum Gesicht hob, merkte ich, wie man mich gefesselt hatte. Durch einen heftigen Ruck, der mir viel Schmerz verursachte, lockerte ich die Bande, welche meine Haare auf der rechten Seite hielten, so weit, daß ich imstande war, meinen Kopf zwei Zoll umzuwenden; allein die Geschöpfe liefen noch einmal fort, ehe ich eines derselben ergreifen konnte, worauf ein sehr lauter Ruf von mehreren Stimmen entstand, der aber schnell wieder verhallte. Hierauf hörte ich, wie einer *‚Tolgo Phonac‘* rief. Sogleich trafen mehr als hundert Pfeile meine linke Hand und prickelten wie Nadeln. Außerdem wurde ei-

ne andere Salve in die Luft geschossen. Ich glaube, eine Menge Pfeile fielen auf meinen Körper, ich habe sie aber nicht gefühlt. Einige richteten ihre Geschosse auf mein Gesicht, das ich sogleich mit der rechten Hand bedeckte. Als dieser Pfeilschauer überstanden war, begann ich, wegen meiner Schmerzen, die ich verspürte, zu stöhnen und versuchte, mich wieder loszumachen; da erhielt ich eine zweite, noch größere Salve; einige trachteten, mit Speeren in meine Seite zu stechen, zum Glück aber trug ich ein Wams aus Büffelleder, das sie nicht durchbohren konnten. Ich hielt es deshalb für klug, regungslos zu liegen, bis die Nacht einbrach. Da meine linke Hand bereits von den Fesseln gelöst war, konnte ich mich sehr leicht befreien und, was die Einwohner betraf, so hegte ich die Überzeugung, selbst ihrem größten Heer vollkommen gewachsen zu sein, wenn alle Soldaten von derselben Größe wären, wie jenes Geschöpf, das ich erblickt hatte. Allein — das Glück hatte mir ein anderes Los beschieden. Als das Volk meine Ruhe sah, hörten die Pfeilsalven auf; aus dem Lärm, den ich vernahm, konnte ich jedoch den Schluß ziehen, daß die Anzahl der Personen sich vermehrte. Auch vernahm ich, wie man in einer Entfernung von etwa vier Ellen, meinem rechten Ohr gegenüber, ungefähr eine Stunde lang in der Art polterte, wie es bei emsig schaffenden Arbeitern der Fall zu sein pflegt. Deshalb drehte ich den Kopf zur Seite, so gut es die Stricke und Pfähle erlaubten, und erblickte ein ungefähr anderthalb Fuß hohes Gerüst, welches mit einer oder drei Leitern, um es zu besteigen, versehen, vier jener Eingeborenen tragen konnte. Von dort aus hielt eines der Geschöpfe, wie es schien ein Mann von Stande und Reputation, eine lange, an mich gerichtete Rede, von der ich keine Silbe verstand. Jedoch muß ich noch erwähnen, daß jene Hauptperson, bevor sie ihre Rede begann, dreimal ausrief: ‚*Langro dehul san!*' (diese, wie auch die früheren Worte, wurden mir nachher wiederholt erklärt). Hierauf traten ungefähr fünfzig Einwohner näher, die die Stricke an der linken Seite meines Kopfes abschnitten, so daß ich ihn nach rechts drehen und die Gestalt sowie die Handlung des Mini-Menschen, welcher reden wollte, beobachten konnte. Es war ein Mann von relativ mittlerer Größe und schlanker als die anderen drei, welche ihn begleiteten. Einer davon war ein Page, der ihm die Schleppe hielt und etwas länger als mein Mittelfinger zu sein schien. Die anderen beiden standen an den Seiten der hohen Person, um sie zu halten. Diese spielte vollkommen die Rolle eines Redners, und ich konnte manchen Tonfall der Drohung, oder solchen der Versprechung, des Mitleids und der Höflichkeit unterscheiden. Ich antwortete in wenigen Worten, jedoch in der untertänigsten Weise. Die linke Hand und die Augen erhob ich zur Sonne, als wollte ich sie zum Zeugen anrufen. Da ich nun aber mehrere Stunden, bevor ich das Schiff verließ, nur einige sehr schmale Bissen gegessen hatte, fühlte ich mich jetzt beinahe verhungert; die Ansprüche der Natur wirkten deshalb mit solcher Stärke, daß ich es nicht unterlassen konnte, meine Ungeduld, vielleicht gegen die strengen Regeln des Anstandes, dadurch zu zeigen, daß ich meinen Finger mehrere Male in den Mund steckte, um anzudeuten, ich müßte jetzt durchaus Nahrung zu mir nehmen. Der *Hurgo,* so wurde der vornehme Herr genannt, wie ich nachher erfuhr, verstand mich vollkommen. Er stieg vom Gerüst herab und gab Befehl, mehrere Leitern an meine Seite zu stellen; ungefähr hundert Einwohner stiegen hinauf und gingen mit Körben voll Fleisch, welches auf des Königs Befehl nach der ersten Nachricht von meiner Ankunft hierher gesandt worden war, auf meinen Mund zu. Ich erkannte das Fleisch verschiedener Tiere, konnte es aber nach dem Geschmack nicht unterscheiden. Mir wurden Keulen- und Rippenstücke, von der Gestalt der Hammelkeulen und Rippen gebracht; sie waren durchaus schmackhaft gekocht, wenn auch nur von der Größe eines Lerchenflügels. Zwei oder drei steckte ich auf einmal, zugleich mit drei runden Broten, so dick wie Musketenkugeln, in den Mund. Jene Geschöpfe versorgten mich nun so schnell wie möglich mit Nahrung und äußerten dabei mehr als tausendmal ihr Erstaunen über meine Größe und meinen Hunger. Darauf gab ich ein anderes Zeichen, daß ich zu trinken wünschte. Sie hatten durch meinen Appetit bereits erkannt, eine kleine Menge würde

mir nicht genügen, und da sie plötzlich sehr verständig waren, zogen sie mit viel Geschicklichkeit eines ihrer größten Fässer zu mir hinauf, rollten es auf meine Hand und stießen den Boden ein; ich trank es in einem Zug aus, und dies war ganz natürlich, denn es enthielt keine halbe Pinte und schmeckte beinahe wie der sogenannte *Petit Bourgogne,* aber köstlicher. Alsdann brachte man mir ein zweites Faß, das ich mit gleicher Vehemenz leerte; ich gab durch Zeichen zu verstehen, man möge mir noch mehr bringen, aber leider war nichts mehr vorhanden. Als ich diese Wunder vollbrachte, stießen die erwähnten Geschöpfe ein lautes Geschrei aus, tanzten auf meiner Brust und wiederholten mehrere Male, wie früher: ‚*Hekinah Degul*'. Dann gaben sie mir durch Zeichen zu verstehen, ich solle die leeren Fässer fortwerfen. Zuerst aber hatten sie den Umstehenden bedeutet, auf ihrer Hut zu sein. Als die Fässer nun durch die Luft flogen, ertönte ein abermaliges Freudengeschrei.

Ich muß gestehen, daß ich durchaus in Versuchung geriet, dreißig oder vierzig jener Herren, die auf meiner Brust herumstrampelten und die ich packen konnte, auf den Boden zu werfen. Allein die Erinnerung meiner soeben überstandenen Plage, wahrscheinlich noch nicht die schlimmste Peinigung, deren jene Geschöpfe fähig waren, und dann auch mein Ehrenwort, ruhig zu bleiben (denn so deutete ich mir selbst meine untertänigen Bewegungen), brachte mich bald auf andere Gedanken. Außerdem hielt ich mich durch die Gesetze der Gastfreundschaft jenen Leuten gegenüber für moralisch verpflichtet. Sie bewirteten mich ja mit sehr viel Kostenaufwand und Freigebigkeit! Dennoch mußte ich über die Unerschrockenheit dieser Mini-Menschen, die keck genug auf meinem Leibe spazierengingen, nur staunen, da doch meine linke Hand durchaus zu meiner Verfügung stand, und diese dennoch nicht vor einem so wunderbaren Geschöpf, wie ich ihnen erscheinen mußte, zitterten! Als meine neuen Bekannten darauf bemerkten, daß ich nicht weiter zu essen verlangte, erschien eine Person hohen Ranges von seiner Kaiserlichen Majestät. Seine Exzellenz stieg auf mein rechtes Knie unter meinen Waden hinauf, marschierte mit einem Dutzend Trabanten an mein Gesicht, präsentierte mir sein Akkreditiv mit dem königlichen Siegel, hielt es mir dicht vor die Augen und sprach ungefähr zehn Minuten lang, ohne Zeichen von Zorn, jedoch mit dem Ausdruck äußerster Entschlossenheit auf mich ein. Oftmals wies die Exzellenz in eine bestimmte Richtung, wo, wie ich bald erkannte, die Hauptstadt in einigen Meilen Entfernung lag. Seine Majestät hatte nämlich im geheimen Rat beschlossen, mich dorthin transportieren zu lassen. Ich antwortete mit wenigen Worten. Allein, was half mir das? Deshalb machte ich ein Zeichen mit meiner noch freien Hand. Ich legte sie auf die andere (beiläufig gesagt, ich mußte mich sehr in acht nehmen, den Kopf Seiner Exzellenz nicht zu berühren und ihn oder einen seines Gefolges zu beschädigen) und dann auf meinen Kopf und meinen Leib. Dies sollte nämlich bedeuten, ich wünsche meine Freiheit. Wie es schien, verstand Se. Exzellenz mich vollkommen, schüttelte jedoch mißbilligend ihr Haupt und hielt ihre Hand in solcher Art, daß sie mir zu verstehen gab, ich müsse als Gefangener fortgeführt werden. Zugleich aber eröffnete sie mir durch andere Zeichen, ich würde Getränke und Speise zur Genüge erhalten und bestens behandelt werden. Hierauf versuchte ich noch einmal, meine Fesseln zu zerreißen, allein zum zweiten Mal fühlte ich das Prickeln der Pfeile auf Gesicht und Händen, die bereits beide mit Blasen bedeckt waren; auch spürte ich, daß noch einige Pfeile in meiner Haut steckten und sah zugleich, wie die Zahl meiner Feinde sich vermehrte. Somit gab ich Zeichen, sie möchten mit mir tun, was sie wollten. Alsdann entfernte sich der Hurgo mit seinem Gefolge mit großer Höflichkeit und vergnügtem Antlitz. Bald darauf vernahm ich einen allgemeinen Schrei, wobei die Worte ‚*Peplom selan*' häufig wiederholt wurden; ich fühlte zugleich, wie eine Menge von Leuten die Stricke an meiner linken Seite in der Art lösten, daß ich mich auf die rechte umdrehen konnte, um endlich meine Blase zu erleichtern. Dies tat ich in vollem Maße, zum großen Erstaunen meiner neuen Bekannten, die aus meinen Bewegungen auf mein Vorhaben schlossen und sogleich rechts und links eine Gasse öffneten, um den Strom zu vermeiden, der mit solchem Getöse und solcher Rasanz aus mir hervorbrauste. Zuvor jedoch hatten sie mir Gesicht und Hände mit einer angenehm duftenden Salbe eingerieben, welche in wenigen Minuten den durch die Pfeile verursachten Schmerz linderte; dieser Umstand, sowie auch die Erfrischung, die ich durch Getränk und Speise erhalten hatte, welche wirklich sehr nahrhaft war, machte mich zum Schlaf geneigt. Wie man mir nachher gesagt hat, schlief ich acht Stunden, und dies war sehr natürlich, denn die Ärzte hatten auf Befehl des Kaisers einen Schlaftrunk in den Wein gemischt.

Wie es scheint, war der Kaiser, sobald man mich nach meiner Landung auf dem Strand schlafend gefunden hatte, sogleich durch Kuriere davon benachrichtigt worden und hatte im Staatsrat beschlossen, man solle mich in der von mir berichteten Weise fesseln und verhaften, wie es während meines Schla-

fes geschah; ferner solle mir Speise und Trank zur Genüge gereicht, und eine Maschine zu meinem Transport in die Hauptstadt gebaut werden.

Dieser Entschluß mochte vielleicht kühn und gefährlich erscheinen; auch würde ein europäischer Fürst aus ähnlichem Anlaß kaum eine solche Maßregel treffen. Nach meiner Meinung war er aber sowohl klug als auch edelmütig. Hätten nämlich seine Leute versucht, mich mit ihren Pfeilen und Speeren zu töten, während ich schlief, so wäre mein erstes Gefühl

beim Erwachen sicherlich ein heftiger Schmerz gewesen; dadurch wären meine Wut und alle meine Kraft mobilisiert worden, so daß ich meine Bande sehr leicht hätte zersprengen können. Da sie in dem Fall mir keinen Widerstand hätten leisten können, dürften sie auch keine Gnade erwarten.

Das Volk zeichnet sich durch mathematisches Wissen aus und hat es zu einer großen Vollkommenheit in mechanischen Arbeiten gebracht. Der Kaiser, ein Beschützer der Gelehrten, unterstützt und ermutigt jene Bestrebungen. Dieser Fürst besitzt mehrere, auf Rädern ruhende Maschinen zum Transport der Bäume und anderer schwerer Dinge. Er läßt oft seine größten Kriegsschiffe, wovon einige an neun Fuß lang sind, an Ort und Stelle, wo das Zimmerholz wächst, verfertigen und dann in der Entfernung von drei- bis vierhundert Ellen zur See fahren. Fünfhundert Zimmerleute und Ingenieure wurden sogleich in Tätigkeit gesetzt, um die größte Maschine der Art, welche vorhanden war, geschwind herzurichten. Es war ein hölzerner, drei Zoll über den Boden erhabener Bau, sieben Fuß lang, vier Fuß breit und mit zweiundzwanzig Rädern versehen. Der Freudenruf, den ich vernahm, erscholl wegen der Ankunft der Maschine, die, wie es schien, schon vier Stunden nach meiner Landung in Bewegung gesetzt wurde. Sie wurde parallel zu mir aufgestellt, aber nun kam die größte Schwierigkeit: Wie konnte ich auf das Fuhrwerk gehoben werden? Achtzig Pfähle von einem Fuß Höhe wurden zu dem Zweck eingerammt. Sehr starke Seile, von der Dicke eines Bindfadens, wurden mit Haken an eine gleiche Zahl von Fesseln geheftet, welche die Arbeiter mir um Hände, Hals, Leib und Arme geschlungen hatten. An den Pfählen hingen diese Stricke auf Rollen; neunhundert der stärksten Männer drehten dieselben auf. Somit wurde ich in ungefähr drei Stunden emporgehoben, in die Maschine geworfen und dort festgebunden. Alles dies ist mir hinterher geschildert worden, denn während der Operation lag ich wegen des Schlaftrunkes in dem mir verabreichten Wein im tiefsten Schlaf. Fünfzehnhundert Pferde, die größten, die der Kaiser besaß, die zwei Zoll lang und einen halben Zoll hoch waren, wurden vorgespannt, um mich zur nur eine halbe Meile entfernten Hauptstadt zu zerren.

Nachdem wir ungefähr vier Stunden unterwegs gewesen, erwachte ich unter sehr lächerlichen Umständen. Als nämlich das Fuhrwerk anhielt, um etwas zu richten, konnten zwei oder drei junge Eingeborene ihre Neugier, mich schlafen zu sehen, nicht unterdrücken. Sie kletterten auf das Fuhrwerk und schlichen

sich auf Zehenspitzen an mein Gesicht. Einer von ihnen, ein junger Gardeoffizier, steckte in mein linkes Nasenloch die Spitze seines Spießes, welcher mich wie ein Strohhalm kitzelte, so daß ich mehrere Male niesen mußte. Dann schlichen sie sich unbemerkt davon. Erst drei Wochen danach erfuhr ich die Ursache meines plötzlichen Erwachens. Während der übrigen Zeit machten wir einen langen Marsch; in der Nacht rasteten wir. Fünfhundert Gardisten waren an jeder Seite aufgestellt; eine Hälfte trug Fackeln, die andere war mit Pfeil und Bogen ausgerüstet und stand bereit, auf mich zu schießen, sobald ich mich rührte. Am nächsten Morgen setzten wir uns bei Sonnenaufgang wieder in Bewegung und waren gegen Mittag nur noch zweihundert Ellen von den Stadttoren entfernt. Der Kaiser kam uns mit seinem ganzen Hof entgegen; die Großoffiziere wollten jedoch keineswegs zulassen, daß Seine Majestät durch das Besteigen meines Körpers ihr Leben gefährde.

Der Wagen hielt bei einem alten Tempel an, der, wie es hieß, der größte im ganzen Königreich war. Einige Jahre zuvor war er durch einen infamen Mord befleckt worden. Das Volk hielt ihn deshalb für entweiht; man hatte ihn nunmehr zum gewöhnlichen Gebrauch bestimmt und alle heiligen Geräte und Kunst-

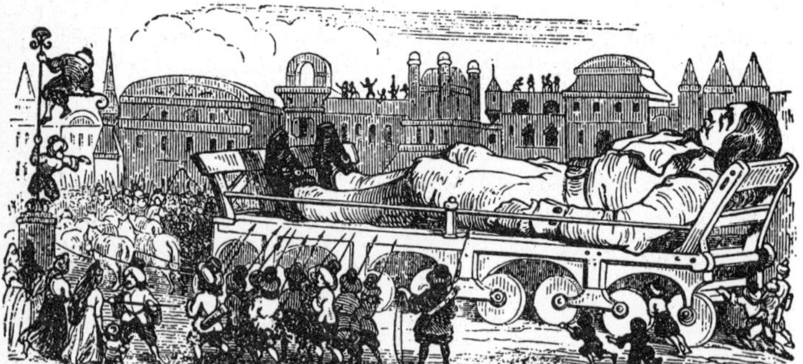

werke daraus hinweggeschafft. Das Gebäude wurde mir als Wohnung angewiesen. Das große, nach Norden hin gerichtete Tor war vier Fuß hoch und zwei Fuß breit, so daß ich bequem hindurchkriechen konnte. Auf jeder Seite dieses Tores befand sich ein kleines Fenster, kaum sechs Fuß über dem Boden; auf dem, das sich links befand, spannte der Hofschmied des Königs einundneunzig Ketten von der gleichen Größe, an der die Damen ihre Uhren tragen; diese wurden mit einundsechzig Schlössern an meinem linken Bein befestigt. Dem Tempel gegenüber, auf der anderen Seite der Heerstraße, stand in der Entfernung von zwanzig Fuß ein wenigstens fünf Fuß hoher Turm. Diesen bestieg der Kaiser mit dem ersten Adel seines Hofes, um mich zu sehen. Ich selbst konnte die Herren nicht erblicken, habe aber von dem Vorfall nachher erfahren. Zu demselben Zweck waren wenigstens hunderttausend Menschen aus der Stadt gekommen, und ich glaube, daß nicht weniger als zehntausend meinen Leib mit Leitern erstiegen und den Verboten meiner Wachen trotzten. Bald aber erschien eine Proklamation, welche diese Neugier bei Todesstrafe untersagte.

Als die Arbeiter sahen, es sei mir unmöglich, meine Ketten zu brechen, durchschnitten sie alle Stricke, mit denen ich gefesselt war. Hierauf erhob ich mich in so melancholischer Gemütsverfassung, wie ich sie noch nie zuvor empfunden hatte. Allein der Lärm und das Staunen des Volkes, wenn man mich aufstehen und gehen sah, ist nicht zu beschreiben. Die Ketten an meinem linken Bein waren ungefähr zwei Ellen lang und gestatteten mir nicht nur, im Halbkreis vorwärts und rückwärts zu gehen, sondern erlaubten mir auch, in das Tor zu kriechen und mich der Länge nach im Tempel auszustrecken, da sie vier Zoll vom Tor befestigt waren.

ZWEITES KAPITEL.

Der Kaiser von Liliput besucht mit seinem Gefolge den Verfasser. Des Kaisers Person und die Vornehmen werden beschrieben. Gelehrte erhalten den Auftrag, den Verfasser in der Landessprache zu unterrichten. Er setzt sich durch seinen sanften Charakter in Gunst. Seine Taschen werden durchsucht, Degen und Pistolen konfisziert.

Als ich nun auf den Füßen stand, sah ich mich um, und ich muß gestehen, daß ich niemals eine so schöne Aussicht erschaut habe. Die Umgebung erschien mir wie ein Garten, und die umfriedeten Felder, die durchschnittlich vierzig Quadratfuß maßen, glichen Blumenbeeten. Diese Felder waren vermischt mit Wäldern von acht Fuß Umfang; die größten Bäume schienen sieben Fuß hoch zu sein. Links erblickte ich die Hauptstadt, die einer auf Theaterkulissen gemalten Stadt ähnelte. Schon seit einigen Stunden wurde ich von Naturbedürfnissen heftig gedrängt, und dies war kein Wunder, denn schon seit zwei Tagen hatte ich mich derer nicht entledigt. Ich befand mich in einem Dilemma zwischen Not und Scham. Der beste Ausweg, der mir einfiel, war, in mein Haus zu kriechen. Ich tat es, schloß das Tor und ging, soweit dies die Länge meiner Ketten erlaubte, hinein und erleichterte meinen Körper. Dies war jedoch das einzige Mal, daß ich mich einer so unsauberen Handlung schuldig machte; auch hoffe ich in diesem Punkt auf die Nachsicht des gütigen Lesers, sobald er reiflich und unparteiisch über meinen Fall und meine peinliche Lage nachgedacht haben wird. Von dieser Zeit an war es mir zur Gewohnheit geworden, dieses Geschäft sogleich nach dem Aufstehen in der freien Luft zu erledigen; und jeden Morgen ward auch gehörig Sorge getragen, daß der anstößige Stoff, ehe Gesellschaft anlangte, von zwei dazu angestellten Dienern auf Karren fortgebracht wurde. Ich würde vielleicht bei einem Umstand, der beim ersten Anblick nicht sehr wichtig erscheinen dürfte, nicht so lange verweilen, hätte ich es nicht für notwendig gehalten, meinen Ruf in bezug auf Reinlichkeit vor der Welt zu rechtfertigen, da Verleumder, wie ich höre, aus diesem und anderen Anlässen, dieselbe in Frage gestellt haben.

Als dies Abenteuer hinter mir lag, ging ich wieder aus dem Haus, denn ich bedurfte der frischen Luft. Der Kaiser war bereits den Turm herabgestiegen und ritt auf mich zu. Sein Pferd, obgleich trefflich zugeritten, bäumte sich bei dem ungewöhnlichen Anblick plötzlich auf, denn es mußte ihm scheinen, ein

Berg bewege sich vor seinen Augen. Der Fürst jedoch, ein vorzüglicher Reiter, hielt sich im Sattel, so daß seine Majestät Zeit hatten, abzusteigen. Als der Kaiser abgestiegen war, betrachtete er mich mit großer Bewunderung, hielt sich aber immer aus dem Bereich meiner Ketten. Sodann befahl er seinen Köchen und Kellermeistern, die schon auf alles vorbereitet waren, mir Essen und Trinken zu verabfolgen. Diese Nahrung schoben sie mir auf Fuhrwerken zu, bis ich sie ergreifen konnte. Ich nahm diese Fuhrwerke und leerte sie in Kürze sämtlich aus. Zwanzig waren mit Fleisch, zehn mit geistigen Getränken in irdenen Geschirren beladen. Jedes lieferte mir zwei bis drei gute Bissen. Den Inhalt von zehn Gefäßen goß ich in einen der Wagen und leerte denselben in einem Zug. Die Kaiserin, wie die jungen Prinzen und Prinzessinnen von Geblüt, saßen mit einem Gefolge von vielen Damen in angemessener Entfernung auf Stühlen. Bei dem Unfall des kaiserlichen Pferdes standen sie auf und gingen näher an die Person Seiner Majestät heran, die ich jetzt genauer beschreiben möchte. Der Kaiser ist um die Breite meines Nagels größer als seine Hofleute; und dies allein genügt bereits, diejenigen, die ihn erblicken, mit Ehrfurcht zu erfüllen. Seine Gesichtszüge sind kraftvoll und männlich; seine Lippe ist österreichisch, seine Nase gebogen, Leib und Glieder wohlproportioniert, seine Bewegungen anmutig, seine Haltung majestätisch.

Er hatte damals schon die erste Jugend hinter sich, denn er zählte achtundzwanzigdreiviertel Jahre. Sieben Jahre hatte seine glückliche und im allgemeinen erfolgreiche Regierungszeit gedauert. Um ihn besser betrachten zu können, legte ich mich auf die Seite, so daß sein Gesicht zu dem meinen parallel stand, während er sich drei Ellen von mir entfernt hielt. Später habe ich ihn jedoch öfter in meiner Hand gehalten, so daß ich mich in dieser Beschreibung nicht täuschen kann. Seine Kleidung war sehr schlicht; die Mode halb orientalisch, halb europäisch. Er trug auf dem Kopf einen leichten goldenen, mit Juwelen geschmücken Helm, von dessen Spitze eine Feder herabwehte. Er hielt sein Schwert gezogen in der Hand, um sich verteidigen zu können, falls ich etwa losbräche; es war beinahe drei Zoll lang, Scheide und Griff mit Diamanten geschmückt. Seine Stimme klang schrill, war aber deutlich und gut vernehmbar; sogar wenn ich aufstand, konnte ich sie hören. Die Damen und Herren des Hofes waren sämtlich mit viel Pracht gekleidet, so daß es den Anschein hatte, als wäre auf dem Ort, wo sie standen, ein mit gestickten Figuren in Gold und Silber ausgeschmückter Weiberrock in ganzer Länge ausgebreitet. Seine Majestät erwies mir die Ehre, öfter mit mir zu reden, und gab auch Erwiderungen, allein wir konnten einander nicht verstehen. Auch waren mehrere Priester und Rechtsgelehrte gegenwärtig (auf ihren Stand schloß ich aus der Kleidung), die den Auftrag hatten, mich anzureden; ich wollte mich mit ihnen in allen Sprachen unterhalten, in denen ich mich nur halbwegs zu artikulieren vermochte; im Deutschen, Holländischen, Lateinischen, Französischen, Spanischen, Italienischen und in der lingua franca. Allein, meine Bemühungen blieben fruchtlos.

Nach zwei Stunden entfernte sich der Hof. Eine stärkere Wache wurde vor mir aufgestellt, um die Impertinenz und wahrscheinlich auch die Bosheit des Pöbels abzuwehren, welcher sehr begierig war, mir so nahe zu kommen, wie er durfte. Einige waren sogar so gewissenlos, ihre Pfeile auf mich abzuschießen, als ich auf dem Boden vor meinem Haus saß, und ein Pfeil hätte sogar beinahe mein linkes Auge getroffen. Allein der Oberst befahl, sechs der Rädelsführer zu verhaften und hielt es für angebracht, sie mir gefesselt zu überliefern; sein Befehl wurde von den Soldaten sogleich ausgeführt, indem sie die Gefangenen mit den Lanzenspitzen in meinen Bereich trieben. Ich nahm sie sämtlich in meine rechte Hand, steckte fünf in meine Rocktasche und gab mir den Anschein, als wollte ich den sechsten bei lebendigem Leibe verzehren. Der arme Mann schrie furchtbar, so daß der Oberst und seine Offiziere nun doch besorgt waren, besonders als sie sahen, wie ich mein Messer aus der Tasche zog; je-

doch ich beschwichtigte bald diese Furcht, denn ich schaute ihn mit freundlichen Blicken an, durchschnitt seine Fesseln und setzte ihn auf den Boden. Natürlich lief er ohne sich umzusehen fort. Die Übrigen behandelte ich in derselben Art, als ich sie, einen nach dem anderen, aus der Tasche gezogen hatte, und ich bemerkte, daß sowohl Soldaten als Volk über dieses Zeichen meiner Gnade entzückt waren, was danach sehr zu meinen Gunsten bei Hofe zählte.

Gegen Abend gelangte ich mit einiger Schwierigkeit in mein Haus und legte mich dort auf dem Boden nieder. Dies tat ich ungefähr vierzehn Tage lang; während dieser Zeit wurde auf Befehl des Kaisers ein Bett für mich gebaut. Sechshundert Betten normaler Größe wurden in mein Haus gebracht und dort bearbeitet; hundertundfünfzig Betten bildeten zusammengenäht die Länge und Breite einer Matratze; vier davon wurden übereinander gelegt, waren mir aber, wegen der Härte des Fußbodens aus poliertem Stein, noch immer nicht bequem genug. Im gleichen Verhältnis wurde ich mit Kissen, Bettüchern und Decken versorgt, die mir einigermaßen erträglich erschienen, da ich so lange Zeit Strapazen jeder Art zu ertragen genötigt gewesen war.

Als sich die Nachricht von meiner Ankunft im Königreich verbreitete, strömte eine wunderbare Menge reicher, fauler und neugieriger Leute herbei, um mich zu begaffen. Die Dörfer standen nahezu leer, und eine schwere Vernachlässigung der Landwirtschaft wäre die Folge gewesen, hätte Seine kaiserliche Majestät diese Nachteile durch mehrere Proklamationen und Staatsbefehle nicht zu verhindern gewußt. Sie geboten: alle diejenigen, welche mich bereits gesehen hätten, sollten nach Hause zurückkehren und sich nicht unterstehen, ohne Erlaubnis des Hofes in den Bereich meines Hauses näher als bis auf fünfzig Ellen heranzukommen. Hierdurch erzielten zugleich die Staatssekretäre bedeutende Honorare.

Mittlerweile hielt der Kaiser mehrere Ratsversammlungen ab, um zu beschließen, wie man weiterhin mit mir zu verfahren habe. Ein besonderer Freund, ein Mann von hohem Stand, der sich in allen Geheimnissen am Hofe auskannte, hat mir später versichert, der Kaiser sei meinetwegen in bedeutende Verlegenheit geraten. Man fürchtete, ich könnte meine Fesseln zerreißen oder soviel essen, daß eine Hungersnot ausbräche. Einige Male beschloß der Hof, mich verhungern oder Gesicht und Hände

mit vergifteten Pfeilen beschießen zu lassen; dann aber überlegte man wieder, der Gestank einer so überdimensionalen Leiche könnte in der Hauptstadt eine Pest erregen, die sich dann wahrscheinlich im ganzen Königreich verbreiten würde. Während dieser Beratungen traten mehrere Offiziere an die Tür des Saales, in dem der Rat versammelt war. Zwei von ihnen wurden zugelassen und berichteten mein Verfahren gegen die sechs oben erwähnten Verbrecher. Dies machte auf das Herz Seiner Majestät und auf den ganzen Rat einen so günstigen Eindruck, daß ein kaiserlicher Befehl erlassen wurde, wonach alle Dörfer, bis auf eine Entfernung von neunhundert Ellen, jeden Morgen sechs Ochsen, vierzig Schafe und andere Nahrungsmittel als meinen Lebensunterhalt liefern sollten; darunter befand sich eine große Menge Brot, Wein und geistige Getränke. Und zugleich gab Seine Majestät Anweisungen an die Schatzkammer, denn dieser Fürst bestreitet seinen Hofhalt fast ausschließlich aus den Einkünften seiner Domäne. Nur selten und bei außerordentlichen Gelegenheiten werden Abgaben von seinen Untertanen erhoben, welche dagegen auf ihre eigenen Kosten in den Krieg ziehen müssen. Auch wurden sechshundert Personen als meine Bediensteten angestellt, die einen bestimmten Lohn für ihre Nahrung, sowie passend eingerichtete Zelte an den beiden Seiten meiner Wohnungstür erhielten. Ferner war befohlen, dreihundert Schneider sollten mir einen Anzug nach der Mode des Landes anfertigen; sechs Gelehrte, und zwar die bedeutendsten Seiner Majestät, sollten mich in der Landessprache unterrichten; endlich sollten die Pferde des Kaisers, die des Adels und der Garden häufig vor mir zugeritten werden, damit sie sich an meine Person gewöhnten. Alle diese Befehle wurden ordentlich zur Ausführung gebracht; nach ungefähr drei Wochen hatte ich bedeutende Fortschritte im Erlernen der Sprache gemacht. Währenddessen beehrte mich der Kaiser häufig mit seinen Besuchen und hatte die Gnade, meinen Lehrern beim Unterricht

zu helfen. Wir fingen bereits an, uns einigermaßen zu verständigen, und die ersten Worte, die ich lernte, war der Satz: ‚Er möge mir gütigst meine Freiheit schenken', eine Phrase, die ich täglich knieend wiederholte. Seine Antwort, soweit ich sie begreifen konnte, lautete: Nur die Zeit könne meine Freiheit erwirken. Er dürfe mir diese ohne ein Gutachten seines geheimen Rates nicht bewilligen, und zuerst müßte ich ‚*Lumos kelmin pesso desmar lon emposo*', das heißt ‚ihm und seinem Königreich Frieden schwören'. Ich würde übrigens mit aller Milde behandelt werden.

Alsdann riet er mir, durch Geduld und kluges Betragen mir seine und seiner Untertanen Achtung zu erwerben. Er sprach den Wunsch aus: Ich möchte es ihm nicht übel nehmen, wenn er bestimmten Beamten den Befehl erteile, mich zu durchsuchen, denn wahrscheinlich würde ich verschiedene Waffen mitgebracht haben, welche vermutlich höchst gefährliche Dinge sein müßten, wenn sie meiner Größe entsprächen. Ich antwortete: Seine Majestät werde zufriedengestellt werden. Ich sei bereit, mich zu entkleiden und meine Taschen vor ihren Augen auszuleeren. Diese Antwort gab ich teils durch Zeichen, teils auch durch Worte. Er sagte hierauf: Nach den Gesetzen des Königreichs müßte ich mich von zweien seiner Beamten durchsuchen lassen; er wüßte, dies könne ohne meine Zustimmung und Mithilfe nicht geschehen. Alles, was sie mir fortnähmen, würde mir zurückerstattet werden, sobald ich das Land verließe, oder ich würde nach einem von mir festgesetzten Preis die Erstattung des Wertes erhalten. Die beiden Beamten setzte ich sodann auf meine Hand, steckte sie zuerst in die Taschen meines Überrocks und hierauf in die anderen meiner Kleider, nur in meinen Beinkleidern ließ ich einige Behälter aus, welche kleine, mir durchaus unentbehrliche Artikel enthielten, die ihnen jedoch höchst gleichgültig sein mußten. In einer Tasche trug ich eine silberne Uhr und in der anderen einen Beutel mit einigem Geld. Da diese Herren Feder, Tinte und Papier bei sich hatten, schrieben sie ein genaues Verzeichnis von allem, was sie sahen, nieder, und als sie fertig waren, baten sie mich, sie wieder auf den Boden zu setzen, damit sie dasselbe dem Kaiser überbringen könnten. Dies Verzeichnis übersetzte ich nachher ins Englische, und es lautet wörtlich folgendermaßen:

Erstens: In der rechten Tasche des großen Bergmenschen (so übersetzte ich die Worte *‚Quinbus Flestrin'*) fanden wir nach der genauesten Untersuchung nur ein großes Stück rauhen Tuches, breit genug, einen Fußteppich für Eurer Majestät erstes Staatszimmer darzustellen. In der linken Tasche sahen wir eine große silberne Kiste mit einem Deckel aus dem gleichen Metall, welchen wir, die Beamten, nicht aufheben konnten. Wir baten deshalb, dieselbe zu öffnen; einer von uns trat hinein und geriet bis an die Mitte des Beines in eine Art Staub, der uns ins Gesicht flog und uns beide heftig und mehrmals nießen ließ. In seiner rechten Westentasche fanden wir ein ungeheures Bündel weißer und dünner Substanz, die übereinander gerollt ungefähr die Dicke von drei Menschen ausmachte. Sie war mit einem starken Tau umwunden und mit schwarzen Figuren bezeichnet. Nach unserer Meinung bestehen dieselben aus Buchstaben, von denen jeder halb so groß ist wie die Fläche unserer Hand. In der linken Westentasche befand sich eine Art Maschine, von deren Rücken zwanzig lange Pfähle denjenigen ähnlich waren, die die Palisaden vor dem Palast Eurer Majestät bilden. Damit kämmt sich der Bergmensch, wie wir vermuten, seine Haare. Wir haben ihn nämlich nicht immer mit Fragen belästigt, weil wir es sehr schwierig fanden, uns einander verständlich zu machen. In der großen Tasche rechts an seiner Mittelkleidung (so übersetze ich das Wort ‚*Pan-futo*', womit sie meine Beinkleider bezeichneten), sahen wir einen hohen Pfeiler aus Eisen von einer Mannslänge, mit einem starken Stück Zimmerholz von noch größerem Umfang als der Pfeiler. Auf einer Seite des Pfeilers ragten große Eisenstücke in sonderbaren Figuren hervor, die wir nicht zu erklären vermögen. In der linken Tasche befand sich eine Maschine derselben Art. In der kleinen Tasche rechts waren mehrere runde und flache Stücke von weißem und rotem Metall; einige weiße, wie es schien, aus Silber bestehend, waren so groß, daß mein Kamerad und ich sie kaum in die Höhe heben konnten. In der linken Tasche waren zwei Pfeiler von unregelmäßiger Gestalt. Wir konnten nicht ohne Schwierigkeit die Oberseite erreichen, als wir auf dem Boden der Tasche standen. Einer derselben war bedeckt und schien aus einem Stück verfertigt zu sein; am oberen Ende des anderen befand sich eine weiße runde Substanz, zweimal so dick wie unsere Köpfe. In jeder der Säulen war eine wundersame Stahlfläche eingestoßen, die wir ihn durch unseren Befehl zu öffnen zwangen; wir be-

fürchteten nämlich, dieses könnten gefährliche Maschinen sein. Er nahm die Stahlfläche aus ihrem Gehäuse und sagte uns, in seinem Lande sei es Sitte, sich mit der einen zu rasieren und mit der anderen die Fleischspeisen zu zerschneiden. In zwei Taschen konnten wir nicht eindringen; er nannte diese seine kleineren Behälter; sie bestanden in zwei breiten Schlitzen an dem oberen Teile seines Mittelkleides, welche aber durch die Spannung seines Leibes eng geschlossen waren. Aus dem rechten Behälter hing eine dicke silberne Kette mit einer wunderbaren

Maschine am Ende. Wir befahlen ihm, sie herauszuziehen, was auch immer sich dort befinden möge. Sie bestand aus einer Kugel, zur Hälfte von Silber, zur Hälfte von einem anderen durchsichtigen Metall. An der durchsichtigen Seite sahen wir mehrere sonderbare Figuren in Kreisform und glaubten, dieselben berühren zu können, bis unsere Finger durch die helle Substanz aufgehalten wurden. Als er die Maschine an unsere Ohren hielt, machte sie ein fortwährendes, dem einer Wassermühle ähnliches Geräusch: wie wir vermuten, ist dasselbe entweder ein unbekanntes Tier oder der Gott, den er verehrt. Wir sind aber der letzteren Meinung geneigter, weil er uns versicherte (wenn wir ihn nämlich recht verstanden haben, denn er ist noch immer nicht imstande, sich richtig auszudrücken), er tue selten etwas, ohne jenes Ding um Rat zu fragen. Er nannte es sein Orakel und sagte, es bezeichne die Zeit jeder Handlung seines Lebens. Aus der linken Tasche zog er ein Netz heraus, groß genug, um einem Fischer in seinem Beruf zu dienen; er verstand es jedoch, dasselbe wie einen Geldbeutel zu öffnen und zu schließen, und es versah ihm wirklich die Dienste eines solchen. Wir fanden darin mehrere massive Stücke gelben Metalls, welche von ungeheurem Wert sein müssen, wenn sie wirklich aus Gold verfertigt sein sollten.

Nachdem wir so, auf Befehl Eurer Majestät, mit Sorgfalt seine Taschen durchsucht hatten, bemerkten wir einen Gürtel um seinen Leib aus der Haut eines wunderbaren Tieres verfertigt, an welchem links ein Degen von fünffacher Mannslänge herabhing; rechts einen in zwei Kammern geteilten Sack oder Beutel; jede Kammer aber kann ungefähr zwei Untertanen Eurer Majestät enthalten, darin befanden sich Kugeln oder Bälle aus sehr schwerem Metall vom Umfang unserer Köpfe, welche eine sehr starke Hand zum Aufheben erforderten; die andere Hälfte enthielt einen Haufen schwarzer Körner von keinem großen Umfang oder Gewicht, denn wir konnten ungefähr fünfzig auf unserer Handfläche halten.

Dies ist das genaue Verzeichnis aller Dinge, die wir am Leib des Bergmenschen gefunden haben, der uns mit großer Höflichkeit behandelte und geziemende Achtung vor dem Auftrag Eurer Majestät bewies. Unterschrieben und besiegelt am vierten Tage des neunundachtzigsten Monats der glücklichen Regierung Eurer Majestät

Als dieses Verzeichnis dem Kaiser vorgelesen wurde, befahl er mir jedoch mit sehr höflichen Worten, alle angeführten Artikel auszuliefern. Zuerst verlangte er meinen Degen, den ich mit Scheide und allem Zubehör herbeibrachte. Mittlerweile ließ er 3000 Mann auserwählte Truppen, die ihn begleiteten, manövrieren, um mich zu umringen. Bogen und Pfeile wurden in der Art bereitgehalten, daß sofort eine Salve auf Befehl abgefeuert werden konnte. Dies jedoch bemerkte ich nicht, denn meine Augen waren nur auf Seine Majestät gerichtet. Alsdann bat er mich, den Degen zu ziehen, welcher fast überall noch wunderbar glänzte, obwohl er durch Seewasser etwas verrostet war; ich tat es, und sogleich erscholl von den Truppen ein lauter Ruf, der teils von Schrecken, teils von Überraschung zeugte. Die Sonne schien hell und der Lichtreflex blendete die Augen der Leute, als ich den Degen in meiner Hand hin und her schwang. Seine Majestät, ein sehr mutiger Fürst, erschrak weniger, als ich erwarten durfte. Er befahl mir, den Degen wieder in die Scheide

zu stecken und dann, so sanft wie möglich, in einer Entfernung von ungefähr sechs Fuß auf den Boden zu legen. Zunächst wurde dann einer der hohlen eisernen Pfeiler verlangt, worunter sie meine Taschenpistolen verstanden. Ich zog eine derselben heraus und machte ihnen so gut wie möglich den Gebrauch verständlich; alsdann lud ich sie nur mit Pulver aus meiner Pulvertasche, in welche kein Tropfen Seewasser hatte dringen können (kluge Seeleute pflegen sich stets mit einer solchen zu versehen). Zuvor ermahnte ich den Kaiser, nicht zu stark zu erschrecken, und schoß dann in die Luft. Hier war das Erstaunen noch größer, als bei dem Anblick des Degens. Hunderte fielen wie tot zu Boden. Selbst der Kaiser, obgleich er stehenblieb, konnte sich nicht so bald von seinem Schrecken erholen. Ich lieferte meine Pistolen in derselben Weise wie zuvor meinen Degen aus. Dann aber auch meine Pulvertasche mit den Kugeln, wobei ich bat, die Tasche vom Feuer entfernt zu halten, denn der kleinste Funke würde den Inhalt sogleich entzünden, und sein kaiserlicher Palast könnte alsdann in die Luft fliegen; ich übergab ferner meine Uhr, auf die der Kaiser sehr neugierig war; er befahl deshalb zweien seiner größten Gardisten, sie auf den Schultern herbeizubringen, wobei sie an einem Pfahl hing so wie Kärrner in England ein Bierfaß tragen. Er wunderte sich über ihr Geräusch und über die Bewegung des Zeigers, den er sehr gut erkennen konnte, denn das Gesicht jener Leute ist bei weitem schärfer als das unsrige. Alsdann fragte er seine Gelehrten nach ihren Meinungen hierüber, welche, wie sich der Leser leicht vorstellen kann, sehr verschiedenartig ausfielen; ich brauche sie wohl nicht zu wiederholen und konnte sie auch tatsächlich nicht ganz verstehen. Hierauf lieferte ich mein Silber- und Kupfergeld, meine Börse mit neun größeren Goldstücken und einigen kleineren Münzen aus, mein Taschen- und Rasiermesser, meine silberne Schnupftabaksdose, meinen Kamm, mein Schnupftuch und Tagebuch. Die Pistolen und die Pulvertasche wurden auf Wagen in die Vorratshäuser Seiner Majestät gebracht; mein übriges Eigentum erhielt ich zurück.

Wie ich schon erwähnte, hatte ich noch eine besondere Tasche, die man beim Durchsuchen nicht bemerkte. Hierin befand sich eine Brille (die ich wegen meiner schwachen Augen bisweilen benötige), ein Taschenperspektiv und einige andere Geräte, die dem Kaiser von keinem Nutzen sein konnten, weshalb ich mich denn auch bei meiner Ehre nicht für verpflichtet hielt, sie herauszugeben. Ich befürchtete nämlich, die könnten verlorengehen oder verdorben werden, wenn ich sie auslieferte.

DRITTES KAPITEL.

Der Verfasser unterhält den Kaiser und den Adel beider Geschlechter auf eine ungewöhnliche Weise. Die Vergnügungen des Hofes von Liliput werden beschrieben. Der Verfasser erhält seine Freiheit mit gewissen Einschränkungen.

Meine Sanftmut und mein gutes Betragen hatten den Kaiser und seinen Hof, das Heer und das Volk so sehr für mich gewonnen, daß ich anfing, Hoffnung zu hegen, ich würde bald meine Freiheit erhalten; ich gab mir jede erdenkliche Mühe, diese günstige Stimmung zu erhalten. Die Eingeborenen befürchteten allmählich weniger Gefahr; bisweilen legte ich mich nieder und ließ fünf oder sechs auf meinen Kopf; Knaben und Mädchen wagten zuletzt, Verstecken in meinem Haar zu spielen. Auch hatte ich schon ziemliche Fortschritte in der Landessprache gemacht. Eines Tages hatte der Kaiser den Einfall, mich mit dem Schaugepränge des Landes zu unterhalten, worin sein Volk alle anderen, die ich kenne, an Gewandtheit und Pracht übertrifft. Nichts gefiel mir aber so sehr wie ein Seiltanz, der auf einem dünnen weißen Faden ausgeführt wurde, der ungefähr vier Fuß lang, zwölf Zoll über dem Boden ausgespannt war. Ich nehme mir die Freiheit und des Lesers Geduld in Anspruch, hierüber ein wenig weitläufiger zu erzählen.

An dieser Darbietung wirken nur diejenigen mit, die sich um bedeutende Ämter und um die höchste Gunst bei Hofe bewerben. Von Jugend auf erlernen die Kandidaten diese Kunst, sind jedoch nicht immer von adeliger Geburt oder von Kind an gebildet. Wenn ein höheres Amt vakant wird, entweder durch Tod oder Ungnade (das letztgenannte geschieht öfter), so ersuchen fünf oder sechs Kandidaten den Kaiser in einer Bittschrift, Seine Majestät mit einem Seiltanz unterhalten zu dürfen. Wer dann am höchsten springt, ohne zu fallen, erhält das Amt. Oft erhalten die dirigierenden Minister Befehl, ihre Geschicklichkeit zu zeigen, um den Kaiser zu überzeugen, daß sie ihre Fähigkeiten nicht verloren haben. Der Finanzminister *(Flimnap)* besitzt das Privileg, auf dem gespannten Seil Kapriolen zu machen, und zwar um einen Zoll höher als der übrige hohe Adel des Reiches; ich habe oftmals gesehen, wie er jenen gefährlichen Sprung vollführte, in welchem der Seiltänzer kopfüber sich in der Luft herumdreht und dennoch auf seinen Füßen steht, sobald er den Boden erreicht hat. Dies Meisterstück wurde auf einem Teller ausgeführt, der auf einem Tau von der Dicke eines einfachen Bindfadens ausgespannt war. Mein Freund Redresal, erster Sekretär für Privatangelegenheiten, ist nach meiner Meinung, wenn mich die Freundschaft nicht parteiisch macht, der zweite nach dem Finanzminister; die übrigen Großbeamten der Krone sind einander an Kunstfertigkeit gleich.

Diese Volksbelustigungen werden oft von Unglücksfällen unterbrochen, deren man mehrere in den Annalen des Reiches verzeichnet finden kann. Ich selbst habe gesehen, wie zwei oder drei Kandidaten Arme und Beine brachen. Am größten ist jedoch die Gefahr, wenn die Minister selbst Befehl erhalten, ihre Geschicklichkeit unter Beweis zu stellen; da sie nämlich wetteifern, einander zu überbieten, strengen sie sich so gewaltig an, daß fast jeder einmal, mehrere aber zwei-, dreimal zu Fall kommen. Man hat mir versichert, *Flimnap* würde bereits zwei oder drei Jahre vor meiner Ankunft unfehlbar den Hals gebrochen haben, hätte nicht ein Kissen des Kaisers, das zufällig auf dem Fußboden lag, die Heftigkeit seines Sturzes gemildert.

Ein zweiter Zeitvertreib findet allein in Gegenwart des Kaisers, der Kaiserin und des Premierministers statt. Der Kaiser legt drei etwa sechs Zoll lange seidene Fäden auf den Tisch; von denen der eine blau, der andere rot, der dritte grün ist. Diese Fäden werden denjenigen als Belohnung zuerkannt, die der Kaiser durch eine besondere Gunstbezeugung auszeichnen will. Diese Zeremonie wird in Seiner Majestät großem Staatszimmer ausgeführt, wo die Kandidaten eine Probe ihrer Geschicklichkeit

ablegen müssen, die von der eben erwähnten sehr verschieden und von so eigentümlicher Art ist, daß ich nie etwas Ähnliches weder in der Alten noch in der Neuen Welt erlebt habe. Der Kaiser hält einen Stock waagerecht in der Hand. Die Kandidaten treten einer nach dem anderen vor denselben hin und springen mehrmals vorwärts und rückwärts über den Stab und kriechen darunter hin, je nachdem der Stock erhoben oder gesenkt wird. Bisweilen hält der Kaiser das eine Ende des Stockes und sein Premierminister das andere, bisweilen ist dem Minister allein diese Aufgabe zugewiesen. Derjenige, welcher die größte Behendigkeit beweist und das Kriechen und Springen am längsten aushält, erhält als Belohnung das blaufarbene Seidenband, das rote erhält der Zweite und der Dritte das grüne. Die Herren tragen diese Auszeichnung zweimal um den Leib gewunden. Auch sieht man wenige Personen bei Hofe, die mit solchen Binden nicht geschmückt sind.

Da die Pferde des Heeres und des königlichen Marstalls mir täglich vorgeführt wurden, scheuten sie bald nicht mehr vor mir, sondern kamen, ohne zu stutzen, bis dicht an meine Füße heran. Die Reiter pflegten mit ihren Tieren über meine Hand zu setzen, wenn ich dieselbe auf den Boden hielt; ein Jäger des Kaisers setzte sogar einmal auf einem großen Renner über meinen Fuß, und dies war wirklich ein wunderbarer Sprung. Am Tage darauf hatte ich auch das Glück, den Kaiser auf außerordentliche Weise zu unterhalten. Ich bat, er möchte mir einige Stöcke von zwei Fuß Höhe und von der Dicke eines gewöhnlichen Rohres bringen lassen, worauf Seine Majestät dem Aufseher seiner Forsten sogleich die notwendigen Aufträge erteilte. Am nächsten Morgen kamen neun Förster mit ebenso vielen Wagen, von denen jeder mit acht Pferden bespannt war. Ich nahm neun der mitgebrachten Stöcke, stieß sie im Quadrat von zwei Fuß in den Boden. Vier andere band ich horizontal an jene fest; alsdann befestigte ich mein Taschentuch an die neun aufrechten Pfähle, dehnte es nach allen Seiten hin aus, bis es so gespannt war wie ein Trommelfell. Die vier horizontalen Pfähle, die ungefähr vier Zoll über das Schnupftuch hinausragten, bildeten eine Brüstung. Als ich dies Werk vollbracht hatte, bat ich den Kaiser, er möge eine Truppe seiner besten Reiterei, vierundzwanzig an der Zahl, auf dieser Ebene exerzieren lassen. Seine Majestät billigte den Vorschlag; ich hob die Reiter, einen nach dem anderen, beritten und bewaffnet, zugleich mit den kommandierenden Offizieren mit meiner Hand hinauf. Sobald sie in Reih und Glied aufgestellt waren, teilten sie sich in zwei Parteien, manövrierten in Scheingefechten, schossen mit stumpfen Pfeilen, zogen ihre Schwerter, flohen und verfolgten einander, griffen an und zogen sich zurück. Kurz, sie offenbarten die beste militärische Disziplin, die ich jemals gesehen habe. Die horizontal liegenden Stäbe verhinderten, daß sie mit ihren Pferden von der Bühne herabfielen, und der Kaiser war über diese Unterhaltung so entzückt, daß er sie mehrere Tage lang zu wiederholen befahl; auch hatte er einmal die Gnade, sich selbst hinaufheben zu lassen, um den Befehl zu übernehmen. Er überredete sogar die Kaiserin mit großer Mühe, sich von mir in ihrer Sänfte, zwei Ellen von der Bühne entfernt, emporhalten zu lassen, damit sie einen vollkommenen Blick auf das Manöver erlangen konnte. Es war mein Glück, daß kein Unfall diese Unterhaltung Seine Majestät trübte; nur einmal schlug ein feuriges Pferd, das ein Kapitän ritt, mit den Hufen hinten aus und riß ein Loch in mein Taschentuch; sein Fuß glitt aus, und es stürzte mit seinem Reiter. Sogleich aber hob ich sie wieder auf, bedeckte das Loch mit der einen Hand und setzte die Truppen mit der andern in derselben Weise herunter, wie ich sie hinaufgehoben hatte. Das gestürzte Pferd hatte sich die linke Schulter verrenkt, dem Reiter jedoch war nichts geschehen. So gut wie möglich besserte ich mein Schnupftuch wieder aus, setzte aber auf seine Haltbarkeit nicht länger Vertrauen, um aufs neue eine so gefährliche Unternehmung zu wagen.

Ungefähr zwei oder drei Tage, bevor ich in Freiheit gesetzt wurde, langte plötzlich ein Kurier an, um Seine Majestät zu benachrichtigen, daß einer seiner Untertanen einen Fund gemacht habe. Jener war in der Gegend des Ortes, wo ich zuerst aufgefunden wurde, spazierengeritten und hatte eine große schwarze Substanz von sonderbarer Form auf dem Boden erblickt. Sie streckte ihre Ränder bis zum Umfang des Schlafzimmers Seiner Majestät in der Runde aus und sei in der Mitte so hoch wie ein Mann. Es sei jedoch kein lebendes Geschöpf, wie man zuerst befürchtete (so lautete der Bericht), sondern es liege bewegungslos im Gras ausgestreckt. Einige seien mehrere Male darum herumgegangen, dann einander auf die Schultern gestiegen, um auf den Gipfel zu gelangen. Dort oben wäre es flach und eben, aber inwendig hohl. Dann hätten sie, wie sie sagten, die untertänigste Meinung gehegt, dies werde wohl dem Bergmenschen gehören; wenn Seine Majestät befehle, würden sie es mit fünf Pferden herbeischaffen. Ich verstand sogleich, was sie bezeichnen wollten und freute mich innerlich, diese Nachricht zu erhalten. Als ich nämlich nach meinem

Schiffbruch zuerst das Land erreichte, war ich so verwirrt, daß mein Hut mir vom Kopf fiel, bevor ich den Ort, wo ich einschlief, erreichte. Meinen Hut hatte ich nämlich beim Rudern mit einer Schnur am Hals befestigt, und ihn auch während des Schwimmens die ganze Zeit über auf dem Kopf gehabt. Erst als ich gelandet war, hatte ich ihn vermißt; die Schnur mußte durch irgendeine Einwirkung, die ich nicht bemerkte, gerissen sein. Ich bat darauf Seine kaiserliche Majestät, er möge Befehle erteilen, mir den Hut so schnell wie möglich überbringen zu lassen. Am nächsten Tage kamen auch die Fuhrleute mit ihm an, brachten ihn aber in keiner guten Verfassung, sie hatten in den Rand, anderthalb Zoll am äußersten Ende, zwei Löcher hineingebohrt und in den Löchern zwei Haken befestigt; auf einen Wagen hatten sie ihn nicht geladen, sondern mit langen Stricken an das Geschirr der Pferde gebunden, die ihn ungefähr eine halbe englische Meile auf dem Boden hinter sich herschleiften; da jedoch der Boden dieses Landes außerordentlich eben und sanft ist, so wurde mein Hut weniger beschädigt, als ich erwarten mußte.

Zwei Tage nach diesem Abenteuer befahl der Kaiser, derjenige Teil seines Heeres, der in der Hauptstadt und in der Umgegend einquartiert war, sollte sich zum Marsch bereithalten. Er hatte nämlich den Einfall, sich auf sonderbare Weise zu unterhalten. Er wünschte, ich möchte mich wie ein Koloß aufstellen, indem ich die Beine soweit wie möglich auseinanderspreizte. Alsdann befahl er seinem General, einem alten erfahrenen Truppenführer und zugleich meinem Beschützer, die Truppen in geschlossener Ordnung aufzustellen und unter meinen Beinen durchmarschieren zu lassen: die Infanterie in Reihen von vierundzwanzig Mann, die Kavallerie in Reihen von sechzehn, bei Trommelschall, mit fliegenden Fahnen und eingelegten Lanzen. Dieses Korps bestand aus dreitausend Mann Infanterie und eintausend Mann Kavallerie. Seine Majestät gab Befehl, jeder Soldat solle auf dem Marsch bei Todesstrafe den genauesten Anstand hinsichtlich meiner Person beachten; dieses konnte jedoch einige junge Offiziere nicht abhalten, ihre Augen, als sie unter mir hermarschierten, aufzuschlagen. Um die Wahrheit zu gestehen, meine Hosen waren damals in so schlechtem Zustand, daß sie Anlaß zum Lachen und zum Erstaunen bieten mußten.

Ich hatte so viele Vorstellungen und Bittschriften um die Wiedererlangung meiner Freiheit eingesandt, daß Seine Majestät die Sache zuerst in seinem Kabinett und dann vor dem versammelten Staatsrat aufgriff. Dort fand durchaus kein Widerstand statt, nur von *Sykresh Bolgolam,* der mein Todfeind zu sein be-

liebte, ohne daß ich ihm je die geringste Veranlassung dazu gegeben hatte. Allein der ganze Staatsrat stimmte gegen ihn, und der Kaiser gab die Bestätigung. Dieser Minister war *Galbet* oder Admiral des Reiches; er besaß das Vertrauen seines Herrn im hohen Grade und war auch sehr gewandt in den Staatsgeschäften, allein von sehr mürrischem und griesgrämigem Charakter. Zuletzt wurde er aber dennoch überredet. Und es wurde durchgesetzt, daß er die Artikel und Bedingungen, unter denen ich meine Freiheit erhalten sollte, aufsetzen möge. Der *Sykresh Bolgolam* brachte mir die Artikel persönlich in Begleitung seiner zwei Untersekretäre. Nachdem jene mir vorgelesen waren, wurde mir ein Eid über deren Befolgung abverlangt; zuerst nach der Sitte meines Vaterlandes und nachher in der Methode, die von ihren Gesetzen vorgeschrieben war, die darin bestand, daß ich meinen rechten Fuß mit der linken Hand packen und den Mittelfinger der rechten Hand über die Stirn und den Daumen an das rechte Ohrläppchen legen mußte. Vielleicht aber ist der Leser neugierig, von dem besonderen Stil und der Ausdrucksweise dieses Volkes einen Begriff zu erlangen und zu-

gleich auch die Artikel kennenzulernen, nach denen ich meine Freiheit erhielt. Deshalb habe ich die ganze Urkunde, Wort für Wort, soweit es mir möglich war, abgeschrieben und nehme mir die Freiheit, sie der Öffentlichkeit vorzulegen:

Golbasto Momaren Eulamé Gurdilo Shefin Mully Ully Gué der allergroßmächtigste Kaiser von Liliput, Entzücken und Freude der Welt, dessen Reich sich 5000 Blustrugs weithin ausdehnt (im ganzen ungefähr sechs Stunden), bis an den Rand des Erdreichs; Monarch aller Monarchen, größer an Wuchs als die Söhne der Menschen; dessen Füße den Mittelpunkt der Erde drücken und dessen Haupt sich bis zur Sonne erhebt; auf dessen Wink die Fürsten der Erde mit den Knien zittern; der lieblich ist wie der Frühling, angenehm wie der Sommer, fruchtbar wie der Herbst, fürchterlich wie der Winter. Seine hocherhabene Majestät macht dem in unseren himmlischen Provinzen kürzlich angelangten Bergmenschen folgende Vorschläge, deren Artikel er mit feierlichem Eide beschwören muß.

I. Der Bergmensch darf unser Gebiet nicht ohne besondere, mit Unserem Großsiegel versehene Erlaubnisscheine verlassen.

II. Ohne unseren besonderen Befehl darf er unsere Hauptstadt nicht betreten. Ist ihm die Erlaubnis dazu erteilt, soll den Einwohnern zwei Stunden vorher eine Warnung verkündet werden, damit sie ihre Häuser nicht verlassen.

III. Der besagte Bergmensch soll seine Spaziergänge auf unsere Hauptstraßen beschränken und auf Wiesen oder Kornfeldern sich weder niederlegen, noch auf denselben umherwandeln.

IV. Wenn er sich auf den genannten Straßen bewegt, soll er mit der äußersten Sorgfalt sich in acht nehmen, nicht auf die Leiber unserer geliebten Untertanen, ihre Pferde oder Wagen zu treten; er soll auch keinen unserer Untertanen ohne besondere Einwilligung auf die Hand nehmen.

V. Wenn die außerordentliche Abfertigung eines Kuriers erforderlich ist, dann soll der Bergmensch den Kurier sowie dessen Pferd sechs Tagereisen in seiner Tasche tragen und zwar einmal monatlich; ferner soll er den besagten Kurier, im Fall dies erforderlich ist, in unsere kaiserliche Gegenwart wohlbehalten zurückbringen.

VI. Er soll unser Verbündeter gegen unsere Feinde auf der Insel Blefuscu sein und alles aufwenden, die Flotte derselben zu zerstören, welche gerade dabei ist, einen Angriff auf unsere Besitzungen vorzubereiten.

VII. Besagter Bergmensch soll in seiner Freizeit unseren Arbeitern helfen, schwere Steine aufzuheben, mit denen Mauern unseres Hauptparks und andere königliche Bauten errichtet werden sollen.

VIII. Besagter Bergmensch soll die Grenzen unseres Reiches abschreiten und innerhalb von zwei Monaten eine genaue Übersicht über den Umfang unserer Königreiche abliefern.

IX. und letztens. Der besagte Bergmensch, nachdem er die Beobachtung dieser Artikel feierlichst beschworen hat, soll eine tägliche Ration von Speise und Trank erhalten, die ausreichen würde, 1824 unserer eigenen Untertanen zu ernähren. Außerdem soll er freien Zutritt zu unserer Kaiserlichen Person und weitere Beweise unserer Gunst erhalten.

Gegeben in Unserem Palast in Belfaborac, am zwölften Tage des einundneunzigsten Monats Unserer Regierung.

Ich beschwor und unterzeichnete alle diese Artikel mit großer Freude und Zufriedenheit, obgleich einige nicht so ehrenvoll waren, wie ich es mir hätte wünschen können. Das war aber ausschließlich der Bosheit des Großadmirals *Skyresh Bolgolam* zuzuschreiben. Meine Ketten wurden mir sogleich abgenommen, und ich erhielt vollkommene Freiheit. Der Kaiser selbst erwies mir die Ehre, bei der Zeremonie persönlich zugegen zu sein. Ich gab ihm meine Dankbarkeit dadurch zu erkennen, daß ich mich ihm zu Füßen warf, allein er befahl mir aufzustehen und sagte mir mancherlei Schmeicheleien, die ich aus Furcht, eitel zu erscheinen, hier nicht wiederholen will. Am Schluß fügte er noch hinzu: er hoffe, ich würde mich als ein nützlicher Diener erweisen und alle die Gunstbezeugungen verdienen, die er mir schon übertragen habe und in Zukunft noch erweisen werde.

Der Leser bemerke bitte, daß der Kaiser mir im letzten Artikel — nach Erlangung meiner Freiheit — so viel Speise und Trank bewilligt hatte, wie für die Ernährung von 1824 Liliputanern ausgereicht hätten. Einige Zeit später fragte ich einen meiner Freunde bei Hof, wie man ausgerechnet auf diese bestimmte Zahl gekommen sei, und ich erhielt zur Antwort: die Mathematiker Seiner Majestät hätten die Größe meines Körpers mit Hilfe eines Quadranten ausgemessen und dabei ermittelt, daß meine Maße sich wie eins zu zwölf zu denen der Liliputaner verhielten. Hieraus wie aus der Ähnlichkeit ihrer Körper, zogen sie den Schluß, daß der meinige mindestens 1824 der ihrigen enthalten müsse und deshalb ebenso viel Nahrung erfordere wie jene Zahl Liliputaner. Hieraus kann sich der Leser eine Vorstellung von der Klugheit dieses Volkes und von der verständigen und wohldurchdachten Ökonomie seines großen Fürsten machen.

VIERTES KAPITEL.

Mildendo, die Hauptstadt von Liliput, wird zugleich mit dem Palast des Kaisers beschrieben. Eine Unterhaltung des Verfassers mit einem Staatssekretär über die Angelegenheiten des Kaiserreiches. Des Verfassers Anerbieten, dem Kaiser in seinen Kriegen zu dienen.

Als ich meine Freiheit erlangt hatte, wünschte ich sogleich, die Hauptstadt in Augenschein zu nehmen und reichte eine Bittschrift ein, Mildendo besichtigen zu dürfen. Der Kaiser bewilligte mein Gesuch ohne weitere Umstände, jedoch mit dem besonderen Auftrag, weder den Einwohnern noch den Gebäuden irgendwelchen Schaden zuzufügen. Das Volk wurde durch einen Aufruf von meinem Vorhaben, die Stadt zu besuchen, unterrichtet. Die Stadtmauer ist zweieinhalb Fuß hoch und mindestens elf Zoll breit, so daß eine Kutsche mit Pferden sehr bequem darauf fahren kann; im Abstand von zehn Fuß sind überall mächtige Türme eingebaut. Ich schritt über das große Westtor hinweg und ging durch die beiden Hauptstraßen nur seitwärts sehr leise und langsam, allein mit meinem Wams bekleidet, denn ich befürchtete, die Dächer und Traufen der Häuser mit den Schößen meines Überrocks zu beschädigen. Ich sah mich vor, um nicht einige Nachzügler, die vielleicht noch in den Straßen herumstreunen könnten, zu zertreten, obgleich der Befehl sehr streng war, alle Leute sollten auf ihre eigene Gefahr nicht wagen, auszugehen. Die Dachfenster und Giebel der Häuser waren so sehr mit Zuschauern angefüllt, daß ich bei mir dachte, niemals auf meinen Reisen einen so bevölkerten Ort gesehen zu haben. Die Stadt ist ein vollkommenes Quadrat, und jede Seite der Mauer fünfhundert Fuß lang. Die zwei großen Straßen, welche sie durchkreuzen und in vier Quartiere einteilen, sind fünf Fuß breit. Die Gassen und Durchgänge, in die ich nicht hinein konnte, sondern die ich nur von weitem im Vorübergehen erblickte, sind zwölf bis achtzehn Zoll breit. Die Stadt ist groß genug für fünfhunderttausend Einwohner. Die Häuser sind drei bis fünf Stockwerke hoch, die Läden und Märkte reichlich mit Waren versehen.

Des Kaisers Palast liegt im Mittelpunkt der Stadt, wo die beiden Hauptstraßen sich kreuzen; er ist von einer zwei Fuß hohen

Mauer umgeben, die zwanzig Fuß von den übrigen Gebäuden entfernt liegt. Ich hatte die Erlaubnis Seiner Majestät, über die Mauer zu schreiten. Da der Raum zwischen ihr und dem Palast weit genug war, konnte ich mir diesen von allen Seiten bequem betrachten. Der äußere Palast entspricht einem Quadrat von vierzig Fuß und schließt zwei weitere Paläste ein. Im Innern befinden sich die königlichen Gemächer, die ich zu sehen begehrte; dies jedoch war sehr schwierig, denn die großen Tore, die von einem Viertel zum anderen führten, waren nur achtzehn Zoll hoch und sieben breit. Da nun auch die Außengebäude mindestens fünf Fuß hoch waren, vermochte ich nicht über sie hinwegzuschreiten, ohne die Zinnen des Palastes zu beschädigen; obgleich die Mauern aus Steinquadern erbaut und vier Zoll dick waren. Andererseits wünschte der Kaiser, ich möchte die Pracht seines Palastes anschauen. Dies aber konnte ich erst nach drei Tagen realisieren, die ich damit zubrachte, mit meinem Messer die größten Bäume des kaiserlichen Parks, der ungefähr hundert Ellen von der Stadt entfernt lag, abzuhauen. Aus diesen Bäumen zimmerte ich zwei Schemel von drei Fuß Höhe, die stark genug waren mein Gewicht zu tragen. Nachdem das Volk zum zweitenmal gewarnt worden war, ging ich durch die Stadt zum Palast mit meinen beiden Schemeln in der Hand. Als ich an den äußeren Hof gelangte, stellte ich mich auf den einen Schemel, hob den anderen über das Dach

BV.

und setzte ihn behutsam nieder auf den Raum zwischen dem ersten und zweiten Hof. Alsdann schritt ich sehr bequem über das Gebäude von einem Schemel auf den anderen und zog den ersten wieder zu mir herauf mit einem Stock, der mit einem Haken versehen war. Dadurch gelangte ich in den inneren Hof, legte mich dort auf die Seite und hielt mein Gesicht an die Fenster des mittleren Stockwerks, welche deshalb offengelassen waren. In demselben erblickte ich die prächtigsten Gemächer, die man sich nur vorstellen kann. Auch sah ich die Kaiserin mit dem jungen Prinzen in ihren verschiedenen Wohnungen, umringt von ihren Begleitern. Ihre kaiserliche Majestät hatte die Gnade, mir zuzulächeln, und reicht mir aus dem Fenster die Hand zum Kuß.

Hier jedoch werde ich die weiteren Beschreibungen nicht mitteilen, weil ich dieselben für ein größeres Werk aufspare, das zum Druck bereits fertig ist. Dies soll eine allgemeine Beschreibung des Reiches Liliput, von seiner Entstehung an und die Geschichte einer langen Reihe von Fürsten enthalten; ferner Berichte über die Kriege, Gesetze, Poli-

tik, Gelehrsamkeit, Religion, Pflanzen und Tiere; auch über die besonderen Sitten und Gewohnheiten des Volkes und über weiteren sehr wissenswerten und nützlichen Stoff. Meine Hauptabsicht gegenwärtig ist allein die Darstellung derjenigen Vorfälle und Verhandlungen, die sich während meines neunmonatigen Aufenthalts in jenem Reich begaben.

Eines Morgens, ungefähr vierzehn Tage, nachdem ich meine Freiheit wiedererlangt hatte, kam Redresal, erster Sekretär für

Privatangelegenheiten des Kaisers (so war sein Titel) zu meiner Wohnung. Seinen Wagen ließ er in einiger Entfernung warten und bat mich, ihm eine einstündige Audienz zu gewähren. Bereitwillig gab ich meine Zustimmung, sowohl wegen Redresals persönlicher Eigenschaften und seines Standes, als auch wegen der vielen guten Dienste, die er mir bei meinem Besuch am Hofe des Kaisers erwiesen hatte. Ich machte ihm das Anerbieten, mich niederzulegen, damit er mein Ohr bequemer erreichen könnte, allein er zog es vor, daß ich ihn während des Gesprächs auf der Hand hielt. Er begann mit Komplimenten über meine Freiheit, bemerkte ferner, auch er könne einiges Verdienst dabei für sich selbst in Anspruch nehmen. Ohne seine jetzige Stellung bei Hofe würde ich sie schwerlich so bald erlangt haben. Denn, fügte er hinzu, wie blühend unser Zustand Fremden auch

erscheinen mag, so leiden wir an zwei großen Übeln, an einer heftigen Parteiung im Innern und an der Gefahr eines äußeren Angriffs von seiten eines mächtigen Feindes. Was die erste betrifft, so müssen Sie wissen, daß seit ungefähr siebzig Monaten zwei Parteien, *Tramecksan* und *Slamecksan,* nach den hohen und niedrigen Absätzen ihrer Schuhe so benannt, miteinander in Streit liegen. Diese Absätze sind nämlich unsere Abzeichen, und man glaubt, daß hohe Absätze am besten unserer alten Verfassungstradition gemäß sind. Seine Majestät hat jedoch beschlossen, in der Verwaltung und bei allen Regierungsämtern allein die niedrigen Absätze zu verwenden und ihnen alle Ämter zu erteilen, worüber die Krone zu verfügen hat. Dieses werden Sie bald bemerken, sowie auch, daß die Hacken Seiner kaiserlichen Majestät wenigstens um einen *Drurr*)* niedriger sind als die seines Hofes.

Die Feindschaft zwischen beiden Parteien ist so groß, daß sie weder miteinander essen noch trinken oder reden. Wir glauben, daß die *Tramecksan* oder Hochabsätze uns an Zahl überlegen sind, jedoch die Staatsgewalt liegt allein in unserer Hand. Wir befürchten freilich, daß Seine kaiserliche Hoheit, der Kronprinz, etwas zu den hohen Absätzen neigt. Wenigstens konnten wir bemerken, daß einer seiner Absätze höher ist als der andere, wodurch er ein wenig hinkt.

Mitten in diesen inneren Unruhen droht uns nun eine Invasion von der Insel Blefuscu, dem zweiten großen Reich der

*) 1 Drurr = 1/14 Zoll.

Welt, das beinahe ebenso groß und mächtig ist wie das Seiner Majestät. Denn was Ihre Bemerkung betrifft, es gebe in der Welt noch andere Königreiche und Staaten, die von menschlichen Geschöpfen Ihrer Größe bewohnt werden, so sind unsere Philosophen darüber im Zweifel und wollen vielmehr die Behauptung aufstellen, Sie seien vom Mond oder von einem Stern herabgefallen. Denn es ist gewiß, daß hundert Sterbliche Eurer Größe alle Früchte und alles Vieh im Gebiet Seiner Majestät zerstören müßten. Außerdem erwähnt unsere Geschichte von sechstausend Monaten keine anderen Weltgegenden als *Liliput* und *Blefuscu*. Diese beiden großen Mächte führen, wie ich Ihnen berichten will, seit sechsunddreißig Monaten den heftigsten Krieg miteinander, und dieser begann auf folgende Weise: Überall wird zugestanden, daß die ursprüngliche Weise, Eier zu öffnen, darin besteht, daß man das breitere Ende der Schale zerbricht oder abschneidet. Allein der Großvater Seiner gegenwärtigen Majestät schnitt sich, als er als Knabe einst ein Ei essen wollte, bei dieser Gelegenheit in den Finger. Darauf publizierte der Vater ein Edikt, welches allen Untertanen bei schwerer Strafe verbot, das breitere Ende des Eies zu öffnen. Das Volk geriet über dieses Gesetz in solche Wut, daß sechs Aufstände aus diesem Anlaß ausbrachen. Ein Kaiser verlor dabei sein Leben, ein anderer seine Krone. Diese bürgerlichen Unruhen wurden fortwährend von den Königen von Blefuscu geschürt, und wenn sie unterdrückt wurden, flüchteten die Aufrührer gewöhnlich nach Blefuscu. Man schätzt, daß an elftausend Personen zu verschiedenen Zeiten lieber den Tod erlitten, als die Eier am schmalen Ende zu öffnen. Viele hundert dicke Bände sind über diesen Streit geschrieben worden, allein die Bücher der *Breitendigen* sind schon lange verboten, und ein Gesetz hat die Mitglieder dieser Partei für unfähig erklärt, weiterhin öffentliche Ämter zu verwalten. Während dieser Unruhen machten uns die Kaiser von Blefuscu durch ihre Gesandten häufige Vorstellungen und zugleich den Vorwurf, eine Spaltung in der Religion

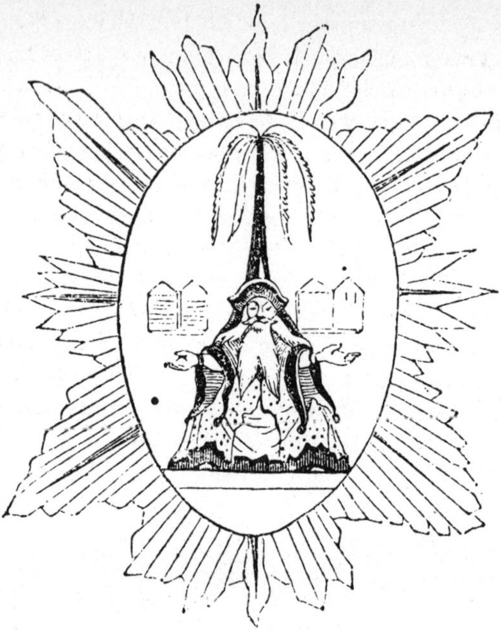

zu bewirken, daß wir gegen die Grundlehren unseres großen Propheten *Lustrogg* im fünfundvierzigsten Kapitel des *Blundecral* (dieses ist der Koran von Liliput) verstießen. Dies scheint uns jedoch eine pure Textentstellung zu sein, denn wörtlich heißt es: „*Alle wahren Gläubigen öffnen die Eier am passenden Ende.*“ Was nun aber das „passende Ende“ ist, das muß nach meiner demütigen Meinung dem Gewissen eines jeden überlassen bleiben, es sei denn, die erste Magistratsperson besitze das Recht, es zu bestimmen. Jetzt aber haben die verbannten Breitendigen soviel Einfluß am Hofe des Kaisers von Blefuscu und soviel Unterstützung und Ermutigung für ihre Partei hier in unserem Vaterland erlangt, daß ein blutiger Krieg zwischen beiden Reichen schon sechsunddreißig Monate lang geführt wird, und zwar mit wechselndem Erfolg. Während dieser

Zeit haben wir vierzig große und sehr viel kleinere Schiffe sowie dreißigtausend unserer besten Soldaten und Matrosen verloren. Die Verluste des Feindes sind noch größer als die unsrigen. Dennoch hat er jetzt eine starke Flotte ausgerüstet und trifft Vorbereitungen zu einer Landung an unserer Küste. Seine Kaiserliche Majestät setzt nun großes Vertrauen in Ihre Tapferkeit und Kraft und hat mir deshalb befohlen diesen Bericht über unsere Angelegenheiten Ihnen vorzulegen."

Ich bat den Sekretär, dem Kaiser die Versicherung meines untertänigsten Gehorsams zu überbringen und ihn zugleich zu benachrichtigen, mir als Fremden gezieme es nach meiner Meinung nicht, mich in Parteistreitigkeiten einzumischen, ich sei jedoch bereit, mein Leben einzusetzen, um seine Person und sein Reich gegen fremde Angreifer zu verteidigen.

FÜNFTES KAPITEL.

Der Verfasser verhindert durch eine einfallsreiche strategische Tat die feindliche Invasion. Ein hoher Ehrentitel wird ihm verliehen. Es erscheinen Gesandte des Kaisers von Blefuscu und bitten um Frieden. In den Gemächern der Kaiserin bricht Feuer aus. Der Verfasser rettet den übrigen Teil des Palastes.

Liliput ist durch einen achthundert Ellen breiten Kanal vom Kaiserreich Blefuscu getrennt, einer Insel, die in nordöstlicher Richtung liegt. Ich hatte sie noch nicht gesehen und vermied es, nach dem mir gegebenen Bericht von einer beabsichtigten Invasion, auf jener Seite der Küste zu erscheinen, aus Furcht, von feindlichen Schiffen bemerkt zu werden, die bis jetzt noch keine Kenntnis von meiner Existenz hatten. Es war nämlich jede Verbindung der zwei Reiche während des Krieges bei Todesstrafe verboten und ein Embargo für alle Schiffe von dem Kaiser verfügt worden. Ich teilte Seiner Majestät einen von mir erdachten Plan mit, die ganze feindliche Flotte zu erobern, die, wie unsere Schnellsegler uns berichteten, im Hafen vor Anker lag und bereit war, beim ersten günstigen Wind abzusegeln. Ich erkundigte mich bei erfahrenen Matrosen nach der Tiefe des Kanals und erfuhr, daß derselbe bei der Flut in der Mitte siebzig Glumgluffs betrug, etwa sechs Fuß nach englischem Maß, und sonst nur höchstens fünfzig Glumgluffs. Hierauf ging ich zur Nordostküste, Blefuscu gegenüber, legte mich hinter einen Hügel, zog mein kleines Taschenfernrohr hervor und nahm die vor Anker liegende Flotte des Feindes in Augenschein. Dann kehrte ich in mein Haus zurück und gab Befehl, mir eine große Menge von starken Tauen und eisernen Stangen herbeizuschaffen. Dazu war ich nämlich durch einen Befehl des Kaisers berechtigt. Die Taue besaßen die Dicke eines Bindfadens, die eisernen Stangen waren von der Länge und Form einer Stricknadel. Ich verdreifachte die Taue, um sie stärker zu machen, und dreht aus demselben Grund drei eiserne Stangen zusammen, indem ich die Spitzen in einen Haken bog. Nachdem ich fünfzig solcher Haken an ebensoviel Taue geheftet hatte, kehrte ich zur Nordostküste zurück, zog Rock, Schuhe und Strümpfe aus und lief ungefähr eine Stunde vor der Flut mit meinem ledernen Wams in die See hinein. Ich watete, so schnell ich konnte, und schwamm in der Mitte ungefähr dreißig Ellen, bis ich Boden

fühlte. In weniger als einer halben Stunde war ich bei der Flotte angelangt. Der Feind war so erschreckt, als er mich erblickte, daß die ganze Mannschaft aus den Schiffen sprang und an das Ufer schwamm, wo gewiß nicht weniger als dreißigtausend Menschen standen; alsdann nahm ich mein Takelwerk, befestigte an dem Vorderteil jedes Schiffes einen Haken und band alle Stricke am Ende zusammen. Während ich dies vollbrachte, gab mir der Feind eine Salve von mehr als tausend Pfeilen, von welchen mehrere in meinem Gesicht und meinen Händen stecken blieben und, vom Schmerz abgesehen, bei meiner Arbeit mir nicht wenig hinderlich waren. Am meisten war ich hinsichtlich meiner Augen besorgt und würde diese auch verloren haben, wäre mir nicht plötzlich ein Hilfsmittel eingefallen. Unter anderen kleinen Artikeln, die mir teuer waren, befand sich meine Brille in einer besonderen kleinen Tasche, welche von den Zollbeamten des Kaisers, wie ich erwähnte, nicht bemerkt worden war. Diese Brille nahm ich heraus, setzte sie auf meine Nase und führte, so bewaffnet, mein Unternehmen, ungeachtet der feindlichen Pfeile, aus, von denen mehrere das Glas meiner Brille streiften, jedoch keine andere Wirkung hervorriefen, als das Gestell auf meiner Nase ein wenig zu verrücken. Als ich nun alle Haken befestigt hatte, nahm ich den Knoten in meine Hand und begann zu ziehen; allein kein Schiff wollte sich von der Stelle rühren, denn sie waren alle an den Ankern befestigt. Somit war der entscheidende Teil meines Unternehmens noch zu vollbringen. Ich ließ den Strick fahren, da die Haken ja ohnedies an den Schiffen befestigt blieben, und schnitt voll Kühnheit mit meinem Taschenmesser die Ankertaue der Schiffe durch, wobei ich ungefähr zweihundert Schüsse in Gesicht und Hände erhielt. Alsdann ergriff ich wieder das zusammengeflochtene Ende der Taue und zog mit der größten Leichtigkeit fünfzig der feindlichen Kriegsschiffe hinter mir her.

Die Blefuscuer, die nicht die geringste Ahnung von meinem Vorhaben hatten, waren zunächst erstaunt und verwirrt. Sie hatten mich die Taue durchschneiden sehen und wähnten zunächst, ich wollte die Schiffe flott machen, damit sie aufeinanderstießen und dadurch Schaden litten. Als sie aber beobachten mußten, wie die ganze Flotte sich in bester Ordnung bewegte, und wie ich das Ende zog, stießen sie derart wilde Schreie des Schmerzes und der Verzweiflung aus, daß es mir unmöglich ist, diese näher zu beschreiben. Als ich außer Gefahr war, hielt ich eine Weile an, um die Pfeile aus Hand und Gesicht herauszuziehen; alsdann rieb ich mich mit derselben Salbe ein, die man mir bei meiner ersten Ankunft gab und die ich früher erwähnte. Hierauf nahm ich meine Brille ab, wartete, bis die Flut ein wenig zurückgegangen war, watete mit meiner Beute durch die

Mitte des Kanals und langte wohlbehalten im Hafen von Liliput an.

Der Kaiser und sein ganzer Hof standen am Ufer und erwarteten den Ausgang des großen Abenteuers. Sie sahen, wie sich die Schiffe in einem weiten Halbkreis bewegten, konnten mich aber nicht erkennen, da das Wasser mir bis an die Brust reichte. Als ich in die Mitte des Kanals kam, gerieten sie in noch größere Furcht, denn nun reichte mir das Wasser bis an den Hals. Der Kaiser glaubte, ich sei ertrunken, und die feindliche Flotte nahe sich zum Angriff; allein seine Besorgnis wich bald, denn der Kanal wurde mit jedem Schritt flacher, und ich kam bald so nahe heran, daß man mich hören konnte; ich hielt das Ende des Taues, an dem die Schiffe befestigt waren, in die Höhe und rief mit lauter Stimme: „Lange lebe der großmächtigste Kaiser von Liliput!" Dieser große Fürst erteilte mir bei meiner Landung das höchste Lob und ernannte mich auf der Stelle zum *Nardac*, der höchsten Würde seines Kaiserreichs.

Seine Majestät wünschte, ich möchte eine weitere Gelegenheit nützen, um alle übrigen feindlichen Schiffe in seine Häfen zu bringen. So unmäßig ist der Ehrgeiz des Fürsten, daß er an nichts Geringeres dachte, als an die Eroberung des ganzen Reiches von Blefuscu, welches er dann durch einen Vizekönig regieren lassen wollte. Er hoffte ferner, alle Verbannten zu vernichten und auch dieses Volk zu zwingen, ihre Eier an den kleineren Enden zu öffnen, wodurch er Kaiser der ganzen Erde geworden wäre. Ich suchte ihm diesen Plan auszureden, berief mich hierbei sowohl auf die Politik als auch auf die Gerechtigkeit, und erklärte zuletzt sehr deutlich, ich würde mich nie dazu hergeben, ein freies und tapferes Volk in Sklaverei zu bringen. Als diese Angelegenheit im Staatsrat verhandelt wurde, war auch der klügste Teil der Minister auf meiner Seite. Diese offene und kühne Erklärung widerstrebte so sehr der Politik des Kaisers, daß er mir nie vergab. Er erwähnte sie auf sehr listige Weise im Staatsrat, und wie ich erfuhr, schienen auch diesmal die Klügsten mit ihrem Stillschweigen meine Meinung zu billigen. Andere aber, die ohnedies meine geheimen Feinde waren, konnten einige abfällige Worte nicht unterdrücken, womit ein indirekter Tadel gegen mich ausgesprochen wurde. Von dieser Zeit an begann eine gegen mich gerichtete Intrige zwischen dem Kaiser und einem Verein mehrerer boshafter, gegen mich eingenommener Minister, die in ungefähr zwei Monaten ausbrach und beinahe mit meiner völligen Vernichtung geendet hätte. Von so wenig Gewicht sind bei den Fürsten selbst die größten Dienste, daß sie durch eine Weigerung, ihren Leidenschaften zu dienen, aufgewogen werden!

Drei Wochen nach meiner Tat langte eine feierliche Gesandtschaft von Blefuscu mit einem demütigen Friedensangebot an. Dieses wurde auch unter sehr günstigen Bedingungen für Liliput, womit ich aber den Leser hier nicht aufhalten möchte, abgeschlossen. Sechs Gesandte waren mit einem Gefolge von ungefähr fünfhundert Personen erschienen. Ihr Einzug war prächtig und der Größe ihres Herrn wie der Bedeutung ihrer Mission angemessen. Als der Vertrag abgeschlossen war, wobei ich ihnen mehrere bedeutende Dienste durch das Ansehen erwies, das ich mir jetzt bei Hofe erworben hatte, oder wenigstens erworben zu haben schien, machten mir Ihre Exzellenzen, welche durch private Mitteilungen erfuhren, wie sehr ich ihr Freund sei, einen formellen Besuch. Sie begannen mit vielen Komplimenten über meine Kraft und Großmut, luden mich in ihres Herrn Namen ein, sein Königreich Blefuscu zu besuchen und wünschten, ich möchte ihnen einen Beweis meiner wunderbaren Stärke zeigen, von welcher sie bereits so viel gehört hätten. Hierin stand ich ihnen zwar bereitwilligst zu Diensten, werde jedoch den Leser nicht mit Einzelheiten aufhalten.

Als ich die Exzellenzen einige Zeit zu ihrer außerordentlichen Befriedigung und Freude unterhalten hatte, bat ich sie, sie möchten mir die Ehre erweisen, meine untertänigste Achtung dem Kaiser, ihrem Herrn, zu verkünden, den ich besuchen wollte, bevor ich in mein Vaterland zurückkehrte. Sobald ich deshalb wieder die Ehre einer Audienz bei unserem Kaiser hatte, ersuchte ich ihn um die Erlaubnis, dem Blefuscu'schen Monarchen aufwarten zu dürfen. Er hatte die Gnade, sie mir zu erteilen, jedoch, wie ich bemerkte, in sehr zurückhaltender Weise; den Grund konnte ich nicht erraten, bis eine gewisse Person mir zuflüsterte, *Flimnap* und *Bolgolam* hätten meine Unterredung mit den Gesandten als ein Zeichen der Abneigung dargestellt, von welcher, wie ich beschwören kann, mein Herz durchaus frei gewesen. Dies war das erste Mal, daß ich einen etwas dubiosen Begriff von Höfen und Ministern erlangte.

Es ist zu bemerken, daß die Gesandten sich durch einen Dolmetscher mit mir unterhielten, denn die Sprachen beider Reiche sind ebenso stark voneinander verschieden, wie dies bei mehreren europäischen Staaten der Fall ist. Jede Nation ist auf die Tradition, die Schönheit, die Kraft ihrer eigenen Sprache stolz und verachtet die ihrer Nachbarn. Unser Kaiser jedoch benutzte den Vorteil, welcher ihm die Wegnahme der Flotte gewährte, zwang die Gesandten, ihre Kreditivschreiben abzugeben und ihre Rede im Liliputischen zu halten. Auch muß ich zugeben, daß die meisten Personen von Stande, daß Kaufleute und Matrosen, kurz alle, die an den Küsten wohnen, sich in beiden Sprachen auszudrücken vermögen. Der Grund liegt in der großen Handelsverbindung beider Staaten, in der fortwährenden Aufnahme der Verbannten aus beiden Reichen, die gegenseitig ist, in der herrschenden Gewohnheit, junge Männer von Adel und Vermögen in das andere Reich hinüberzusenden, damit sie durch Kenntnis der Welt, der Menschen und Sitten ihre äußeren Formen ausbilden. Die gegenseitigen Sprachkenntnisse erkannte ich einige Wochen später, als ich dem Kaiser von Blefuscu meine Aufwartung machte, ein Umstand, der sich inmitten meines Unglücks, das die Bosheit meiner Feinde bewirkte, als ein höchst glückliches Ereignis erwies, wovon ich noch berichten werde.

Der Leser wird sich erinnern, daß ich mit einigen Bedingungen unzufrieden war, unter denen ich meine Freiheit wiedererlangte. Mir mißfiel daran, daß sie zu sklavisch waren, allein, ich war damals durch die Not gezwungen, mich zu fügen. Da ich jetzt jedoch ein *Nardac* des Reiches vom höchsten Range war, so wurden sie als meiner jetzigen Würde widerstrebend betrachtet, und der Kaiser (diese Gerechtigkeit muß ich ihm widerfahren lassen) erwähnte sie nie in meiner Gegenwart. Bald darauf hatte ich wiederum Gelegenheit, Seiner Majestät einen, — meiner Meinung nach — sehr bedeutenden Dienst zu erweisen. Ich wurde plötzlich um Mitternacht durch ein Geschrei vieler Leute vor meiner Tür aufgeweckt und geriet wirklich in Schrekken. Ich hörte das Wort *Burglum* unaufhörlich wiederholt: mehrere Hofleute des Kaisers drängten sich durch den Menschenhaufen und baten mich, sogleich zum Palast zu kommen, wo in den Zimmern Ihrer Majestät der Kaiserin durch die Sorglosigkeit einer Ehrendame eine Feuersbrunst ausgebrochen wäre. (Diese hatte nämlich einen Roman im Bett gelesen und war dabei eingeschlafen). Sogleich sprang ich auf; Befehl wurde erteilt, mir aus dem Weg zu gehen. Da nun auch der Mond gerade schien, bemühte ich mich, zum Palast zu gelangen, ohne die Menschen zu zertreten. Wie ich fand, hatte man schon Leitern an die Gemächer angelegt, und sich mit Feuereimern zur Genüge versehen, aber das Wasser war von dem Brandherd recht weit entfernt. Die Feuereimer waren von der Größe eines Fingerhuts, und die armen Leute lieferten mir so viel und so schnell, wie es ihnen nur möglich war; allein die Flamme griff so heftig um sich, daß dies nicht viel half. Ich würde das Feuer mit meinem Rock leicht erstickt haben, trug unglücklicherweise jedoch nur mein ledernes Wams. Der Fall schien hoffnungslos und beklagenswert, und der prächtige Palast würde unfehlbar niedergebrannt sein, hätte ich nicht plötzlich eine Geistesgegenwart offenbart, wie ich sie sonst nicht besitze. Am Abend zuvor hatte ich sehr viel von einem köstlichen Wein, mit Namen *Glim-*

gum, getrunken (die Blefuscuer nennen ihn *Flemei*, aber man hält unsere Sorte für die bessere), der sehr anregend auf die Harnproduktion wirkt. Glücklicherweise hatte ich mich dessen noch gar nicht entledigt. Die Hitze, der ich mich aussetzte, zumal ich nahe an die Flamme herantrat und sie zu löschen suchte, bewirkte, daß der Wein auf die Harnblase schlug: ich entleerte mich nun so rasch, daß die Feuersbrunst in drei Minuten gelöscht und der schöne Palast, dessen Bau so viele Menschenalter erfordert hatte, von gänzlicher Zerstörung bewahrt wurde.

Der Tag war angebrochen, und ich kehrte in meine Wohnung zurück, ohne dem Kaiser meinen Glückwunsch abgestattet zu haben, weil ich nicht wissen konnte, wie Seine Majestät den erwiesenen Dienst aufnehmen würde. Durch die Grundgesetze des Reiches war nämlich jedem, ohne Rücksicht auf seinen Stand, die Todesstrafe bestimmt, der innerhalb der Palastmauern sein Wasser abschlug. Zwar beruhigte mich wieder eine Botschaft Seiner Majestät, Er werde Seinem Justizminister Befehl erteilen, mir eine Verzeihungsurkunde in aller Form ausfertigen zu lassen. Diese konnte ich dennoch nicht erhalten; man machte mir nämlich die vertrauliche Mitteilung, die Kaiserin habe den furchtbarsten Schauder über meine Tat empfunden, habe sich in die entferntesten Gemächer des Palastes zurückgezogen, und den festen Entschluß gefaßt, niemals sollten ihre früheren Gemächer zu ihrem Gebrauch wieder ausgebessert werden. Sie konnte es auch nicht unterlassen, mir in Gegenwart ihrer vertrauten Hofdamen furchtbare Rache zu schwören.

SECHSTES KAPITEL.

Über die Einwohner von Liliput, ihre Wissenschaften, Gesetze und Gewohnheiten. Ihre Erziehungsmethode. Des Verfassers Lebensweise in diesem Land. Seine Ehrenrettung einer vornehmen Dame.

Obgleich ich mir die Beschreibung des Reiches Liliput in einer besonderen Abhandlung vorbehalte, will ich indessen der Wißbegierde des Lesers insoweit entsprechen, als ich ihm einige allgemeine Informationen zu diesem Thema gebe. So, wie die gewöhnliche Größe der Eingeborenen etwas weniger als sechs Zoll beträgt, herrscht die nämliche Relation auch bei den Tieren, Pflanzen und Bäumen. Die größten Pferde und Ochsen sind nur bis fünf Zoll, die Schafe ungefähr

anderthalb Zoll hoch, die Gänse so groß wie ein Sperling, und in solcher Reihenfolge geht es abwärts, bis ich die Gegenstände nicht mehr zu erkennen vermochte. Die Natur hat jedoch die Augen der Liliputaner so geschaffen, daß sie alles sehr genau, wenn auch nur in geringer Entfernung, erblicken können. Um die Schärfe ihrer Augen in der Nähe zu zeigen, führe ich hier nur an, daß ich einen Koch beobachtet habe, der eine Lerche, nicht größer als eine Fliege, rupfte, und ein junges Mädchen, welches einen mir unsichtbaren Seidenfaden in eine

unsichtbare Nadel einfädelte. Ihre größten Bäume sind wenig mehr als sieben Fuß hoch; ich meine einige im königlichen Park, deren Gipfel ich mit der Hand greifen und alsdann mit meinen Fingern umbiegen konnte. Die anderen Pflanzen zeigen dasselbe Verhältnis, das ich jedoch der Einbildungskraft des Lesers überlassen möchte.

Von ihrer Gelehrsamkeit, die viele Menschenalter hindurch bei ihnen geblüht hat, will ich hier nicht reden. Ihre Art der Schrift ist aber sehr sonderbar; sie schreiben weder wie die Europäer, von der Linken zur Rechten,

Merveilleusement, Incomparablement.

noch von der Rechten zur Linken, wie die Araber,

لو يعلم الّذين كفروا حين لا يكفّون عن وجوههم النّار ولا عن
ظهورهم ولا هم ينصرون

oder von oben nach unten wie die Chinesen, sondern quer über das Papier, von einer Ecke des Bogens zur andern, wie die englischen Damen. Die Toten begraben sie so, daß sie diese mit dem Kopf ins Grab senken. Sie sind nämlich der Meinung, nach elfhundert Monaten würden sie alle wieder auferstehen; dann aber werde die Erde, die sie sich als flache Scheibe vorstellen, sich um sich selbst gedreht haben, so daß die Toten bei ihrer Auferstehung wieder auf die Füße zu stehen kämen. Die Gelehrten unter ihnen haben schon längst die Absurdität dieser Meinung festgestellt, allein die Sitte ist — als Zugeständnis an die Meinung des Volkes — beibehalten worden.

西域同嗣
頭内屬志

Einige Gewohnheiten und Gesetze dieses Reiches sind von sehr besonderer Art; wären sie nicht denen meines eigenen teuersten Vaterlandes durchaus entgegengesetzt, so würde ich

versuchen, etwas zu ihrer Rechtfertigung zu sagen. Das erste, welches ich anführen will, betrifft Denunzianten und Spione. Alle Verbrechen gegen den Staat werden hier mit der größten Strenge bestraft. Ergibt sich aber während des Prozesses die Unschuld des Angeklagten, so wird der Denunziant sogleich auf schmachvolle Weise hingerichtet. Der Unschuldige erhält eine Entschädigung aus den Gütern und Ländereien seines Angebers für den Verlust seiner Zeit, für die Gefahr, in der er schwebte, für die Leiden seiner Gefangenschaft, für alle Kosten, die ihm durch seine Verteidigung erwachsen waren. Ist das Vermögen des Denunzianten nicht ausreichend, so zahlt die Krone genügende Entschädigung. Der Kaiser erweist ihm auch eine öffentliche Gnadenbezeugung, und in der ganzen Hauptstadt wird seine Unschuld durch Proklamation verkündet.

Betrug ist ein schwereres Verbrechen als Diebstahl und wird daher in der Regel mit dem Tode bestraft. Die Liliputaner sind nämlich der Meinung, gehörige Sorgfalt und gewöhnlicher Menschenverstand können das Eigentum vor Dieben schützen, dagegen besäßen ehrliche Leute keinen Schutz gegen die überlegene List der Betrüger; da ein fortwährender Verkehr des Kaufens und Verkaufens sowie des Handels auf Kredit einmal notwendig sei, werde der ehrliche Mann betrogen und der Schurke sei im Vorteil, sobald Betrügerei erlaubt oder gefördert werde oder wo sich keine Gesetze zur Bestrafung derselben vorfinden.

Wie ich mich erinnere, legte ich einst bei dem Kaiser Fürbitte für einen Verbrecher ein, welcher seinen Herrn um eine große Geldsumme betrogen hatte, die er in dessen Auftrag erhalten, allein für sich behielt und damit entfloh. Als ich nun dem Kaiser beiläufig sagte, dies sei nur ein Mißbrauch des Vertrauens, erwiderte er tadelnd, es sei schändlich, den höchsten Grad des Verbrechens verteidigen zu wollen. Hierauf konnte ich auch wirklich keine andere Antwort geben als das Spottwort: „ländlich, schändlich!" Ich muß gestehen, daß ich mich ehrlich schämte.

Obgleich wir Belohnung und Strafe zwei Polaritäten zu nennen pflegen, auf denen sich jede Regierung bewegt, so habe ich doch diesen Gegensatz bei keiner Nation, mit Ausnahme der Liliputaner, in die Praxis umgesetzt gesehen. Jeder, der den Beweis erbringen kann, daß er die Landesgesetze dreiundsiebzig Monate hindurch mit größter Strenge befolgt hat, erhält einen Anspruch auf gewisse Privilegien, je nach Stand und Lebensverhältnis, zugleich eine besondere Geldsumme, die aus einem speziellen Fonds genommen wird. Ferner erhält er den Titel *Frillnall* oder der Gesetzliche, der seinem Namen

vorgesetzt, jedoch auf seine Nachkommen nicht vererbt wird. Die Liliputaner hielten es auch für einen außerordentlichen Mangel unserer Staatsverfassung, als ich ihnen sagte, die Befolgung unserer Gesetze werde allein durch Strafen erzwungen, ohne daß von irgendeiner Belohnung die Rede sei. Mit Rücksicht auf die erwähnte Sitte wird die Gerechtigkeit in ihren Gerichtshöfen mit sechs Augen abgebildet, zwei vorne, zwei hinten und eines an jeder Seite, um die Vorsicht anzudeuten; sie hält ferner einen Beutel voll Gold mit der rechten, und ein Schwert in der Scheide mit der linken Hand, um anzudeuten, sie sei mehr zur Belohnung als zur Strafe geneigt.

Bei der Besetzung der Ämter nehmen sie mehr Rücksicht auf gute Lebensführung als auf besondere Fähigkeiten. Sie glauben, da eine Regierung für die Menschen nun einmal notwendig sei, eigne sich auch das gewöhnliche Maß des Verstandes für die eine oder andere Stellung im Leben; die Vorsehung habe die Behandlung der Staatsangelegenheiten zu keinem Geheimnis gemacht, welches nur von wenigen Personen mit höheren Geistesgaben verstanden werden könne; von solchen Menschen würden außerdem immer nur wenige in jeder Generation geboren. Dagegen hegen sie die Meinung, Wahrhaftigkeit, Gerechtigkeit, Mäßigung und andere Tugenden könnten von jedem Menschen ausgeübt werden. Sei Erfahrung und gute Absicht damit verbunden, so eigne sich ein jeder für den Dienst an seinem Vaterland, mit Ausnahme derjenigen Geschäfte, bei denen eine gewisse Erfahrung und Kenntnis erforderlich sei. Dagegen könne der Mangel an moralischen Tugenden durch überlegene Geistesgaben so wenig ersetzt werden, daß kein Amt derart gefährlichen Händen anvertraut werden dürfe; die durch Unwissenheit bewirkten Versehen würden bei tugendhaftem Charakter im allgemeinen nie so gefährlich sein wie die Schliche derjenigen, welche durch böse Neigungen zur Verderbnis geführt werden und Geisteskräfte besitzen, dieselben zu vervielfachen, zu benutzen und zu beschönigen.

In gleicher Weise wird durch den Unglauben an eine göttliche Vorsehung Unfähigkeit offenbart, ein öffentliches Amt zu verwalten. Die Liliputaner glauben nämlich, nichts könne abgeschmackter sein, als daß Fürsten, welche sich für die Repräsentanten der Gottheit halten, Leute zu ihrem Dienst verwenden, welche die Macht in Zweifel ziehen, auf der ihre eigene beruht.

Indem ich diese und die folgenden Gesetze anführe, habe ich

nur die ursprünglichen Einrichtungen im Auge, nicht aber die schmähliche Verdorbenheit, in die dieses Volk wegen der so leicht entartenden Natur der Menschen versunken ist. Denn was jene schmachvolle Sitte betrifft, die höchsten Staatsämter durch Seiltanzen oder Gunstbezeugungen und Auszeichnungen, durch das Springen über den Stock und durch Untendurchkriechen zu erwerben, so muß der Leser dessen eingedenk sein, daß sie zuerst von dem Großvater des jetzt regierenden Kaisers eingeführt wurden und durch das allmähliche Anwachsen der Parteistreitigkeiten zur jetzigen Höhe gediehen sind.

Undankbarkeit wird für ein Verbrechen gehalten, welches den Tod verdient. Die Liliputaner begründen dieses Verfahren durch folgende Logik: Wer gegen seinen Wohltäter sich undankbar erweist, der muß auch ein Feind der übrigen Menschheit sein, von denen er keine Wohltaten erlangt hat; deshalb ist es nicht zweckmäßig, ihn am Leben zu lassen.

Die Begriffe von den beiderseitigen Pflichten der Eltern und Kinder sind von den unseren gänzlich verschieden. Da nämlich die Paarung von Mann und Frau, wie bei den Tieren, auf Naturgesetzen beruht, behaupten sie durchaus, daß Männer und Frauen nur deshalb sich vereinigen; die Zärtlichkeit gegen die Kinder sei den gleichen Naturgesetzen unterworfen. Deshalb wollen sie nicht zugestehen, ein Kind sei für sein Dasein den Eltern verpflichtet, welches ohnedies wegen des menschlichen Elendes keine Wohltat sei; auch bezweckten die Eltern gar keine Wohltat, sondern dächten bei ihren verliebten Zusammenkünften an ganz andere Dinge. Aus diesen und anderen Überlegungen sind sie der Meinung, Eltern dürfe man am wenigsten unter allen Menschen die Erziehung der Kinder anvertrauen. Deshalb befinden sich in jeder Stadt öffentliche Pensionsanstalten, in die alle Eltern, mit Ausnahme der ärmeren Bauern und

Taglöhner, ihre Kinder senden müssen, damit diese dort bis zum Alter von zwanzig Monaten erzogen werden, denn es wird angenommen, daß sie um diese Zeit bereits Anlagen zum Lernen besitzen. Die Schulen sind verschiedener Art und nach den Eigenschaften und Geschlechtern der Zöglinge unterschieden. Geschickte Lehrer erziehen die Kinder zu dem Lebensverhältnis, das dem Stand ihrer Eltern, ihren Fähigkeiten und Neigungen gemäß ist. Zuerst werde ich hier einiges über die männlichen und dann über die weiblichen Erziehungsanstalten berichten.

An den Unterrichtsanstalten für Knaben von hoher und vornehmer Geburt lehren berühmte Professoren und Unterlehrer. Kleidung und Nahrung der Kinder sind höchst einfach. Die Zöglinge werden nach den Grundsätzen von Ehre und Gerechtigkeit, des Mutes, der Keuschheit, Milde, Religion und Vaterlandsliebe erzogen. Sie sind stets beschäftigt, nur nicht während des Essens und Schlafens, wofür nur eine knappe Zeit bestimmt ist, und während zweier Erholungsstunden, die zu körperlichen Übungen verwendet werden. Bis sie das vierte Jahr erreicht haben, werden sie von Männern angekleidet, müssen aber nach Ablauf dieser Zeit ihre Kleider selbst anlegen, welch hohen Standes sie auch immer sein mögen. Das weibliche Gesinde, das in einem Alter ist, das dem unsrigen von fünfzig Jahren entspricht, verrichtet nur die niedrigsten Dienste. Die Knaben dürfen sich mit den Dienern nicht unterhalten und dürfen nur in kleinerer oder in größerer Anzahl unter der Aufsicht eines Lehrers ihren Vergnügungen nachgehen. Deshalb erfahren sie nie allzu früh die schlimmen Eindrücke der Torheit und des Lasters, denen unsere Kinder ausgesetzt sind. Die Eltern dürfen ihre Söhne nur zweimal im Jahr für eine Stunde sehen. Es ist ihnen erlaubt, ihre Kinder beim Ankommen und beim Abschied zu küssen; ein Lehrer, der bei diesen Gelegenheiten zugegen ist, duldet nicht, daß sie flüstern, zärtliche Ausdrücke gebrauchen, oder Spielzeug, Zuckerwerk und dergleichen mitbringen.

Die für die Erziehung und Ernährung eines jeden Kindes zu zahlende Summe wird, sobald sie ausbleibt, von den Beamten des Kaisers eingezogen.

Die Erziehungsanstalten für Kinder aus den mittleren Ständen, von Kaufleuten, Kleinhändlern, Handwerkern, sind dementsprechend eingerichtet. Nur werden diejenigen, die ein Gewerbe erlernen wollen, schon mit elf Jahren in die Lehre gegeben, während die Kinder aus höheren Ständen ihre Studien bis zum fünfzehnten Jahr fortsetzen, was, nach unseren Verhältnissen, einundzwanzig Lebensjahren entspricht. In den letzten drei Jahren wird jedoch die Abgeschlossenheit allmählich vermindert.

Die jungen Mädchen von Stand werden in ihren Erziehungsanstalten fast so wie die Knaben erzogen; nur haben sie zum Ankleiden weibliche Dienerschaft, die jedoch stets im Beisein eines Lehrers tätig ist. Mit dem fünften Jahr müssen sich die

Mädchen selbst ankleiden. Wagen es die Mägde, die Kinder mit furchtbaren oder albernen Geschichten oder mit den bei uns gewöhnlichen Torheiten der Kammermädchen zu unterhalten, so werden sie öffentlich dreimal durch die Stadt gepeitscht, ein Jahr ins Gefängnis gesperrt und alsdann in den entferntesten und ödesten Teil des Landes verbannt. Aus diesem Grunde verachten es die jungen Damen, ebenso wie die Männer, feige und albern zu erscheinen; sie verschmähen persönlichen Schmuck, der über Anstand und Reinlichkeit hinausgeht. Ich habe auch keinen großen Unterschied in der Erziehung bemerkt, nur, daß die Leibesübungen der Mädchen nicht so schwer waren und daß ihnen besondere Lehren hinsichtlich des häuslichen Lebens erteilt wurden und man von ihnen geringeres Wissen verlangte. Die Liliputaner verfahren nämlich nach dem Grundsatz, bei Leuten von Stande müsse die Gemahlin eine vernünftige und angenehme Kameradin und Gefährtin sein, weil sie nicht immer jung bleiben könne. Haben die Mädchen das zwölfte Lebensjahr erreicht, das in Liliput als heiratsfähiges Alter gilt, so werden sie von den Eltern oder Vormündern nach Hause gebracht,

wobei die größte Dankbarkeit gegenüber den Lehrern ausgesprochen wird. Diese Trennung geschieht selten ohne Tränenvergießen der jungen Damen.

In den Erziehungsanstalten für geringere Stände werden die Mädchen in allen Arbeiten, die sich für ihr Geschlecht und für ihre spezielle Lage eignen, unterrichtet; diejenigen, welche in die Lehre gegeben werden, entläßt man mit dem siebten, die anderen mit dem elften Jahr.

Die ärmeren Familien, deren Kinder sich in diesen Erziehungsanstalten befinden, müssen außer dem jährlichen Kostgeld, das sehr unbedeutend ist, einen kleinen Teil ihrer monatlichen Einkünfte, die zu ihrer späteren Ausstattung bestimmt sind, dem Verwalter übergeben. Deshalb sind auch die Ausgaben aller Eltern durch das Gesetz beschränkt. Die Liliputaner glauben nämlich, keine Handlung sei ungerechter als die Zeugung von Kindern, wenn die Eltern nachher die Last der Erziehung auf die öffentliche Hand abwälzen wollen. Leute von Stand leisten Bürgschaft für eine bestimmte, ihrem Verhältnis angemessene Summe als Eigentum des Kindes, und dieses Kapital wird stets mit Sparsamkeit und größter Gewissenhaftigkeit verwaltet.

Die ärmeren Bauern und Taglöhner behalten ihre Kinder zu Hause; da ihr einziges Geschäft in Pflügen und anderen Landar-

beiten besteht, so ist ihre Erziehung von keiner großen Bedeutung für die Allgemeinheit.

Dem wissensdurstigen Leser werde ich vielleicht Unterhaltung gewähren, wenn ich ihm einen Bericht von meiner persönlichen Lebensweise gebe, die ich während meines Aufenthalts von neun Monaten und dreizehn Tagen führte. Da ich praktisch bin, zimmerte ich mir aus den größten Bäumen des Parks einen ziemlich bequemen Stuhl und einen Tisch. Zweihundert Näherinnen waren damit beschäftigt, mir Hemden, sowie Bett- und Taschentücher von der rauhesten und stärksten Leinwand anzufertigen. Dennoch waren sie genötigt, dieselbe in mehrere Falten zu steppen, denn die dickste Leinwand war bedeutend feiner als Gaze. Die liliputanische Leinwand war gewöhnlich drei Zoll breit, und drei Fuß bilden ein Stück.

Die Näherinnen nahmen mir das Maß, als ich auf dem Boden lag; die eine stand an meinem Hals, die andere an meinen Knien, beide hielten eine lange Schnur straff angespannt, während eine dritte mit einem Maßstab von einem Zoll Länge die Ausdehnung des Stückes errechnete; alsdann nahmen sie das Maß meines rechten Daumens auf und verlangten dann nichts weiter, denn durch eine mathematische Berechnung war erwiesen, das zweifache Maß des Daumens sei das der Faust, und dasselbe Verhältnis gelte für Hals und Bauch; ferner nahmen sie auch durch den Vergleich ihrer Berechnung mit meinem alten Hemd, das ich als Muster auf den Boden ausbreitete, an mir selbst ganz genau Maß. Dreihundert Schneider wurden in derselben Art beschäftigt. Diese verfuhren aber auf andere Weise, als sie an mir Maß nahmen. Ich kniete nieder, und sie setzten eine Leiter vom Boden an meinen Hals. Einer stieg hinauf und ließ von meinem Halskragen eine mit Blei versehene Schnur auf den Boden hängen, welche gerade der Länge meines Rocks entsprach; alsdann nahm ich selbst das Maß der Arme und meiner Breite. Als meine Kleider in meiner Wohnung verfertigt waren (denn das größte Haus der Liliputaner hätte sie nicht fassen können), glichen sie den aus Stückwerk zusammengesetzten Teppichen, welche die Damen in England verfertigen.

Dreihundert Köche bereiteten meine Nahrung in kleinen, nahe meinem Haus erbauten und bequemen Hütten, wo sie mit ihren Familien wohnten. Jeder Koch lieferte mir zwei Gerichte, zwanzig Bediente hob ich mit meiner Hand auf den Tisch; hundert andere standen auf dem Boden, einige mit Fleischgerichten, andere mit Fässern voll Wein und Likören. Alles dies wanden die Bedienten, meinem Bedürfnis entsprechend, auf sehr sinnreiche Weise mit Stricken, wie wir in Europa die Wassereimer, hinauf. Jedes Fleischgericht ergab einen Mund voll, ein Weinfaß einen guten Schluck. Das liliputanische Hammelfleisch ist nicht so gut wie das unsrige, doch ist ihr Rindfleisch ausgezeichnet. Ich habe einst eine so große Rindskeule gegessen, daß ich sie mit drei Bissen verzehren konnte. Meine Diener erschraken, als sie sahen, wie ich sie mit Knochen und allem, wie man bei uns einen Lerchenflügel ißt, zerkaute. Gänse und Truthühner steckte ich auf einmal in den Mund, und ich muß gestehen, sie waren vorzüglich. Von ihrem kleinen Geflügel konnte ich zwanzig bis dreißig Stück mit meinem Messer aufspießen.

Seine kaiserliche Majestät, die von meiner Art zu essen gehört hatte, erwies mir eines Tages mit der königlichen Gemahlin und den Kindern von Geblüt beider Geschlechter die hohe Gnade, mit mir zu Mittag zu speisen. Sie erschienen, und ich setzte sie in den Staatsstühlen mit ihren Garden auf den Tisch mir gegenüber. *Flimnap,* der Finanzminister, war auch mit seinem weißen Stabe gegenwärtig, und ich bemerkte, daß er mich oft mit recht verdrießlichem Gesicht ansah; ich stellte mich jedoch, als ob ich es nicht bemerkte, sondern aß nun, um meinem teuren Vaterland Ehre zu machen, zugleich auch, um den Hof in Erstaunen zu versetzen, sogar noch mehr als gewöhnlich. Ich habe besondere Gründe zu vermuten, daß dieser Besuch Ihrer Majestäten dem Herrn Minister *Flimnap* Gelegenheit bot, mir schlimme Dienste bei seinem Herrn zu erweisen. Dieser Minister war stets mein Feind gewesen, obgleich er mir nach außen hin mehr Liebkosungen erwies, als bei seiner mürrischen Gemütsart sonst üblich war. Er machte dem Kaiser Vorstellungen über den schlimmen Zustand seiner Finanzen, und er werde gezwungen sein, Geld aufzunehmen; Staatsschuldscheine würden nur zu neun Prozent unter der Nominalsumme zirkulieren können; ich hätte Seiner Majestät bereits anderthalb Millionen *Strugs* gekostet (dieses ist die größte liliputanische Geldmünze, ungefähr von der Dicke einer Goldflitter), kurzum, es sei anzuraten, daß Seine Majestät die erste passende Gelegenheit benutze, mich zu entlassen.

Hier muß ich den Ruf einer Dame rechtfertigen, die meinetwegen viel Leid erdulden mußte. Der Finanzminister kam auf den Einfall, eifersüchtig zu werden, und zwar wegen der Bosheit giftiger Zungen, welche ihm hinterbrachten, Ihre Gnaden leide an heftiger Liebe zu meiner geringfügigen Person. Bei Hofe zirkulierte ferner das Gerücht, sie sei allein in meine Wohnung gekommen. Dieses erkläre ich für eine schändliche, gänz-

lich unbegründete Lüge; Ihre Gnaden hatten allein die Güte, mir unschuldige Beweise der Freundschaft zu zeigen. Ich muß eingestehen, daß sie öfter in mein Haus kam, allein stets öffentlich und in der Gesellschaft von drei anderen Damen in ihrer Kutsche, nämlich mit ihrer Schwester, Tochter und einer besonderen Freundin.

So verfuhren auch die anderen Damen des Hofes. Ich rufe meine Diener als Zeugen an, die bestätigen müssen, daß sie nie vor meiner Türe eine Kutsche sahen, ohne die Namen der Personen zu erfahren, welche sich darin befanden.

Bei diesen Gelegenheiten pflegte ich mich sogleich zur Tür zu begeben, sobald mein Diener mich davon benachrichtigt hatte. Nach einer höflichen Begrüßung nahm ich dann die Kutsche mit den zwei Pferden auf meine Hand (war nämlich die Kutsche sechsspännig vorgefahren, so wurden vier Pferde vom Postillon ausgespannt) und stellte dieselbe auf den Tisch, den ich, um Unglück zu verhüten, mit einem fünf Zoll hohen Rahmen eingefaßt hatte. So standen oftmals vier Kutschen auf einmal mit ihren Pferden auf meinem Tisch. Ich saß auf meinem Stuhl und lehnte mein Gesicht zu den Kutschen hin. Während ich mich mit einer Gesellschaft unterhielt, pflegten die Kutscher die anderen Karossen auf meinem Tische herumzufahren. Manchen Nachmittag habe ich sehr angenehm in solchen Gesprächen zugebracht. Allein ich fordere den Finanzminister oder seine zwei Spione (ich will sie zu ihrer Schande nur nennen), *Clustrill* und *Drunlo,* als Zeugen auf, ob irgendwer inkognito zu mir gekommen sei, mit Ausnahme des Sekretärs *Redresal,* der auf besonderen Befehl Seiner kaiserlichen Majestät gesandt wurde, wie ich zuvor schon erzählt habe. Ich würde bei diesem Umstand nicht verweilen, wäre der gute Ruf einer hohen Dame, von meinem eigenen abgesehen, nicht dadurch in Frage gestellt worden. Ferner hatte ich die Ehre, im Rang höher als der Finanzminister zu stehen, denn ich war *Nardac,* und die Welt weiß, daß er nur ein *Glumglum* ist, ein Titel, der um einen Grad niedriger, sich zu meinem so verhält wie der des Marquis zum Herzog in England. Doch muß ich zugeben, daß er vermöge seines Amtes über mir stand. Die unwahren Angebereien, die ich nachher durch einen Umstand erfuhr, den ich nicht erwähnen kann, hatten zur Folge, daß der Finanzminister sich gegenüber seiner Gemahlin und mir lange Zeit sehr unfreundlich verhielt. Obgleich er sich bald mit mir aussöhnte, verlor ich doch all sein Vertrauen und fand auch bald, daß mein Einfluß beim Kaiser abnahm, weil er sich von diesem Günstling zu sehr verhetzen ließ.

SIEBENTES KAPITEL.

Der Verfasser erfährt von dem Plan, ihn wegen Hochverrat anzuklagen und flieht nach Blefuscu. Er berichtet über seine dortige Aufnahme.

Hier halte ich es für zweckmäßig, bevor ich über meine Abreise berichte, eine besondere Intrige zu erwähnen, die schon seit zwei Monaten gegen mich gesponnen wurde.

Bisher war ich wegen meiner Herkunft dem Hofleben gänzlich fremd gewesen. Zwar hatte ich vom Charakter großer Fürsten und Minister genug gelesen und gehört, erwartete jedoch nie so furchtbare Erfahrungen in einem so fernen Lande zu machen, das nach Grundsätzen regiert wurde, die sich von denen der europäischen Staaten so wesentlich unterscheiden.

Als ich gerade Vorbereitungen traf, dem Kaiser von Blefuscu meine Aufwartung zu machen, kam eine bei Hofe einflußreiche

Persönlichkeit (der ich einst einen Dienst erwiesen hatte, als dieselbe sich in höchster Ungnade beim Kaiser befand) zur Nachtzeit und in einer Sänfte in meine Wohnung und bat um eine Unterredung, ohne mir seinen Namen ankündigen zu lassen. Die Sänftenträger wurden entlassen, ich steckte die Sänfte, worin sich Seine Lordschaft befand, in meine Rocktasche, befahl einem vertrauten Diener, den übrigen zu sagen, ich sei krank und habe mich schlafen gelegt, verschloß die Haustür, stellte die Sänfte nach meiner Gewohnheit auf den Tisch und setzte mich davor. Nach den gewöhnlichen Begrüßungen bemerkte ich im Antlitz Seiner Herrlichkeit große Besorgnis. Als ich nach der Ursache fragte, äußerte der Herr den Wunsch, ich möchte ihn in einer Angelegenheit, die mein Leben und meine Ehre im höchsten Grade bedrohe, geduldig anhören. Er sagte: „Erfahren Sie von mir, daß seit kurzem der Ausschuß des Geheimen Rates zu einer besonderen Versammlung Ihrethalben einberufen wurde, schon seit zwei Jahren hat Seine Majestät einen bestimmten Entschluß gefaßt.

Es ist Ihnen nicht unbekannt, daß *Skyresh Bolgolam* (Galbet oder Großadmiral) seit Ihrer Ankunft Ihr tödlichster Feind gewesen ist. Die ursprünglichen Gründe kann ich Ihnen nicht berichten, sein Haß hat sich aber durch Ihr Glück im Krieg gegen Blefuscu vermehrt, da hierdurch sein eigener Ruhm als Admiral sehr geschmälert wurde. Dieser Würdenträger des Reichs, sowie auch *Flimnap,* der Finanzminister und Großschatzmeister, dessen Feindschaft gegen Sie, seiner Gemahlin wegen, bekannt ist, der General *Limtock,* der Kammerherr *Lalcon* und *Balmaff,* der Großkanzler und Justizminister, haben die Artikel einer Anklage auf Hochverrat und anderer Kapitalverbrechen gegen Sie eingereicht!"

Diese Vorrede machte mich so heftig, daß ich den Redner unterbrechen wollte, denn ich war mir meiner Verdienste und meiner Unschuld sehr bewußt. Er bat mich zu schweigen und setzte seine Rede folgendermaßen fort:

„Aus Dankbarkeit für die Gefälligkeiten, die Sie mir erwiesen, habe ich mir genaue Nachricht vom ganzen Verfahren und eine Abschrift der Artikel verschafft; um Ihnen zu dienen, wage ich jetzt meinen Kopf.

Anklage gegen Quinbus Flestrin,
den Bergmenschen.

Artikel 1. Obgleich es durch ein Reichsgesetz aus der Regierung Seiner kaiserlichen Majestät *Calin Deffar Plune* bestimmt und beschlossen ist, daß jeder, der seine Blase innerhalb der Ringmauern des kaiserlichen Palastes erleichtert, den Strafen und Folgen des Hochverrats anheimfällt, hat besagter *Quinbus Flestrin* nichtsdestoweniger besagtes Gesetz öfter übertreten, und unter dem Vorwand, eine Feuersbrunst in den Gemächern der teuersten, geliebtesten Gemahlin Seiner Majestät zu löschen, höchst boshaft, teuflisch und verräterisch durch seinen Urin besagte Feuersbrunst in den Palastgemächern wirklich gelöscht.

Artikel 2. Als besagter Quinbus Flestrin die kaiserliche Flotte von Blefuscu in den Hafen von Liliput gebracht hatte und ihm von Seiner kaiserlichen Majestät geboten war, alle anderen Schiffe des besagten Kaisers von Blefuscu mit Segeln und Mastbäumen zu erobern, das Reich in eine Provinz zu verwandeln, die in Zukunft durch einen Vizekönig unserer Nation regiert werden solle, ferner, nicht allein die breitendigen Verbannten, sondern alle Einwohner jenes Reiches, welche die breitendige Ketzerei nicht sogleich aufgeben wollen, zu vernichten, zu zerstören und zu töten, hat besagter *Quinbus Flestrin* wie ein falscher Verräter gegen Seine Allergnädigste, Durchlauchtigste, Kaiserliche Majestät eine Bittschrift eingereicht, jenes Dienstes entbunden zu werden, unter dem Vorwand, die Ausübung des Gewissenszwanges zu vermeiden und die Freiheit und das Leben eines friedlichen Volkes nicht zu vernichten.

Artikel 3. Als ferner gewisse Gesandte des Hofes von Blefuscu am Hofe Seiner Majestät, um Frieden bittend, anlangten, hat Er, besagter *Quinbus Flestrin,* als treuloser Verräter ihnen Hilfe angeboten, sie aufgereizt und ihnen Mittel und Wege verschafft, obgleich er wußte, der Fürst, ihr Herr, sei kürzlich offener Feind Seiner Majestät gewesen und habe offenen Krieg gegen Seine Majestät geführt.

Artikel 4. Besagter *Quinbus Flestrin* trifft auch gegenwärtig Vorbereitungen zu einer Reise nach Blefuscu und dem Hofe dieses Reichs und verletzt dadurch die Pflichten eines treuen Untertanen, da er nur eine mündliche Erlaubnis von Seiner Majestät erhalten hat. Unter dem Vorwand besagter Erlaubnis, will er auf falsche und verräterische Weise jene Reise unternehmen, um dadurch den Kaiser von Blefuscu, mit dem sich Seine Kaiserliche Majestät noch vor kurzem als Feind in offenem Krieg befand, zu unterstützen, zu ermutigen und aufzureizen.

Es gibt noch einige andere Artikel, allein diejenigen, welche ich Ihnen im Auszug vorlas, sind die wichtigsten.

Ich muß nun eingestehen, daß Seine kaiserliche Majestät bei den Debatten über diese Anklage viele Beweise großer Milde gab, sich auf die bedeutendsten Dienste berief, die Sie dem Staat erwiesen hätten, und zugleich auch Ihre Schuld zu mildern suchte. Der Finanzminister und der Admiral bestanden darauf, man solle Sie eines schmerzhaften und schmachvollen Todes sterben lassen, indem man Ihr Haus anzünde; der General solle mit zwanzigtausend Mann, welche mit vergifteten Pfeilen bewaffnet sein würden, in der Nähe bereitstehen, um Ihre Hände und Ihr Gesicht zu beschießen. Ihre Diener sollten Befehl erhalten, Ihre Bettücher und Hemden mit Gift zu bestreuen, das Ihr Fleisch zerrissen und Sie selbst unter den schmerzvollsten Martern getötet haben würde. Der General vertrat dieselbe Meinung; da aber Seine Majestät beschloß, womöglich Ihr Leben zu retten, gab der Kammerherr seine Stimme in diesem Sinne.

Hierauf befahl der Kaiser dem ersten Sekretär für seine Privatangelegenheiten, Ihrem Freund *Redresal,* seine Meinung ebenfalls auszusprechen. Dieser gehorchte und zeigte dabei den trefflichen Charakter, den ich immer an ihm vermutete. Er gestand, Ihre Verbrechen seien zwar groß, Gnade könne jedoch walten, jene bei einem Fürsten so erhabene Tugend, welche bei Seiner Majestät mit so großem Recht gepriesen werde. Er sagte, die Freundschaft zwischen ihm und Ihnen sei der Welt bekannt, so daß der ehrenwerte Rat ihn vielleicht für parteiisch halte; dem Befehl gemäß wolle er jedoch seine Gedanken frei aussprechen. Wenn der Kaiser in Anbetracht Ihrer Dienste gnädig Ihr Leben verschone und Sie bloß blenden lasse, so hege er die Meinung, daß damit der Gerechtigkeit genügt werde, daß ferner die ganze Welt die Milde des Kaisers wie auch das edelmütige Verhalten der Männer, welche die Ehre hätten, seine Ratgeber zu sein, loben und billigen müsse. Der Verlust Ihrer Augen werden Ihre körperliche Stärke nicht vermindern, so daß Sie dem Throne dadurch noch bedeutende Dienste erweisen könnten; Blindheit sei ein Haupterfordernis des Mutes, denn es verhehle uns die Gefahren; die Furcht, Ihre Augen zu verlieren, habe Ihnen die größte Schwierigkeit bei der Wegnahme der feindlichen Flotte bereitet; für Sie sei es genügend, mit den Augen der Minister zu sehen, da doch die größten Fürsten in keiner anderen Weise zu sehen pflegen.

Dieser Vorschlag wurde mit der größten Mißbilligung vom ganzen Rate vernommen. *Bolgolam,* der Großadmiral, konnte seinen Zorn nicht länger unterdrücken; er erhob sich voll Wut und äußerte, er könne nicht begreifen, wie der Sekretär es wage, seine Stimme dahin abzugeben, daß eines Verräters Leben erhalten würde. Eben die von Ihnen erwiesenen Dienste seien aus Staatsgründen eine Erschwerung Ihrer Verbrechen; ein Mann, der wie Sie im Stande gewesen sei, das Feuer in den Gemächern der Kaiserin durch Urin zu löschen (eine Missetat, die er nur mit Schaudern erwähne), könne zu einer andern Zeit auf

dieselbe Weise eine Überschwemmung bewirken und den ganzen Palast durch eine Flut zerstören; dieselbe Körperkraft, die Sie in die Lage versetzte, die feindliche Flotte zu rauben, könne Sie befähigen, im Falle der Unzufriedenheit dieselbe wieder zurückzubringen. Er habe guten Grund zu glauben, Sie seien ein Breitendiger, und der Verrat beginne stets im Herzen, bevor er sich in offenen Taten äußere. Somit klage er Sie als Verräter an und bestehe auf Ihrer Hinrichtung.

Der Finanzminister war derselben Meinung: er bewies, in welche Verlegenheit die Verwaltung des Staatsschatzes durch die Kosten Ihrer Ernährung gekommen sei, welche bald bezahlt werden müßten. Der Vorschlag des Sekretärs, Sie zu blenden, könne unmöglich diesem Übel abhelfen. Dieses werde im Gegenteil sich noch vermehren, ein Schluß, den man aus dem Umstande ziehen könne, daß gewisse Arten von Geflügel nach der Operation des Blendens schneller fräßen und fett würden. Seine Majestät und der Rat, gegenwärtig Ihre Richter, seien im Gewissen vollkommen von Ihrer Schuld überzeugt; dies sei ein genügender Grund, Sie zum Tode zu verurteilen, obgleich es an Beweisen fehle, wie sie das Gesetz erfordere.

Der Kaiser jedoch war bereits entschlossen, die Todesstrafe nicht stattfinden zu lassen und hatte die Gnade zu bemerken: da der Rat den Verlust der Augen für eine zu leichte Strafe halte, so könne man ja später auf andere Weise verfahren. Darauf bat der Sekretär, Ihr Freund, noch einmal demütig um Gehör, um auf die Behauptung des Finanzministers hinsichtlich der sehr hohen Kosten Ihrer Ernährung zu antworten. Er bemerkte: Seine Exzellenz, welche über das Einkommen Seiner Majestät ausschließlich zu verfügen habe, könne ja allmählich Ihre Nahrung vermindern; aus Mangel an ausreichender Ernährung würden Sie nach und nach schwach und hinfällig werden, Ihren Appetit verlieren, und in wenigen Monaten sterben können. Dann werde auch der Gestank Ihres Leichnams nicht mehr so gefährlich sein, denn derselbe müsse sich in dem Falle um die Hälfte vermindert haben. Sogleich nach Ihrem Tode könnten dann fünf- bis sechstausend Untertanen Ihrer Majestät das Fleisch von den Knochen schneiden, dasselbe auf Karren wegführen und in entfernteren Gegenden begraben, um ansteckende Krankheiten zu verhüten. Das Skelett würde aber für die Nachwelt als Denkmal der Bewunderung bleiben.

So wurde die ganze Sache durch die Freundschaft des Sekretärs ausgeglichen. Es wurde beschlossen, den Plan, Sie auszuhungern, geheim zu halten, während das Urteil, Sie zu blenden, in das Gesetzbuch eingetragen werden solle, wobei niemand widersprach als *Bolgolam*, der Admiral. Dieser ist nämlich eine Kreatur der Kaiserin, und wurde fortwährend von derselben aufgereizt, Ihren Tod zu bewirken, weil sie einen immerwährenden Groll gegen Sie, wegen des schmählichen Verfahrens, durch das Sie das Feuer in den Gemächern löschten, zu hegen beschlossen hat.

In drei Tagen wird Ihr Freund, der Sekretär, in Ihre Wohnung kommen und Ihnen die Artikel der Anklage vorlesen.

Hierauf wird er Ihnen die große Milde und Gnade Seiner Majestät und des Rates auseinandersetzen, wodurch Sie allein zum Verlust Ihrer Augen verurteilt werden. Auch hegt Seine Majestät keinen Zweifel, daß Sie sich demütig und dankbar dieser

Strafe unterziehen werden; zwanzig Wundärzte Seiner Majestät werden gegenwärtig sein, um darauf zu achten, daß die Operation nach den Regeln der Kunst geschehe. Man wird nämlich sehr scharfe Pfeile in Ihre Augäpfel abschießen, während Sie selbst auf dem Boden liegen müssen.

Ich überlasse es Ihrer Klugheit, welche Maßregeln Sie treffen werden. Um Verdacht zu vermeiden, muß ich sogleich ebenso heimlich zurückkehren, wie ich gekommen bin."

Seine Lordschaft entfernte sich, und ich blieb in sehr großer Unruhe allein zurück.

Der jetzt regierende Kaiser und sein Minister hatten eine Sitte eingeführt, welche von den Gewohnheiten früherer Zeiten, wie ich gehört habe, sehr verschieden war. Sobald der Hof eine grausame Hinrichtung beschlossen hatte, entweder um der Rache des Kaisers oder der Bosheit einiger Günstlinge zu frönen, hielt der Kaiser jedesmal eine Rede im versammelten Rat, worin er von seiner Sanftmut und Zärtlichkeit als von Eigenschaften sprach, die bereits aller Welt bekannt seien. Diese Rede wird sogleich im ganzen Königreich bekannt gemacht. Das Volk ist durch dieses Lobpreisen der Gnade des Kaisers immer sehr erschreckt, denn jedesmal wenn die Lobsprüche verlauteten, fiel die Strafe unmenschlicher aus, so unschuldig der Verurteilte auch war. Was mich betrifft, so muß ich eingestehen, daß ich in diesem Punkt ein schlechter Richter bin, denn weder durch Geburt noch durch Erziehung bin ich zum Höfling bestimmt. Somit konnte ich die Milde und Gnade dieses Urteils nicht recht begreifen, sondern hielt dasselbe (vielleicht irrtümlich) für streng und nicht für gnädig. Einige Male faßte ich den Entschluß, mich dem Gericht zu stellen; da ich aber während meines früheren Lebens mehrere Hochverratsprozesse gelesen und immer bemerkt hatte, das Urteil falle nur nach Gutdünken der Richter aus, wagte ich nicht, mich in einer so kritischen Lage und bei so mächtigen Feinden, einer so gefährlichen Entscheidung zu unterziehen. Einmal war ich auch entschlossen, Widerstand zu leisten; solange ich nämlich in Freiheit war, konnte mich die ganze Kriegsmacht jenes Reiches nicht unterwerfen,

und ich hätte mit geschleuderten Steinen die ganze Hauptstadt in einen Trümmerhaufen verwandeln können. Diesen Plan ließ ich aber alsbald voller Abscheu fallen, denn ich dachte an meinen Eid, den ich dem Kaiser geleistet, an die Gunstbezeugungen, die ich von ihm empfangen und an den hohen Titel ,*Nardac'*, den er mir verliehen hatte. Auch war ich noch nicht genug mit Potentaten bekannt, um meinem Gewissen einreden zu können, die jetzige Strenge des Kaisers entbinde mich aller früheren Verpflichtungen.

Zuletzt faßte ich einen Entschluß, durch den ich mir mancherlei Tadel, und auch nicht ganz mit Unrecht, zuziehen werde; denn ich gestehe, daß ich die Erhaltung meiner Augen und damit auch meiner Freiheit, meiner überstürzten Handlungsweise und meinem Mangel an Erfahrung verdanke. Hätte ich nämlich den Charakter der Fürsten und Minister, den ich späterhin an vielen anderen Höfen beobachtete, und ihre Behandlungsweise von Verbrechern, die noch geringere Missetaten als ich begangen hatten, zur Genüge gekannt, so würde ich mich bereitwillig einer so leichten Strafe unterzogen haben. Aber erfüllt von Jugendeifer und ohnedies im Besitze einer Erlaubnis Seiner Majestät, dem Kaiser von Blefuscu meine Aufwartung zu machen, benutzte ich diese Gelegenheit, ehe noch drei Tage vergingen, um meinem Freund, dem Sekretär, einen Brief zu übersenden, worin ich ihm den Entschluß erklärte, noch heute morgen nach Blefuscu abzureisen. Ich erwartete keine Antwort

und ging ans Ufer zu unserer Flotte. Ich ergriff ein großes Kriegsschiff, band ein Tau an das Vorderteil, lichtete die Anker, zog meine Kleider aus und legte sie zugleich mit meiner Bettdecke, die ich unter dem Arm getragen hatte, auf das Schiff, zog es hinter mir her und kam watend und schwimmend an den königlichen Hafen von Blefuscu, wo das Volk mich schon lange erwartet hatte. Man gab mir zwei Führer, die mich zur gleichnamigen Hauptstadt brachten. Ich hielt sie in meiner Hand, bis ich zweihundert Ellen vom Tor entfernt war und bat sie dann, meine Ankunft einem der Minister anzuzeigen und zugleich zu bemerken, ich würde dort die Befehle Seiner Majestät erwarten. Nach ungefähr einer Stunde erhielt ich die Nachricht: Seine Majestät, von der königlichen Familie und den Großbeamten begleitet, habe die Stadt verlassen, um mich zu empfangen. Hierauf ging ich hundert Ellen vorwärts; der Kaiser mit seinem Gefolge stieg vom Pferd, die Kaiserin verließ mit ihren Damen die Kutschen, und ich bemerkte weder Besorgnis noch Furcht. Dann legte ich mich auf den Boden nieder, um die Hände des kaiserlichen Paares küssen zu können. Ich sagte Seiner Majestät, ich sei meinem Versprechen gemäß und mit Erlaubnis meines Herrn, des Kaisers, gekommen, um einen so mächtigen

Monarchen zu sehen und ihm alle mir möglichen Dienste für den Fall anzubieten, daß sie der Pflicht gegen meinen eigenen Fürsten nicht zuwiderliefen. Von meiner Ungnade erwähnte ich kein Wort, weil ich bis dahin noch nicht auf offiziellem Wege davon in Kenntnis gesetzt worden war und mich deshalb stellen konnte, als wisse ich durchaus nichts von dem ganzen Vorfall. Auch konnte ich vernünftigerweise nicht vermuten, der Kaiser werde das Geheimnis entdecken, solange ich aus dem Bereich seiner Macht war. Es ergab sich jedoch bald, daß ich mich in diesem Punkte getäuscht hatte.

Ich will den Leser mit einer besonderen Beschreibung meiner Aufnahme an diesem Hofe nicht langweilen, die dem Edelmut eines so großen Fürsten entsprach, aber auch nicht die Unbequemlichkeiten schildern, die sich mir durch fehlendes Haus und Bett boten, daß ich, in meine Decke gehüllt, auf dem Erdboden schlafen mußte.

ACHTES KAPITEL.

Der Verfasser findet durch glücklichen Zufall ein Mittel, Blefuscu zu verlassen und kehrt nach einigen Schwierigkeiten gesund in seine Heimat zurück.

Drei Tage später ging ich an der Ostküste der Insel spazieren und erblickte in der Entfernung von ungefähr einer halben Meile, daß etwas auf dem Meer schwimme, das wie ein gekentertes Boot aussah. Ich zog Schuhe und Strümpfe aus, watete zwei- bis dreihundert Yards ins Meer und fand, daß jener Gegenstand durch die Flut näher getrieben war. Da sah ich deutlich, es war wirklich ein Ruderboot, das ein Sturm, wie ich vermutete, vom Schiff losgerissen haben mußte. Alsdann kehrte ich sogleich zur Stadt zurück und bat den Kaiser, mir zwanzig seiner größten Schiffe zu leihen, die ihm noch nach dem Verlust seiner Flotte übrig geblieben waren, sowie auch dreihundert Seeleute unter dem Befehl seines Vizeadmirals. Diese Flotte segelte über die Höhe des Hafens, während ich auf dem kürzesten Weg zu dem Ort zurückkehrte, wo ich das Boot zuerst entdeckt hatte. Die Flut hatte es noch näher an die Küste getrieben. Die Matrosen waren alle mit Tauwerk versehen, das ich zuvor bis zur genügenden Stärke zusammengedreht hatte. Als die Schiffe herankamen, zog ich mich aus und watete, bis ich auf hundert Yards in die Nähe des Bootes kam. Alsdann war ich genötigt zu schwimmen, bis ich es erreichte. Die Matrosen warfen mir das Tauende zu, das ich in dem Loch am Vorderteil des Bootes befestigte, worauf ich das andere Ende am Heck eines Kriegsschiffes vertäute. Allein, all meine Arbeit war umsonst, denn da ich keinen Grund unter den Füßen fühlte, konnte ich auch nicht arbeiten. Also war ich gezwungen, hinter das Boot zu schwimmen und es mit einer Hand vorwärtszustoßen; da mir die Flut hierbei behilflich war, vermochte ich es so weit vorwärtszubringen, daß ich Grund fühlte, wobei mir das Wasser aber noch bis

an das Kinn reichte. Ich verschnaufte zwei bis drei Minuten und fing dann wieder an, das Boot vor mir herzuschieben, bis die See mir nur noch bis an die Schultern reichte. Damit war der schwierigste Teil der Arbeit vollendet. Hierauf nahm ich die anderen Taue, die ich in einem Kriegsschiff verstaut hatte, und befestigte sie zuerst am Boot, dann an den neun Schiffen, die zu meiner Verfügung standen. Der Wind war günstig, das Boot wurde ins Schlepptau genommen, und ich schob, bis wir vierzig Yards vom Ufer entfernt waren. Alsdann wartete ich, bis die Flut vorüber war. Als das Boot nun auf dem Trockenen lag, bemühte ich mich, es umzudrehen, wobei mir zweitausend Menschen mit Tauen und Maschinen halfen. Es hatte nur sehr wenig Schaden erlitten.

Den Leser will ich nicht mit den Schwierigkeiten langweilen, die sich mir durch den Umstand boten, daß ich durch Winden, woran ich zehn Tage lang gearbeitet hatte, mein Boot in den kaiserlichen Hafen von Blefuscu bringen mußte. Dort fand ein ungeheurer Zusammenlauf des Volkes bei meiner Ankunft statt, das ein so wunderbares Schiff im höchsten Grade anstaunte. Ich sagte dem Kaiser, mein gutes Glück habe mir dies Boot verschafft, um mich an irgendeinen Ort zu bringen, von wo ich mit Sicherheit in mein Vaterland zurückkehren könne. Alsdann bat ich den Kaiser um einen Befehl, die zur Einrichtung notwendigen Materialien herbeischaffen und abreisen zu dürfen; eine Gnade, die er mir nach einigem Zögern gewährte.

Während dieser Zeit wunderte ich mich sehr, nichts von einer Botschaft zu vernehmen, welche unser Kaiser an den Hof von Blefuscu hinsichtlich meiner Person hätte senden können. Nachher hat man mich aber im geheimen benachrichtigt, Seine kaiserliche Majestät habe geglaubt, mir sei durchaus keine Kunde von ihren Absichten zugekommen; ich sei nur nach Blefuscu infolge des von mir gegebenen Versprechens und der erteilten Erlaubnis abgereist, die bei Hof allgemein bekannt war. Auch würde ich in wenigen Tagen nach Beendigung der Hofzeremonien wieder zurückkehren. Zuletzt aber geriet der Kaiser wegen meiner längeren Abwesenheit doch in Unruhe. Er beriet sich mit seinem Schatzmeister und den übrigen gegen mich intrigierenden Ministern. Endlich wurde ein Mann von hohem Stande mit einer Abschrift meiner Anklage nach Blefuscu gesandt. Dieser Gesandte hatte Instruktionen, dem Monarchen von Blefuscu Vorstellungen über die große Milde seines Herrn zu machen, welcher sich damit begnüge, mich nur mit dem Verlust meiner Augen zu bestrafen. Ich habe mich seiner Gerechtigkeit entzogen, wenn ich nicht innerhalb von zwei Stunden zurückkehrte. Dann würde ich auch den Titel *Nardac* verlieren und für einen Verräter erklärt werden. Der Gesandte fügte ferner hinzu, sein Herr erwarte, daß sein kaiserlicher Bruder in Blefuscu, um den Frieden und die Freundschaft beider Reiche zu erhalten, Befehl erteilen würde, mich an Händen und Füßen gefesselt nach Liliput zurückzusenden, damit ich dort die Strafe der Verräter erleide.

Der Kaiser von Blefuscu beriet drei Tage lang diesen Antrag und gab alsdann eine aus vielen Höflichkeiten und Entschuldigungen bestehende Antwort. Er erwiderte: In Betreff des Verlangens, mich gefesselt nach Liliput hinüberzusenden, so wisse sein kaiserlicher Bruder sehr wohl, dies Verfahren sei unmöglich. Ferner sei er mir in mannigfacher Hinsicht wegen der Dienste verpflichtet, die ich ihm beim Friedensschluß erwiesen, obgleich ich ihn seiner Flotte beraubt habe. Beide Majestäten würden indes bald zufriedengestellt sein. Ich hätte nämlich am Ufer ein wunderbares Schiff gefunden, welches mich auf dem Meer tragen könne; er habe Befehl gegeben, es mit meiner Hilfe und unter meiner Leitung auszubessern und hoffe, in wenigen Wochen würden beide Reiche von der unerträglichen Last meiner Person befreit sein.

Mit dieser Antwort kehrte der Gesandte nach Liliput zurück; der Kaiser von Blefuscu aber erzählte mir den ganzen Vorgang und bot mir unter dem Siegel der strengsten Verschwiegenheit seinen gnädigsten Schutz an, im Falle ich in seinen Diensten bleiben wolle. Ich hielt sein Anerbieten für aufrichtig, beschloß aber dennoch, zu Fürsten und Ministern kein Vertrauen mehr zu hegen, so lange ich es tunlichst vermeiden könne. Deshalb bat ich ihn demütig, mit aller schuldigen Anerkennung seiner gütigen Absicht, mich gnädigst ziehen zu lassen. Ich fügte hinzu: da ein gutes oder böses Schicksal mir einmal ein Schiff verschafft habe, wolle ich mich lieber dem Ozean anvertrauen, als Anlaß eines Streites zwischen zwei so mächtigen Monarchen zu sein. Auch bemerkte ich wohl, daß der Kaiser über meine Antwort gar nicht unzufrieden war; bald darauf entdeckte ich durch Zufall, daß er und seine Minister sogar viel Freude über meinen Entschluß empfanden.

Diese Umstände bewogen mich, meine Abreise noch zu beschleunigen. Der Hof trug auch dazu bei, denn er wünschte, ich möchte mich so schnell wie möglich entfernen. Fünfhundert Arbeiter wurden angewiesen, nach meiner Anleitung zwei Segel

für mein Boot zu verfertigen, indem sie dreizehn Lagen ihrer stärksten Leinwand übereinandersteppten. Ich verfertigte Segel- und Ankertaue, indem ich zehn, zwanzig, dreißig der Taue von Blefuscu zusammenflocht. Ein großer Stein, den ich nach langem Suchen am Strand fand, diente mir als Anker. Das Fett von dreihundert Kühen wurde mir geboten, um mein Boot einzuschmieren oder um es zu anderen Zwecken zu benutzen. Es kostete mich unendliche Mühe, einige der größten, für Ruder und Masten geeignete Bäume zu fällen, wobei mir jedoch die Zimmermeister der kaiserlichen Flotte halfen, welche die Stämme glatthobelten, nachdem ich die gröbere Arbeit selbst vollendet hatte.

Nach ungefähr einem Monat, als alles vollendet war, ließ ich dem Kaiser sagen, ich erwarte seine Befehle und sei zur Abreise bereit. Der Kaiser und die kaiserliche Familie verließen hierauf den Palast, ich legte mich nieder, um des Kaisers Hand zu küssen, die er mir sehr gnädig reichte; die Kaiserin und die jungen Prinzen von Geblüt erwiesen mir dieselbe Ehre. Seine Majestät schenkte mir fünfzig Börsen, jede mit zweihundert Sprugs, sowie auch sein Gemälde in Lebensgröße, das ich sogleich in meinen Handschuh steckte, um es vor Schaden zu bewahren. Die Zeremonien bei meiner Abreise waren zu zahlreich, um sie alle zu erwähnen.

Ich belud das Boot mit dem Fleisch von hundert Ochsen, dreihundert Schafen, mit einer entsprechenden Menge Brot und Wasser und mit so viel zubereiteten Speisen, wie vierhundert Köche hatten herrichten können; ferner mit sechs Kühen, zwei Stieren, ebensovielen Mutterschafen und Böcken, die ich in mein Vaterland zu verpflanzen beabsichtigte, um diese Rasse auch dort heimisch zu machen. Um diese Tiere an Bord zu füttern, hatte ich sehr viel Heu und einen Sack voll Korn mitgenommen. Ich hätte auch sehr gern ein Dutzend Eingeborener mit hinübergebracht, allein der Kaiser wollte dies in keiner Weise zulassen; meine Taschen wurden aus diesem Grund genau durchsucht, und der Kaiser nahm mir außerdem mein Ehrenwort ab, keinen seiner Untertanen ohne dessen ausdrückliche Zustimmung und besonderen Wunsch mit mir fortzuführen.

Nachdem ich alle Vorbereitungen, so gut es ging, getroffen hatte, stach ich am 24. September 1701, 6 Uhr morgens, in See. Als ich ungefähr vier Seemeilen nordwärts gesteuert war, bemerkte ich, da der Wind etwa um 6 Uhr abends aus Südost wehte, etwa eine halbe Seemeile entfernt, nordwestlich eine kleine Insel. Ich steuerte darauf zu und warf an der Seite Anker. Die Insel schien unbewohnt. Ich nahm einige Erfrischungen zu mir, legte mich zur Ruhe und schlief, wie ich glaube, sechs Stunden lang, denn ich erwachte etwa zwei Stunden vor Sonnenaufgang. Die Nacht war hell; ich frühstückte, bevor die Sonne am Himmel erschien, lichtete den Anker und steuerte in der gleichen Richtung wie am gestrigen Tag, wie mir mein Taschenkompaß bestätigte. Es war meine Absicht, eine jener Inseln zu erreichen, die, wie ich glaubte, nordöstlich von Van Diemens-Land liegen mußten. An diesem Tag entdeckte ich nichts, jedoch am nächsten bemerkte ich gegen 3 Uhr nachmittags, als ich nach meiner Berechnung vierundzwanzig Seemeilen von Blefuscu entfernt war, ein südostwärts fahrendes Segel, während mein Kurs genau östlich war. Ich gab Zeichen, wurde aber nicht bemerkt; da jedoch der Wind nachließ, gewann ich ihm Raum ab. Ich setzte all meine Segel und wurde nach einer halben Stunde auf dem Schiff bemerkt, das die große Flagge hißte und eine Kanone abfeuerte. Ich kann meine Freude nicht ausdrücken, die ich bei dem Gedanken empfand, mein teures Vaterland und die dort zurückgelassenen Lieben wiedersehen zu können. Das Schiff zog die Segel ein, und ich erreichte dasselbe am 26. September. Mein Herz schlug vor Freude, als ich die englische Flagge erblickte. Ich steckte mein Rindvieh und meine Schafe in die Rocktasche und stieg mit meiner kleinen Ladung von Vorräten an Bord. Das Schiff war ein englischer Kauffahrer, der von Japan durch den nördlichen Teil der Südsee nach England zurückkehrte. Der Kapitän, Mr. John Biddel von Deptforth, war ein höflicher Herr und ein ausgezeichneter Seemann. Wir befanden uns auf dem dreißigsten Grad südlicher Breite; an

Bord waren ungefähr fünfzig Mann, und unter ihnen mein alter Freund, Peter Williams, der den Kapitän durch günstige Berichte vollkommen für mich einnahm. Dieser Herr erwies mir viel Gnade und bat mich, ihm zu sagen, woher ich gekommen sei und wohin ich wollte. Als ich ihm dies nun in wenigen Worten berichtete, hielt er mich für verrückt und glaubte, die von mir bestandenen Gefahren hätten mir das Gehirn verwirrt. Ich aber zog mein schwarzes Rindvieh und meine Schafe aus der Tasche und gab ihm so die vollkommenste Überzeugung von meiner Wahrhaftigkeit. Alsdann zeigte ich ihm das Gold, das mir der Kaiser von Blefuscu gegeben, das Bildnis Seiner Majestät in Lebensgröße und einige andere Seltenheiten des Landes. Auch gab ich ihm zwei Börsen, jede mit zweihundert Sprugs und versprach, nach unserer Ankunft in England, ihm eine trächtige Kuh und ein trächtiges Mutterschaf zu schenken.

Ich will den Leser mit einer ausführlichen Beschreibung dieser Reise, die recht glücklich verlief, nicht langweilen. Wir kamen am 2. April 1702 in den Downs an. Ich erlitt nur ein einziges

Unglück. Die Ratten des Schiffs fraßen mir nämlich einen meiner Schafböcke auf. Die Knochen desselben fand ich in einem Rattenloch, und zwar gänzlich von allem Fleisch entblößt. Das übrige Vieh brachte ich wohlbehalten an Land und setzte es auf einen Rasenplatz bei Greenwich auf die Weide, wo die Trefflichkeit des Grases das Vieh sehr gut mästete, obgleich ich stets das Gegenteil befürchtete. Auf einer so langen Reise würde ich meine Tiere nicht am Leben erhalten haben, wenn der Kapitän nicht einen Teil seines besten Zwiebacks zur Verfügung gestellt hätte, der, zu Staub gerieben und mit Wasser vermischt, als Futter verwertet wurde. Solange ich in England blieb, erwarb ich mir viel Geld, indem ich das Vieh vielen Personen von Stande und anderen zeigte, und bevor ich meine zweite Reise begann, verkaufte ich dasselbe für sechshundert Pfund. Wie ich bemerkte, hat sich die Rasse seit meiner letzten Rückkehr nach England beträchtlich vermehrt, vorzüglich aber die Schafe, die sich, wie ich wegen der Feinheit ihrer Wolle hoffe, zur Förderung unserer Textilindustrie auch in Zukunft immer mehr vervielfachen werden.

Bei meiner Frau und meiner Familie blieb ich nur zwei Monate, denn mein unersättliches Verlangen, fremde Länder zu sehen, trieb mich wieder in die Ferne. Ich ließ meiner Frau fünfzehnhundert Pfund zurück und mietete ihr eine schöne Woh-

nung in Redriff. Meine übrigen Kapitalien nahm ich, teils in Gütern, teils in barem Geld, mit mir, denn ich hoffte, mein Vermögen zu mehren. Mein ältester Onkel John hatte mir ein Landgut bei Epping, von ungefähr dreißig Pfund jährlichem Ertrag, hinterlassen; ferner hatte ich den „Schwarzen Ochsen" in Fetterlane gepachtet, der mir ebensoviel einbrachte, so daß mich durchaus nicht die Gefahr bedrohte, das Kirchspiel werde meine Familie als Arme unterhalten müssen. Mein Sohn John, ein gelehriger Knabe, besuchte eine Elementarschule. Meine Tochter Betty, die jetzt vorteilhaft verheiratet ist und Kinder hat, lernte Nähen und Stricken. Ich nahm Abschied von Frau und Kindern, wobei Tränen auf beiden Seiten vergossen wurden und ging an Bord der „Adventure", eines Handelsschiffes von dreihundert Tonnen, das nach Surate bestimmt war, unter dem Befehl des Kommodores John Nicholas aus Liverpool. Den Bericht dieser Fahrt muß ich jedoch auf den zweiten Teil meiner Reisebeschreibung verschieben.

SECOND
PARTIE.
VOYAGE
A
BROBDINGNAG

II.

Reise nach Brobdingnag

ERSTES KAPITEL.

Beschreibung eines großen Sturms; das Rettungsboot wird ausgesetzt, um Trinkwasser zu fassen. Der Verfasser besteigt auch das Boot, um das Land kennenzulernen. Er wird, am Ufer zurückgelassen, von einem Eingeborenen ergriffen und in das Haus eines Bauern gebracht. Seine Aufnahme mit anderen Vorfällen, die sich daselbst zutrugen.

Natur und Schicksal haben mich zu einem tätigen und rastlosen Leben verurteilt. — Zwei Monate nach meiner Rückkehr verließ ich wieder mein Vaterland und bestieg die „Adventure", ein Schiff aus Cornwallis, unter Kapitän John Nicholas, welches nach Surat in Ostindien bestimmt war. Wir hatten günstigen Wind bis zum Kap der guten Hoffnung, wo wir, um Wasser auf-

zunehmen, landeten. Da wir aber ein Leck entdeckten, löschten wir unsere Ladung und blieben den Winter über dort. Ende März setzten wir die Segel und hatten günstigen Wind bis zur Straße von Madagaskar. Als wir uns nördlich von dieser Insel auf etwa dem fünften Grad südlicher Breite befanden, wo der Wind von Dezember bis Mai stets die Richtung von Nordwest zu haben pflegt, wechselte dieser am 19. April plötzlich aus westlicher Richtung und stärker als gewöhnlich. Diese starke Brise hielten wir zwanzig Tage durch und wurden damit ein wenig östlich über die Molukken hinausgetrieben, um drei Grad nordwärts vom Äquator, wie der Kapitän durch Beobachtungen am 2. Mai, als der Wind aufgehört hatte, erklärte. Eine vollkommene Windstille war eingetreten, worüber ich mich nicht wenig freute. Der Kapitän jedoch, welcher in der Schiffahrt dieser Meere Erfahrung besaß, befahl Vorbereitungen gegen einen Sturm zu treffen. Dieser begann auch wirklich am folgenden Tag, denn der Südwind, südlicher Monsun genannt, begann einzusetzen.

Da der Sturm heftig zu werden drohte, zogen wir das Bugsprietsegel ein und standen bereit, eventuell auch das Focksegel zu raffen; da das Wetter immer schlechter wurde, sahen wir nach, ob die Kanonen gehörig befestigt waren und spannten die Segel am Besan auf. Das Schiff aber legte sich auf die Seite; deshalb hielten wir es für besser, mit den Wogen zu treiben.

Das Focksegel wurde gerefft und nur zum Teil ausgespannt; das Steuer hatte harte Wetter zu bekämpfen; das Schiff aber hielt sich hervorragend. Wir spannten das vordere Zugseil aus, das Segel aber platzte. Wir zogen deshalb die Rahen an, nahmen das Segel ins Schiff und lösten das ganze Zubehör. Der Sturm war heftig, die Wogen brachen sich mit aller Macht und Gewalt. Wir nahmen das Taljereep vom Wippstab und halfen dem Steuermann. Unseren Toppmast kappten wir jedoch nicht und ließen an ihm alles, wie es war, weil er gut hielt. Wir befanden uns nämlich auf hohem Meer und hatten von den Klippen nichts zu

befürchten. Als der Sturm vorüber war, spannten wir Fock- und Boomsegel wieder auf und gaben dem Schiff eine Richtung; alsdann zogen wir das Marsboomsegel und das Fockmarssegel auf. Unsere Richtung war Ost-Nord-Ost und der Wind Südwest. Hierauf hefteten wir die Steuerbordstifte wieder ein und nahmen die Hebeseile fort, kurz, wir setzten das Schiff wieder in den früheren Stand.

Während dieses Sturmes, dem ein starker Wind aus West-Süd-West folgte, wurden wir, nach meiner Berechnung, ungefähr fünfhundert Seemeilen nach Osten verschlagen, so daß selbst der älteste Matrose an Bord nicht sagen konnte, in welchem Teil der Welt wir uns befänden. Unsere Vorräte reichten aus; das Schiff war seetüchtig geblieben und unsere Mannschaft vollkommen gesund. Wir litten nur bedeutenden Mangel an Trinkwasser. Somit hielten wir es für das Zweckmäßigste, die gleiche Richtung beizubehalten, und uns nicht nach Norden zu wenden, da wir sonst vielleicht nordwestlich von der chinesischen Tartarei in das Eismeer hätten gelangen können.

Am 16. Juni 1703 entdeckte ein Schiffsjunge auf dem Hauptmast Land. Am 17. sahen wir deutlich eine große Insel oder ein Festland (wir waren hierüber in Ungewißheit). An der südlichen Seite des Landes entdeckten wir eine kleine, in die See hervorspringende Landzunge und eine Bucht, die aber zu flach war, um ein Schiff von mehr als hundert Tonnen zu tragen. Wir warfen deshalb etwa eine Seemeile davor Anker, und unser Kapitän ließ ungefähr ein Dutzend seiner Leute, bewaffnet und mit Wasserkanistern versehen, im Rettungsboot aussetzen, um Wasser zu suchen. Ich erwirkte mir die Erlaubnis, an dieser Ausschiffung teilzunehmen, damit ich das Land untersuchen und Entdeckungen machen könnte. Als wir das Ufer betraten, erblickten wir weder Flüsse noch Quellen oder irgendeine Spur von Einwohnern. Unsere Leute gingen deshalb am Ufer entlang in der Hoffnung, dort frisches Wasser in der Nähe des Meeres zu finden; ich jedoch schlug ungefähr eine halbe Stunde lang die entgegengesetzte Richtung ein. Da ich aber nur felsiges und ödes Land erblickte, war ich des Nachforschens müde und kehrte zur Landzunge zurück. Als sich nun die See vor meinen Augen ausdehnte, sah ich, wie unsere Leute bereits im Boot waren und so schnell, als ob sie ihr Leben retten müßten, zum Schiff ruderten. Ich wollte ihnen zurufen, obgleich mir dies wenig helfen konnte, als ich ein ungeheures Geschöpf hinter ihnen herlaufen sah. Die See reichte ihm nur bis an die Knie, und es machte ungeheure Schritte. Allein unsere Leute hatten eine halbe Meile Vorsprung; die See war dort voll scharfer Klippen, und somit konnte das Ungeheuer unser Boot nicht erreichen. Dies wurde mir nachher gesagt, denn ich legte im schnellsten Lauf den Weg, den ich bereits gemacht hatte, wieder zurück und erstieg alsdann einen steilen Hügel, der mir eine Aussicht in das Landinnere gewährte. Es war vollkommen bebaut. Zuerst erstaunte ich über die Länge des Grases, welches dort zum Heu bestimmt war, denn seine Höhe betrug ungefähr zwanzig Fuß.

Alsdann geriet ich auf einen Weg, den ich für eine Landstraße hielt, der jedoch den Einwohnern nur als Fußpfad durch ein Gerstenfeld diente. Hier ging ich einige Zeit weiter, konnte aber an beiden Seiten nichts erblicken, denn die Ernte war nah und das Korn wenigstens vierzig Fuß hoch. Nach einer Stunde hatte ich das Ende des Feldes erreicht, welches durch eine Hecke von wenigstens hundertundzwanzig Fuß Höhe eingezäunt war, deren Bäume eine solche Höhe hatten, daß ich sie nicht einmal schätzen konnte. Dort befand sich eine Stiege, die in das nächste Feld führte. Sie bestand aus vier Stufen, und auf der Spitze war ein Stein zu überschreiten. Es war mir unmöglich, diese kleine Treppe zu ersteigen, denn jede Stufe war sechs Fuß hoch, der Stein wenigstens zwanzig. Ich suchte deshalb eine Öffnung in der Hecke zu erspähen, als ich auf dem nächsten

Feld einen Einwohner auf die Treppe zugehen sah und zwar von der Größe jenes Geschöpfes, das unser Boot verfolgt hatte. Er hatte die Höhe eines gewöhnlichen Kirchturms und legte, soweit ich erraten konnte, wenigstens zehn Yards mit jedem Schritt zurück. Ich geriet in Furcht und Erstaunen und lief fort, um mich im Korn zu verbergen. Von dort sah ich, wie der Riese auf der Spitze jener Stiege in das Feld zurückschaute und hörte, wie er mit einer Stimme rief, die um mehrere Grade lauter als der Schall eines Sprachrohres war. Der Ton hallte jedoch so hoch in der Luft, daß ich ihn zuerst für Donner hielt. Hierauf kamen sechs Ungeheuer, an Gestalt ihm ähnlich, mit Sicheln in den Händen herbei, die ungefähr so groß wie sechs unserer Sensen waren. Diese Leute waren nicht so gut gekleidet wie der erste, dessen Diener sie zu sein schienen, denn nach einigen von ihm ausgesprochenen Worten begannen sie das Korn des Feldes, wo ich mich verborgen hatte, abzuschneiden. Ich hielt mich in so großer Entfernung von ihnen, wie mir nur möglich war, allein ich konnte mich nur mit Schwierigkeit bewegen, denn die Stengel des Korns waren oft nur einen Fuß voneinander entfernt, so daß ich nur mit Mühe meinen Leib hindurchzwängen konnte. Meinen Anstrengungen gelang es dennoch, vorwärtszukommen, bis ich an den Teil des Feldes kam, wo das Korn durch Regen und Wind umgelegt war. Hier war es mir unmöglich, weiterzugehen; die Stengel lagen so dicht übereinander, daß ich nicht hindurchkriechen konnte, und die Spitzen der abgefallenen Ähren waren so dick und scharf, daß sie durch meine Kleider in das Fleisch drangen. Zugleich hörte ich, daß die Schnitter nur noch hundert Ellen von mir entfernt waren. Da ich gänzlich erschöpft und von Gram sowie von Verzweiflung überwältigt war, legte ich mich zwischen zwei Furchen auf den Boden nieder und wünschte von ganzem Herzen, dort zu sterben. Ich beklagte meine einsame Witwe und meine verwaisten Kinder, meine eigene Torheit und Bereitwilligkeit, noch weitere Reisen zu unternehmen sowie den Rat meiner Freunde und Verwandten

in dieser Hinsicht in den Wind geschlagen zu haben. In dieser furchtbaren Gemütsstimmung mußte ich jäh an Liliput denken, wo die Einwohner mich als das größte Naturwunder anstaunten, das jemals in der Welt erschienen wäre; wo ich es vermochte, eine kaiserliche Flotte mit meinen Händen zu entführen und viele andere Taten zu vollbringen, die in den Annalen jenes Reiches ewig weiterleben werden, während die Nachwelt kaum imstande sein würde, ihre Größe zu begreifen, obgleich Millionen der Gegenwart sie bezeugen könnten. Ich dachte, wie drückend es für mich sein müsse, diesem Volke ebenso unbedeutend zu erscheinen wie ein Liliputer den Engländern. Doch hielt ich das noch für das geringste Unglück; man hat beobachtet, daß Menschen im Verhältnis zu ihrer Körpergröße stets wilder und grausamer werden. Somit konnte ich nur erwarten, dem Mund des ersten jener riesenhaften Barbaren, der mich ergreifen würde, als ein guter Bissen zu dienen. Sicherlich ist die Behauptung der Philosophen, groß und klein seien nur Begriffe, die sich durch Vergleichung ergaben, vollkommen wahr. Das Schicksal kann vielleicht die Liliputaner irgendein Land auffinden lassen, in dem die Menschen von kleiner Gestalt ebenso sind, wie sie im Vergleich zu mir. Wer weiß, ob sogar dies wunderbare Geschlecht der Sterblichen in irgendeinem entfernten Teil der Welt, der bis jetzt unentdeckt geblieben ist, nicht irgendwie übertroffen wird?

Erschreckt und verwirrt konnte ich einen solchen Gedanken nicht unterdrücken, als ein Schnitter auf zehn Yards der Furche in der ich lag, sich näherte und in mir Besorgnis weckte, durch seinen nächsten Schritt zerquetscht oder von seiner Sichel durchschnitten zu werden. Als er sich wieder bewegen wollte, schrie ich deshalb so laut wie möglich, worauf das Geschöpf stehenblieb, einige Zeit den Boden ansah und mich zuletzt erblickte. Es betrachtete mich mit jener Vorsicht, die man anzuwenden pflegt, wenn man ein kleines gefährliches Tier ergreifen will, weil man befürchtet, gebissen oder gekratzt zu werden, wie

auch ich, wenn ich in England Wiesel fing, zu verfahren pflegte. Zuletzt war der Riese so keck, mich von hinten mit seinem Daumen und Mittelfinger zu ergreifen. So hielt er mich drei Yards von seinen Augen entfernt, damit er mich genauer betrachten konnte. Ich ahnte seine Absicht, und mein gutes Glück gewährte mir soviel Geistesgegenwart, daß ich den Entschluß faßte, mich durchaus nicht zu bewegen, so lange er mich, ungefähr sechzig Fuß hoch, über dem Boden hielt, obgleich er mir aus Besorgnis, ich möchte seinen Fingern entschlüpfen, die Seiten furchtbar quetschte. Ich wagte jedoch, die Augen zur Sonne zu erheben und meine Hände wie beim Gebet zu falten. Dann

sprach ich einige Worte in so wehmütigem Ton, wie er meiner Lage angemessen war, denn ich befürchtete jeden Augenblick, er werde mich auf den Boden schleudern, wie wir es bei einem kleinen und verhaßten Tier, das wir töten wollen, zu tun pflegen. Allein mein guter Stern wollte diesmal, daß der Riese an meiner Stimme und meiner Bewegung Gefallen fand; er betrachtete mich mit Aufmerksamkeit und schien erstaunt, daß ich in artikulierten Tönen sprach, obgleich er kein Wort von dem, was ich sagte, verstehen konnte. Mittlerweile konnte ich es nicht unterlassen, zu seufzen und zu weinen und meinen Kopf nach beiden Seiten hinzuwenden. Dadurch wollte ich ihm nämlich andeuten, der Druck seiner Finger mache mir furchtbare Schmerzen. Er schien meine Andeutung zu verstehen und steckte mich sanft in seine Tasche. Hierauf lief er sogleich zu seinem Herrn, der ein wohlgenährter Bauer war und dieselbe Person, die ich zuvor auf dem Felde gesehen hatte.

Der Bauer empfing, wie ich glaube, hinsichtlich meiner Person den Bericht, welchen ihm sein Diener geben konnte. Alsdann nahm er das Ende eines Strohhalms von der Größe eines Spazierstockes, hob damit meine Rockschöße in die Höhe, schien er doch zu glauben, mein Rock sei eine Art Haut, die mir die Natur verliehen habe. Hierauf blies er meine Haare seitwärts, um mein Gesicht besser betrachten zu können. Alsdann rief er seine übrigen Leute herbei und fragte diese, wie ich nachher erfuhr, ob sie sonst noch ein so kleines Geschöpf wie ich sei, auf dem Boden hätten laufen sehen. Hierauf legte er mich auf den Boden. Ich stand jedoch sogleich auf und ging langsam vorwärts und rückwärts, um jenen Riesen anzudeuten, ich wolle durchaus nicht davonlaufen. Alle setzten sich nieder, indem sie mich in einem Kreis umringten, um meine Bewegungen besser beobachten zu können. Ich nahm meinen Hut ab und machte dem Pächter eine sehr tiefe Verbeugung. Ich fiel auf die Knie, erhob meine Hände und Augen und sprach mehrere Worte so laut wie möglich, dann nahm ich eine Geldbörse aus der Tasche und reichte sie ihm demütig dar. Er nahm sie auf seine Handfläche, hielt sie dicht vor die Augen um zu sehen, was es sei und drehte sie alsdann mehrere Male mit der Spitze einer Nadel um, die er aus seinem Ärmel nahm, konnte aber die Bedeutung meiner Börse nicht begreifen. Darauf gab ich ihm durch ein Zeichen zu verstehen, er möge seine Hand auf den Boden legen, nahm meine Börse und schüttelte Geld auf seine Hand. Es bestand aus sechs spanischen Münzen (Quadrupel) und zwanzig bis dreißig kleineren Münzen. Ich sah, wie er die Spitze seines kleinen Fingers auf der Zunge naß machte, um eines meiner größten Geldstücke aufzunehmen; er schien jedoch nicht zu wissen, was dies sein könnte. Dann gab ich ihm ein Zeichen, sie wieder in meine Börse und die Börse in meine Tasche zu stecken. Ich hielt es nämlich für das Beste, mein Geld zu behalten, nachdem ich es ihm mehrere Male angeboten hatte.

Mittlerweile war der Bauer davon überzeugt, ich müsse ein vernünftiges Geschöpf sein. Er redete mich mehrere Male an, allein der Schall seiner Stimme durchdrang meine Ohren wie das Klappern einer Wassermühle, obgleich die Töne artikuliert waren. Ich antwortete so laut wie möglich in mehreren Sprachen, und er hielt sein Ohr oft nur zwei Ellen von meinem Mund entfernt. Alles blieb jedoch vergeblich, wir konnten einander in keiner Weise verstehen. Hierauf sandte er seine Knechte an die Arbeit, zog sein Schnupftuch aus der Tasche, breitete es doppelt auf seiner linken Hand aus, legte dieselbe auf den Boden, die Fläche nach oben gekehrt und gab mir ein Zeichen, hinaufzusteigen. Dies war nicht schwer, denn die Dicke der Hand betrug nicht mehr als einen Fuß. Ich hielt es für meine Pflicht zu gehorchen und legte mich, aus Furcht zu fallen, der Länge nach auf sein Schnupftuch hin, dessen Zipfel er über meinem Kopf, der größeren Sicherheit wegen, zusammenknüpfte, worauf er mich so nach Hause trug. Dort rief er seine Frau herbei und zeigte mich ihr. Diese schrie auf und lief genauso fort, wie es die Weiber in England beim Anblick einer Spinne oder Kröte zu tun

pflegen. Als sie jedoch einige Zeit beobachtet hatte, wie genau ich den Zeichen ihres Gatten gehorchte, wurde sie bald wieder ausgesöhnt und sogar außerordentlich zärtlich.

Es war ungefähr 12 Uhr mittags, ein Diener trug das Essen auf. Es bestand ausschließlich aus einem nahrhaften Fleischgericht, wie es sich für den einfachen Stand und die Beschäftigung eines Bauern ziemt. Die Schüssel aber maß vierundzwanzig Fuß im Durchmesser. Die Gesellschaft bestand aus dem Bauern, seiner Frau, drei Kindern und einer alten Großmutter. Als sich alle um den Tisch gesetzt hatten, der ungefähr dreißig Fuß hoch war, stellte mich der Bauer in einiger Entfernung von sich selbst auf die Tischplatte hin. Ich zitterte aus Furcht und hielt mich, aus Besorgnis herabzufallen, so weit wie möglich

vom Rand entfernt. Die Frau des Pächters zerschnitt ein kleines Stück Fleisch, zerkrümelte etwas Brot auf einem hölzernen Teller und stellte denselben vor mich hin. Ich machte ihr eine tiefe Verbeugung, zog Messer und Gabel aus der Tasche und begann zu essen, worüber sich alle außerordentlich freuten. Die Herrin ließ ein „kleines" Likörglas, welches ungefähr sieben Liter enthalten konnte, durch eine Magd holen und füllte es mit einem Getränk. Mit einiger Schwierigkeit hob ich das Glas mit beiden Händen, trank auf die Gesundheit ihrer Gnaden mit der höflichsten Verbeugung, indem ich, so laut es mir möglich war, die Worte im Englischen ausrief; hierüber aber lachte die Gesellschaft so herzlich, daß ich durch den Lärm beinahe taub geworden wäre. Das Getränk schmeckte wie dünner Apfelwein, aber durchaus nicht unangenehm. Hierauf gab mir der Herr ein Zeichen, ich möchte an seinen Teller hintreten. Als ich nun auf dem Tisch umherging (und die ganze Zeit hindurch war ich, wie der nachsichtige Leser wohl vermuten und entschuldigen wird, in höchster Überraschung, stolperte ich zufällig über eine Brotkruste und fiel flach auf mein Gesicht, jedoch ohne mich zu verletzen. Sogleich stand ich wieder auf. Da ich nun bemerkte, die guten Leute seien hinsichtlich meiner sehr besorgt, schwenkte ich meinen Hut, den ich der Höflichkeit gemäß unter dem Arm hielt, mehrere Male über meinem Kopf und rief ein dreimaliges ‚Hurra', um anzuzeigen, daß ich keinen Schaden durch meinen Fall erlitten hatte. Als ich jedoch auf meinen Herrn (so werde ich ihn in Zukunft immer nennen) zuging, ergriff mich sein jüngster Sohn, ein mutwilliger Knabe von ungefähr zehn Jahren, bei den Beinen und hielt mich so hoch in der Luft empor, daß ich an allen Gliedern zitterte. Sein Vater aber riß mich aus seiner Hand und gab ihm zugleich einen so heftigen Schlag auf das linke Ohr, daß derselbe in Europa eine Schwadron Kavallerie würde zu Boden geworfen haben. Zugleich befahl er, den Knaben vom Tisch wegzujagen. Ich war besorgt, der Knabe werde Groll gegen mich hegen und erinnerte mich, wie sich ungezogene Kinder bei uns gegen Sperlinge, Kaninchen, Hunde und Katzen benehmen. Deshalb fiel ich auf die Knie, zeigte auf den Knaben und gab meinem Herrn so gut wie möglich zu verstehen, ich wünschte, er möge seinem Sohne verzeihen. Der Vater

erfüllte meinen Wunsch; der Knabe setzte sich wieder an den Tisch, worauf ich auf ihn zuging und ihm die Hand küßte, die mein Herr ergriff und mich sanft damit streichelte.

Während des Essens sprang die Lieblingskatze meiner Herrin dieser auf den Schoß. Ich hörte hinter mir ein solches Schnurren, wie es bei uns einige Dutzend Strumpfwirker zu erzeugen pflegen und bemerkte bald, daß dieses vom Schnurren jenes Tieres entstand, das dreimal größer als ein Ochse zu sein schien, wie ich nach der Ansicht seines Kopfes und einer Pfote berechnete, während die Herrin es fütterte und streichelte. Die Wildheit, die im Gesicht der Katze lag, brachte mich außer Fassung, obgleich ich am anderen Ende des Tisches, fünfzig Fuß von ihr entfernt, stand, und obgleich meine Herrin sie festhielt. Es war jedoch durchaus keine Gefahr vorhanden, denn die Katze nahm von mir nicht die geringste Notiz, als mich mein Herr in der Entfernung von drei Ellen vor ihr niedersetzte. Da ich nun immer gehört und auf meinen Reisen auch bemerkt hatte, daß Flucht oder Furcht vor einem wilden Tier dasselbe stets zur Verfolgung oder zum Angriff reize, beschloß ich, angesichts dieser Gefahr, vollkommene Gleichgültigkeit zu zeigen. Unerschrok-

ken ging ich fünf- bis sechsmal vor dem Kopf der Katze auf und nieder und kam bis auf eine halbe Elle in ihre Nähe, worauf sie zurückwich, als sei sie vor mir erschrocken. Vor den Hunden fürchtete ich mich weniger, als drei oder vier in das Zimmer kamen, wie dies in Bauernhäusern üblich ist. Einer davon war eine Dogge, so groß wie vier Elefanten, ein anderer ein Windhund, etwas größer als die Dogge, aber nicht so kräftig.

Als das Mittagessen beinahe vorüber war, trat eine Amme mit einem einjährigen Kind herein, das mich sogleich bemerkte und dann so stark zu schreien begann, daß man dies von der Londonbrücke bis nach Chelsea, also mehr als ein halbe Stunde weit hätte hören können. Es wollte mich nämlich nach Kinderart als Spielzeug haben. Die Mutter war zu nachsichtig, griff mich auf und reichte mich dem Kind, das mich sogleich in den Mund steckte. Ich aber brüllte so laut, daß der kleine Kobold erschrak und mich fallen ließ, so daß ich zweifellos den Hals hätte brechen müssen, wenn mich die Mutter nicht in ihrer Schürze aufgefangen hätte. Die Amme lärmte, um das Kind zu beruhigen, mit einer Klapper, die aus einem hohlen, mit großen Steinen gefüllten Gefäß bestand und durch ein Tau um den Leib des Kindes festgebunden war. Da dies jedoch nichts nutzte, mußte sie das letzte Mittel anwenden und das Kind an die Brust legen.

Wie ich mich erinnere, wollte es mir in Liliput so scheinen, als wären die Züge jener Minimenschen die schönsten in der Welt. Als ich mich einst mit einem dortigen Gelehrten, einem guten Freunde, darüber unterhielt, sagte mir dieser, mein Gesicht erscheine ihm bei weitem schöner und sanfter, wenn er mich vom Boden aus betrachtete, als wenn er mich in größerer Nähe, sobald ich ihn auf meine Hand genommen habe, erblicke. Er müsse gestehen, am Anfang sei dies ein sehr unangenehmer Anblick gewesen. In meiner Haut könne er große Löcher entdecken, die Stoppeln meiner Barthaare seien zehnmal dicker als die Borsten eines Ebers, und meine Gesichtshaut spiegle auf unangenehme

Weise mancherlei Farben wieder. Dennoch erlaube ich mir hinsichtlich meiner Person die Bemerkung, daß ich zu den schönsten Männern meines Vaterlandes gehöre und daß mich die Sonne auf allen meinen Reisen nur wenig verbrannt hatte. Andrerseits, als ich mich über die Damen am Hofe des Kaisers mit ihm unterhielt, sagte er mir gewöhnlich, die eine habe Sommersprossen, die andere einen zu breiten Mund, die dritte eine zu große Nase. Ich aber konnte nichts von allem bemerken. Die Erinnerung an diese Dinge liegt, wie ich gestehen muß, auf der Hand; ich konnte es nicht unterlassen, die Bemerkung hier einzufügen, sonst würde der Leser glauben, jene Riesen seien wirklich häßlich. Ich muß darauf erwidern, daß sie durchaus keinen häßlichen Menschenschlag darstellen; auch schienen mir die Züge meines Herrn, der doch nur ein Bauer war, verhältnismäßig gut, sobald ich ihn in der Höhe von sechzig Fuß betrachtete.

Nach dem Essen ging mein Herr wieder zu seinen Arbeitern

hinaus. Ich konnte aus seiner Stimme wie aus seinen Gesten schließen, daß er seiner Frau strengen Befehl gab, mich mit Sorgfalt zu behandeln. Ich aber war sehr müde und zum Schlafen geneigt. Da meine Herrin dies bemerkte, legte sie mich auf ihr eigenes Bett und bedeckte mich mit einem reinen weißen Schnupftuch, welches aber größer und dicker als das Hauptsegel eines Kriegsschiffes war.

Ich schlief ungefähr zwei Stunden und träumte, ich sei zu Hause bei Frau und Kindern. Dies vermehrte natürlich meinen Kummer, als ich erwachte und mich allein in einem ungeheuren Zimmer befand, welches an zwei- bis dreihundert Fuß breit, aber noch bei weitem höher war. Das Bett aber, in dem ich lag, war an die fünf Yards breit. Meine Herrin war mit ihren häuslichen Angelegenheiten beschäftigt und hatte mich eingeschlossen. Das Bett war acht Ellen über dem Boden erhaben. Natürliche Bedürfnisse drängten mich nun, herunterzuspringen; aber ich wagte nicht, laut zu rufen. Hätte ich dies auch getan, so würde es mir bei meiner Stimme zu nichts geholfen haben, denn die Entfernung zwischen dem Zimmer, in dem ich lag, und der Küche, in der die Familie sich befand, war zu groß. In dieser Situation kletterten zwei Ratten die Bettvorhänge hinauf und liefen schnuppernd auf dem Bett umher. Eine kam beinahe dicht an mein Gesicht, worauf ich voll Schrecken aufstand und den Degen zu meiner Verteidigung zog. Diese furchtbaren Tiere hatten die Keckheit, mich auf beiden Seiten anzugreifen, und eines derselben legte die Vordertatzen auf meinen Rockkragen. Glücklicherweise ritzte ich dem Vieh den Bauch auf, bevor es mir Schaden zufügen konnte; es stürzte zu meinen Füßen nieder. Die andere Ratte entfloh, als sie das Schicksal ihres Gefährten erkannte, erhielt aber noch auf der Flucht von mir eine starke Wunde am Rücken, so daß ihr Blut auf den Fußboden hinabtröpfelte. Nach dieser Heldentat ging ich auf dem Bett langsam auf und nieder, um mich von dem Schrecken wieder zu erholen. Die Tiere waren von der Größe eines starken Bullenbeißers, aber bei weitem behender und wilder. Hätte ich meinen Degen, bevor ich schlafen ging, abgeschnallt, so wäre ich unfehlbar von ihnen zerrissen und verschlungen worden. Ich maß hierauf den Schwanz der toten Ratte und fand, daß er fast zwei Meter lang war. Es war mir widerwärtig, den Körper aus dem Bett zu ziehen, wo er noch blutend lag; auch bemerkte ich an ihm noch einiges Leben, deshalb tötete ich das Tier vollends durch einen starken Einschnitt in den Hals.

Bald darauf kam meine Herrin ins Zimmer; als sie mich voll Blut sah, lief sie herbei und nahm mich auf die Hand. Ich zeigte lächelnd auf die tote Ratte und gab durch andere Zeichen zu verstehen, ich sei nicht verwundet, worüber sie sich außerordentlich freute. Alsdann rief sie die Magd herbei, damit diese die tote Ratte mit einer Zange aufnehme und aus dem Fenster werfe. Nachdem sie mich auf den Tisch gesetzt hatte, zeigte ich ihr meinen blutigen Degen, wischte ihn ab und steckte ihn wieder in

die Scheide. In dem Augenblick fühlte ich eine heftige Bedrängnis, etwas zu verrichten, was mir kein anderer abnehmen konnte. Ich gab meiner Herrin zu verstehen, ich wünschte auf den Fußboden gesetzt zu werden. Nachdem sie dies getan, erlaubte mir meine Schamhaftigkeit nicht, mich weiter auszudrücken, als daß ich auf die Tür zeigte und mich mehrere Male verbeugte. Die gute Frau verstand endlich mit vieler Schwierigkeit meinen Wunsch; sie nahm mich auf ihre Hand und brachte mich in den Garten, wo sie mich wieder auf den Boden setzte. Ich ging ungefähr zweihundert Yards seitwärts, winkte ihr, mir nicht zu folgen oder auf mich hinzusehen, versteckte mich zwischen zwei Sauerrampferblättern und entledigte mich dort des natürlichen Bedürfnisses.

Ich hoffe, der gütige Leser wird mich entschuldigen, daß ich bei diesen und ähnlichen Umständen so lange verweile; mögen sie kriechenden und gemeinen Seelen als unbedeutend erscheinen, werden aber gewiß manchem Philosophen zur Erweiterung seiner Gedanken und seiner Einbildungskraft verhelfen, damit er sie zu Frommen des öffentlichen und privaten Lebens benutze. Dies war nämlich mein einziger Zweck bei der Herausgabe dieser und anderer Reisebeschreibungen, worin ich hauptsächlich die Wahrheit als Ziel vor Augen hatte, ohne irgendeine Ausschmückung durch Gelehrsamkeit oder Stil zu erstreben. Der ganze Eindruck dieser Reise wirkte aber so tief auf meine Seele und ist mir so genau im Gedächtnis geblieben, daß ich keinen einzigen wesentlichen Umstand übergangen habe, als ich die Beschreibung entwarf. Nach meiner genaueren Durchsicht habe ich jedoch einige Stellen von geringerer Wichtigkeit ausgestrichen, die sich in meinem Manuskript befanden, weil ich den Tadel befürchtete, ich sei ein langweiliger Kleinigkeitskrämer, ein Vorwurf, der Reiseschriftstellern, vielleicht nicht zu Unrecht, oft gemacht wird.

ZWEITES KAPITEL.

Die Beschreibung der Tochter des Bauern. Der Verfasser wird auf einen Jahrmarkt und von dort in die Hauptstadt gebracht. Die Begebenheiten auf dieser Reise.

Meine Herrin hatte eine neunjährige Tochter, ein Kind mit großen Fähigkeiten für ihr Alter, denn sie wußte mit der Nadel sehr gut umzugehen und ihre Puppe zierlich anzukleiden. Die Mutter und die Tochter bereiteten mir sehr geschickt ein Nachtlager in der Puppenwiege; diese war in eine kleine Schublade und die Schublade auf ein frei hängendes Brett gestellt, um mich so gegen die Ratten zu schützen. Jene Puppenwiegc war mein Bett solange ich bei dem Bauer blieb, wo mir der Aufenthalt allmählich bequemer wurde, da ich die Sprache zu lernen begann und somit imstande war, meine Bedürfnisse auszusprechen. Das Mädchen war so anstellig, daß sie mich an- und auskleiden konnte, nachdem ich ein- oder zweimal vor ihren Augen meine Kleider abgelegt hatte. Sie fertigte mir sieben Hemden und einige andere Wäschestücke von feiner Leinwand, die aber immer noch rauher als Sackleinen war. Diese Wäsche wusch sie mir immer mit eigener Hand. Sie war auch meine Lehrerin betreffs der Sprache; wenn ich auf etwas zeigte, nannte sie mir den Namen, so daß ich in wenigen Tagen zu fordern vermochte, was ich wünschte. Sie war sehr gutmütig und nicht größer als vierzig Fuß, denn für ihr Alter war sie noch sehr klein. Sie gab mir den Namen *Grildrig,* den die Familie und später sogar das ganze Königreich annahm. Das Wort hat ungefähr die Bedeutung des lateinischen *Homunculus* und des italienischen *Uomicciuolo,* das wir mit Mini-Mensch (Zwergmensch) übersetzen können; ihr verdanke ich hauptsächlich meine Lebensrettung in diesem Land. Wir trennten uns nie, solange ich dort war. Ich nannte sie meine *Glumdalclitch* oder kleine Wärterin und ich würde mich der größten Undankbarkeit schuldig machen, wenn ich diese ehrenvolle Erwähnung ihrer Sorgfalt und Liebe überginge. Auch wünsche ich von Herzen, es möge in meiner Macht liegen, ihre Wohltaten so zu vergelten, wie sie es verdient, statt daß ich die unschuldige aber unglückliche Ursache ihres Unglücks geworden bin, wie ich leider viel Grund zu befürchten habe.

Um diese Zeit begann man auch in der Nachbarschaft davon zu sprechen, mein Herr habe auf dem Feld ein sonderbares Geschöpf von der Größe eines *Splacknuck* gefunden, das die Gestalt des Menschen besitze, dessen Handlungen nachahme, seine besondere kleine Sprache zu sprechen scheine, mehrere Worte der Landessprache bereits erlernt habe, aufrecht umherginge, zahm und artig sei, auf den Ruf herbeikomme, alle Befehle vollführe und mit den schönsten Gliedern und einem Gesicht

begabt sei, wie dies kaum bei dreijährigen Mädchen vom höchsten Adel angetroffen werde. Ein anderer Bauer, der in der Nähe wohnte und ein Freund meines Herrn war, stattete ihm deshalb einen Besuch ab, um sich nach der Wahrheit der erwähnten Gerüchte zu erkundigen. Ich wurde sogleich herbeigeholt und auf den Tisch gestellt, wo ich nach Befehl umherging, meinen Degen zog, ihn wieder einsteckte, dem Gast meines Herrn eine Verbeugung machte, nach seinem Befinden mich erkundigte und ihm sagte, er sei willkommen — eine Phrase, die meine kleine Wärterin mich gelehrt hatte. Dieser Mann, der alt und kurzsichtig war, setzte seine Brille auf, um mich besser betrachten zu können, worüber ich herzlich lachen mußte, denn seine Augen erschienen mir wie der Vollmond, der durch zwei Fenster in ein Zimmer scheint. Unsere Leute, die die Ursache meiner lustigen Stimmung bald erkannten, leisteten mir im Lachen Gesellschaft; der alte Mann war aber töricht genug, hierüber

sich zu ärgern und außer Fassung zu kommen. Er war als großer Geizhals berüchtigt und verdiente, zu meinem Unglück, vollkommen seinen schlechten Ruf. Er gab nämlich meinem Herrn den fluchwürdigen Rat, mich als Merkwürdigkeit auf dem Jahrmarkt der nächsten Stadt zu zeigen, die ungefähr zweiundzwanzig Meilen, eine halbe Stunde für Reiter, von unserem Hause entfernt lag. Ich erriet, daß mein Herr irgendein Unheil im Sinn hatte, denn er flüsterte lange Zeit mit seinem Freund und wies dabei auf mich. Meine Furcht hatte zur Folge, daß ich mir einbildete, einige ihrer Worte gehört und verstanden zu haben. Am nächsten Morgen verriet mir Glumdalclitch, meine kleine Wärterin, die ganze Sache, die sie durch List ihrer Mutter abgefragt hatte. Die arme Kleine legte mich an ihren Busen und weinte vor Scham und Traurigkeit. Sie fürchtete irgendein Unheil von seiten der rohen und gemeinen Leute, die mich vielleicht zu Tode drücken oder die mir ein Glied zerquetschen könnten, wenn sie mich auf die Hand nähmen. Sie hatte auch meine Schamhaftigkeit und mein Ehrgefühl bereits bemerkt und konnte daher auch meinen Unwillen begreifen, dem niedrigsten Pöbel für Geld öffentlich zur Schau gestellt zu werden. Sie sagte, Vater und Mutter hätten ihr versprochen, Grildrig solle ihr gehören; wie sie jedoch sähe, werde sie jetzt ebenso behandelt wie vergangenes Jahr, als die Eltern ihr ein Lamm versprochen, aber sobald dasselbe fett geworden sei, an den Schlächter verkauft hätten. Was mich betrifft, so kann ich ehrlich behaupten, daß ich weniger Kummer als meine Wärterin empfand. Die Hoffnung, ich werde eines Tages meine Freiheit wiedererlangen, verließ mich nie, und die Schmach, als eine Art Ungeheuer behandelt zu werden, ließ mich begreifen, daß ich im Land ja vollkommen fremd sei; auch könne mir dies Unglück nie zum Vorwurf gemacht werden, sollte ich jemals nach England zurückkehren, denn der König von Großbritannien müsse sich ja in gleicher Lage selbst dieser Unannehmlichkeit aussetzen.

Mein Herr brachte mich nun, dem Rat seines Freundes gemäß, in einer Schachtel zum Jahrmarkt der nächsten Stadt und nahm seine Tochter, meine kleine Wärterin, hinter sich aufs Pferd. Die Schachtel war an allen Seiten geschlossen. In der Wand befand sich nur eine kleine Tür, damit ich hinein- und herausgehen könne, und einige gebohrte Löcher, um Luft hereinzulassen. Das Mädchen war so klug gewesen, die Matratze aus ihrem Puppenbett hineinzulegen, damit ich weich liegen könne; dennoch wurde ich auf dieser Reise furchtbar geschüttelt und zugerichtet, obgleich dieselbe nur eine halbe Stunde währte, denn das Pferd legte mit jedem Schritt wenigstens vierzig Fuß zurück und trabte so hoch, daß die dadurch bewirkte Erschütterung dem Steigen und Fallen eines Schiffes bei großem Sturm glich, aber bei weitem häufiger war. Unsere Reise dauerte etwas länger als ein Ausflug von London nach St. Albans. Mein Herr stieg in einem Wirtshaus ab, das er gewöhnlich besuchte. Nachdem er sich einige Zeit mit dem Wirt beraten und die nötigen Vorbereitungen getroffen hatte, mietete er den *Gultrud* oder Ausrufer, damit dieser der Stadt bekannt mache: es sei im „Grünen Adler" ein sonderbares Geschöpf von der Größe eines *Splacknuck* zu sehen (das ist ein sehr fein gebautes, sechs Fuß langes Tier des Landes); dasselbe gleiche in jedem Teil des Körpers der Menschengestalt, könne mehrere Worte aussprechen und an hundert ergötzliche Possen vollbringen.

Ich wurde im größten, wohl dreihundert Quadratfuß umfassenden Zimmer des Gasthofes auf einen Tisch gestellt. Meine kleine Wärterin stand auf einem Schemel dicht am Tisch, um auf mich zu achten und zu befehlen, was ich tun solle. Mein Herr litt nicht, um ein Gedränge zu vermeiden, daß mehr als dreißig Personen mich auf einmal betrachteten. Ich ging gemäß dem Befehl des Mädchens auf dem Tisch umher; sie legte mir, soweit es mein Verständnis der Sprache erlaubte, mehrere Fragen vor, und ich beantwortete dieselben so gut es mir möglich

war. Alsdann wandte ich mich einige Male zur Gesellschaft, verbeugte mich demütig, sagte, sie sei willkommen und sprach einige andere Phrasen aus, die ich erlernt hatte. Dann nahm ich einen mit Getränk gefüllten Fingerhut, den mir Glumdalclitch als Becher gegeben, und trank auf die Gesundheit der Anwesenden. Ich zog den Degen und schwang ihn nach Art der Fechter in England. Meine Wärterin gab mir ein Stück von einem Strohhalm, womit ich wie mit einer Pike exerzierte, denn diese Kunst hatte ich in meiner Jugend gelernt. An dem Tag wurde ich zwölf verschiedenen Gesellschaften gezeigt und mußte stets dieselben Albernheiten wiederholen, bis ich durch Müdigkeit und Überdruß halb tot war, denn alle, die mich gesehen hatten, gaben von mir und von dem Verhältnis meines Wuchses zu dem ihrigen so wunderbare Berichte, daß die Leute bereit waren, die Tür aufzubrechen, nur um hineinzugelangen. Mein Herr duldete im eigenen Interesse niemals, daß mich andere als meine Wärterin berührten; um jede Gefahr zu vermeiden, wurde der Tisch mit Bänken in solcher Entfernung umgeben, daß mich niemand erreichen konnte. Ein schändlicher Schulknabe schleuderte aber eine Haselnuß auf meinen Kopf zu, die mich beinahe getroffen hätte; sie flog mit solcher Heftigkeit vorbei, daß sie sicherlich mein Gehirn hätte zerschmettern müssen, denn sie war beinahe so groß wie ein kleiner Kürbis; ich hatte jedoch die Genugtuung, daß der junge Schelm gehörig geprügelt und dann aus dem Zimmer geworfen wurde.

Mein Herr ließ bekanntmachen, er werde mich am nächsten Markttag wieder öffentlich zeigen; indessen ließ er für mich ein bequemeres Transportmittel verfertigen, und dazu hatte er genügend Grund, denn meine erste Reise und der Umstand, daß ich verschiedene Gesellschaften acht Stunden lang unterhalten mußte, hatten mich so sehr angegriffen, daß ich kaum auf den Beinen stehen oder auch nur ein Wort sprechen konnte. Erst nach drei Tagen kam ich wieder etwas zu Kräften, aber damit ich auch keine Ruhe zu Hause hätte, begaben sich alle Herrn von Stande auf dreihundert Meilen rundum, nachdem sie von meinem Ruhm gehört hatten, in die Wohnung meines Herrn, um mich zu sehen. Wenigstens dreißig Personen kamen mit Frau und Kindern (das Land ist sehr bevölkert). Mein Herr verlangte alsdann die Zahlung eines gefüllten Zimmers, selbst wenn nur ein Mann mit seiner Frau kam. Einige Zeit lang hatte ich keinen Tag Ruhe (nur am Mittwoch, der in Brobdingnag als Sonntag gilt), obgleich ich nicht in die Stadt gebracht wurde.

Als nun mein Herr einsah, ich würde ihm wahrscheinlich viel Geld einbringen, beschloß er, mich in allen berühmten Städten des Königreichs zu zeigen. Er versah sich deshalb mit allen Dingen, die zu einer größeren Reise notwendig sind, ordnete seine Angelegenheiten zu Hause, nahm Abschied von seiner Frau, und am 17. August 1703, ungefähr zwei Monate nach meiner Ankunft, reisten wir zur Hauptstadt, die ungefähr in der Mitte des Landes, dreitausend Meilen von unserem Haus entfernt

liegt. Mein Herr nahm seine Tochter Glumdalclitch hinter sich aufs Pferd. Sie trug mich auf dem Schoß in einer um ihren Leib befestigten Schachtel. Das Mädchen hatte die Wände derselben mit dem weichsten Tuch, das sie bekommen konnte, ausgeschlagen, dasselbe außerdem gepolstert, das Bett ihrer Puppenwiege in die Schachtel gelegt, diese mit Wäsche und anderen Bedürfnissen gehörig versehen und alles so bequem wie möglich eingerichtet. Wir reisten allein, mit Ausnahme eines Knaben vom Haus, der mit dem Gepäck hinter uns herritt.

Mein Herr beabsichtigte, mich in allen Städten am Weg zu zeigen und in der Entfernung von fünfzig bis hundert Meilen vom Weg in jedes Dorf oder nach jedem Landsitz hinzureiten, wo er auf Einnahmen hoffen könnte. Wir machten kurze und bequeme Tagesreisen, von nur ungefähr hundertvierzig bis hundertsechzig Meilen. Glumdalclitch, um mich nicht zu sehr anzustrengen, beklagte sich nämlich häufig, sie könne das Traben des Pferdes nicht ertragen. Sie nahm mich auch oft, sobald ich es wünschte, aus dem Kistchen heraus, damit ich frische Luft schöpfen und mir die Gegend ansehen konnte; dabei wurde ich aber stets an einer Leine gehalten. Wir überquerten fünf bis sechs Flüsse, die tief und breit waren wie der Nil und der Ganges. Auch war kein Bach schmaler als die Themse unterhalb der Londoner Brücke. Zehn Wochen dauerte die Reise, und ich wurde in achtzehn großen Städten gezeigt, die Dörfer und Privatbesitzungen nicht gerechnet.

Am 26. Oktober langten wir in der Hauptstadt an, die in der Sprache von Brobdingnag *Lorbrulgrud* oder *„Stolz der Welt"* genannt wird. Mein Herr mietete sich eine Wohnung in der Hauptstraße, nahe beim königlichen Palast; alsdann ließ er Ankündigungen in der gewöhnlichen Form anschlagen, welche die genaue Beschreibung meiner Person und meiner Eigenschaften enthielten. Der Saal, den er mietete, war an drei- bis vierhundert Fuß breit. Er sorgte für einen Tisch von sechzig Fuß im Durchmesser, auf dem ich meine Künste zeigen sollte, und umsäumte ihn in einer Höhe von drei Fuß und in gleicher Entfernung vom Rand, damit ich nicht hinunterfiele. Zehnmal am Tage wurde ich zum Erstaunen und zur Zufriedenheit aller Leute öffentlich gezeigt. Ich beherrschte jetzt die Sprache so ziemlich und verstand alles, was man mir sagte. Außerdem hatte ich Lesen gelernt und konnte mitunter schon einen ganzen Satz gut hersagen, denn Glumdalclitch war sowohl zu Hause als auch in den Mußestunden auf unserer Reise meine Lehrerin gewesen. Sie hatte ein kleines Buch in ihrer Tasche mitgenommen, nicht viel größer als bei uns ein Atlas. Es war ein Katechismus für junge Mädchen, um ihnen die Religionsbegriffe beizubringen. Aus diesem Buch lehrte sie mich das Lesen und erklärte mir die Worte.

DRITTES KAPITEL.

Der Verfasser kommt an den Hof. Die Königin kauft ihn seinem bisherigen Herrn ab. Er disputiert mit den größten Gelehrten Seiner Majestät. Bei Hofe wird ein Zimmer für den Verfasser eingerichtet. Er erringt die Gunst der Königin. Er vertritt die Ehre seines Vaterlandes und gerät in Streit mit dem Zwerg der Königin.

Leid und Mühseligkeiten, die ich jeden Tag ertragen mußte, bewirkten eine Verschlechterung meiner Gesundheit. Je mehr Geld mein Herr durch mich erlangte, desto größer wurde seine Habsucht. Ich hatte bereits meinen Bauch verloren und war beinahe zum Skelett abgemagert. Der Bauer bemerkte dies und vermutete, ich würde bald sterben. Er beschloß deshalb, noch so viel Geld wie möglich durch mich zu gewinnen. Während er dies erwog, kam ein *Slardral* oder Kammerherr des Hofes und gebot, mich sogleich zur Unterhaltung der Königin und ihrer Hofdamen in den Palast zu schaffen. Einige derselben hatten mich schon gesehen und merkwürdige Dinge über meine

Schönheit, mein feines Betragen und meinen gesunden Verstand erzählt. Ihre Majestät und deren Gefolge waren über mein Benehmen entzückt. Ich fiel auf die Knie und wollte den erhabenen Fuß küssen, allein die gnädige Fürstin reichte mir nur ihren kleinen Finger, als ich auf dem Tisch stand. Ich umarmte diesen Finger nun mit beiden Armen und legte in höchster Demut die Spitze desselben an meine Lippen. Sie richtete an mich mehrere allgemeine Fragen über mein Vaterland und meine Reisen, die ich sehr deutlich und so kurz wie möglich beantwortete. Sie fragte, ob es mir gefallen würde, am Hof zu leben. Ich verbeugte mich bis auf die Tischplatte und erwiderte demütig: ich sei der Sklave meines Herrn, könnte ich jedoch über mich selbst verfügen, so würde es mich mit Stolz erfüllen, könnte ich mein Leben dem Dienst Ihrer Majestät widmen. Sie fragte dann meinen Herrn, ob er mich zu einem guten Preis verkaufen würde. Da er nun fürchtete, ich würde keinen Monat mehr leben, so verlangte er tausend Goldstücke, die sogleich auf Befehl herbeigeschafft wurden, und von denen jedes Stück ungefähr die Dicke von achthundert protugiesischen Dukaten betrug. Umgerechnet entsprach die Summe knapp einem Betrag von tausend Guineen in England. Hierauf sagte ich der Königin: da ich jetzt Ihrer Majestät demütiger Sklave und Vasall sei, bäte ich um die Gnade, daß Glumdalclitch, die mich stets mit soviel Sorgfalt und Güte gepflegt habe und dies auch so trefflich verstünde, ebenfalls in den königlichen Dienst treten und auch ferner meine Wärterin und Lehrerin bleiben dürfe.

Ihre Majestät gewährte meine Bitte und erlangte ohne Mühe die Zustimmung des Bauern, der sich nicht wenig freute, seine Tochter bei Hofe angestellt zu wissen. Das arme Mädchen konnte aber sein Entzücken nicht verbergen. Mein vormaliger Herr entfernte sich hierauf, indem er von mir Abschied nahm und sagte, er habe mir einen sehr guten Dienst verschafft, worauf ich kein Wort erwiderte, sondern nur eine leichte Verbeugung machte.

Die Königin bemerkte diese Kälte und fragte nach dem Grunde, sobald der Bauer das Zimmer verlassen hatte. Ich war so kühn, Ihrer Majestät zu sagen, meinem bisherigen Herrn sei ich Dank nur deshalb schuldig, weil er einem armen, durch Zufall auf dem Feld gefundenen Geschöpf das Hirn nicht eingeschlagen habe. Diese Verpflichtung werde aber durch den Gewinn, den er durch mich im halben Königreich erlangt habe und durch den hohen Verkaufspreis reichlich aufgewogen. Das Leben, welches ich seitdem führe, sei so mühsam gewesen, daß sogar ein Tier von zehnfacher Kraft hätte unterliegen müssen. Meine Gesundheit sei durch die ewige Plackerei zur Unterhaltung des Pöbels untergraben worden. Hätte mein Herr nicht geglaubt, mein Leben sei in Gefahr, so würde Ihre Majestät mich nicht zu so wohlfeilem Preis erhalten haben. Da ich aber gegenwärtig unter dem Schutz einer so großen und guten Monarchin, dem Schmuck der Schöpfung, dem Liebling der Welt, dem Entzücken ihrer Untertanen, dem Phönix der Natur, keine schlechte Behandlung mehr befürchte, so hoffe ich auch, die Besorgnis meines vorigen Herrn werde sich als grundlos erweisen; ich spürte bereits, wie meine Lebenskraft durch den Einfluß Ihrer hocherhabenen Gegenwart wieder erwache.

Dies war der Hauptinhalt meiner Rede, die ich nur mit Schwierigkeit und einigermaßen ungeschickt hielt. Der letze Teil war in dem Stil formuliert, der diesem Volk eigentümlich ist. Ich hatte nämlich von Glumdalclitch, als sie mich an den Hof brachte, einige solcher Phrasen erlernt.

Die Königin war nachsichtig gegenüber den Mängeln in meiner Ausdrucksweise, andererseits erstaunt über soviel Witz und gesunden Menschenverstand in einem solchen Minimenschen. Sie nahm mich auf Ihre Hand und trug mich zum König, der sich gerade in seinem Kabinett befand. Seine Majestät, ein Fürst von ernstem Charakter, mit strengen Gesichtszügen, vermochte wohl beim ersten Anblick meine Gestalt nicht zu erkennen und fragte daher die Königin kühl, seit wann sie an einem

Splacknuck so viel Vergnügen fände. Wie es schien, hielt er mich nämlich für solch ein kleines Tier, als ich in der rechten Hand Ihrer Majestät auf meiner Brust lag. Allein die Fürstin, welche außerordentlich viel Verstand und gute Laune besaß, stellte mich sanft auf den Schreibtisch und befahl mir, ich solle selbst dem König über mich Bericht erstatten, was ich dann auch in wenigen Worten tat. Hierauf erhielt auch Glumdalclitch, die vor der Tür des Kabinetts wartete und meine Abwesenheit nicht ertragen konnte, sogleich Zutritt und bestätigte alles, was sich mit mir seit meiner Ankunft in ihres Vaters Haus zugetragen hatte.

Der König, obgleich gelehrter als irgendeiner seiner Untertanen, war besonders in Philosophie und Mathematik gebildet. Als er jedoch meine Gestalt genau erblickte und erkannte, wie ich aufrecht einherging, hielt er mich, bevor ich zu sprechen begann, für eine Art Uhrwerk (in der Konstruktion dieser Maschinen ist nämlich das Volk von Brobdingnag zur größten Vollkommenheit gelangt), das von irgendeinem großen Künstler erfunden sie. Als er dann jedoch meine Stimme vernahm und begriff, daß das, was ich sagte, aus regelmäßig gebauten Sätzen mit vernünftigem Sinn bestehe, konnte er sein Erstaunen nicht länger verhehlen. Er war keineswegs mit dem Bericht zufrieden, den ich ihm über meine Ankunft im Königreich gab und argwöhnte, diese Geschichte sei nur zwischen Glumdalclitch und ihrem Vater, die mir eine Anzahl Wörter beigebracht hätten, erfunden, um mich zu höherem Preis verkaufen zu können. In dieser vorgefaßten Meinung legte er mir mehrere Fragen vor und erhielt stets vernünftige Antworten, die in keiner anderen Hinsicht mangelhaft waren, als daß ich in fremdem Akzent sprach, eine bis jetzt noch unvollkommene Kenntnis der Sprache besaß und etliche bäuerische Ausdrücke gebrauchte, die ich im Hause des Bauern gelernt hatte, die sich aber für den gehobenen Stil am Hofe nicht ziemten.

Seine Majestät ließ drei große Gelehrte kommen, die gerade

nach Landessitte den Wochendienst hatten. Diese Herren untersuchten eine Zeitlang meine Gestalt mit großer Genauigkeit und waren alsdann hinsichtlich meiner Person verschiedener Meinung. Alle drei stimmten darin überein, daß ich nicht entsprechend den normalen Naturgesetzen geschaffen sei, weil ich nicht imstande sei, zur Erhaltung meines Lebens Bäume zu erklettern oder mich in die Erde einzugraben. Sie schlossen ferner aus meinen Zähnen, die sie sehr genau in Augenschein nah-

men, daß ich ein fleischfressendes Tier sei; da jedoch die meisten Vierfüßler mir an Kraft bei weitem überlegen und Feldmäuse sowie andere Kleintiere viel zu behende seien, könnten sie sich nicht vorstellen, wovon ich lebte, wenn ich mich nicht von Schnecken oder Insekten ernährte. Zugleich aber erboten sich alle drei, mit sehr gelehrten Begründungen zu beweisen, auch dies sei nicht wohl möglich. Einer dieser hochgelehrten Herren behauptete, ich könnte ein Embryo oder eine Frühgeburt sein. Diese Meinung wurde aber von den anderen beiden verworfen, die meine Glieder als voll ausgebildet bezeichneten. Sie bemerkten ferner, ich habe schon mehrere Jahre gelebt, wie man aus meinen Bartstoppeln ersehen könne, die ganz deutlich durch ein Vergrößerungsglas zu erkennen wären. Die drei Herren wollten mir auch nicht zugestehen, ich sei ein Zwerg, denn meine Kleinheit lasse sich mit nichts vergleichen. Der Königin Lieblingszwerg, der kleinste, den es jemals im ganzen Reich gegeben habe, sei doch wenigstens dreißig Fuß hoch. Nach langen Verhandlungen beschlossen sie einmütig, ich sei nur *Replum Scalcath,* ein Wort, das dem Ausdruck *ludus naturae* (Naturspiel) entsprechen kann. Dieser Beschluß war auch gewiß der neueren europäischen Philosophie vollkommen angemessen, deren Professoren diese wunderbare Auflösung aller Schwierigkeiten zum sicheren Fortschritt der menschlichen Kenntnisse erfunden haben, indem sie die alte Ausrede der verborgenen Ursachen vermeiden, womit die Anhänger des Aristoteles ihre Unwissenheit zu verdecken suchten.

Nach diesem entscheidenden Schluß wagte ich die Bitte, man möge zwei bis drei Worte von mir anhören. Ich wandte mich an den König und gab Seiner Majestät die Versicherung, ich komme aus einem Lande, das mehrere Millionen beiderlei Geschlechtes von meiner Gestalt und Größe enthalte, wo Tiere, Bäume, Häuser in demselben Verhältnis gestaltet seien und wo ich mich deshalb ebenso gut verteidigen und ernähren könne wie irgendein Untertan Seiner Majestät. Die gelehrten Herren antworteten mir darauf mit einem verächtlichen Lächeln und fügten noch hinzu: der Bauer habe mir wohl in meiner Geschichte entsprechenden Unterricht erteilt. Der König jedoch, ein kluger Mann, entließ die Gelehrten und befahl, den Bauer herbeizurufen, der glücklicherweise die Stadt noch nicht verlassen hatte. Als dieser nun, zuerst im geheimen befragt, und alsdann mit seiner Tochter konfrontiert worden war, begann Seine Majestät, unserem Bericht Glauben zu schenken. Er bat die Königin, Befehl zu geben, daß man mich mit besonderer Sorgfalt behandele und war der Meinung, Glumdalclitch solle ihr Amt, mich zu pflegen, auch ferner behalten, weil er bemerkt habe, daß wir beide große Zuneigung zueinander hegten. Ein passendes Zimmer wurde dann für sie bei Hofe eingerichtet, sie erhielt eine Art Gouvernante, ein Kammermädchen zum Ankleiden und zwei Mägde zu geringeren Diensten; meine Pflege war aber ausschließlich ihr übertragen. Die Königin befahl ferner ihrem Hoftischler, ein Kistchen zu verfertigen, das mir zum

Schlafzimmer dienen solle und über deren Modell ich mit Glumdalclitch übereinkommen müsse. Dieser Tischler war ein trefflicher Handwerksmann und vollendete unter meiner Anleitung in drei Wochen eine hölzerne Kiste von sechzehn Quadratfuß Umfang und zwölf Fuß Höhe mit Zugfenstern, einer Tür und zwei kleineren Nebengemächern, wie dies bei den Schlafzimmern in London der Fall zu sein pflegt. Das Brett, welches das Deckengetäfel bildete, konnte durch zwei Winden auf- und niedergezogen werden, um ein fertiges und von den Tapezierern Ihrer Majestät mit Matratzen und Kissen versehenes Bett einzulassen, welches Glumdalclitch, um es zu lüften, täglich herausnahm, und, nachdem sie es mir mit eigener Hand gemacht hatte, wieder hineinlegte, worauf sie dann das Dach über meinem Haupt zuschloß. Ein geschickter Tischler, welcher wegen seines künstlerischen Spielzeugs berühmt war, unternahm die Anfertigung zweier Stühle mit Seiten- und Hinterlehnen aus einem dem Elfenbein ähnlichen Material sowie auch von zwei Tischen und einem Schrank, in welchen ich meine Sachen hineinlegen konnte. Das Zimmer war an allen Seiten, am Fußboden und an der Decke gepolstert, um irgendein Unglück zu vermeiden, wenn ich in einer Kutsche fuhr. Auch bat ich um ein Schloß vor meiner Tür, um zu verhindern, daß Ratten und Mäuse hineinkämen. Der Schmied verfertigte nach mehreren Versuchen das kleinste Schloß, das jemals in Brobdingnag gesehen wurde. Ich selbst habe kein größeres in England erblickt. Ich versuchte es, den Schlüssel in meiner eigenen Tasche zu verwahren, denn ich befürchtete, Glumdalclitch könnte ihn verlieren. Die Königin befahl, das dünnste Seidenzeug herbeizuschaffen, um mir Kleider anzufertigen, die viel dicker als eine englische Bettdecke und mir sehr lästig waren, bis ich mich daran gewöhnt hatte. Die Kleider waren nach der Mode des Königreichs zugeschnitten und glichen teilweise der persischen, stellten aber ein sehr ernstes und würdevolles Kostüm dar.

Die Königin fand soviel Behagen an meiner Gesellschaft, daß

sie ohne mich ihr Mittagsmahl nicht einnehmen wollte. Ein Tisch für mich und ein Stuhl wurden auf die Tafel gesetzt, wo Ihre Majestät speiste. Glumdalclitch stand auf einem Schemel nahe bei meinem Tisch, um mir zu helfen und aufzuwarten. Ich hatte ein vollständiges Silberservice von Schüsseln und Tellern sowie andere Gerätschaften, welche im Verhältnis zu dem Service der Königin nicht größer waren als Spielzeug, das ich einst in London bei einem Kaufmann, zur Möblierung eines Puppenhauses bestimmt, gesehen habe. Meine liebe Wärterin verwahrte dieselben in ihrer Tasche, und zwar in einer kleinen silbernen Schachtel. Sie reichte sie mir beim Essen, sobald ich ihrer bedurfte, nachdem sie von ihr selbst zuvor gereinigt worden waren. Niemand speiste mit der Königin außer den zwei königlichen Prinzessinnen, wovon die eine sechzehn und die andere dreizehn Jahre und einen Monat alt war. Ihre Majestät legte gewöhnlich ein Stück Fleisch auf meine Schüssel, das ich mir selbst zerschnitt, und sie fand Vergnügen daran, mich so in Miniatur essen zu sehen. Sie selbst (und sie hatte wirklich nur einen schwachen Magen) nahm auf einen Bissen soviel in den Mund, wie zwölf englische Pächter in einer Mahlzeit nicht essen können, ein Umstand, der mir zu Anfang sehr ekelhaft erschien.

Sie pflegte den Flügel einer Lerche, Knochen und Fleisch, mit den Zähnen zu zerreißen, obgleich er neunmal größer war als der eines gemästeten welschen Hahnes. Ihre Bissen Brot waren sogar so groß wie ein Dreigroschenlaib. Sie trank aus einem goldenen Becher und bei jedem Schluck mehr als einen Hektoliter. Ihr Messer war so lang wie eine auf dem Stiel geradegebogene Sense. Löffel, Gabel und andere Geräte zeigten dasselbe Verhältnis. Wie ich mich erinnere, war ich einst neugierig, eine Tafel bei Hofe zu sehen, und Glumdalclitch trug mich deshalb zu einer derselben hin, wo ein Dutzend dieser ungeheuren Messer und Gabeln in Bewegung gesetzt waren. Ich muß aber gestehen, daß ich nie zuvor einen so furchtbaren Anblick gehabt habe.

Es ist Hofsitte, daß der König, die Königin und die königlichen Prinzen beider Geschlechter an jedem Mittwoch, der, wie gesagt, in Bronbdingnag als Sonntag gilt, in den Zimmern des Königs, dessen Gunst ich in hohem Grade erlangt hatte, zusammen speisen. Alsdann wurden mein kleiner Stuhl und Tisch ihm zur Linken bei einem Salzfaß hingestellt. Der Fürst fand viel Vergnügen an meiner Unterhaltung und erkundigte sich nach den Sitten, der Religion, den Gesetzen, der Regierung und der Gelehrsamkeit in Europa, worüber ich ihm dann einen so vollständigen Bericht abstattete, wie es mir möglich war. Sein Verstand war so klar und seine Urteilskraft so ausgezeichnet, daß er mehrere sehr verständige Bemerkungen über alles, was ich sagte, äußerte. Ich gestehe jedoch, daß ich einmal über mein geliebtes Vaterland, unsere See- und Landkriege, unsere Religionsspaltungen und politischen Parteien sehr weitläufig sprach. Da wirkten die Vorurteile seiner Erziehung so stark auf ihn ein, daß er mich auf seine rechte Hand nahm, herzlich auflachte, mit der anderen Hand mir einen sanften Schlag gab und mir die Frage vorlegte, ob ich *Whig* oder *Tory* sei. Dann wandte er sich an seinen Premierminister, der mit einem weißen Stab ehrerbietig hinter seinem Stuhl stand (dieser Stab war so lang wie der Hauptmast des englischen Linienschiffes ‚*Royal Sovereign*' und sagte: Wie verächtlich doch jene Menschengröße sein müsse, da solche Miniinsekten, wie ich, sie nachahmen könnten. Ja, ja, sagte er, diese Geschöpfe haben gewiß ihre besonderen Titel und Rangunterschiede. Sie bringen kleine Nester und Kaninchenbaue zustande, die sie Häuser und Städte nennen; sie paradieren mit Kleidern und Equipagen, sie lieben, kämpfen, zanken, betrügen und verraten einander. In dieser Weise sprach er längere Zeit, während ich voll Unwillen die Farbe wechselte, als ich mein edles Vaterland, so ausgezeichnet durch Künste und Waffen, die Geißel Frankreichs und die Gebieterin Europas, den Sitz der Tugend, Frömmigkeit, Ehre, Wahrheit, den Stolz und den Neid der Welt, so verächtlich behandeln und verlästern hörte. Da ich nun aber nicht in der Lage war, Beleidigungen rächen zu können, so begann ich nach reiflicher Überlegung zu begreifen, daß ich überhaupt nicht beleidigt sei. Da ich nämlich schon mehrere Monate an den Anblick und das Gespräch mit diesen Leuten gewöhnt war und jeden Gegenstand, auf den mein Blick fiel, entsprechend seiner verhältnismäßigen Größe betrachtete, so war der Schauder, den ich zuerst wegen ihrer Größe empfand, insoweit verschwunden, als ich eine Gesellschaft von englischen Lords und Damen in vollem Putz zu sehen glaubte, welche auf die feinste Weise ihre Rollen im Sichbrüsten, Verbeugen und Schwatzen spielten. Um die Wahrheit zu sagen, ich kam mehrere Male in Versuchung, über sie ebenso zu lachen, wie der König nebst seinen Großen über mich spottete. Auch konnte ich es nicht unterlassen, über mich selbst zu lächeln, wenn die Königin mich auf ihrer Hand vor einen Spiegel hielt, so daß unsere beiden Gestalten in voller Größe von demselben wiedergegeben wurden; nichts hätte alsdann so albern sein können, wie ein Vergleich zwischen uns, und es kam mir wirklich so vor, als sei meine Gestalt um mehrere Grade zusammengeschrumpft.

Niemand ärgerte und kränkte mich jemals so sehr wie der Zwerg der Königin. Da dieser nämlich eine Körperwinzigkeit besaß, die man bisher noch nie im Lande gesehen hatte (ich glaube wirklich, daß er nicht höher als dreißig Fuß war), wurde er so unverschämt, als er ein noch unter ihm stehendes Geschöpf erblickte, daß er sich stets aufzublähen und großzutun pflegte, sooft er nur im Vorzimmer an mir vorüberging, während ich auf dem Tisch stand und mich mit den Herren und Damen unterhielt. Alsdann unterdrückte er selten einige Bosheiten über meine Kleinheit. Ich rächte mich an ihm dadurch, daß ich ihn Bruder nannte, ihn zum Ringen aufforderte, und Gehässigkeiten zurief, wie sie im Munde der Hofpagen gang und gäbe sind. Eines Tages war diese boshafte, junge Katze über etwas, das ich ihm sagte, so verdrießlich, daß er auf die Seitenlehne

des Armstuhls Seiner Majestät kletterte, mich (der ich nichts böses ahnend, dasaß) um die Mitte meines Leibes packte und in eine silberne Schale voll Milch hineinwarf, um dann so schnell wie möglich fortzulaufen. Ich mußte zuerst mit dem Kopf untertauchen und wäre ich kein guter Schwimmer gewesen, so hätte es mir schlimm ergehen können. Glumdalclitch befand sich damals gerade am anderen Ende des Zimmers, und die Königin war so erschrocken, daß es ihr an Geistesgegenwart fehlte, mir zu helfen. Allein meine kleine Wärterin lief herbei, um mich zu retten und zog mich heraus, nachdem ich ungefähr ein Quart Milch verschluckt hatte. Ich wurde zu Bett gebracht, erlitt jedoch keinen weiteren Schaden, als den, daß mein Anzug vollkommen verdorben war. Der Zwerg wurde tüchtig gepeitscht und mußte außerdem die Milch, in die er mich geworfen, austrinken. Zudem erhielt er nie wieder die Gunst der Königin, und

Ihre Majestät verschenkten ihn bald darauf zu meiner großen Freude an eine Frau von hohem Stande, sonst würde der boshafte Kobold seine Rache sicherlich bis zum Äußersten getrieben haben.

Auch schon früher spielte er mir einen Streich, worüber die Königin lachen mußte, obgleich sie sich sehr darüber ärgerte und ihn auf der Stelle davongejagt hätte, wenn ich nicht so großmütig gewesen wäre, Fürsprache für ihn einzulegen. Ihre Majestät hatte einen Markknochen auf ihren Teller genommen und stellte ihn, nachdem sie ihn ausgelutscht hatte, wieder aufrecht in die Bratenschüssel, wie er zuerst gestanden hatte. Der Zwerg nun benutzte die Gelegenheit, als Glumdalclitch an den Kredenztisch gegangen war, bestieg den Schemel, auf dem meine Wärterin, um beim Essen zu bedienen, vorher gestanden hatte, packte mich mit beiden Händen, drückte meine Beine zusammen und quetschte mich bis über meine Hüften in den Mark-

knochen hinein, wo ich dann einige Zeit stecken blieb und eine sehr lächerliche Figur abgab. Wie ich glaube, wußte man eine ganze Minute lang durchaus nicht, was aus mir geworden wäre, denn ich glaubte, es sei unter meiner Würde, laut aufzuschreien. Da aber alle Gerichte nur selten heiß auf die fürstliche Tafel gebracht werden, wurde die Haut meiner Schenkel nicht verbrüht, nur Strümpfe und Beinkleider gerieten in schlimme Beschaffenheit. Der Zwerg erhielt auf meine Bitte keine andere Strafe als eine genügende Anzahl derber Peitschenhiebe.

Die Königin spottete häufig über meine Furchtsamkeit und fragte mich gewöhnlich, ob alle Leute in meinem Vaterland dieselbe Feigheit wie ich besäßen. Die Veranlassung hierzu war folgende: Das Königreich wird im Sommer sehr durch Fliegen geplagt, und diese verhaßten Insekten, von der Größe einer Lerche, gönnten mir durch ihr ewiges Summen und Herumsausen an meinen Ohren keinen Augenblick Ruhe; oft setzten sie sich auf meine Nahrung und ließen dort ihren ekelhaften Unrat und ihre Eier zurück, die mir, aber nicht den Eingeborenen des Landes erkennbar waren, weil jene für kleinere Gegenstände nicht die erforderliche Sehschärfe besitzen. Bisweilen setzten sie sich mir auf Nase und Stirn und ängstigten mich dadurch bis zum Äußersten, denn zugleich stanken sie auch auf höchst ekelhafte Weise. Ich konnte sogar jenen klebrigen Schleim genau sehen, der diese Geschöpfe, nach Behauptung unserer Naturforscher, instand setzt, mit aufwärts gekehrten Beinen an den Zimmerdecken einherzuspazieren. Die Abwehr dieser verabscheuungswürdigen Tiere kostete mich viel Mühe, und es war mir unmöglich, nicht zurückzufahren, sobald sie auf mein Gesicht zuflogen. Der Zwerg spielte mir gewöhnlich den Streich, daß er, wie Schulknaben bei uns, eine Anzahl Insekten mit der Hand fing und sie dann plötzlich unter meiner Nase auffliegen ließ, um mich zu erschrecken und die Königin zu amüsieren. Mein Gegenmittel bestand darin, daß ich sie mit meinem Messer, während sie in der Luft flogen, zerschnitt, und da ich mir viel

Gewandtheit mit dieser Abwehr erwarb, habe ich auch zugleich viele Bewunderung damit erregt.

Wie ich mich erinnere, hatte Glumdalclitch mich einst in dem Kistchen vor ein offenes Fenster hingesetzt, ein Verfahren, das an schönen Tagen, damit ich frische Luft schöpfte, bei ihr gewöhnlich war. Ich wagte es nämlich nie, mein Zimmer an einen Nagel außerhalb des Fensters hinhängen zu lassen, wie dies bei uns in England mit Käfigen zu geschehen pflegt. Ich schob eines meiner Fenster in die Höhe und setzte mich an meinen Tisch, um ein Stück süßen Kuchen zum Frühstück zu verzehren. Da aber drangen zwanzig Wespen, durch den Geruch herbeigelockt, in das Zimmer und brummten dabei lauter als ebenso viele Maultrommeln oder Dudelsäcke. Einige derselben ergriffen meinen Kuchen und trugen ihn stückweise fort, andere flogen mir an Kopf und Gesicht, betäubten mich mit ihrem Geräusch und versetzten mich in die äußerste Furcht vor ihren Stacheln. Ich hatte jedoch den Mut, aufzustehen, mich mit dem Messer zu verteidigen und sie in der Luft anzugreifen. Viele wurden von mir getötet, die übrigen flogen fort, und ich schloß mein Fenster. Diese Insekten waren so groß wie Rebhühner. Ich zog die Stacheln aus den Leichen und fand, daß sie anderthalb Zoll lang und so scharf wie Nadeln waren. Ich habe sie alle mit Sorgfalt aufbewahrt, zeigte sie nach meiner Rückkehr neben anderen Merkwürdigkeiten in mehreren Teilen von Europa und schenkte drei Stacheln dem Gresham-College. Den vierten behielt ich für mich selbst.

VIERTES KAPITEL.

Beschreibung des Landes. Ein Vorschlag, neuere Landkarten zu verbessern. Der Palast des Königs und einige Berichte über die Hauptstadt. Des Verfassers Art zu reisen. Beschreibung des Haupttempels.

Jetzt will ich dem Leser auch eine kurze Beschreibung von Brobdingnag liefern, soweit ich das Land im Umkreis von zweitausend Meilen im Bereich der Hauptstadt Lorbrulgrud bereiste. Die Königin, die ich stets begleitete, ging nämlich niemals weiter, wenn sie mit dem König reiste und wartete dort, bis Seine Majestät von der Besichtigung der Grenzen zurückgekehrt war. Die Ausdehnung der Besitzungen des Fürsten beträgt sechstausend Meilen in der Länge und drei- bis fünftausend Meilen in der Breite. Hieraus zog ich den Schluß, daß unsere Geographen in Europa sich vollkommen im Irrtum befinden, wenn sie annehmen, zwischen Kalifornien und Japan liege nur das Meer. Es war stets meine Meinung, ein großer Landstrich müsse noch dazwischen liegen, um das Gleichgewicht zum Festland der großen Tartarei herzustellen. Deshalb sollten die Geographen ihre Karten verbessern und diesen großen Landstrich an den Nordwesten von Amerika anhängen, wobei ich gern bereit bin, ihnen behilflich zu sein.

Das Königreich besteht aus einer Halbinsel, die nordöstlich durch eine Bergkette von dreißig Meilen Höhe begrenzt wird. Diese ist aber wegen der Vulkane auf den Berggipfeln nicht passierbar. Auch sind die gelehrtesten Männer mit der Menschenrasse gänzlich unbekannt, die vielleicht jenseits der Berge wohnt, wenn jenes Land überhaupt bewohnt ist. Auf den drei anderen Seiten wird das Königreich vom Ozean begrenzt; die Mündungen der Flüsse sind voll von steilen Felsen, die See ist dort außerdem so rauh, daß auch nicht das kleinste Boot der Einwohner von Brobdingnag hindurchdringen kann. Somit bleibt die Nation von der übrigen Welt völlig abgeschnitten. Die großen Flüsse sind stets mit Schiffen überfüllt und haben Überfluß an ausgezeichneten Fischen. Nur selten werden Seefische von den Eingeborenen verspeist, weil diese nur so groß sind wie in Europa und deshalb die Mühe des Fangens nicht lohnen. Daraus aber geht klar hervor, die Natur habe bei der Hervorbringung von Pflanzen und Lebewesen von so außerordentlicher Größe sich ausschließlich auf dieses Festland beschränkt. Den Grund für diese Erscheinung mögen die Philosophen herausfinden. Gelegentlich fingen die Bewohner einen Walfisch, der an die Felsen geschleudert worden war. Das einfache Volk pflegte denselben dann mit dem größten Appetit zu verzehren. Ich habe derlei Walfische von so ungeheurer Größe erblickt, daß ein Mensch ein einzelnes Tier kaum auf den Schultern tragen konnte, und bisweilen werden sie als Merkwürdigkeit nach Lorbrulgrud gebracht. Einen solchen Walfisch sah ich auf der Tafel des Königs als Seltenheit, jedoch ich bemerkte nicht, daß Seiner Majestät die Speise besonders mundete. Ich glaubte aber, die Größe war dem König zuwider, obgleich ich noch größere Walfische in Grönland gesehen habe.

Das Land ist sehr bevölkert, denn es enthält einundfünfzig Hauptstädte, hundert befestigte Städte und eine große Anzahl Dörfer. Um die Wißbegierde des Lesers zu befriedigen, wird eine Beschreibung von Lorbrulgrud genügen. Diese Hauptstadt besteht aus zwei ganz gleichen Stadtteilen, die der Fluß teilt. Sie enthält ungefähr achttausend Häuser und hunderttausend Einwohner. Die Länge beträgt etwa drei Glomglung (ungefähr vierundfünfzig englische Meilen), die Breite dreieinhalb Glomglung. Ich habe den Umfang selbst nach einer auf Befehl des Königs verfertigten Karte gemessen, die ich auf den Boden zu dem Zweck ausbreitete und die beinahe hundert Fuß darauf einnahm. Ich durchschritt den Durchmesser und Umfang mehrere Male mit entblößten Füßen, rechnete nach diesem Maßstab und gelangte somit zu diesem Resultat.

Der Palast des Königs ist kein regelmäßiges Gebäude, sondern eine Anhäufung von mehreren, mit einer Bodenfläche von ungefähr sieben Meilen im Umkreis. Die Hauptsäle sind ungefähr zweihundertundvierzig Fuß hoch und von entsprechender Länge und Breite. Mir und meiner Wärterin wurde ständig eine Kutsche zur Verfügung gestellt. Die Gouvernante der Glumdalclitch fuhr darin häufig mit uns aus, um die Stadt zu besehen oder die verschiedenen Kaufläden zu besuchen. Dann war ich jedesmal in meinem Zimmerkästchen dabei, obgleich mich das Mädchen auf meinen Wunsch oft herausnahm und auf der Hand hielt, damit ich, während wir durch die Straßen fuhren, die Gebäude und das Volk bequemer sehen konnte. Unsere Kutsche war ungefähr so groß wie der Platz von Westminsterhall, allein nicht so hoch wie der Westminster Dom; hierüber kann ich jedoch keine ganz genauen Angaben machen. Eines Tages befahl die Erzieherin dem Kutscher, an einigen Läden anzuhalten, worauf die Bettler die Gelegenheit benutzten, sich auf beiden Seiten an die Kutsche zu drängen, um mir den scheußlichsten Anblick zu gewähren, den jemals ein europäisches Auge erschaut hat. Unter diesen Menschen befand sich ein Mann mit einem Kopf so dick wie fünf Wollsäcke; ein anderer hatte in paar hölzerner Beine von ungefähr zwanzig Fuß Höhe. Der ekelhafteste Anblick von allen bestand aber in den in den Falten der Kleider herumkriechenden Läusen. Ich konnte die Glieder dieses Ungeziefers mit bloßen Augen viel besser erkennen, als die der europäischen Läuse durch ein Mikroskop. Es waren die ersten, die ich erblickte, und ich hätte eine derselben gern seziert, wenn ich die dazu notwendigen Instrumente nicht unglücklicherweise im Schiff gelassen hätte; der Anblick war jedoch so ekelhaft, daß mir übel wurde.

Außer dem großen Kästchen, in dem ich gewöhnlich getragen wurde, ließ die Königin mir noch ein kleineres von ungefähr zwölf Quadratfuß im Umfang und zehn Fuß Höhe anfertigen, das auf Reisen bequemer war. Das andere war nämlich zu groß für den Schoß der Glumdalclitch und außerdem in der Kutsche etwas lästig. Es wurde von demselben Handwerker angefertigt, dem ich die Erfindung des ersten angegeben hatte. Dieses Reisegemach war genau quadratisch mit Fenstern an drei Wänden. Jedes Fenster aber war mit eisernen Stangen gehörig versehen, um Unglücksfälle auf langen Reisen zu verhüten. An der vierten, mit keinem Fenster versehenen Wand befanden sich zwei dicke Klammern, durch welche die Person, die mich trug, wenn sie gehen wollte, einen ledernen Riemen zog, den sie alsdann um den Leib schnallte. Dies war immer das Amt eines ernsten und treuen Dieners, auf den ich vertrauen konnte, mußte ich den König oder die Königin begleiten, oder wollte ich die Gärten besehen oder eine vornehme Dame oder einen Staatsminister bei Hofe besuchen, wenn Glumdalclitch sich nicht wohl befand. Denn bald wurde ich bekannt und von den höchsten Beamten sehr geschätzt, wie ich jedoch glaube, mehr der Gunst Seiner Majestät wegen als aufgrund meiner eigenen Verdienste. Wenn ich auf Reisen das Fahren nicht mehr ertragen konnte, schnallte ein Bediensteter zu Pferd mein Kästchen ab und stellte es auf ein Kissen vor sich hin. Von dort genoß ich durch meine drei Fenster die Aussicht. Im Kästchen hatte ich ein Federbett und eine von der Decke herabhängende Hängematte, ferner zwei Stühle und einen Tisch, die am Boden festgeschraubt waren, damit sie durch die Bewegung des Pferdes oder der Kutsche nicht umhergeworfen werden konnten. Da ich schon lange an Seereisen gewöhnt war, so machten mir auch diese zuweilen heftigen Bewegungen nicht viel aus.

Sobald ich Lust hatte, die Stadt zu besichtigen, geschah dies immer von meinem Reiseschächtelchen aus, das Glumdalclitch auf dem Schoß hielt, während sie selbst in einer nach der Sitte des Landes offenen Sänfte saß, die von vier Männern getragen und von zwei anderen, in der Livree der Königin, begleitet wurde. Das Volk, welches oft von mir gehört hatte, pflegte sich sehr um die Sänfte zu drängen. Das Mädchen war alsdann so artig,

die Sänftenträger halten zu lassen und mich auf ihre Hand zu nehmen, damit man mich besser sehen könnte.

Ich war sehr neugierig, den Haupttempel und den dazu gehörigen Turm zu sehen, der zu den schönsten des Königreichs zählte. Deshalb trug mich meine Wärterin dorthin, allein ich war enttäuscht, denn seine Höhe betrug vom Boden an bis zur Turmspitze nur dreitausend Fuß. Berücksichtigt man den Grö-

ßenunterschied der Leute, so steht der Kirchturm durchaus in keinem Verhältnis zu dem der Kathedrale von Salisbury. Da ich aber eine Nation nicht herabsetzen will, der ich mein ganzes Leben hindurch außerordentlich verpflichtet sein werde, so muß ich gestehen, daß der Mangel an Höhe bei diesem berühmten Turm durch dessen Schönheit und Stärke vollkommen wettgemacht wird. Die Mauern sind beinahe hundert Fuß dick, aus behauenen Steinen zusammengefügt, von denen ein jeder vierzig Kubikfuß mißt. An allen Seiten stehen Statuen der Götter und Kaiser, die, aus Marmor verfertigt, als Kolosse die Nischen schmücken. Ich maß einen kleinen Finger, der von einer dieser Statuen herabgefallen war und unbemerkt unter einem Schutthaufen lag und ich fand, daß er genau vier Fuß und einen Zoll lang war. Glumdalclitch wickelte ihn in ihr Schnupftuch, brachte ihn in ihrer Tasche nach Hause und verwahrte ihn unter anderem Spielzeug, woran sie so viel Gefallen fand, wie dies bei Mädchen ihres Alters der Fall zu sein pflegt.

Die Kirche ist ein prächtiges Gebäude, mit einem ungefähr sechshundert Fuß hohen Deckengewölbe. Der größte Ofen ist im Umfang nur zehn Schritt schmaler als die Kuppel der St.-Pauls-Kathedrale zu London. Ich habe diese nämlich nach meiner Rückkehr zum Vergleich nachgemessen. Sollte ich aber den Küchenrost, die ungeheuren Töpfe und Kessel, die Fleischstücke, welche an den Spießen gedreht wurden und viele andere Einzelheiten beschreiben, so würde man mir schwerlich Glauben schenken. Ein strenger Kritiker würde geneigt sein, zu glauben, ich pflegte ebenso zu übertreiben, wie man dies bei Reisenden so oft feststellen müßte. Sollte jedoch meine Darstellung in die Brobdingnagsche Sprache übersetzt werden, so würden sich andererseits gewiß der König und sein Volk darüber beklagen, daß ich all ihre Kostbarkeiten herabgesetzt und ungebührlich verkleinert hätte!

Der König hält selten mehr als sechshundert Pferde in seinen Ställen; diese Tiere sind gewöhnlich fünfzig bis sechzig Fuß hoch; reist Seine Majestät aber an Festtagen aus der Stadt hinaus, so wird er, des Prunkes wegen, von fünfhundert Mann Kavallerie aus der Milizgarde begleitet. Ich glaubte, diese Truppe sei der prächtigste Anblick, den ich jemals hatte, bis ich einen Teil seiner Armee in Schlachtordnung anrücken sah, wovon ich später noch sprechen werde.

FÜNFTES KAPITEL.

Mehrere Abenteuer, die der Verfasser besteht. Die Hinrichtung eines Verbrechers. Der Verfasser zeigt seine Geschicklichkeit als Seemann.

Ich würde in diesem Land sehr glücklich gelebt haben, wenn meine Winzigkeit mich nicht lächerlichen und verdrießlichen Vorfällen ausgeliefert hätte. Einige von diesen will ich hier schildern. Glumdalclitch trug mich oft in meinem kleineren Kästchen zum Hofgarten, pflegte mich dann herauszunehmen, mich in der Hand zu halten oder mich auf den Boden zu setzen, damit ich umherginge. Wie ich mich erinnere, folgte uns der Zwerg, ehe er den Dienst bei der Königin verließ, eines Tages in den Garten. Meine Wärterin hatte mich auf den Boden gesetzt; ich kam mit ihm neben einem Zwergapfelbaum zusammen, ein Wort, das sich ebenso in unserer Sprache wie in der von Brobdingnag befindet. Somit mußte ich notwendig meinen Witz in einem albernen Vergleich zwischen ihm und dem Apfelbaum loswerden. Hierauf nutzte der boshafte Schelm den Augenblick aus, an dem ich gerade unter dem Baume stand, und schüttelte ihn mit Vehemenz über meinem Kopf, so daß mir ein Dutzend Äpfel, jeder so groß wie ein Bierfaß, um die Ohren flog. Als ich mich bückte, fiel mir ein Apfel ins Kreuz und warf mich zu Boden. Ich wurde zwar nicht verletzt, und der Zwerg kam auf meine Bitte hin nur mit einem Verweis davon, weil ich zu jener Handlung gereizt hatte.

Ein andermal setzte mich Glumdalclitch auf einem weichen Rasenplatz ab, damit ich dort umherwandelte, während sie in einiger Entfernung mit ihrer Gouvernante spazierenging. Plötzlich überraschte mich ein so furchtbarer Hagelschauer, daß ich durch die Gewalt der Schloßen sogleich zu Boden geschlagen wurde. Als ich nun dalag, erhielt ich so furchtbare Püffe auf dem ganzen Leib, als ob man mich mit Bällen bombardierte. Es

gelang mir jedoch, mich auf allen Vieren unter eine Thymianstaude zu verkriechen. Ich war von Kopf bis Fuß derart mit Beulen bedeckt, daß ich zehn Tage lang nicht mehr ausgehen konnte. Der Leser braucht sich übrigens hierüber nicht zu wundern, denn die Natur offenbart dort in allen ihren Effizienzen die landesüblichen Größenverhältnisse, somit ist ein Hagelkorn in Brobdingnag zehnmal größer als ein europäisches. Diese Behauptung kann ich auf Grund eigener Ermittlungen aufstellen, denn ich habe aus Neugier die Körner gewogen und gemessen.

Ein gefährliches Abenteuer bestand ich auch im gleichen Garten, als meine kleine Wärterin mich an einem vermeintlich geschützten Platz niedersetzte. (Ich bat sie nämlich öfter, dies zu tun, damit ich mich meinen Gedanken und Beobachtungen ungestört hingeben könne.) Sie hatte das Kästchen, um der Last des Tragens ledig zu sein, nicht mitgenommen und ging mit ihrer Erzieherin und einigen Damen ihrer Bekanntschaft in einem anderen Teil des Gartens spazieren. Während ihrer Abwesenheit kam durch Zufall ein Wachtelhund, der einem Gärtner gehörte, in den Garten, strich in der Gegend herum, wo ich lag, folgte meinem Geruch, kam auf mich zu, nahm mich ins Maul, lief mit mir geradewegs zu seinem Herrn und legte mich, schwanzwedelnd, sanft auf den Boden nieder. Glücklicherweise war er so gut abgerichtet, daß er mich zwischen den Zähnen trug, ohne mir die geringste Verletzung zuzufügen oder auch nur meine Kleider zu zerreißen. Der arme Gärtner, der mich recht gut kannte und immer sehr artig gegen mich gewesen, geriet in furchtbare Verlegenheit, nahm mich in seine Hand und fragte, wie ich mich befinde. Ich war aber noch so erschreckt und atemlos, daß ich kein Wort sprechen konnte. Als ich nach wenigen Minuten wieder zu mir kam, brachte der Gärtner mich zu meiner kleinen Wärterin, die unterdessen dorthin zurückgekehrt war, wo sie mich gelassen hatte und in furchtbare Angst geriet, als ich nicht erschien und auf ihren Ruf auch keine Ant-

wort gab. Sie erteilte dem Gärtner wegen seines Hundes einen strengen Verweis. Aber die Sache wurde unterdrückt und nie bei Hofe erzählt, denn das Mädchen fürchtete den Zorn der Königin, und was mich selbst betraf, so war ich der Meinung, jene Geschichte könne, wenn sie verbreitet würde, auch mir nicht zum Vorteil gereichen.

Dies Abenteuer veranlaßte Glumdalclitch, mich in Zukunft außerhalb des Hauses nie aus den Augen zu lassen. Ich hatte diesen Entschluß schon lange befürchtet und deshalb einige unglückliche Begebnisse verschwiegen, die mir, als ich allein war, zugestoßen waren: Ein roter Milan, der über dem Garten schwebte, schoß einmal auf mich nieder, und — hätte ich nicht entschlossen den Degen gezogen und mich unter eine Hecke geflüchtet — er würde mich sicherlich in seinen Klauen fortgetragen haben. Ein anderes Mal stieg ich auf den Gipfel eines frischen Maulwurfhügels und fiel bis an den Hals in das Loch, aus dem das Tier die Erde herausgeworfen hatte. Damals ersann ich eine Lüge, da ich dies Ereignis nicht für erwähnenswert hielt, um mich wegen des Beschmutzens der Kleider zu entschuldigen. Einmal auch zerbrach ich mein rechtes Schienbein, als ich beim Spaziergang an das arme England dachte und achtlos über das Haus einer Schnecke stolperte.

Ich weiß nicht mehr, ob es mir Vergnügen oder Kränkung bedeutete, wenn kleinere Vögel bei ihren einsamen Spaziergängen sich nicht vor mir zu fürchten schienen, sondern bis auf die Länge einer Elle vor mir herumhüpften und Würmer sowie andere Nahrung mit soviel Gleichgültigkeit und Sicherheit suchten, als befände sich kein anderes Geschöpf in ihrer Nähe. Eine Drossel hatte sogar, wie ich mich erinnere, die Frechheit, ein Stück Kuchen, das Glumdalclitch mir zum Frühstück gegeben hatte, mit dem Schnabel aus meiner Hand zu schnappen. Wenn ich solche Vögel fangen wollte, liefen sie keck auf mich zu und suchten auf meine Finger zu picken, die ich klugerweise ihrem Bereich fernhielt. Dann hüpften sie ganz unbekümmert wieder zurück, um weiterhin Würmer und Schnecken zu suchen. Eines Tages nahm ich einen dicken Stock und schleuderte ihn so geschickt nach einem Hänfling, daß ich ihn zu Boden schlug, worauf ich ihn mit beiden Händen packte, um ihn meiner kleinen Wärterin zu bringen. Der Vogel war aber nur betäubt gewesen, kam bald wieder zu sich und versetzte mir auf beide Seiten des Kopfes und Leibes mit den Flügeln sehr heftige Schläge, obgleich ich ihn mit dem Arm so weit wie möglich von mir entfernt hielt. Bald befreite mich ein Bediensteter und drehte dem Vogel den Hals um. Am nächsten Tag erhielt ich ihn auf Befehl der Königin zum Mittagessen. Der Hänfling war, soviel ich mich erinnere, beinahe noch größer als ein englischer Schwan.

Die Ehrendamen luden Glumdalclitch oft zu sich ein und baten sie, mich mitzubringen, damit sie das Vergnügen haben könnten, mich zu sehen und zu berühren. Sie entkleideten mich oft von Kopf bis Fuß und legten mich zwischen ihre Brüste, was jedoch stets meinen stärksten Widerwillen erregte, denn der Haut dieser Damen entströmte allemal ein abscheulicher Geruch, was freilich weniger ihrem bei weitem erträglicheren natürlichen Duft als dem ihrer Parfüme, die sie mitunter gebrauchten, zuzuschreiben war. Roch ich diese Parfüme, dann fiel ich sogleich in Ohnmacht. So erinnere ich mich auch, daß ein intimer Freund von mir in Liliput sich an einem heißen Tag, an dem ich mir viele Körperbewegung gemacht hatte, über einen starken Geruch meines Körpers beklagte, obgleich ich in dieser Hinsicht reinlicher bin als die meisten meines Geschlechts. Ich vermute jedoch, das Geruchsorgan meines Freundes war im Vergleich zu dem meinen ebenso stark wie mein eigenes im Verhältnis zu dem der Einwohner von Brobdingnag. In diesem Punkt muß ich jedoch der Königin, meiner Gebieterin, und meiner Wärterin Glumdalclitch Gerechtigkeit widerfahren lassen: sie dufteten so süß wie nur irgendeine kultivierte Dame in England.

Einst kam ein junger Herr, der Neffe der Gouvernante, zu dieser hin und bat sie dringend, eine Hinrichtung mit anzusehen. Es war die Hinrichtung eines Menschen, der einen guten Freund dieses Herrn ermodet hatte. Auch Glumdalclitch wurde überredet, an der Gesellschaft teilzunehmen, obgleich gegen ihre Neigung, denn sie war von Charakter zärtlich und sanftmütig. Was mich selbst betrifft, so fühlte ich Neugier und Versuchung, etwas zu sehen, was notwendig ein außerordentliches Schauspiel bedeuten mußte, obgleich ich im allgemeinen Abscheu vor dergleichen Szenen hege. Der Verbrecher wurde auf einem Stuhl festgebunden, der auf einem zur Hinrichtung errichteten Schafott stand. Alsdann schlug man ihm mit einem vierzig Fuß langen Schwert den Kopf ab. Dann fiel der Kopf mit solchem Krachen zu Boden, daß ich auffuhr, obgleich ich eine halbe englische Meile entfernt war.

Die Königin, die den Erzählungen meiner Seereisen zuzuhören pflegte und die, sobald ich trübsinnig war, jede Gelegenheit nutzte, mich aufzuheitern, fragte mich einst, ob ich mit Segel und Ruder umgehen könnte, und ob diese Körperbewegung meiner Gesundheit unzuträglich wäre. Ich erwiderte, mit beiden sei ich sehr wohl vertraut, denn obgleich meine eigentliche Beschäftigung die eines Schiffsarztes sei, so hätte ich doch in der Not sehr oft wie ein gemeiner Matrose arbeiten müssen. Ich könne aber nicht begreifen, wie ich dasselbe in Brobdingnag würde ausführen können, wo der kleinste Nachen einem unserer Kriegsschiffe ersten Ranges gleichkäme. Auch könne ein Boot, wie ich es brauche, unmöglich auf einem der hiesigen Flüsse fahren. Ihre Majestät erwiderte, wenn ich den Plan eines Bootes angeben wolle, werde ihr eigener Tischler ein solches verfertigen und sie selbst werde mir dann einen Platz verschaffen, von dem aus ich segeln könne. Der Mann war ein geschickter Handwerker und erstellte unter meiner Anleitung binnen elf Tagen ein Vergnügungsboot nebst Segel und Takelwerk, das ungefähr acht Europäer bequem aufnehmen konnte. Als es fertig war, empfand die Königin darüber solches Entzücken, daß sie es in ihren Schoß nahm und zum König lief, der es zur Probe

in eine mit Wasser gefüllte Zisterne setzen ließ, während ich darin saß. Doch konnte ich wegen mangelnder Wassertiefe meine beiden kleinen Ruder nicht handhaben. Die Königin hatte jedoch zuvor schon einen anderen Plan ersonnen. Sie ließ von ihrem Tischler einen hölzernen Trog von dreihundert Fuß Länge, fünfzig Fuß Breite und acht Fuß Tiefgang verfertigen. Dieser wurde sorgfältig verpicht, damit er kein Leck bekomme und auf den Fußboden an die Wand eines Außenzimmers im Palast aufgestellt. Unten am Trog befand sich ein Hahn, um das Wasser, wenn es faulig geworden war, herauszulassen. Zwei Diener konnten ihn in einer halben Stunde mit Leichtigkeit wieder auffüllen. Hier pflegte ich zu meinem Vergnügen, wie auch zu dem der Königin und ihrer Hofdamen, zu rudern. Diese waren der Meinung, ich unterhalte sie recht gut mit meiner Geschicklichkeit und Behendigkeit. Zuweilen setzte ich auch ein Segel, so daß es nur noch meine Aufgabe war, zu steuern, während die Damen mir mit ihren Fächern die Luft zuwehten; wenn sie müde waren, pflegten einige Dienerinnen mein Segel vorwärts zu blasen, während ich meine Geschicklichkeit, rechts- und linkshin zu steuern, unter Beweis stellte. Wenn ich fertig war, trug Glumdalclitch mein Boot stets in ihr Zimmer zurück und hängte es, damit es trockne, an einem Nagel auf.

Bei dieser Übung bestand ich einst ein Abenteuer, das mich beinahe das Leben gekostet hätte. Als nämlich ein Page mein Boot in den Trog gesetzt hatte, hob die Erzieherin, die Glumdalclitch begleitete, mich mit viel Güte in die Höhe, um mich in das Boot zu stellen, allein ich schlüpfte ihr durch die Finger und würde unfehlbar vierzig Fuß tief auf den Boden gefallen sein, wäre ich nicht glücklicherweise von einer Stecknadel aufgehalten worden, die im Leibchen der guten Frau steckte. Der Kopf der Nadel drang nämlich durch mein Hemd in den Leibgurt meiner Hose, und so blieb ich mitten in der Luft hängen, bis Glumdalclitch zu meiner Rettung herbeieilte.

Ein anderes Mal hatte einer von den Dienern, die alle drei Tage den Trog mit frischem Wasser füllen mußten, allzu sorglos einen großen Frosch, den ich nicht bemerkte, aus dem Eimer schlüpfen lassen. Der Frosch lag verborgen, bis ich in meinem Boot saß. Da er dieses aber zum Ruheplatz erkoren hatte, klomm er hinauf und belastete dadurch das Boot so einseitig, daß ich mit meinem ganzen Körper das Gleichgewicht auf der anderen herstellen mußte, um nicht zu kentern. Als der Frosch hinaufgeklettert war, hüpfte er mit zwei Sätzen vorwärts und rückwärts über meinen Kopf hinweg, wobei er mir Gesicht und Hände mit einem abscheulichen Schleim besudelte. Die Größe seines Kopfes ließ ihn mir als das häßlichste Tier, das man sich denken kann, erscheinen. Ich bat jedoch Glumdalclitch, mir nicht zu helfen, ich wollte schon allein mit ihm fertig werden. Eine Zeitlang schlug ich das Tier mit einem Ruder und zwang es zuletzt, über Bord zu springen.

Die größte Gefahr, die ich jedoch in Brobdingnag bestand, wurde durch einen Affen, der einem Küchenjungen gehörte, veranlaßt. Glumdalclitch hatte mich in ihrem Zimmer eingeschlossen, als sie, um irgendeinen Besuch zu machen, hinausging. Das Wetter war sehr heiß; deshalb war das Fenster des Zimmers wie auch eines in meinem größeren Kästchen, in dem ich wegen der Größe und Bequemlichkeit wohnte, offengeblieben. Als ich nun ruhig und sinnend an meinem Tisch saß, hörte ich, wie irgendetwas krachend in das Zimmerfenster hereinsprang und von der einen Wand zur anderen herumhüpfte. Obgleich ich zwar sehr erschrocken war, wagte ich dennoch, hinauszusehen, rührte mich aber nicht vom Stuhl. Dann erblickte ich ein possenhaftes Tier, das mein Wohnkästchen mit großem Vergnügen betrachtete. Ich zog mich in den entferntesten Winkel des Kästchens zurück. Als der Affe es von allen Seiten beschnüffelte, geriet ich in solchen Schrecken, daß ich die Geistesgegenwart verlor. Ich hätte mich nämlich sehr leicht unter meinem Bett verstecken können. Nachdem das Tier einige Zeit mit Schnüffeln, Grinsen und Schnattern verbracht hatte, erspähte es mich endlich, steckte eine seiner Pfoten in meine Tür hinein wie eine Katze, wenn sie mit der Maus spielt, und packte mich endlich, obwohl ich ihm auszuweichen suchte, bei meinem Rockschoß, der sehr dick und stark war und aus der Seide des Landes bestand. Der Affe zog mich heraus, dann nahm er mich auf seine rechte Vordertatze und hielt mich so wie die Ammen, wenn sie Kinder säugen wollen, oder wie die Affen junge Katzen in Europa auf den Arm zu nehmen pflegen. Wollte ich mich widersetzen, so drückte er mich so stark an seine Brust, daß ich es für klüger hielt, mich seinen Liebkosungen zu fügen. Da er nun mein Gesicht mit der anderen Pfote sehr sanft streichelte, hatte ich guten Grund zu glauben, daß er mich für einen jungen Affen hielt. In dieser Unterhaltung wurde er durch ein Geräusch an der Zimmertür unterbrochen, als wollte jemand dieselbe öffnen. Hierauf sprang er plötzlich zum Fenster hinaus, durch das er gekommen war, kletterte dann die Dachrinnen und Bleischienen auf drei Tatzen hinauf, indem er mich mit der vierten hielt, bis er das dem unsrigen nächste Dach erklomm. Ich hörte, wie Glumdalclitch laut aufkreischte, als sie sah, wie er mich forttrug. Das arme Mädchen verlor beinahe den Verstand, und das ganze Quartier des Palastes geriet in Aufruhr. Diener kamen mit Leitern; der Affe wurde von Hunderten von Hofleuten beobachtet, wie er auf der Dachspitze eines Gebäudes saß, mich wie ein Kind in der Vordertatze hielt und mich mit der anderen fütterte. Er nahm einige Nahrungsmittel aus der Backentasche seines Maules heraus und stopfte mir dieselben gewaltsam in den Mund, wenn ich nicht essen wollte. Viele aus dem Pöbel konnten es nicht unterlassen, hierüber zu lachen. Aber man sollte sie deshalb nicht tadeln, denn der Anblick mußte für jeden — wenn auch nicht für mich! — lächerlich sein. Einige aus dem Volk warfen Steine auf das Dach, um den Affen herunterzutreiben. Dies aber wurde sogleich streng verboten, wahrscheinlich, weil mir dadurch der Kopf zerschmettert werden konnte.

Endlich wurden die Leitern angelegt, und Menschen stiegen hinauf. Als der Affe dies bemerkte und sah, wie er umringt war, ließ er mich auf einen Dachziegel fallen, da er mit drei Tatzen nicht schnell genug laufen konnte, und entwischte. Dort saß ich einige Zeit, fünfhundert Yards über dem Erdboden und erwartete jeden Augenblick, vom Wind hinabgeweht zu werden oder durch Schwindel hinunterzustürzen und kopfüber über die Dachrinnen zu purzeln; allein ein braver Junge, ein Diener meiner Wärterin, kletterte hinauf, steckte mich in seine Hosentasche und brachte mich wohlbehalten hinunter.

Ich war an dem ekelhaften Stoff, den der Affe in meinen

Schlund gesteckt hatte, beinahe erstickt; allein meine liebe Wärterin leerte meinen Mund mit einer kleinen Nadel. Ich erbrach mich, und dies verschaffte mir Erleichterung. Dennoch war ich so schwach und an den Seiten durch den Druck des verhaßten Tieres so voller Beulen, daß ich vierzehn Tage lang im Bett bleiben mußte. Der König, die Königin und der ganze Hof erkundigten sich täglich nach meinem Befinden. Die Königin selbst besuchte mich mehrmals während meiner Krankheit. Der Affe wurde getötet und ein Befehl erlassen, man dürfe kein Tier dieser Art in der Nähe des Palastes halten.

Als ich dem König nach meiner Wiederherstellung einen Besuch machte, um mich für seine Güte zu bedanken, war er so gnädig, über mein Abenteuer zu spotten. Er fragte mich, von welcher Art meine Gedanken und Betrachtungen wohl gewesen seien, als ich in der Tatze des Affen lag, wie die Nahrung, die er mir gegeben, geschmeckt und wie er mich gefüttert habe. Er wünschte zu wissen, was ich bei dieser Gelegenheit in meinem Vaterland getan hätte. Ich sagte Seiner Majestät: In Europa hätten wir nur Affen, die als Merkwürdigkeit von anderen Weltgegenden hergebracht würden. Sie seien so klein, daß ich mit einem Dutzend fertig werden könne, wenn sie die Frechheit besäßen, mich anzugreifen. Was nun das furchtbare Tier betreffe, mit dem ich kürzlich in Verbindung gestanden (es war so groß wie ein Elefant), so habe meine Furcht mir leider nicht den Gedanken erlaubt, ich könne von meinem Degen Gebrauch machen, sonst würde ich ihm auf der Tatze eine schlimme Wunde beigebracht haben. Dies sagte ich in so festem Ton, wie ein Mann, welcher besorgt ist, sein Mut könnte in Zweifel gezogen werden. Meine Rede bewirkte aber nichts weiter als ein lautes Gelächter, soweit es die Achtung vor der Majestät bei denen, die ihre Munterkeit nicht unterdrücken konnten, erlaubte. Da kam ich auf den Gedanken, daß der Versuch eines Menschen, bei denen auf seiner Ehre zu beharren, die in jedem Grade der Vergleichung hoch über ihm stehen, doch ein vergebliches Unternehmen sei. Und dennoch habe ich diese Moral meiner Erzählung seit meiner Rückkehr nach England häufig anzuwenden Gelegenheit gehabt, wenn verächtliche Bediente, ohne den geringsten Anspruch auf Geburt, Gestalt, Witz und Menschenverstand, so frech waren, sich ein besonderes Ansehen geben und sich mit der größten Person des Königreichs auf gleichen Fuß setzen zu wollen.

Täglich war bei Hof irgendeine Posse von mir in Umlauf, und Glumdalclitch, obgleich sie mich außerordentlich liebte, war so undiplomatisch, jede Torheit, die ich beging, der Königin zu hinterbringen, so oft dergleichen Ihrer Majestät vermeintlich Vergnügen bereiten konnte. Das Mädchen war einst unpäßlich und fuhr deshalb mit seiner Erzieherin auf eine Stunde aus, dreißig Meilen von der Stadt, um frische Luft zu schöpfen. Sie stiegen an einem Fußpfad auf dem Feld aus dem Wagen.

Glumdalclitch setzte mein Reisekästchen auf den Boden, und ich ging heraus, um ein wenig umherzuspazieren. Auf dem Fußweg lag ein Haufen Kuhdünger, und ich konnte es nicht unterlassen, meine Behendigkeit durch einen Versuch, darüber wegzuspringen, den Damen zu zeigen. Ich nahm einen Anlauf, sprang aber unglücklicherweise zu kurz und fiel gerade in die Mitte bis über meine Knie hinein. Mit einiger Schwierigkeit watete ich wieder heraus, und ein Bedienter mußte mich mit einem Handtuch abwischen, denn ich war furchtbar mit Kot beschmiert. Meine Wärterin schloß mich in mein Kästchen, bis wir wieder nach Hause zurückkehrten. Die Königin erfuhr jedoch den Vorgang, und der Bedienstete verbreitete ihn am ganzen Hof, so daß dessen heitere Laune mehrere Tage lang ausschließlich auf meine Kosten anhielt.

SECHSTES KAPITEL.

Mehrere Erfindungen des Verfassers, um dem König und der Königin Vergnügen zu bereiten. Er zeigt seine Geschicklichkeit in der Musik. Der König erkundigt sich nach dem Zustand von England, worüber ihm der Verfasser berichtet. Des Königs Bemerkungen hierüber.

Ich pflegte mich ein- oder zweimal wöchentlich zur Morgenaudienz des Königs einzufinden und hatte ihn schon öfter unter den Händen des Barbiers gesehen, ein Anblick, der mir zuerst wirklich im höchsten Grade furchtbar erschien, denn das Rasiermesser war zweimal so lang wie eine gewöhnliche Sense. Einmal bat ich den Barbier, mir etwas von dem abrasierten Seifenschaum zu geben, woraus ich vierzig oder fünfzig der stärksten Haarstoppeln hervorsuchte. Alsdann nahm ich ein Stück feines Holz, schnitt es wie den Rücken eines Kammes zu und stach mit einer Nadel, die mir Glumdalclitch gegeben hatte, hinein. In diese kleinen Löcher steckte ich kunstvoll Bartstoppeln, indem ich sie mit meinem Messer an der Spitze abschabte und schräg zuspitzte, so daß ich einen ziemlich annehmbaren Kamm zustandebrachte. Dies Werkzeug kam mir sehr zustatten, denn der meinige war an den Spitzen bereits so zerbrochen, daß ich ihn fast nicht mehr gebrauchen konnte. Auch kannte ich im ganzen Land keinen so feinen und geschickten Künstler, der mir hätte einen neuen anfertigen können.

Dies erinnert mich an einen Zeitvertreib, mit dem ich manche Mußestunde verbrachte. Ich bat die Kammerfrau der Königin, mir die ausgekämmten Haare Ihrer Majestät aufzubewahren. So erlangte ich allmählich eine große Anzahl davon. Alsdann beriet ich mich mit meinem Freund, dem Schreiner, der eine allgemeine Bestellung für alle meine kleinen Möbel erhalten hatte. Ich gab ihm den Auftrag, zwei Armstühle, nicht größer als diejenigen, die in meinem Kästchen standen, anzufertigen und kleine Löcher mit einer feinen Ahle in die Stellen hineinzubohren, die ich ihm als Lehne und Sitz bezeichnete. In diesen Löchern befestigte ich die stärksten Haare, die ich heraussuchen konnte und flocht sie dann nach Art der Armstühle in England. Als sie fertig waren, schenkte ich sie Ihrer Majestät, die sie im Kabinett aufbewahrte und als Merkwürdigkeiten zeigte. Dort erregten sie auch wirklich das Erstaunen aller, die sie erblickten. Die Königin wünschte, ich solle mich auf einen dieser Stühle setzen, allein ich weigerte mich bestimmt, ihr zu gehorchen und schwor, ich würde lieber tausendmal sterben, als einen nicht ehrenwerten Teil meines Körpers auf jenen kostbaren Haaren ruhen zu lassen, die einst das Haupt Ihrer Majestät geschmückt hätten. Da ich nun viel Genie zu mechanischen Arbeiten besaß, verfertigte ich gleicherweise aus diesen Haaren eine niedliche kleine Börse von fünf Fuß Länge, mit dem Namen Ihrer Majestät in goldenen Buchstaben, und schenkte dieselbe meiner Wärterin mit Einwilligung der Königin. Um die Wahrheit zu gestehen, diese diente mehr als Schaustück als zum Gebrauch, denn sie war nicht stabil genug, das Gewicht größerer Münzen zu tragen, und deshalb bewahrte Glumdalclitch nur kleines Spielwerk darin auf.

Der König war ein Freund der Musik und ließ häufig Konzerte bei Hofe veranstalten. Man brachte mich bisweilen auch dorthin und setzte mein Kästchen auf einen Tisch des Konzertsaals; allein der Lärm war so furchtbar, daß ich kaum die Melodien unterscheiden konnte. Ich hege die feste Überzeugung, daß alle Trommeln und Trompeten einer königlichen Armee, die vor unseren Ohren geschlagen und geblasen würden, keinen Lärm hervorbringen könnten, der jenem gleichkäme. Ich ließ deshalb mein Kästchen gewöhnlich so weit wie möglich von dem Ort entfernen, an dem Musikanten saßen, schloß Fenster und Türen und zog die Fenstervorhänge zusammen. Alsdann fand ich, daß die Musik durchaus nicht unangenehm wäre.

In meiner Jugend hatte ich ein wenig das Klavierspielen er-

lernt. Glumdalclitch hatte ein solches Instrument in ihrem Zimmer, und wöchentlich zweimal kam ein Musiklehrer zu ihr. Ich nenne das Instrument ein Klavier, weil es einige Ähnlichkeit damit hatte und ähnlich gespielt wurde. Da hatte ich den Einfall, den König und die Königin mit einem englischen Lied auf diesem Instrument zu unterhalten. Dies war außerordentlich schwierig, denn das Klavier war beinahe sechzig Fuß lang und jede Taste einen Fuß breit, so daß ich mit ausgestreckten Armen nicht über fünf Tasten greifen konnte. Auch das Herunter-

drücken erforderte einen starken Schlag meiner Faust, so daß die Arbeit zu schwer für mich war. Somit erfand ich eine neue Spielmethode. Ich verfertigte zwei runde Stäbe von der Größe gewöhnlicher Ruten, die an einem Ende dicker waren. Das dikkere Ende überzog ich mit Mausefell, damit ich, durch das Klopfen, die Spitzen der Tasten nicht beschädigte und den Schall nicht unterbräche. Vor dem Klavier wurde ungefähr vier Fuß unter den Tasten eine Bank hingestellt, und ich wurde auf die Bank gesetzt. Ich lief auf derselben mit meinen zwei Stäben die Strecke der Tasten entlang, so schnell wie nur möglich, schlug die passenden Tasten und spielte so einen englischen Hopser zum großen Vergnügen beider Majestäten. Dies aber war die heftigste Körperbewegung, der ich mich jemals unterzogen habe; dennoch konnte ich nicht über sechs Tasten schlagen und Baß und Diskant nicht zugleich spielen, wie dieses sonst erforderlich ist. Dieses Unvermögen aber gereichte meiner Leistung sehr zum Nachteil.

Der König, der, wie ich schon früher bemerkte, ein Fürst von ausgezeichnetem Verstand war, ließ mich häufig in meinem Kästchen herbeibringen und auf den Tisch seines Kabinetts setzen. Dann befahl er mir, einen Stuhl aus meinem Kästchen zu bringen und mich in einer Entfernung von drei Yards auf die Spitze seines Schreibpultes hinzusetzen, so daß ich mich seinem Gesicht gegenüber befand. So habe ich mehrere Unterhaltungen mit ihm gehabt. Eines Tages nahm ich mir die Freiheit, Seiner Majestät zu sagen, die Verachtung, die er gegen Europa und die übrige Welt hege, entspreche nicht den ausgezeichneten Geisteseigenschaften, die er besitze. Vernunft mehre sich nicht durch die Größe des Körpers. Wir bemerkten im Gegenteil, daß Personen von hohem Wuchs am wenigsten Verstand besäßen; unter allen Tieren ständen Bienen und Ameisen im Ruf eines größeren Fleißes und Scharfsinns als manche der größeren Gattungen. Seine Majestät scheine mich für unbedeutend zu halten, allein so klein ich sei, hoffe ich Ihr einst noch einen bedeutenden Dienst zu erweisen. Der König hörte mich mit Aufmerksamkeit an und begann, von mir eine bessere Meinung zu hegen. Er bat mich, ich möge ihm einen möglichst genauen Bericht von der Regierung Englands geben. Fürsten seien zwar für ihre eigene Verfassung immer mehr eingenommen (er müsse dies aus meinen Unterhaltungen schließen); es werde ihm jedoch angenehm sein, etwas zu vernehmen, das Nachahmung verdiene.

Jetzt möge der gütige Leser ermessen, wie oft ich die Zunge des Demosthenes oder Cicero zu besitzen wünschte, um in der Lage zu sein, den Ruhm meines teuren Vaterlandes in einem Stil zu feiern, der seinem Glück und Verdienst vollkommen angemessen wäre.

Ich begann mit dem Bericht, unser Reich bestehe, die Kolonien abgerechnet, aus drei mächtigen Staaten unter einem Fürsten. Ich sprach lange Zeit von der Fruchtbarkeit unseres Landes und der Temperatur unseres Klimas. Alsdann redete ich lange von der Verfassung und dem britischen Parlament, das teilweise aus einem erlauchten, durch Personen vom edelsten Blut gebildeten Staatskörper bestehe, die sich im Besitz der reichsten und ältesten Landgüter befinden. Ich beschrieb die außerordentliche Sorgfalt, mit der man stets ihre Erziehung in Wissenschaften und Waffenkünsten betreibe, damit sie dereinst Ratgeber des Königs und des Königreichs würden, Anteil an der Gesetzgebung erhielten, einen höchsten Gerichtshof, vor welchem keine Appellation stattfinde, bildeten, und damit sie endlich durch Tapferkeit, Betragen und Treue stets als Kämpfer zur Verteidigung des Vaterlandes und der Fürsten bereit seien. Diese Männer seien die Zierde und der Schutz des Königreichs, würdige Nachfolger berühmter Ahnen, die ihre Ehrenstellungen ihren Tugenden zu verdanken hatten; noch niemals sei auch nur ein einziger von ihnen je aus der Art geschlagen. Dieser Versammlung gehörten mehrere geistliche Personen unter dem Titel Bischof an, deren besonderes Amt die Religionspflichten und den Unterricht des Volkes betreffe. Diese würden aus der ganzen Nation, vom Fürsten und seinen weisesten Ratgebern aus demjenigen Teil der Geistlichkeit erwählt, welcher sich durch heiligen Lebenswandel und durch Tiefe der Gelehrsamkeit am meisten auszeichne; sie seien die geistlichen Hirten der Kirche und der Nation.

Der andere Teil des Parlaments bestehe aus einer Versammlung mit Namen ‚Haus der Gemeinen' (Unterhaus). Es setzte sich nur aus Männern von Bildung zusammen, die das Volk ihrer Fähigkeiten und Vaterlandsliebe wegen auf freie Weise aussuche und wähle, damit sie die Weisheit der ganzen Nation repräsentierten. Diese beiden Häuser bildeten nun die erhabenste Versammlung in ganz Europa, der, neben dem König, die ganze Gesetzgebung anvertraut sei. Alsdann sprach ich von unseren Gerichtshöfen, bei welchen die zwölf Richter von England, diese ehrwürdigen Weisen, als Erklärer des Gesetzes präsidierten, um über bestrittene Eigentums- und Menschenrechte, sowie über die Bestrafung des Lasters und die Beschützung der Unschuld ihr Gutachten abzugeben. Ich erwähnte die verständige Verwaltung unserer Finanzen, die Tapferkeit und die Disziplin unserer See- und Landstreitkräfte. Ich berechnete unsere Bevölkerungszahl, gab an, wieviele Millionen jede Religionssekte und jede politische Partei umfasse. Ich überging nicht einmal unsere

Schauspiele; ebensowenig wie den Sport oder irgendeinen Umstand, der meinem Vaterland zur Ehre gereichen konnte. Ich schloß meinen ganzen Vortrag mit einem kurzen historischen Bericht über alle Angelegenheiten und Ereignisse, die in England seit ungefähr hundert Jahren sich begeben hatten.

Zu dem ganzen Bericht waren fünf Audienzen erforderlich, von denen eine jede mehrere Stunden währte. Der König hörte mir mit großer Aufmerksamkeit zu, schrieb häufig Bemerkungen über meine Angaben nieder und entwarf zugleich die Fragen, die er mir vorzulegen beabsichtigte.

Als ich meine langen Reden beendet hatte, überflog der König bei der sechsten Audienz die von ihm niedergeschriebenen Be-

merkungen. Er sprach manche Zweifel, Einwürfe und Fragen bei jedem Artikel aus. Er erkundigte sich nach der Erziehungsmethode, um Seele und Leib unseres jungen Adels auszubilden, und mit welchen Beschäftigungen die noch jungen Adligen den ersten und bildungsfähigsten Teil ihres Lebens zubrächten. Auf welche Weise man das Oberhaus wieder vollzählig mache, sobald eine alte Familie ausgestorben sei? Welche Eigenschaften zur Ernennung eines Lords erforderlich wären? Ob die Laune des Fürsten, die Bestechung einer Hofdame oder die Absicht, eine dem Staatsdienst entgegengesetzte Partei zu verstärken, jemals bei diesen Beförderungen mitwirke? Welche Kenntnis diese Lords von den Gesetzen des Vaterlandes besäßen? Wie sie zu dieser Kenntnis gelangten, so daß sie über das Eigentum ihrer Mituntertanen in letzter Instanz entscheiden könnten? Ob sie stets so frei von Habsucht, Parteilichkeit oder Mangel seien, daß Bestechung oder schlimmere Absicht unter ihnen nicht vorkommen könnten? Ob jene heiligen Lords, wovon ich gesprochen, stets wegen ihrer Kenntnis in religiösen Angelegenheiten oder wegen eines heiligen Lebenswandels befördert würden; ob sie sich nie den Zeitumständen gefügt, als sie sich noch im niederen Priesterstande befanden? Ob sie niemals irgendeinem Lord sklavisch geschmeichelt, dessen Befehlen sie vielleicht ebenso sklavisch folgten, nachdem sie in jene Versammlung berufen seien?

Alsdann wünschte er zu wissen, welche Schliche man bei der Wahl derjenigen anwende, die ich Gemeine nenne. Ob ein Fremder mit vollem Geldbeutel die Stimmen der Wähler kaufen könne, daß sie ihn anstatt des Grundbesitzers oder eines angesehenen Herrn in der Nachbarschaft wählten? Wie einzelne Männer solche Begierde hegen könnten, in diese Versammlung zu gelan-

gen, ein Umstand, der viele Mühen und Kosten, sogar oft zum Ruin ihrer Familien, erforderte, da sie kein Gehalt und keine Pension bekämen? Dies erscheine ihm ein solches Übermaß der Tugend und der Vaterlandsliebe, daß er daran zweifle, beide würden immer aufrichtig sein: deshalb wünsche er zu wissen, ob solche für ihr Vaterland begeisterte Herren nicht die Absicht hegten, sich für den Zeitverlust und die Kosten zu entschädigen, die durch den Dienst eines lasterhaften Fürsten bei einem verdorbenen Ministerium notwendig seien? Kurz, der König vervielfältigte seine Fragen und suchte, mich durchaus in jedem Punkte auszuforschen, indem er mir zahllose Bemerkungen und Einwürfe machte, die hier zu wiederholen ich weder für klug noch für passend halte.

Seine Majestät wünschte auch nähere Aufklärung über das, was ich ihm über unsere Gerichtshöfe berichtet hatte; diese aber konnte ich umso ausführlicher geben, da ich früher durch einen langen Prozeß im Kanzleihof*) beinahe ruiniert wurde, den ich zwar gewann, aber dessen Kosten ich tragen mußte. Der König erkundigte sich, wieviel Zeit erforderlich sei, um einen genauen Unterschied zwischen Recht und Unrecht festzustellen, und welche Kosten dazu erforderlich wären? Ob Redner und Advokaten Fälle verteidigen dürften, welche offenbar boshaft und ungerecht angelegt seien, oder eine Unterdrückung bezweckten?

Ob Parteileidenschaft in Religion und Politik auf die Wege der Gerechtigkeit Einfluß nähmen? Ob die redenden Advokaten nach allgemeinen Begriffen des Rechts, oder nach nationalen, provinzialen und örtlichen Gewohnheiten gebildet würden? Ob sie und die Richter an der Abfassung der Gesetze teilnähmen, die sie so frei wären, nach eigenem Belieben auszulegen? Ob sie

*) Der Kanzleihof (Court of Chancery) ist derjenige Gerichtshof, der in letzter Instanz nach Billigkeit (als Court of Equity) entscheidet, ohne jedoch den bestehenden Gesetzen etwas zu vergeben. In seinen Bereich gehören ferner alle Vormundsachen und einige andere. Bis 1830 war er wegen seiner Langsamkeit berüchtigt, weil er nur aus dem Lordkanzler und zwei Beisitzern bestand.

zu verschiedenen Zeiten für und gegen die Sache gesprochen und Vorgänge zitiert hätten, um das Gegenteil zu beweisen? Ob sie einen reichen oder armen Stand bildeten? Ob sie Geldbelohnung für ihre Verteidigung oder auch nur für das Aussprechen ihrer Meinung annähmen? Besonderen Nachdruck aber legte der König auf die Frage, ob sie als Glieder des Unterhauses zugelassen würden?

Alsdann sprach er von der Verwaltung unserer Finanzen. Er sagte: mein Gedächtnis sei wahrscheinlich mangelhaft. Ich habe nämlich unsere Abgaben auf fünf bis sechs Millionen jährlich geschätzt und aus Berechnung unserer Ausgaben müsse er schließen, daß diese bisweilen mehr als das Doppelte betrügen; die Bemerkungen, die er niedergeschrieben, erwiesen, daß die Ausgaben bisweilen über das Doppelte unserer Einnahmen stiegen; er habe gehofft, wie er mir bereits gesagt, die Kenntnis unseres Verfahrens werde ihm nützlich sein; er könne sich aber in der Berechnung nicht getäuscht haben. Habe ich ihm jedoch die Wahrheit gesagt, so könne er seinerseits nicht begreifen, daß ein Königreich, wie mancher Privatmann, über seine Verhältnisse lebe. Er fragte mich, aus welchen Personen unsere Gläubiger bestünden und woher wir Geld nähmen, sie zu bezahlen. Er wunderte sich, daß ich von so kostspieligen Kriegen spräche. Wir müßten sicherlich ein sehr zänkisches Volk sein, oder sehr schlechte Nachbarn haben; unsere Generäle aber mußten sehr reich sein.*) Er fragte: Was uns die Angelegenheiten des Auslands angingen, wenn diese nicht unseren Handel, einen Vertrag oder die Verteidigung unserer Insel beträfe. Besonders aber sei er erstaunt, daß ich von einem besoldeten und stehenden Heer spreche, das da offenbar mitten im Frieden und in einem freien Land unterhalten werde: Er fügte hinzu: wenn wir nur mit unserer eigenen Beistimmung durch die Personen unserer Reprä-

*) Swift denkt hierbei an die ungeheure Belohnung, die dem Herzog von Marlborough, der sich übrigens auch durch Lieferungen, Börsenspekulationen usw. bereichert hatte, von der Nation erteilt wurde.

sentanten regiert würden, so könne er nicht begreifen, vor wem wir uns fürchten, oder wen wir bekämpfen wollten. Er wolle meine Meinung hören, ob das Haus eines Privatmanns von ihm selbst, seiner Familie und seinen Kindern nicht besser verteidigt würde als von einem halben Dutzend Schurken, die man auf gut Glück und für wenig Geld in den Straßen aufgreife und die hundertmal mehr Geld verdienen könnten, wenn sie uns die Kehle durchschnitten.

Er lachte über meine sonderbare Arithmetik, wie er es zu nennen beliebte, mit der ich die Bevölkerungszahl aus der Mitgliedszahl der religiösen und politischen Parteien berechnete. Er sähe keinen Grund, weshalb diejenigen, die gegen den Staat gefährliche Meinungen hegten, gezwungen würden, dieselben zu ändern, oder man ihnen nicht verbiete, sie zu verbreiten. Es sei Tyrannei, verlange eine Regierung das erstgenannte, es zeuge dagegen von Schwäche, wenn das letztgenannte nicht erzwungen würde; man dürfe den Menschen wohl erlauben, Gifte in ihren Zimmern zu verschließen, jedoch niemals, sie öffentlich als Tötungsmittel zu verkaufen.

Er bemerkte ferner: da ich unter den Vergnügungen der höheren Stände auch das Spiel berührt habe, so wünsche er zu wissen, in welchem Alter man gewöhnlich zu dieser Unterhaltung zugelassen würde, und wann dieselbe wieder aufgegeben würde. Ob so hoch gespielt werde, daß ihr Vermögen in Gefahr gerate, ob niedrige und lasterhafte Leute sich durch diese Kunst nicht große Reichtümer erwürben und bisweilen sogar unsere Pairs in Abhängigkeit hielten, sie an niedrige Gesellschaft gewöhnten, die Ausbildung ihrer Geistesanlagen verhinderten und durch erlittene Verluste dieselben zwängen, eine schmähliche Fertigkeit auch gegen andere auszuüben.

Er staunte ungemein über den geschichtlichen Bericht, den ich ihm über unsere inneren Angelegenheiten während des vergangenen Jahrhunderts gab. Er behauptete, diese Geschichte sei nur eine Anhäufung von Verschwörungen, Rebellionen, Ermordungen, Revolutionen, Blutbädern und Verbannungen, den schlimmsten Äußerungen, die Geiz, Parteisucht, Heuchelei, Treulosigkeit, Grausamkeit, Wut, Tollheit, Haß, Neid, Wollust, Bosheit und Ehrgeiz jemals hervorrufen könnten.

In einer anderen Audienz geruhte der Kaiser, die Summe dessen, was ich gesagt, kurz zusammenzufassen und meine Antworten mit seinen Fragen zu vergleichen. Dann nahm er mich auf die Hand, streichelte mich sanft und sprach dann folgende Worte, die ich aber so wenig vergessen werde, wie den Ton, in dem sie gesagt wurden! „Mein kleiner Freund Grildrig, Sie haben Ihrem Vaterland eine bewundernswerte Lobrede gehalten; Sie haben deutlich bewiesen, daß Unwissenheit, Faulheit und Laster die speziellen Eigenschaften sind, die ein Gesetzgeber besitzen muß; daß Gesetze am besten von denen kommentiert und angewandt werden, deren ganzes Interesse und Bestreben darauf abzielt, sie zu verdrehen, zu verwirren und sich ihnen zu entziehen. Ich bemerke unter Ihrem Volk einige Grundrisse von Institutionen, die anfangs erträglich gewesen sein mögen; die aber jene Anfänge längst überholt und ihre Wirksamkeit durch Korruption eingebüßt haben. Aus allem, was Sie mir gesagt haben, geht hervor, daß keine Qualifizierung erforderlich ist, um den Bewerbern höhere Stellen zuzubilligen; noch viel weniger, daß die Menschen ihrer Tugend wegen den Adelsrang erhalten; daß ferner Priester durchaus nicht wegen ihrer Frömmigkeit und Gelehrsamkeit, Soldaten wegen ihres Benehmens oder ihrer Tapferkeit, Richter wegen ihrer Rechtschaffenheit, Senatoren wegen ihrer Vaterlandsliebe und Räte ihrer Weisheit wegen befördert werden. Was Sie selbst betrifft", fuhr der König fort, „so haben Sie den größten Teil Ihrer Lebenszeit auf Reisen verbracht, und ich hoffe deshalb, daß Sie mehrere Laster Ihres Vaterlandes nicht kennen. Aus dem, was ich aus Ihrer Erzählung schließen muß, und aus den Antworten, die ich Ihnen mit vieler Mühe abgerungen, kann ich nur den Schluß ziehen, daß die große Masse Ihres Volkes aus dem widerwärtigsten Gewürm besteht, dem die Natur jemals erlaubt hat, auf der Oberfläche dieser Erde umherzukriechen."

SIEBENTES KAPITEL.

Des Verfassers Vaterlandsliebe. Er macht dem König einen Vorschlag, der verworfen wird. Des Königs Unwissenheit in der Politik. Die Gelehrsamkeit von Brobdingnag ist sehr unvollkommen und beschränkt. Gesetze, Militärangelegenheiten und Staatsparteien.

Liebe zur Wahrheit hat mich allein daran gehindert, den eben angegebenen Teil meiner Geschichte zu unterdrücken. Vergeblich zeigte ich mich böse; mein Zorn wurde lächerlich gemacht, und ich mußte geduldig anhören, wie mein geliebtes und edles Vaterland so schmählich verunglimpft wurde. Es tut mir im Herzen leid, und bei meinen Lesern wird dies möglicherweise auch der Fall sein, daß sich dazu Gelegenheit bot, aber der König war in jedem Punkt so neugierig und legte mir so viele Fragen vor, daß es sowohl der Dankbarkeit als auch den guten Sitten widersprochen hätte, würde ich ihm nicht jede mir mögliche Aufklärung gegeben haben. Jedoch, ich darf zu meiner eigenen Rechtfertigung sagen, daß ich mehreren seiner Fragen auswich und jedem Punkt allmählich eine günstigere Wendung gab, mochte dies auch bei strengster Wahrheitsliebe schwerlich bestehen können. Ich habe nämlich stets jene lobenswerte Parteilichkeit für mein Vaterland geübt, die Dionysios von Halicarnassos mit soviel Gerechtigkeit den Historikern anempfahl. Ich möchte gern die Schwächen und Häßlichkeiten meiner politischen Mutter tarnen und ihre Tugenden und Schönheiten im besten Licht darstellen. Das war mein aufrichtiges Bestreben in den vielen Unterredungen mit dem König von Brobdingnag, obgleich sich der Ausgang derselben unglücklicherweise nicht günstig auswirkte.

Man muß jedoch einem König, der von der übrigen Welt gänzlich abgeschlossen lebt und daher mit den Sitten und Gewohnheiten anderer Nationen durchaus unbekannt geblieben ist, vieles nachsehen! Solche Kenntnis aber wird fast stets mancherlei engherzige Beurteilungen zur Folge haben, wie wir sie in den zivilisierten Teilen Europas nicht gewohnt sind. Es wäre allerdings ein schlimmer Zustand, sollten die Begriffe eines derart weltfremden Fürsten von Laster und Tugend für das ganze Menschengeschlecht richtungweisend sein!

Um alles, was ich soeben sagte, zu bekräftigen und um die traurigen Folgen einer beschränkten Erziehung zu zeigen, will ich hier einen Bericht einfügen, dem man freilich kaum Glauben schenken dürfte. In der Hoffnung, den König auch weiterhin für mich günstig zu stimmen, erzählte ich ihm von einem vor drei- bis vierhundert Jahren erfundenen Pulver, das selbst der allerkleinste Feuerfunke, der in einen Haufen dieses Pulvers falle, entzünde und bewirke, daß der ganze Pulverberg mit einem Getöse und mit einer Gewalt, welche größer als die des Donners seien, in die Luft flöge. Werde eine entsprechende Menge dieses Pulvers in eine Röhre aus Erz oder Eisen, im Verhältnis zur Dikke derselben, gestopft, so werfe es eine eiserne oder bleierne Kugel mit solcher Gewalt und Schnelligkeit vorwärts, daß nichts ihrer Kraft zu widerstehen vermöge. Die größten so geschossenen Kugeln könnten nicht allein ganze Reihen eines Heeres mit einem Schlag vernichten, sondern sie rissen auch die stärksten Mauern bis auf den Grund nieder und versenkten Schiffe mit tausend Mann Besatzung auf den Grund des Meeres. Würden zwei derselben durch eine Kette verbunden, so zerschnitten sie Masten und Tauwerk, zerrissen die Menschen in der Mitte und würfen alles vor sich nieder. Wir füllten oft mit diesem Pulver große und hohle eiserne Kugeln, die in eine belagerte Stadt geworfen würden. Alsdann werde das Pflaster von denselben aufgerissen und die Wohnungen zertrümmert; sie platzten, schleuderten Splitter nach allen Seiten hin und schlügen so allen Menschen in der Nähe das Hirn ein. Ich kenne die Bestandteile ganz genau, wie auch die Art der Herstellung. Die größten dieser Röhren brauchten nicht über hundert Fuß lang

zu sein; zwanzig oder dreißig derselben, mit einer gehörigen Masse von Pulver und Kugeln geladen, würden die Mauern der stärksten Städte des Königreichs in wenigen Stunden niederschmettern oder die ganze Hauptstadt zerstören, wenn diese jemals sich erfrechen würde, den unumschränkten Befehlen des Königs sich zu widersetzen. Dies biete ich Seiner Majestät als einen kleinen Tribut der Dankbarkeit für so viele Beweise seiner königlichen Gunst und Behütung, die ich bereits empfangen.

Der König wurde durch die Beschreibung dieser Höllenmaschinen und den ihm gemachten Vorschlag von Schauder ergriffen. Er begreife nicht, waren seine Worte, wie ein so schwaches und kriechendes Insekt wie ich derart unmenschliche Gedanken hegen könne, mit denen ich so vertraut zu sein scheine, daß ich bei jenen Szenen des Blutvergießens und der Zerstörung, die ich als die gewöhnlichen Wirkungen der verheerenden Maschinen ausmale, gänzlich unbewegt erscheine. Diese Maschinen könne nur ein böser Geist, ein Feind der Menschheit erfunden haben. Was ihn selbst betreffe, so müsse er eingestehen, daß er lieber sein Königreich verlieren als jenes Geheimnis wissen möge, obgleich ihn selten etwas so sehr erfreue, wie neue Entdekkungen in Künsten und Wissenschaften; er befahl mir ferner, nie mehr davon zu sprechen, wenn mir mein Leben lieb sei. Welche sonderbare Folge engherziger Grundsätze und Ansichten! Ein Fürst, begabt mit jeder Eigenschaft, welche Verehrung, Liebe und Achtung erweckt; ein Mann von großen Geistesgaben, großer Weisheit, tiefer Gelehrsamkeit, mit bewundernswerten Talenten, ein Fürst, welcher von seinen Untertanen beinahe angebetet wird, ließ sich wegen unnötiger Gewissenskonflikte, von denen man in Europa keinen Begriff hat, eine Gelegenheit entgehen, die ihn zum unumschränkten Herrn über Leben, Freiheit und Vermögen seiner Untertanen gemacht hätte! Übrigens sage ich dies nicht in der geringsten Absicht, die vielen Tugenden dieses ausgezeichneten Königs herabzusetzen, über dessen Charakter der europäische Leser, wegen der angeführten Ursachen, eine geringe Meinung gewinnen wird. Ich glaube jedoch, dieser Mangel entspringt aus der Unwissenheit der Nation von Brobdingnag, da sie die Politik noch nicht zur Wissenschaft ausgebildet hat, wie dies in Europa von den scharfsinnigsten Männern geschehen ist. Ich erinnere mich noch sehr wohl, wie ich einst dem König in einer Unterredung sagte: Mehrere tausend Bücher seien bei uns über die Regierungskunst geschrieben. Diese Mitteilung bewirkte bei ihm allerdings einen wesentlich anderen Eindruck, als ich beabsichtigte, denn er äußerte eine sehr geringe Meinung von unserem Verstand. Er versicherte, daß er alle Geheimniskrämerei, Pfiffigkeit und Intrigen bei einem Fürsten oder Minister verachte. Er könne nicht begreifen, was ich unter Staatsgeheimnissen verstehe, wenn kein äußerer Feind oder keine feindlich gesinnte Nation sich rege. Er

beschränkte die Kunst der Politik auf wenige Punkte: den des gesunden Menschenverstandes, der Vernunft, der Gerechtigkeit und Milde, der zügigen Erledigung aller Zivil- und Strafprozesse und einiger anderer Gemeinplätze, deren Wiederholung nicht der Mühe wert ist. Alsdann sprach er die Meinung aus, derjenige, welcher bewirke, daß zwei Kornähren oder zwei Grashalme mehr auf irgendeinem Boden wüchsen, erwerbe sich ein größeres Verdienst um die Menschheit und erweise seinem Vaterland einen bedeutenderen Dienst als alle studierten Politiker zusammen.

Die Bildung dieses Volkes ist sehr mangelhaft, denn sie beschränkt sich auf Moral, Geschichte, Poesie und Mathematik, deren hohes Niveau man nicht ableugnen kann, mag sie auch ausschließlich auf die Verbesserungen des Ackerbaues und der mechanischen Künste angewandt werden.

Kein Gesetz des Landes darf in Worten die Zahl der Buchstaben im Brobdingnag-Alphabet übersteigen, das aus zweiundzwanzig Buchstaben besteht. Wenige Gesetze haben jedoch selbst diese Länge. Sie sind in den deutlichsten und einfachsten Worten abgefaßt, und die Einwohner von Brobdingnag besitzen nicht genug Scharfsinn, um mehr als eine Auslegung zu finden. Als verbrecherisch gilt es, einen Kommentar über Gesetze zu schreiben. Was die Urteile der Zivil- und Strafprozesse betrifft, so gibt es so selten Präzedenzfälle, daß niemand sich besonders genialer Interpretierung rühmen dürfe.

Die Einwohner von Brobdingnag kennen, wie die Chinesen, seit undenklichen Zeiten die Buchdruckerkunst. Ihre Bibliotheken sind jedoch nicht sehr umfassend. Die des Königs, die für die größte im Lande gehalten wird, enthält nicht mehr als tausend Bände, die in Regalen von eintausendzweihundert Fuß Länge aufgestellt sind. Ich hatte die Erlaubnis erhalten, mir dort nach Belieben Bücher zu leihen. Der Tischler der Königin erfand eine hölzerne Maschine von fünfundzwanzig Fuß Höhe, die wie eine Doppelleiter verfertigt war und in einem Zimmer der Glumdalclitch aufgestellt wurde; diese Maschine bestand aus einem beweglichen Treppenpaar, deren niedrigster Teil zehn Fuß von der Wand des Zimmers entfernt aufgestellt wurde. Das Buch, welches ich lesen wollte, wurde aufgeschlagen an die Wand gelehnt. Ich stieg auf die oberste Stufe der Treppe, richtete mein Gesicht dem Buch zu und begann dann, oben auf der Seite zu lesen, um sodann acht bis zehn Schritte, je nach Länge der Zeilen, am Buch entlangzugehen, um die in Augenhöhe stehenden Zeilen entziffern zu können. Alsdann stieg ich von Stufe zu Stufe niedriger, bis ich die letzte Zeile der Seite erreicht hatte. In derselben Art verfuhr ich auch mit der nächsten Seite, nachdem ich das Blatt umgeschlagen hatte, was ich leicht mit beiden Händen ausführen konnte, denn die Blätter waren so dick und steif wie ein Pappdeckel und in den größten Folianten nicht über achtzehn bis zwanzig Fuß breit.

Der Stil der Schriftsteller ist männlich und flüssig, aber durchaus nicht blumenreich. Sie vermeiden nämlich die Anhäufung unnötiger Worte oder Wiederholungen. Ich habe mehrere Bücher gelesen, besonders über Geschichte und Moral. Unter anderem bereitete mir eine kleine und alte Abhandlung viel Vergnügen, die stets im Schlafzimmer von Glumdalclitch lag und ihrer Gouvernante gehörte, einer ernsten alten Dame, die viele Erbauungsschriften las. Das Buch handelte von der Schwäche des Menschengeschlechts und steht nur bei Frauen und einfachen Leuten in Ansehen. Ich war jedoch neugierig, was ein Schriftsteller in diesem Land über solche Themen zu sagen hätte. Der Autor behandelte all die sattsam bekannten Gemeinplätze europäischer Moralisten und zeigte, welch ein kleines, hilfloses und verächtliches Tier der Mensch, seiner eigenen Natur überlassen, sei, wie er sich nicht gegen die Unbilden der Witterung und gegen die Wut wilder Tiere verteidigen könne; ferner wie sehr ihn das eine Geschöpf an Kraft, das andere an Schnelligkeit, das dritte an Vorsicht, das vierte an Fleiß übertreffe. Der Schriftsteller fügte hinzu: die Natur sei in letzter Zeit ganz entartet und könne jetzt, im Vergleich mit alten Zeiten, nur noch kleine Mißgeburten hervorbringen. Man müsse vernünftigerweise annehmen, das Menschengeschlecht sei ursprünglich nicht allein weit größer gewesen, sondern es habe in alten Zeiten auch Riesen gegeben; so wie dies durch Geschichte und Tradition behauptet werde, so sei es durch die ungeheuren Knochen und Schädel erwiesen, die man durch Zufall in den verschiedenen Teilen des Königreichs ausgrabe und deren Größe das gewöhnliche zusammengeschrumpfte Menschengeschlecht unserer Tage bei weitem übersteige. Der Verfasser glaubte, sogar die Naturgesetze erforderten, daß wir im Anfang größer und stärker gebaut und dem Untergang durch Zufall nicht so ausgeliefert gewesen wären, wie etwa durch einen vom Dach fallenden Ziegel oder durch kleine, von bösen Buben geworfene Steine. Diese Beweisführung veranlaßte den Verfasser zu moralischen Tips, die im gewöhnlichen Leben nützlich sein könnten, deren Wiederholung hier jedoch unnütz ist. Was mich betrifft, so konnte ich den Gedanken nicht unterdrücken, das Talent, aus dem Kampf mit der Natur moralische Gebrauchsanweisungen herzuleiten, oder vielmehr Unzufriedenheit und Ärger gleichsam im Hader mit der Natur zu äußern, sei doch allgemein verbreitet. Wie ich glaube, wird man auch bei uns diese Querelen ebenso unbegründet finden wie bei jedem anderen Volk.

Was die Militärangelegenheiten von Brobdingnag betrifft, so besteht die königliche Armee aus 176.000 Mann Infanterie und

32.000 Mann Kavallerie, wenn ein Heer überhaupt den Namen ‚Armee' verdient, das sich aus Geschäftsleuten verschiedener Städte sowie aus den Bauern des Landes zusammensetzt und von den höheren Ständen ohne Sold oder Belohnung befehligt wird. Die Truppen sind zwar gut exerziert und diszipliniert, allein darin sah ich kein großes Verdienst. Dies ist nämlich eine ganz natürliche Folge, da jeder Bauer von seinem Gutsherrn, jeder Bürger von den angesehensten Leuten seiner Stadt befehligt wird, die nach Art der Republik Venedig durch geheime Abstimmung gewählt werden.

Ich habe die Miliz von Lorbrulgrud häufig zum Exerzieren ausrücken sehen. Die Waffenübungen wurden auf einem großen Feld bei der Stadt, von zwanzig Quadratmeilen Ausdehnung, gehalten. Die Miliz betrug nicht mehr als 25.000 Mann Infanterie und 6.000 Mann Kavallerie. Es war mir aber unmöglich, ihre Zahl nach dem Boden, den sie einnahm, zu bestimmen. Ein Reiter auf einem großen Pferde mochte ungefähr neunzig Fuß hoch sein. Ich habe gesehen, wie diese ganze Kavalkade auf Kommando ihre Säbel zog und in die Luft schwang. Die Einbildungskraft kann sich nichts Großartigeres, Überraschenderes und Atemberaubenderes vorstellen. Es schien, als ob zehntausend Blitze auf einmal von jedem Teil des Himmels herabschössen.

Ich wurde neugierig, aus welchem Grund dieser Fürst, dessen Gebiet von allen anderen abgeschlossen ist, eine Armee halte und sein Volk an militärische Disziplin gewöhne. Bald erfuhr ich darüber einiges, sowohl in Gesprächen als auch durch Bücher der Geschichtsschreiber von Brobdingnag. Viele Menschenalter hindurch litt das Volk an derselben Krankheit, der das Menschengeschlecht überall unterworfen ist; der Adel strebte nach Gewalt, das Volk nach Freiheit, der König nach unumschränkter Herrschaft. Alle diese Umstände, die freilich durch die Gesetze des Königreichs glücklicherweise gemildert wurden, bewirkten mitunter, daß eine der drei Parteien durch

Sonderansprüche das Recht verletzte und hierdurch Bürgerkriege entstanden. Der letzte derselben wurde vom Großvater, des regierenden Königs durch einen allgemeinen Vergleich beendet; die Miliz, die damals in Übereinstimmung aller errichtet wurde, ist seitdem im strengsten Dienst erhalten worden.

ACHTES KAPITEL.

Der König und die Königin reisen an die Grenzen. Der Verfasser begleitet sie. Genauer Bericht darüber, wie er Brobdingnag verläßt. Er kehrt nach England zurück.

Ich hegte stets die feste Überzeugen, daß ich bald meine Freiheit wieder erlangen würde, obgleich es unmöglich war, einen Plan hierfür zu entwerfen. Das Schiff, in dem ich hier einst anlangte, war das erste, das jemals an diese Küste verschlagen wurde, und der König hatte strengen Befehl gegeben, ein zweites, das je wieder anlangen möchte, an Land zu hieven und die ganze Mannschaft in Körben nach Lorbrulgrud zu transpor-

tieren. Er wünschte sehr, mir ein Weib meiner Größe geben zu können, damit ich die Rasse fortpflanzte; wie ich glaube, wäre ich jedoch lieber gestorben, als daß ich schmählicherweise eine Nachkommenschaft hinterlassen hätte, die man wie zahme Kanarienvögel in Käfigen verwahrt und mit der Zeit als Merkwürdigkeiten an Personen von Stand verkauft haben würde. Ich wurde allerdings sehr gütig behandelt; ich war der Günstling eines großen Herrscherpaares und das Entzücken eines ganzen Hofes. Allein, die Stellung, die ich einnahm, war eines Menschen nicht würdig. Auch hätte ich meine teure Familie in England nie vergessen können! Auch wünschte ich, unter Leuten zu leben, mit denen ich wie mit meinesgleichen umgehen und in den Straßen und Feldern ohne Furcht, wie ein Frosch oder junger Hund zertreten zu werden, umherspazieren könnte. Meine

Befreiung erfolgte dann jedoch schneller, als ich geglaubt und auf sehr ungewöhnliche Weise. Die ganze Geschichte will ich mit allen Einzelheiten hier getreulich schildern.

Ich befand mich jetzt zwei Jahre in Brobdingnag, und zu Anfang des dritten begleitete ich mit Glumdalclitch den König und die Königin auf einer Reise nach der Südküste des Königreichs. Wie gewöhnlich wurde ich in meinem Reisekästchen mitgenommen, das, wie bereits berichtet, ein sehr bequemes Zimmer von zwölf Fuß im Quadrat war. Ich ließ darin eine Hängematte mit seidenen Schnüren an den vier Ecken der Decke befestigen, um dadurch die Heftigkeit der Erschütterung zu mildern, wenn mich ein Diener nach meinem Wunsch zu Pferde trug. In dieser Hängematte pflegte ich auf der Reise oft zu schlafen. In der Decke meines Zimmers, jedoch nicht gerade über meiner Hängematte, ließ ich von dem Tischler ein Loch von einem Quadratfuß Breite anbringen, damit ich bei heißem Wetter während des Schlafes frische Luft hatte. Dieses Loch konnte ich nach Belieben mit einer in der Rinne vor- und rückwärts verschiebbaren Klappe schließen.

Als wir die Reise beendet hatten, war es dem König angenehm, einige Tage in einem Palast in Flanflasnic, einer etwa neun Stunden vom Meeresufer entfernt liegenden Stadt, zuzubringen. Glumdalclitch und ich waren sehr ermüdet; ich hatte mich leicht erkältet, das arme Mädchen aber war so krank, daß es das Bett hüten mußte. Ich wünschte, das Meer zu sehen, durch das ich allein zur Freiheit gelangen konnte, wenn diese mir jemals beschieden wäre. Deshalb behauptete ich, mich schlimmer zu befinden, als dies wirklich der Fall war, und bat um die Erlaubnis, mit einem Pagen, den ich sehr liebte, und dem ich schon einige Male anvertraut war, die frische Seeluft genießen zu dürfen. Nie werde ich vergessen, mit welchem Widerstreben Glumdalclitch ihre Einwilligung gab. Sie schärfte dem Pagen äußerste Sorgfalt ein und brach in eine Tränenflut aus, als ob sie die baldigen Ereignisse geahnt hätte; der Knabe

trug mich in dem Kästchen ungefähr eine halbe Stunde weit vom Palast an das Meerufer. Dort befahl ich ihm, mich niederzusetzen, zog ein Schiebefenster auf und warf sehnsuchtsvolle Blicke auf die Fluten. Ich fühlte mich nicht wohl und sagte deshalb dem Pagen, ich wünsche in meiner Hängematte ein wenig zu schlafen. Ich ging hinein, und der Knabe ließ das Schiebefenster herunter, um die Kälte abzuwehren. Gleich darauf schlief ich ein. Vermutlich dachte der Page, ein Unfall könne sich nicht ereignen, und so ging er fort, um unter den Felsen Vogeleier zu suchen. Ich beobachtete nämlich von meinem Fenster aus, wie er unter den Klippen suchte und ein- oder zweimal etwas aufnahm. Genug, ich wurde plötzlich durch ein heftiges Ziehen am Ring geweckt, welcher an der Spitze meines Kästchens befestigt war. Ich fühlte, wie meine Schachtel sehr hoch in die Luft emporgehoben und dann mit ungeheurer Schnelle in horizontaler Richtung weiter fortgeschleppt wurde. Die erste Erschütterung hätte mich beinahe aus meiner Hängematte geschleudert, aber die spätere Bewegung war ziemlich sanft. Ich schrie mehrmals so laut wie möglich, jedoch dies half mir nichts; ich sah durch meine Fenster, erblickte aber nichts als Himmel und Wolken. Über mir vernahm ich ein Geräusch, als wenn Flügel geschwungen würden, und ich begann meinen furchtbaren Zustand zu ahnen. Ein Adler hatte den Strick im Ring meiner Schachtel mit dem Schnabel ergriffen, um sie, wie eine Schildkröte in der Schale, auf einen Felsen fallen zu lassen und alsdann meinen Leichnam herauszunehmen und zu verschlingen. Die Spürkraft und der Geruch dieses Vogels befähigt ihn nämlich, in großer Entfernung seine Beute zu wittern, wäre dieselbe auch noch besser verborgen, als es bei mir in einem zwei Zoll dicken Kästchen der Fall war.

Bald darauf verstärkte sich das Geräusch und das Flügelschlagen vermehrte sich; zugleich wurde meine Schachtel hin und her geschüttelt wie eine Wetterfahne an einem stürmischen Tag. Auch hörte ich, wie der Adler mehrere Püffe und Stöße erhielt (ich glaube nämlich, mit Sicherheit behaupten zu können, daß ein solches Tier meine Schachtel im Schnabel fortschleppte). Dann fühlte ich plötzlich, wie ich in senkrechter Richtung eine Minute lang so schnell hinab fiel, daß es mir fast den Atem verschlug. Mein Fall wurde durch ein furchtbares Rauschen beendet, das lauter in meinen Ohren schallte als der Wasserfall des Niagara. Darauf befand ich mich eine weitere Minute lang in vollkommener Finsternis. Endlich stieg mein Kästchen so hoch, daß ich das Licht am oberen Teil der Fenster erblicken konnte. Jetzt erkannte ich, daß ich in's Meer gestürzt sein müßte. Mein Kästchen schwamm wegen meines Körpergewichts, wegen der Güter, die sie enthielt, und der breiten eisernen Platten, die, zwecks Verstärkung, an den vier Ecken des Bodens und der Seite angebracht waren, fünf Fuß tief im Wasser. Ich vermutete damals und glaube auch jetzt noch, der Adler, welcher mit meinem Kästchen davonflog, wurde von zwei oder drei anderen verfolgt und gezwungen, mich fallenzulassen, während er sich gegen jene verteidigte, die ihm seine Beute zu rauben trachteten. Die am Boden des Kästchens befestigten eisernen Platten hielten es im Gleichgewicht und verhinderten, daß es vom Wasser zerschellt wurde. Jede Fuge war sehr fest eingerammt, und die Tür bewegte sich nicht auf Angeln, sondern wurde wie ein Schiebefenster auf- und niedergezogen. Hierdurch war mein Zimmer so eng verschlossen, daß nur wenig Wasser eindringen konnte. Ich gelangte mit großer Schwierigkeit aus meiner Hängematte, nachdem ich zuvor gewagt hatte, den früher erwähnten Schieber an der Decke zurückzuziehen, um ein wenig frische Luft einzulassen, durch deren Mangel ich beinahe erstickte.

Wie oft wünschte ich damals, mit meiner teuren Glumdalclitch wieder zusammenzusein, von der ich innerhalb einer einzigen Stunde so weit getrennt worden war! Auch kann ich aufrichtig gestehen, daß ich inmitten meines Unglücks nicht unterlassen konnte, meine arme Wärterin und den Schmerz zu beklagen, den sie wegen meines Verlustes, wegen des Mißfallens der Königin und wegen ihres Unglücks erleiden mußte. Vielleicht sind wenig Reisende jemals in solcher Verzweiflung gewesen wie ich! Ich erwartete jeden Augenblick, mein Kästchen werde zertrümmert oder mindestens vom ersten heftigen Windstoß oder von der ersten Woge umgeworfen werden. Würde eine einzige Glasscheibe zerbrechen, so wäre mein augenblicklicher Tod unausbleiblich gewesen. Nur die starken äußeren Metallstäbe, die, um Unglücksfälle auf Reisen zu vermeiden, vor den Fenstern befestigt waren, konnten das verhindern. Einige Male bemerkte ich, wie das Wasser durch mehrere Ritzen, die jedoch nicht beträchtlich waren, eindrang, und ich versuchte, diese so gut wie möglich zu verstopfen. Es gelang mir jedoch nicht, die Decke meines Zimmers in die Höhe zu heben; ich versuchte dies, um mich oben drauf zu setzen; denn dort hätte ich noch einige Stunden länger mein Leben erhalten können, als

wenn ich unten gleichsam in Haft geblieben wäre. Entging ich auch zwei oder drei Tage lang allen Gefahren, so konnte ich doch nichts erwarten als einen elenden Tod durch Kälte und Hunger. Vier Stunden lang befand ich mich in dieser Notlage und dachte, jeder Augenblick werde mein letzter sein; ich hegte sogar diesen Wunsch!

Ich habe dem Leser schon berichtet, daß zwei starke Krampen an den Seiten meines Kästchens, an denen sich keine Fenster befanden, befestigt waren. Dadurch konnte der Diener, der mich zu Pferde trug, einen ledernen Riemen ziehen und sich um den Leib schnallen. Als ich mich nun in diesem trostlosen Zustand befand, glaubte ich zu hören, wie etwas an der Seite meines Kästchens, an dem die Krampen befestigt waren, schabte. Ich kam auf den Gedanken, die Schachtel sei ins Schlepptau genommen und werde nun durch das Meer gezogen. Bisweilen fühlte ich nämlich einen Ruck, durch den die Wogen bis an die Höhe meiner Fenster schlugen, so daß ich beinahe im Dunkeln blieb. Dieser Umstand erweckte in mir die schwache Hoffnung, ich würde errettet werden, obgleich ich mir nicht vorstellen konnte, wie das möglich wäre. Ich wagte, einen meiner Stühle loszuschrauben, die immer auf dem Fußboden befestigt waren. Dann brachte ich es mit vieler Mühe dahin, daß ich ihn unter dem Schieber wieder festschraubte, den ich täglich selbst geöffnet hatte, stieg auf den Stuhl, brachte meinen Mund so nahe wie möglich an das Loch und rief endlich in allen Sprachen, die ich verstand, laut um Hilfe. Alsdann befestigte ich mein Schnupftuch an dem Stock, den ich zu tragen pflegte, steckte ihn durch das Loch und schwenkte ihn in der Luft, in der Absicht, den Matrosen eines Schiffes oder Bootes in der eventuellen Nähe, ein Zeichen zu geben, daß ein unglücklicher Mensch in dem Kästchen eingeschlossen sei.

Alles was ich tat, blieb erfolglos; ich fühlte jedoch, wie meine Schachtel sich weiterbewegte. Nach einer Stunde stieß die Seite, an der die Klammern waren, gegen etwas Hartes. Ich

dachte, dies sei ein Felsen, denn ich wurde heftiger als zuvor erschüttert. Alsdann hörte ich auf dem Deckel meines Zimmers ein deutliches, wie von einem Tau hervorgebrachtes Geräusch und vernahm das Schleudern desselben, als es durch den Ring gezogen wurde. Darauf wurde ich allmählich um vier Fuß höher emporgehoben. Ich steckte noch einmal meinen Stock mit dem Schnupftuch hinaus und schrie um Hilfe, bis ich nahezu heiser war. Als Antwort vernahm ich ein dreimaliges und lautes Hussarufen, welches mich in solches Entzücken versetzte, das nur diejenigen, die einmal etwas Ähnliches erlebten, zu begreifen vermögen. Jetzt hörte ich auch ein Getrampel über meinem Haupt, und jemand rief auf Englisch mit lauter Stimme durch das Loch: „Wenn jemand unten ist, so mag er's sagen!“ Ich antwortete, ich sei ein Engländer, der durch Mißgeschick in das größte Unglück geraten, das jemals ein Mensch ertragen habe.

Ich bitte bei allem, was dem Fragenden heilig sei, mich aus dem Loch, in dem ich mich befände, zu befreien. Die Stimme erwiderte: ich sei in Sicherheit, denn mein Kästchen sei an einem Schiff befestigt, und der Zimmermann werde sogleich kommen und ein Loch in den Deckel sägen, das groß genug sein werde, mich herauszuziehen. Da sagte ich, dieses sei nutzlos und werde zu viel Zeit kosten; man brauche nichts weiter zu tun, als daß einer von der Schiffsmannschaft seinen Finger in den Ring stecke, die Schachtel so in das Schiff bringe und in der Kajüte des Kapitäns niedersetze. — Als nun die Matrosen von mir diese sonderbaren Worte hörten, glaubten einige, ich sei verrückt. Andere lachten laut auf. Es war mir auch wirklich nicht eingefallen, daß ich mich unter Leuten meines Wuchses und meiner Stärke befinden könnte. Der Zimmermann kam, sägte in wenigen Minuten einen ungefähr vier Quadratfuß breiten Durchgang in den Deckel und ließ eine kleine Leiter herunter, die ich bestieg; von dort wurde ich, äußerst geschwächt, auf das Schiff gebracht.

Die Matrosen staunten und legten mir eine Menge Fragen vor, die zu beantworten ich jedoch keine Lust hatte. Ich staunte gleichfalls über den Anblick so vieler Zwerge, denn dafür hielt ich sie, weil meine Augen an die ungeheuren Dimensionen, die ich verlassen hatte, so lange gewöhnt gewesen waren. Allein der Kapitän, Herr Thomas Wilcock, ein redlicher und braver Mann aus Shropshire, führte mich in die Kajüte. Als er bemerkte, ich sei einer Ohnmacht nahe, gab er mir einen Stärkungstrank und ließ mich auf sein eigenes Bett legen, damit ich der Ruhe pflege, deren ich so sehr bedurfte. Bevor ich einschlief, erklärte ich ihm, in meiner Schachtel befänden sich mehrere Möbel von Wert, deren Verlust zu beklagen sein würde; eine schöne Hängematte, ein treffliches Feldbett, zwei Stühle, ein Tisch und ein Schrank; mein Zimmer sei an allen Seiten mit Kattun und Seide behängt oder vielmehr gepolstert; wenn er sie von einem Matrosen in die Kajüte bringen lasse, so würde ich sie vor seinen Augen öffnen und ihm meine Seltenheiten zeigen. Als der Kapitän von mir diese Albernheiten hörte, glaubte er, ich sei toll; er versprach jedoch, wahrscheinlich um mich zu beruhigen, er werde, meinen Wünschen gemäß, Befehle erteilen. Alsdann ging er auf Deck und schickte einige seiner Leute in mein Zimmer, die dann, wie ich nachher fand, alle meine Güter herausnahmen und die Polster abrissen. Da Stühle, Schrank und Bettstelle an dem Fußboden angeschraubt waren, erlitten diese viel Schaden durch die Unwissenheit der Matrosen, die alles mit Gewalt herausrissen. Alsdann hieben sie einige Bretter zum Gebrauch ihres Schiffes ab, und als sie alles, was sie wollten, genommen hatten, versenkten sie den Rumpf in die See, der dann auch wegen der vielen auf dem Boden und den Seiten eingerissenen Breschen sogleich unterging. Es war mir auch wirklich lieb, daß ich kein Zuschauer der von ihnen angerichteten Verwüstungen geworden war; ich würde darüber sicherlich sehr betrübt gewesen sein, weil ich mich an Dinge hätte erinnern müssen, die ich nur zu gern vergessen hätte.

Ich schlief einige Stunden und träumte fortwährend von dem Land, das ich verlassen und von den Gefahren, die ich just überstanden hatte. Als ich endlich erwachte, fühlte ich mich sehr gestärkt. Es war acht Uhr abends, und der Kapitän ließ sogleich das Abendessen auftragen, denn er glaubte, ich hätte schon zu lange gefastet. Er bewirtete mich mit viel Artigkeit und sah, daß ich weder wilde Blicke umherwarf, noch daß ich unzusammenhängend redete. Als wir allein waren, bat er mich, ihm einen Bericht von meinen Reisen zu geben und durch welchen Zufall ich in jener ungeheuren Kiste ins Meer gesetzt worden wäre. Er erzählte: ungefähr um zwölf Uhr mittags habe er sein Fernrohr zur Hand genommen und in der Ferne etwas bemerkt, das ihm wie ein Segel erschienen sei; er habe darauf zusteuern wollen, da die Richtung nicht sehr weit abseits von seinem Kurs lag, um Zwieback zu kaufen, weil der seinige zu Ende ging. Als er näher gekommen sei, habe er seinen Irrtum erkannt und sein Rettungsboot ausgesetzt, um zu sehen, was es sei. Seine Leute aber wären erschreckt zurückgekehrt und hätten geschworen, es sei ein schwimmendes Haus. Er habe über ihre Dummheit gelacht und selbst das Boot bestiegen, nachdem er seinen Leuten befohlen, ein starkes Tau mitzunehmen. Da das Wetter ruhig gewesen, sei er mehrmals um das Gebäude herumgerudert und habe dabei meine Fenster mit den Eisenstäben und dann die zwei starken Krampen auf den Seiten ohne Fenster entdeckt. Er habe alsdann seinen Leuten befohlen, an diese Seite heranzurudern, ein Tau an eine Krampe zu befestigen und so meine Kiste, wie sie die Schachtel nannten, zum Schiff hinzuziehen. Als sie dort angekommen seien, habe er ein anderes Tau im Ring auf dem Deckel befestigen und die Kiste mit Rollen in die Höhe heben lassen, allein seine ganze Mannschaft habe nicht vermocht, dieselbe höher als drei Fuß aufzuwinden. Wir sahen, sagte der Kapitän, Ihren Stock mit dem Schnupftuch aus dem Loch hervorragen und schlossen daraus, irgendein Unglücklicher müsse in der Höhlung eingeschlossen sein. Ich fragte, ob er oder seine Leute das erste Mal, als sie mich entdeckten, wunderbare große Vögel in der Luft gesehen hätten? Er antwortete: während ich

schlief, habe er die Angelegenheit mit den Matrosen besprochen, und einer derselben habe drei Adler nach Norden fliegen sehen zu derselben Zeit, als man meine Schachtel entdeckte; der Matrose hatte jedoch von der außerordentlichen Größe dieser Vögel nichts bemerkt. Der Grund, weshalb der Matrose sich getäuscht, mußte in der ungeheuren Entfernung gelegen haben, in der die Vögel flogen, und der Kapitän konnte natürlich die Bedeutung der Frage nicht erkennen. Alsdann fragte ich ihn, wie weit wir nach seiner Berechnung vom Land entfernt wären. Er antwortete, nach der genauesten Berechnung wenigstens fünfzig Stunden. Ich gab ihm die Versicherung, er müsse sich wenigstens um die Hälfte irren, denn ich habe das Land, von dem ich gekommen sei, höchstens zwei Stunden vor meinem Niederfallen ins Meer verlassen. Hierauf glaubte der Kapitän wiederum, daß mein Kopf verwirrt sei; er gab mir darauf einen Wink und zugleich den Rat, ich möge in die für mich bereitete Kajüte gehen. Allein ich erteilte ihm die Versicherung, seine gute Bewirtung und Unterhaltung habe mich vollkommen erfrischt, und ich sei so gut bei Verstand wie jemals in meinem Leben. Alsdann wurde er ernst und fragte mich offen: Ob mir der Verstand durch das Bewußtsein eines ungeheuren Verbrechens, wofür ich auf Befehl eines Fürsten durch Aussetzung in einer Kiste bestraft wurde, nicht verwirrt worden sei. Man zwinge ja in anderen Ländern große Verbrecher, mit einem beschädigten Fahrzeug, ohne Lebensmittel in See zu stechen. Es werde ihm zwar leid tun, einen so bösen Mann in sein Schiff aufgenommen zu haben, er gebe mir jedoch sein Wort, im ersten Hafen, in dem wir anlangten, mich sicher an Land zu setzen. Er fügte hinzu, sein Verdacht sei durch mehrere alberne Dinge, die ich den Matrosen und dann ihm selbst bezüglich der Kiste gesagt hätte, wie auch durch meine sonderbaren Blicke und mein Benehmen während des Abendessens gestiegen.

Ich bat ihn, er möge meine Geschichte geduldig anhören, die ich ihm auch der Wahrheit getreu von dem Augenblick an, da ich England zum letzten Mal verließ, bis auf den Zeitpunkt erzählte, als er mich zuerst bemerkte. Da nun die Wahrheit sich stets dem Verstand vernünftiger Männer aufdrängt, so war auch dieser würdige Herr, der einen Anstrich von Gelehrsamkeit besaß, von meiner Aufrichtigkeit und Wahrhaftigkeit sogleich überzeugt. Um nun alles, was ich gesagt hatte, ferner zu bestätigen, bat ich ihn, er möge meinen Schrank herbeibringen lassen, dessen Schlüssel ich in der Tasche trug; er hatte mir nämlich schon verraten, wie die Matrosen mein Zimmer zugerichtet hätten. Ich öffnete den Schrank in seiner Gegenwart und zeigte ihm die kleine Sammlung von Seltenheiten, die ich mir in dem Land, aus dem ich auf so sonderbare Weise befreit worden war, angelegt hatte, darunter befand sich der Kamm, den ich aus des Königs Bartstoppeln verfertigte und ein zweiter von demselben Material, der jedoch in einem Abschnitzel von Seiner Majestät Daumennagel befestigt war. Ferner befand sich

darunter eine Anzahl von Nadeln von der Länge eines Fußes bis zu einem halben Yard, vier Wespenstacheln so groß wie Tischlerstifte, ein goldener Ring, den mir die Königin auf höchst artige Weise zum Geschenk gemacht, indem sie ihn von ihrem kleinen Finger zog und ihn mir wie ein Hundehalsband über den Kopf warf. Ich bat den Kapitän, er möge diesen Ring als Dankbezeugung für seine Artigkeit annehmen, allein er gab mir eine entschieden abschlägige Antwort. Alsdann zeigte ich ihm ein Hühnerauge, das ich mit eigener Hand von der Zehe einer Hofdame abgeschnitten hatte. Es war von der Dicke eines ziemlich großen Apfels und so hart geworden, daß ich es nach meiner Ankunft in England als Becher aushöhlen und mit Silber einfassen ließ. Zuletzt bat ich ihn, die Hosen, die ich trug, sich anzusehen; diese waren aus dem Fell einer Maus geschneidert!

Ich konnte ihm durch meine Bitten allein den Zahn eines Bedienten aufdrängen, den er, wie ich bemerkte, mit großer Neugier untersuchte und der ihm außerordentlich gefiel. Er empfing ihn mit solchem Dank, wie ihn diese Kleinigkeit nicht verdiente. Der Zahn war aus Versehen von einem ungeschickten Wunderarzt einem Diener der Glumdalclitch ausgezogen worden, der an Zahnweh litt. Der Zahn war aber so gesund wie die anderen in seinem Mund. Ich ließ ihn abputzen und verwahrte ihn dann in meinem Schrank. Seine Länge betrug ungefähr einen Fuß, seine Dicke vier Zoll.

Der Kapitän war mit meinem einfachen Bericht sehr zufrieden und sprach seine Meinung dahin aus, ich würde mir die Welt verpflichten, wenn ich denselben nach meiner Rückkehr in England niederschriebe und drucken ließe. Ich erwiderte: Nach meiner Meinung sei der Büchermarkt bereits mit Reisebeschreibungen überhäuft; gegenwärtig finde dasjenige allein Beifall, das außerordentlich sei; wie es scheine, hätten viele Schriftsteller weniger die Wahrheit als ihre Eitelkeit und das Unterhaltungsbedürfnis der breiten Masse im Auge. Meine Geschichte könne nur ganz gewöhnliche Ereignisse, aber keine zur Aus-

schmückung dienenden Beschreibungen von sonderbaren Pflanzen, Bäumen, Vögen und anderen Tieren, enthalten. Sie könne auch von barbarischer Sitte und von dem Götzendienst wilder Völker durchaus nicht jene Schilderung geben, die man sonst massenweise in Reisebeschreibungen finde. Ich sei ihm jedoch für seine gute Meinung sehr dankbar und werde die Sache überlegen.

Der Kapitän sagte mir ferner, er wundere sich sehr, daß ich so laut schreie. Alsdann fragte er mich, ob der König und die Königin von Brobdingnag schwerhörig seien. Ich erwiderte, hieran sei ich schon seit länger als zwei Jahren gewöhnt gewesen, und ich müsse mich sehr über seine und seiner Matrosen Stimme wundern, die mir nur zu flüstern scheinen, obgleich ich sie sehr wohl verstehe. Als ich aber in Brobdingnag gesprochen habe, sei ich in der Lage eines Mannes gewesen, der auf der Straße mit einem anderen auf einem Kirchturm sich unterhielt, ausgenommen, wenn man mich auf den Tisch gestellt oder in der Hand gehalten habe. Ferner sagte ich ihm, noch etwas anderes sei von mir beobachtet worden; als ich das Schiff zuerst betrat, und als die Matrosen mich umringten, seien sie mir als die kleinsten und winzigsten Geschöpfe erschienen, die ich jemals gesehen. Auch habe ich in Brobdingnag, als meine Augen sich an das Anschauen jener ungeheuren Gegestände gewöhnt hatten, niemals ertragen, mich in einem Spiegel zu beschauen, weil der Vergleich mir eine höchst verächtliche Meinung von mir selbst verschaffte. Der Kapitän sagte sodann, er habe beim Essen bemerkt, wie ich alles voll Erstaunen betrachtete; oft habe ich kaum das Lachen unterdrücken können, ein Umstand, den er sich nicht erklären konnte und den er einer Krankheit meines Gehirns zuschrieb. Ich erwiderte: dies sei wahr, ich wunderte mich jetzt noch, wie ich das Lachen hätte unterlassen können, als ich Schüsseln von der Größe eines Silberdreiers, eine Schweinskeule, die kaum den Mund zu füllen vermöchte, einen Becher, nicht größer als eine Nußschale, erblickte, und so fuhr ich fort, die übrigen Gerätschaften und Nahrungsmittel zu beschreiben. Obgleich mir nämlich die Königin, als ich in ihren Diensten stand, einen vollständigen Hausrat hatte anfertigen lassen, so hatten sich meine Ideen nach dem Verhältnis meiner Umgebung gebildet, und ich betrachtete meine eigene Kleinheit in derselben Weise, wie andere Leute ihre Fehler zu erkennen pflegen. Der Kapitän ging auf meinen Spaß ein und erwiderte ernsthaft mit der alten englischen Redeweise: Er glaube, meine Augen seien größer als mein Magen; denn er bemerke, daß mein Magen nicht besonders gut sei, obgleich ich den ganzen Tag gefastet hatte. Dann fuhr er fort, mich zu necken und behauptete: Er würde sehr gern hundert Pfund gegeben haben, hätte er meine Kiste in dem Schnabel des Adlers oder von solcher Höhe in das Meer herabstürzen gesehen. Dies müsse wirklich ein höchst erstaunenswertes Ereignis gewesen sein, dessen Beschreibung der Nachwelt überliefert zu werden verdiene. Der Vergleich mit Phaeton lag so nahe, daß der Kapitän es nicht unterlassen konnte, ihn anzubringen, obgleich ich diesen Einfall nicht sehr bewunderte.

Der Kapitän kam von Tonking und war auf seiner Rückkehr nach England in den vierundvierzigsten Grad nördlicher Breite und den hundertvierzigsten Grad der Länge nordöstlich verschlagen worden. Zwei Tage nach meiner Ankunft an Bord begann ein Passatwind; wir segelten zuerst südlich, dann der Küste von Neuholland entlang, hierauf Süd-Süd-West, bis wir das Kap der Guten Hoffnung umfuhren. Unsere Reise war günstig. Der Kapitän lief ein paar Häfen an und setzte das Rettungsboot aus, um frisches Wasser und Proviant an Bord zu nehmen. Ich jedoch verließ nie mehr das Schiff, bis wir am 3. Juli 1706, ungefähr neun Monate nach meiner Befreiung, in den Dünen anlangten. Ich trug dem Kapitän meine Güter als Bürgschaft für die Bezahlung der Überfahrt an, allein er schwor, von mir nicht einen Heller annehmen zu wollen. Wir nahmen sehr freundschaftlich voneinander Abschied, und ich entlockte ihm das Versprechen, mich zu Hause in Redriff zu besuchen. Alsdann mietete

ich ein Pferd und einen Führer um fünf Schillinge, die mir der Kapitän lieh.

Als ich nun unterwegs die Kleinheit der Häuser und Bäume, des Rindviehs und der Menschen bemerkte, begann ich zu glauben, ich sei wieder in Liliput. Ich befürchtete, jeden mir begegnenden Reisenden zu zertreten und schrie ihnen oft mit lauter Stimme zu, sie sollten mir aus dem Weg gehen, so daß jene mehrmals nahe daran waren, mich zu verprügeln.

Als ich nun mein Haus betrat, das ich hatte erfragen müssen, und als ein Bedienter die Haustür öffnete, bückte ich mich beim Hineingehen wie eine Gans, die ein Tor passiert, denn ich befürchtete, mir den Kopf einzustoßen. Meine Frau lief mir entgegen, um mich zu umarmen, ich bückte mich aber tiefer als bis zu ihren Knien, denn ich glaubte, sonst würde sie meinen Mund nicht erreichen können. Meine Tochter kniete vor mir nieder und bat mich um meinen Segen. Ich sah sie aber nicht eher, als bis sie aufstand, da ich so lange gewohnt gewesen, Kopf und

Augen in die Höhe zu heben, um über sechzig Fuß hoch zu sehen. Alsdann umschlang ich ihren Leib mit meinem Arm, um sie in die Höhe zu heben. Einige meiner Freunde, die gerade im Haus waren und mein Gesinde behandelte ich in solcher Weise, als sei ich ein Riese und sie nur Zwerge. Ich sagte meiner Frau, sie sei zu knickerig gewesen, denn ich fände sie halb verhungert und meine Tochter fast gänzlich ausgedörrt wieder. Kurz, ich benahm mich so sonderbar, daß alle bei der ersten Unterredung der Meinung des Kapitäns waren, Witz und Verstand seien mir gänzlich abhanden gekommen. Dies erwähne ich lediglich als Beispiel für die große Macht des Vorurteils und der Gewohnheit.

Bald war das gute Einverständnis zwischen mir und meiner Familie wiederhergestellt. Meine Frau beschwor mich, nie wieder zur See zu gehen, allein mein Schicksal hat es leider anders gewollt, wie der Leser bald erfahren wird. So schließe ich hiermit den zweiten Teil meiner unglücklichen Reise.

TROISIEME PARTIE
VOYAGE
A LAPUTA
BALNIBARBI LUGGNAGG
GLUBBDUBDRIB ET AU JAPON
SEARS SC

III.

Reise nach Laputa, Balnibarbi, Luggnagg, Glubbdubdrib und Japan

ERSTES KAPITEL.

Der Verfasser beginnt seine dritte Reise. Wird von Piraten gefangengenommen. Die Bosheit eines Holländers. Ankunft auf einer Insel. Er wird in Laputa aufgenommen.

Ich war kaum zehn Tage zu Hause, als Kapitän William Robinson aus Cornwallis, Befehlshaber der „Hoffnung", eines stark gebauten Schiffes von hundert Tonnen, mich besuchte. Ich war früher Wundarzt auf einem Schiff gewesen, das er als Eigentümer neben dem vierten Teil der Ladung besaß und hatte mit ihm eine Reise nach Levante gemacht, wobei er mich eher als seinen Bruder denn als seinen Untergebenen behandelte. Als er von meiner Rückkehr erfuhr, machte er mir einen Besuch, um, wie ich vermutete, mir nur seine Freundschaft zu beweisen, denn zwischen uns ereignete sich nichts anderes, als das, was

nach längerer Trennung stattzufinden pflegt. Alsdann wiederholte er häufig seine Besuche, äußerte seine Freunde über meine Gesundheit, fragte mich, ob ich jetzt eine feste Stellung erlangt hätte, und verriet mir: in zwei Monaten wolle er nach Ostindien reisen, und machte mir schließlich, nach einigen Komplimenten, den ehrlichen Antrag, Wundarzt auf seinem Schiff zu werden. Ein anderer Wundarzt und zwei Gehilfen würden mir unterstellt sein. Mein Gehalt sollte das Doppelte der gewöhnlichen Besoldung betragen, er wüßte seit langem, daß ich als Seemann mindestens so erfahren wäre wie er selbst, so daß er mir verspräche, meinem Rat stets zu folgen, als teilte ich mit ihm den Befehl.

Er machte mir noch außerdem viele Komplimente und, da ich ihn als ehrlichen Mann kannte, mochte ich seinen Vorschlag nicht zurückweisen. Meine Begierde, die Welt zu sehen, war, ungeachtet meiner früheren Kalamitäten, so heftig wie jemals. Die einzige Schwierigkeit, welche sich mir noch darbot, war die Zustimmung meiner Frau; diese erhielt ich jedoch zuletzt durch die Aussicht, Vorteile für unsere Kinder zu erlangen.

Wir stachen am 5. August 1706 in See und landeten am 11. April 1707 in Fort St. George. Dort blieben wir drei Wochen, um unsere Mannschaft aufzufrischen, von der mehrere Leute krank geworden waren.

Alsdann segelten wir nach Tonking, wo der Kapitän einige Zeit zu bleiben beschloß, weil die Waren, die er einkaufen wollte, noch nicht bereitlagen und deren Verladung wohl erst in einigen Monaten erfolgen konnte. Um nun die dadurch verursachten Kosten einigermaßen wieder auszugleichen, kaufte Mr. Robinson eine Schaluppe, belud sie mit den verschiedenen Waren, die zwischen Tonking und Nachbarinseln gehandelt wurden, bemannte das Fahrzeug mit vierzehn Matrosen, worunter sich auch zwei Eingeborene befanden, ernannte mich zum Befehlshaber und erteilte mir Vollmacht, Handel zu treiben, während er selbst seine Geschäfte in Tonking besorgte.

Drei Tage waren wir unter Segel gewesen, als uns ein heftiger Sturm zuerst nach Nord-Nord-Ost, dann nach Osten abtrieb. Hierauf hatten wir schönes Wetter, jedoch starken Westwind. Am zehnten Tag machten zwei Piratenschiffe auf uns Jagd und holten uns ein, denn meine Schaluppe war so schwer beladen, daß sie nur langsam segeln konnte. Eine Verteidigung war uns in Ermangelung von Waffen nicht möglich.

Beide Piratenschiffe enterten gleichzeitig. Die Seeräuber, von ihren Befehlshabern geführt, drangen wütend auf uns ein. Da wir uns aber alle zu Boden geworfen hatten (diesen Befehl hatte ich zuvor gegeben), knebelten sie uns nur mit starken Tauen, stellten eine Wache auf und durchsuchten die Schaluppe.

Ich bemerkte unter den Seeräubern einen Holländer, der in einigem Ansehen zu stehen schien, obgleich keines der beiden Schiffe unter seinem Befehl stand. Er erkannte uns an unseren

Gesichtszügen als Engländer, schwatzte dann in seiner eigenen Sprache und drohte, wir sollten, Rücken an Rücken gebunden, ins Meer geworfen werden. Das Holländische sprach ich ziemlich gut und ich sagte ihm, wer wir wären und bat ihn, er möchte für uns als Christen, Protestanten und Einwohner eines benachbarten und verbündeten Staates bei dem Kapitän Führsprache einlegen, damit uns dieser mit einiger Milde behandele. Dies aber entflammte seine Wut nur noch stärker. Er wiederholte seine Drohung, wandte sich zu seinen Gefährten, sprach mit großer Heftigkeit auf Japanisch (wie ich glaube) auf sie ein, und wiederholte immer wieder das Wort Christianos!

Das größte der beiden Piratenschiffe wurde von einem japanischen Kapitän kommandiert, der ein wenig, wenn auch unvollkommen, Holländisch sprach. Er kam auf mich zu, legte mir mehrere Fragen vor, die ich demütig beantwortete, und sagte: Wir sollten nicht sterben. Ich machte dem Kapitän eine tiefe Verbeugung, wandte mich zu dem Holländer und sagte: Es täte mir leid, mehr Erbarmen bei einem Heiden als bei einem Christen zu finden. Bald hatte ich jedoch Ursache, diesen törichten Vorwurf zu bereuen. Der schändliche Bösewicht suchte vergeblich, die beiden Kapitäne zu überreden, mich ins Meer werfen zu lassen (eine Handlung, wozu sich jene, wegen des gegebenen Versprechens, nicht verstehen wollten), bewirkte jedoch zuletzt, daß mir eine Strafe zuerkannt wurde, die allem Anschein nach noch schlimmer war als der Tod. Meine Leute wurden in gleicher Zahl auf den beiden Piratenschiffen verteilt und meine Schaluppe neu bemannt. Man beschloß sodann, mich in einem kleinen Fahrzeug mit Segel und Rudern und Lebensmitteln auf vier Tage auszusetzen. Der japanische Kapitän war aber so gütig, die Lebensmittel aus seinen eigenen Vorräten zu verdoppeln, und erlaubte keinem seiner Leute, mich zu durchsuchen. Ich mußte in den Kahn steigen, während der Holländer, auf Deck stehend, mich mit allen Flüchen und Schimpfworten, die ihm seine Muttersprache boten, überlud.

Eine Stunde, bevor wir die Piraten sahen, hatte ich Beobachtungen angestellt und ausfindig gemacht, daß wir uns im sechsundvierzigsten Grad nördlicher Breite und im hundertdreiundachtzigsten der Länge befanden. Als ich von den Piraten schon etwas entfernt war, entdeckte ich mit meinem Taschenfernrohr einige Inseln im Südosten. Da der Wind günstig war, spannte ich mein Segel in der Absicht aus, die nächste dieser Inseln zu erreichen. Dies gelang mir nach ungefähr drei Stunden. Die Insel war sehr felsig. Ich fand jedoch viele Vogeleier, machte Feuer und entzündete Heidekraut und trockenes Seegras, auf dem ich die Eier kochte. Ich nahm kein anderes Mahl, denn ich war entschlossen, meine Lebensmittel so lange wie möglich aufzusparen. Die Nacht brachte ich unter einem Felsen zu, nachdem ich einiges Heidekraut als Lager ausgestreut hatte, und schlief ziemlich ruhig.

Am nächsten Tag fuhr ich nach einer anderen Insel und von dort nach einer dritten und vierten, indem ich abwechselnd mein Segel und meine Ruder brauchte. Den Leser will ich jedoch mit einer genauen Beschreibung meiner Notlage nicht langweilen; ich begnüge mich mit der Bemerkung, daß ich am fünften Tag die letzte Insel, die ich sehen konnte, erreicht hatte. Sie lag süd-süd-östlich von den anderen und in größerer Entfernung, als ich annahm, denn ich erreichte sie erst nach fünf Stunden. Ich mußte sie beinahe in der Runde umschiffen, bevor ich einen passenden Landungsplatz finden konnte. Dieser bestand aus einer kleinen Bucht, die nur dreimal so groß wie mein Boot war. Die Insel war überall felsig und hatte nur hin und wieder Rasenplätze, auf denen wohlriechende Kräuter wuchsen. Ich nahm meine Lebensmittel aus dem Boot, erfrischte mich und brachte das Übriggebliebene in eine Höhle, deren es mehrere auf der Insel gab, sammelte dann eine ziemliche Anzahl Eier auf den Felsen, sowie auch trockenes Seegras und verdorrte Kräuter, die ich am nächsten Tag anzünden wollte, um die gefundenen Eier zu kochen, denn ich hatte Feuerstein, Stahl, Zunder und Brennglas in der Tasche. Die ganze Nacht lag ich in der Höhle, in der ich meine Vorräte verborgen hatte. Mein Bett bestand aus demselben Gras, das ich auch zur Feuerung bestimmt hatte. Ich schlief nur wenig, denn meine innere Unruhe überwältigte meine Müdigkeit und verscheuchte den Schlaf. Ich überlegte, wie unmöglich es sei, mein Leben an einem so öden Platz zu erhalten, und welch elender Tod meiner harrte. Ich war so verdrossen und niedergeschlagen, daß ich kaum Mut genug besaß, mich vom Lager zu erheben; als ich mir endlich ein Herz

faßte, aus der Höhle zu kriechen, war es bereits heller Tag. Eine Zeitlang ging ich auf den Felsen spazieren; der Himmel war gänzlich heiter, und die Sonne brannte so heiß, daß ich mein Gesicht abwenden mußte; plötzlich aber wurde sie auf seltsame Weise verdunkelt, daß ich sogleich dachte, dies könne nicht durch Wolken bewirkt sein. Ich drehte mich um und erblickte einen großen schattigen Körper zwischen mir und der Sonne, der mir aus einer festen Substanz zu bestehen schien und sich auf die Insel zubewegte; er schien ungefähr zwei Meilen in der Höhe zu betragen und verbarg die Sonne sechs bis sieben Minuten. Mir fiel nicht auf, daß die Luft kälter oder der Himmel dunkler geworden wäre, als hätte ich unter dem Schatten eines Berges gestanden. Nachdem der Gegenstand dem Ort, wo ich stand, nähergekommen war, erkannte ich ihn als eine feste Substanz mit flachem und glattem Boden, der durch den Reflex der See einen sehr hellen Schein warf. Ich stand auf einer Höhe, ungefähr zweihundert Yards vom Ufer entfernt, und sah, wie dieser ungeheure Körper beinahe in paralleler Richtung mit meinem Standpunkt dahinfuhr und kaum eine halbe Meile hoch über mir schwebte. Deshalb nahm ich mein Taschenfernrohr zur Hand und konnte deutlich sehen, wie eine Menge Leute an den abgerundeten Seiten des fliegenden Körpers sich auf und ab bewegten; was diese Leute jedoch beabsichtigten, konnte ich nicht erkennen.

Die natürliche Liebe zum Leben erweckte mir innerliche Freude. Und ich schöpfte wieder eine vage Hoffnung, dieses Abenteuer könnte mich auf die eine oder andere Weise aus meiner verzweifelten Lage retten. Der Leser wird sich jedoch schwerlich mein Erstaunen vorstellen können, als ich eine von Menschen bewohnte Insel erblickte, die, wie es schien, imstande war, sich zu senken, zu steigen oder in gerader Richtung sich fortzubewegen. Da ich aber damals nicht in der Stimmung war, über dieses Phänomen zu philosophieren, zog ich es vor, jene Richtung genau zu beobachten, die die fliegende Insel einschlagen würde. Einige Zeit schien sie nämlich still zu stehen. Gleich darauf kam sie näher; nun konnte ich erkennen, wie an der Seite mehrere Terrassen und Stufen erbaut waren, auf denen man hinauf- und herabsteigen konnte. Auf der untersten Terrasse sah ich, wie Leute mit großen Angelruten fischten, andere aber ihnen zusahen. Ich schwenkte meine Mütze (mein Hut war schon lange abgenutzt) und mein Schupftuch der Insel zu, rief und kreischte so laut wie möglich, und als ich dann sehr aufmerksam hinsah, bemerkte ich, wie eine Volksmenge sich an der mir gegenüberliegenden Seite versammelte. Daraus, daß sie auf mich zeigten und auch noch andere Zeichen gaben, bemerkte ich deutlich, daß sie mich entdeckt hatten, obgleich sie auf meinen Ruf akustisch nicht besonders reagierten. Dann beobachtete ich, wie vier oder fünf Menschen in größter Eile dem Gipfel der Insel zuliefen und dann verschwanden. Ich hegte sogleich die richtige Vermutung, diese seien von irgendeiner hochgestellten Person beauftragt worden, bei besonderen Vorfälllen Meldung zu erstatten.

Die Volksmasse vermehrte sich rasch. Nach einer halben Stunde senkte sich die Insel soweit herab, daß die niedrigste Terrasse weniger als hundert Yards von dem Ort, an dem ich stand, entfernt war. Nun nahm ich die Stellung eines Bittenden an und rief demütig um Hilfe, erhielt jedoch keine Antwort. Diejenigen, die mir am nächsten gegenüberstanden, schienen Leute von gehobenem Stand zu sein. Ich schloß dies aus ihrer Kleidung. Sie schienen miteinander ernstlich zu beraten und sahen wiederholt auf mich nieder. Zuletzt rief mir einer in deutlicher, höflicher und sanfter Sprache etwas zu, die ich für italienisch hielt. Ich antwortete deshalb italienisch, in der Hoffnung, daß man mich verstünde. Keiner jedoch verstand den anderen, aber was ich sagen wollte, wurde offenbar erkannt: die Leute oben bemerkten meine Not!

Sie gaben mir durch Zeichen zu verstehen, ich möge den Fels hinabkommen und dem Ufer zugehen, was ich natürlich tat.

Alsdann ward die fliegende Insel in eine passende Höhe gesenkt, so daß ihr Rand gerade über meinem Kopf schwebte. Eine Kette, an der ein Stuhl befestigt war, wurde von der untersten Galerie herabgelassen; ich setzte mich darauf und wurde durch Winden emporgehoben.

ZWEITES KAPITEL.

Beschreibung der Launen und des Charakters der Laputier. Bericht von ihrer Gelehrsamkeit. Der König und sein Hof. Des Verfassers Empfang. Die Einwohner sind furchtsam und unruhig. Ein Bericht über die Frauen.

Als ich auf der fliegenden Insel angelangt war, wurde ich sogleich von einer Menschenmenge umringt, und die Näherstehenden schienen von höherem Rang zu sein. Alle staunten mich an und hierin blieb ich ihnen nichts schuldig, denn nie sah ich Leute mit so sonderbaren Kleidern und Gewohnheiten. Ihre Köpfe waren entweder nach rechts oder nach links gesenkt; das eine Auge war nach innen, das andere gerade auf den Zenit gerichtet. Die äußeren Kleider waren mit den Gestalten von Sonnen, Monden und Sternen, mit Flöten, Harfen, Fiedeln, Trompeten, Gitarren und solchen Instrumenten geschmückt, die in Europa gänzlich unbekannt sind.

Hin und wieder bemerkte ich andere Leute in der Kleidung von Dienern, welche aufgetriebene Blasen wie Dreschflegel an

einem Stock in der Hand trugen. In jeder Blase befand sich eine Quantität getrockneter Erbsen oder kleiner Kiesel, wie ich später erfuhr. Mit diesen Blasen klatschten sie mitunter vor den Ohren der Nahestehenden, ein Verfahren, dessen Sinn ich damals noch nicht verstehen konnte. Wie es scheint, sind diese Leute so sehr zu Phantastereien geneigt, daß sie weder sprechen noch auf die Rede anderer hören können, wenn ihre eigenen Sprech- und Hörorgane nicht durch irgendeine äußerliche Berührung aufgeweckt werden; deshalb halten alle, die es sich nur leisten können, solche „Klapperer" (das Originalwort ist ‚Climenole') als Bedienstete, ohne die sie niemals ihre Wohnungen verlassen. Das Geschäft dieses Beamten besteht darin, daß er, wenn zwei, drei oder mehrere Personen sich in Gesellschaft befinden, mit der Blase den Mund desjenigen, welcher spre-

chen, und das rechte Ohr des anderen, welcher hören soll, berührt. Dieser Klapperer begleitet ferner seinen Herrn auf Spaziergängen, um ihm bei Gelegenheit einen sanften Klaps auf die Augen zu geben. Der Herr ist nämlich stets in so tiefes Nachdenken versunken, daß er in fortwährender Gefahr schwebt, in einen Abgrund zu stürzen, an jeden Pfosten mit dem Kopf zu rennen, in den Straßen die Umherstehenden zu stoßen oder selbst in den Rinnstein gestoßen zu werden.

Ich muß dem Leser zuvor diese Bemerkungen erklären, damit es ihm nicht ebenso gehe wie mir, der ich das Verfahren dieses Volkes nicht begreifen konnte, als man mich über die Treppen zum Gipfel der Insel und zum königlichen Palast geführt hatte. Als wir hinaufstiegen, vergaßen meine Führer mehrmals, was sie vorhatten und überließen mich meinen eigenen Gedanken. Als ihr Gedächtnis von den Klapperern wieder aufgefrischt wurde, wie es schien, blieben sie bei dem Anblick meiner ungewohnten Kleidung wie meines fremden Gesichtes durchaus gleichgültig, ebenso wie bei dem Aufschreien des Pöbels, dessen Gedanken freier und ungebundener sich zu äußern schienen.

Endlich traten wir in den Palast und in den Audienzsaal, wo ich den König auf dem Thron sitzen und an beiden Seiten von Personen des höchsten Standes umgeben sah. Vor dem Thron stand ein großer, mit Erdkugeln, Himmelssphären und mathematischen Instrumenten jeder Art bedeckter Tisch. Seine Majestät kümmerte sich nicht im geringsten um uns, obgleich ein bedeutendes Geräusch dadurch entstanden war, daß eine Menge der zum Hofe gehörigen Personen zugleich mit mir eintrat. Der König sann damals über ein tiefes Problem, und wir warteten wenigstens eine Stunde, bis er es zu lösen vermochte. An jeder Seite stand ein Page mit einer Klapper; sobald die Pagen sahen, daß seine Aufmerksamkeit nachließ, schlug ihn der eine sanft auf den Mund und der andere auf das rechte Ohr; alsdann fuhr der König auf, als sei er plötzlich aus dem Schlaf erwacht, betrachtete mich und die Gesellschaft, mit der ich gekommen war,

und erinnerte sich an den Grund meiner Ankunft, von der er schon vorher gehört hatte. Er sprach einige Worte, worauf ein junger Mann sogleich zu mir trat und mich sanft auf das rechte Ohr klopfte; ich aber gab ihm so gut wie möglich durch Zeichen zu verstehen, daß ich dieses Instruments nicht bedürfe, eine Bemerkung, wegen welcher der König und seine ganze Umgebung eine nur sehr geringe Meinung von meinem Verstand zu haben schienen. Soweit ich verstehen konnte, legte mir der König mehrere Fragen vor, und ich redete ihn in allen Sprachen an, deren ich mächtig war. Als man nun sah, daß ich nichts verstehen konnte und daß man andererseits mich nicht verstand, wurde ich auf Befehl des Königs in ein Zimmer des Palastes geführt, wo mir zwei Diener aufwarteten (der König hat sich nämlich vor allen seinen Vorgängern durch Gastlichkeit gegen Fremde ausgezeichnet). Mein Mittagessen wurde aufgetragen, und vier Personen von Adel, die ich dicht bei der Person des Königs gesehen hatte, erwiesen mir die Ehre, mit mir zu speisen. Wir hatten zwei Gänge, jeden zu drei Gerichten. Das erste bestand aus einer Hammelkeule, die in ein gleichseitiges Dreieck zugeschnitten war, einem Rinderbraten in der Form eines Rhomboiden, einem Pudding in der Gestalt einer Zykloide. Der zweite Gang bestand aus zwei Enten, die man als Violinen zusammengeschnürt hatte, Würsten und Puddings, welche Flöten und Oboen glichen, und einer Kalbsbrust in Gestalt einer Harfe; die Diener zerschnitten das Brot in der Form von Kegeln, Zylindern, Parallelogrammen und anderen mathematischen Figuren.

Als wir bei Tisch saßen, nahm ich mir die Freiheit, mich nach dem Namen der verschiedenen Gerichte in der Landessprache

zu erkundigen; die Edelleute hatten mit Hilfe ihrer Klatscher die Güte, mir Antwort zu erteilen. Bald war es mir möglich, Brot und Getränk, oder was ich sonst noch wünschte, zu fordern.

Nach Tisch entfernte sich die Gesellschaft, und ein Mann mit einem Klatscher wurde mir auf Befehl des Königs zugeteilt. Er hatte Feder, Tinte, Papier und drei oder vier Bücher bei sich und erklärte mir durch Zeichen, er habe den Auftrag, mich in ihrer Sprache zu unterrichten. Wir saßen vier Stunden beisammen. In dieser Zeit schrieb ich eine Menge Worte neben der Übersetzung nieder. Ferner bemühte ich mich, kurze Sätze auswendig zu lernen. Mein Lehrer gab nämlich einem Diener den Befehl, etwas zu holen, sich umzuwenden, sich zu drehen, zu laufen und sich zu setzen, zu stehen oder zu gehen. Alsdann schrieb ich jeden Satz auf. Er zeigte mir auch in einem Buch die Gestalten der Sonne, des Mondes und der Sterne, der Wende- und Polarkreise neben den Benennungen vieler Pflanzen und fester Körper. Er nannte und beschrieb mir die verschiedenen musikalischen Instrumente und zeigte mir die Spielart auf jedem einzelnen. Nachdem er mich verlassen, brachte ich alle Worte mit den Auslegungen in alphabetische Ordnung. So erlangte ich in wenigen Tagen bei meinem nicht unbedeutenden Gedächtnis eine ziemliche Kenntnis der Landessprache.

Das Wort, welches ich durch „fliegende“ oder „schwebende“ Insel übersetze, heißt im Original *‚Laputa‘*. *Lap* bedeutet in der veralteten Sprache hoch, *‚untuh‘* Gouverneur. So ist durch verdorbene Aussprache Laputa aus *Lapuntuh* entstanden. Mir aber gefällt diese Ableitung nicht, denn sie scheint mir sehr erkünstelt. Ich war so kühn, den Gelehrten des Landes eine von mir gemachte Korrektur anzubieten, Laputa sei quasi lap utet; *‚lap‘* bedeutet nämlich das Flimmern der Sonnenstrahlen im Meer und *‚utet‘* ein Hügel; mit dieser Auslegung will ich mich jedoch nicht aufdrängen, sondern dieselbe dem Urteil des verständigen Lesers überlassen.

Die Herren, denen mich der König anvertraut hatte, bemerkten, wie schlecht ich gekleidet wäre und ließen deshalb am nächsten Morgen einen Schneider kommen, damit mir dieser das Maß zu einem neuen Anzug nähme. Dieser Handwerker verfuhr nach einer von der europäischen durchaus verschiedenen Weise. Er nahm zuerst meine Höhe mit einem Quadranten auf, alsdann mit Maßstab und Kompaß die Dimensionen und Umrisse meines ganzen Körpers. Die Abmessungen warf er auf's Papier. Nach sechs Tagen brachte er meine Kleider, die durchaus nicht paßten, da sich ein Fehler in die algebraische Berechnung eingeschlichen hatte. Ich hatte jedoch Ursache, mich zu trösten, denn dergleichen Vorfälle waren sehr häufig und wurden durchaus nicht beachtet.

Als ich nun aus Mangel an Kleidern und dann durch eine Unpäßlichkeit noch einige Tage das Zimmer hüten mußte, vermehrte sich mein Wörterbuch um ein Bedeutendes. Als ich darauf das nächste Mal wieder an den Hof ging, verstand ich vieles, was der König sagte und konnte ihm in gewisser Art auch Antworten geben. Seine Majestät hatte Befehl gegeben, die Insel solle sich nach Nord-Ost-Ost, dem ‚*Nadir Lagado*', der Hauptstadt des ganzen Königreichs, unten auf dem Festlande, hinbewegen. Diese Stadt war ungefähr 90 Seemeilen entfernt, und wir gelangten dorthin ungefähr nach viereinhalb Tagen. Ich bemerkte durchaus nichts von der fortschreitenden Geschwindigkeit, mit der die Insel sich fortbewegte. Am zweiten Morgen gegen elf Uhr begann der König mit dem Adel, dem Hof und den Offizieren, nachdem alle Instrumente bereitgelegt waren, ein Konzert, welches drei Stunden lang währte, so daß mich der Lärm beinahe betäubte; auch konnte ich den Zweck des Konzerts nicht eher erraten, als bis mich mein Lehrer darüber unterrichtete. Er sagte: die Einwohner dieser Inseln seien an die Sphärenmusik gewöhnt, die immer in bestimmten Perioden erklinge, der Hof übernehme jetzt die Rolle derselben, und zwar jeder mit dem Instrument, auf dem er Virtuosität erlangt habe.

Auf unserer Reise nach Lagado, der Hauptstadt, befahl der König, die Insel sollte über mehreren Städten und Dörfern angehalten werden, damit er von dort die Bittschriften seiner Untertanen empfangen könnte. Zu dem Zweck wurden Bindfäden mit kleinen Gewichten an den Enden herabgelassen. An diese Bindfäden hängte das Volk die Bittschriften, die sogleich wie Papierschnitzel eines Drachenschwanzes von Schulknaben in die Höhe stiegen. Bisweilen erhielten wir auch von unten her Wein und Lebensmittel, die durch Winden emporgezogen wurden.

Meine Kenntnis der Mathematik half mir viel im Erlernen der Phrasen, welche aus dieser Wissenschaft abgeleitet werden, sowie auch aus der Musik, in der ich nicht ganz unerfahren war. Die Ideen jener Leute bilden sich stets nach philosophischen Begriffen, mathematischen Linien und Figuren. Wollen sie meinetwegen die Schönheit einer Frau oder eines Tieres rühmen, so beginnen sie mit der Idee des Absolut-Schönen und bestimmen jene alsdann näher durch Rhomboiden, Zirkel, Parallelogramme, Ellipsen und andere geometrische Begriffe und endlich durch die Terminologie der bildenden Künste und der Musik, die ich hier wohl nicht zu wiederholen brauche. In der Küche des Königs bemerkte ich alle Arten mathematischer und musikalischer Instrumente, und nach den Figuren derselben wurde alles Fleisch zugeschnitten, das man servierte.

Die Häuser sind schlecht gebaut, die Mauern schräg, und in den Zimmern bemerkt man kaum einen rechten Winkel. Dieser Mangel ergibt sich aus der Verachtung, die die Laputier gegen angewandte Geometrie hegen, die sie als gemein und handwerksmäßig betrachten. Ihr Volksunterricht ist nämlich zu sehr verfeinert für den Verstand gewöhnlicher Arbeitsleute. Somit sind Versehen an der Tagesordnung. Obgleich nun alle auf dem Papier in der Anwendung des Maßstabs, des Bleistifts und des Divisors sehr gewandt sind, habe ich dennoch nie ein tölpischeres, unbeholfeneres und plumperes Volk bei allen Gelegenheiten, mit Ausnahme der Musik und Mathematik, gesehen. Sie sind schlechte Logiker und sehr zum Widerspruch geneigt; auch hegen sie nur selten die richtige Meinung; Einbildungskraft, Phantasie, Erfindungsgabe sind ihnen durchaus unbekannte Eigenschaften. Alle ihre Gedanken sind auf die vorhergenannten Wissenschaften beschränkt.

Die meisten und besonders diejenigen, die sich mit der astronomischen Mathematik beschäftigen, glauben auch an Astrologie, obgleich sie sich schämen, es öffentlich einzugestehen. Am meisten habe ich mich aber über den mir unerklärlichen Umstand gewundert, daß sie eine leidenschaftliche Neigung zur Politik und zu Neuigkeiten hegen, Staatsangelegenheiten fortwährend untersuchen und jeden Punkt einer Parteimeinung streitig machen. Dieselbe Neigung habe ich auch bei Mathematikern in Europa bemerkt, obgleich ich andererseits keine Ähnlichkeit der Mathematik und Politik entdecken konnte. Vielleicht sind diese Leute der Meinung, ebenso wie der kleinste Zirkel dieselben Grade habe wie der größte, so verlange auch das Ordnen der Welt keine größere Fähigkeit als die Gewandtheit, mit einem Globus umzugehen. Jedoch möchte ich den Grund dieser Eigenschaft vielmehr in einer allgemeinen menschlichen Schwäche suchen, nach welcher wir am meisten neugierig in Dingen sind, die uns nichts angehen und für die wir uns durch Studien und Geistesfähigkeiten durchaus nicht eignen.

Die Laputier befinden sich in fortwährender Unruhe, so daß sich ihr Geist kaum eine Minute lang in Behaglichkeit fühlt, und diese Störungen entstehen aus Ursachen, die auf die übrigen Menschen keinen Einfluß ausüben. Ihre Furcht beruht auf Veränderungen in bezug auf die Himmelskörper. So müsse die Erde zuletzt von der Sonne absorbiert und verschlungen werden, da die Sonne der Erde immer näher rücke; die Oberfläche der Sonne werde sich verdunkeln und könne alsdann die Welt nicht mehr erleuchten. Erst kürzlich sei die Erde kaum dem Untergang durch den Schwanz eines Kometen entgangen, der sie unfehlbar in Asche verwandelt haben würde; der nächste, der nach einunddreißig Jahren, wie errechnet, erscheinen müsse, werde uns wahrscheinlich alle vernichten. Wenn er sich nämlich der Sonne bis auf einen gewissen Grad nähere (und die Berechnung gebe Ursache zu dieser Besorgnis), so müsse er eine Hitze erhalten, deren Intensität um zehntausend Grad die Hitze des glühenden Eisens übertreffe; nach der Entfernung von der Sonne werde er zehnmalhunderttausendundvierzehn Meilen weit seinen Schweif ausstrecken; wenn nun die Erde in der Entfernung von hunderttausend Meilen vom Kern oder Hauptbestandteil des Kometen passiere, müsse sie entzündet und in Asche verwandelt werden. Die Sonne, die uns täglich ihre Strahlen sende, müsse sich zuletzt erschöpfen und somit untergehen; alsdann sei auch der Untergang unseres Planeten die notwendige Folge sowie der Tod der anderen, welche ihr Licht von unserem Fixstern erhalten.

Die Laputier werden so sehr durch die Besorgnis dieser Gefahren und ihren Folgen geängstigt, daß sie nicht ruhig schlafen und sich auch an den gewöhnlichen Vergnügungen des Lebens nicht erholen können. Begegnen sie ihren Freunden in der Frühe, so betrifft die erste Frage die Gesundheit der Sonne, wie sie beim Abend- und Morgenrot sich befand; ferner auch, ob Hoffnungen vorhanden seien, den Stoß des nahenden Kometen zu vermeiden. So geht es in dem Gespräch mit demselben Vergnügen fort, wie es Kinder bei schrecklichen Geschichten von Geistern und Gespenstern empfinden, die sie begierig anhören, um aus Furcht nicht zu Bett gehen zu wollen.

Die Frauen und Töchter dieser Insel beklagen, daß sie auf diese beschränkt sind, obgleich ich diese für den angenehmsten Ort der ganzen Welt halte. Wie sehr die Bewohner auch im Überfluß leben, wollen sie die Welt sehen und die Vergnügungen der Hauptstadt genießen, was ihnen ohne besondere Erlaubnis des Königs nicht gestattet ist. Diese Erlaubnis wird aber

nur nach vielen Schwierigkeiten erlangt, da die Personen von Stand häufig erfahren haben, wie schwer es ist, ihre Frauen zur Rückkehr zu überreden. Mir wurde erzählt, eine vornehme Hofdame, die bereits mehrere Kinder hatte und mit dem Premierminister, dem reichsten Untertan des Königreiches, vermählt war, welcher schön und in sie verliebt, auf dem schönsten Punkt der Insel wohnte, sei unter dem Vorwand, ihre Gesundheit zu verbessern, nach Lagado gereist und habe sich dort mehrere Monate lang verborgen, bis der König einen Befehl, sie aufzuspüren, absandte. Hierauf fand man sie in einer niedrigen Kneipe, ganz zerlumpt, da sie ihre Kleider verpfändet hatte, um einen alten und häßlichen Bedienten zu ernähren, der sie täglich

prügelte und aus dessen Gesellschaft sie widerstrebend fortgeführt wurde. Obgleich ihr Gemahl sie mit aller nur möglichen Güte und ohne den geringsten Vorwurf empfing, gelang es ihr wieder, sich hinabzustehlen. Sie begab sich mit allen ihren Juwelen zu demselben Galan, und seitdem hat man nichts mehr von ihr gehört.

Der Leser glaubt vielleicht, diese Geschichte habe sich in Europa oder in England, aber nicht in einem so entfernten Land ereignet. Er muß jedoch bedenken, daß die Launen der Weiber nicht auf ein besonderes Klima oder Volk beschränkt und bei Weibern überhaupt allgemeiner sind, als man sich wohl vorstellen kann.

Nach ungefähr einem Monat hatte ich bedeutende Fortschritte im Erlernen der Landessprache gemacht und war imstande, die Fragen des Königs zu beantworten, wenn ich die Ehre einer Audienz erhielt. Seine Majestät zeigte aber nicht die geringste

Wißbegierde in bezug auf Gesetze, Regierungsform, Geschichte, Religion oder Sitten jener Länder, die ich bereits gesehen hatte, sondern beschränkte sein Interesse auf die Pflege der mathematischen Wissenschaften. Der Bericht, den ich gab, wurde mit größter Gleichgültigkeit und Verachtung von dem König angehört, oblgeich die Klatscher an beiden Seiten ihre Maschinen häufig betätigten.

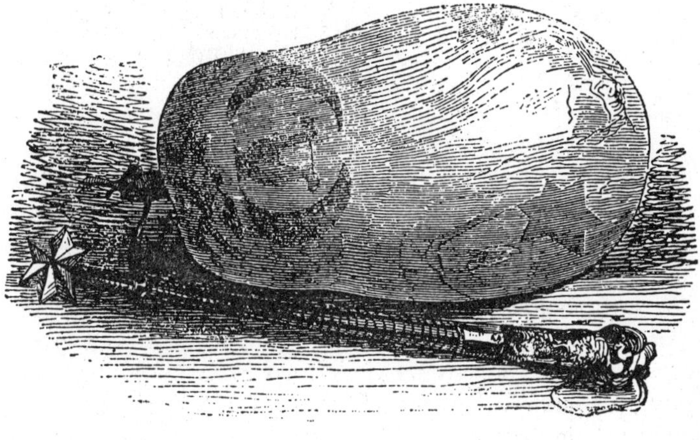

DRITTES KAPITEL.

Ein durch neuere Philosophie und Astronomie aufgelöstes Phänomen. Die Fortschritte der Laputier in der Astronomie. Das Verfahren des Königs bei der Unterdrückung von Aufständen.

Ich ersuchte den König um die Erlaubnis, die Merkwürdigkeiten der Insel ansehen zu dürfen. Seine Majestät hatte die Gnade, mir dies zu bewilligen und befahl meinem Lehrer, mich zu begleiten. Ich wollte hauptsächlich wissen, welchen künstlichen und natürlichen Ursachen die Insel ihre Bewegungen verdanke und möchte dem Leser jetzt hierüber einen philosophischen Bericht erstatten.

Die fliegende oder schwebende Insel ist kreisrund, ihr Durchmesser beträgt siebentausendachthundertundsiebenunddreißig Yards oder vier und eine halbe Meile und umfaßt somit zehntausend Morgen Land. Die Dicke beträgt etwa dreihundert Yards. Der Boden erscheint denen, die ihn von unten her erblikken, als zweihundert Yards dicke Diamantplatte. Über dieser Fläche liegen mehrere Mineralschichten in gewöhnlicher Ordnung und über diesen eine Lage von zehn bis zwölf Fuß dickem Humusboden. Die Insel senkt sich vom Rand bis zum Mittelpunkt, so daß Tau und Regen, die auf die Insel fallen, in kleinen Bächen der Mitte zu fließen und sich dort in vier großen Becken sammeln, die ungefähr eine halbe Meile im Umfang betragen und zweihundert Yards vom Mittelpunkt entfernt sind. Die Sonne läßt dieses Wasser am Tag verdunsten, so daß Überschwemmungen nicht möglich sind. Da der König nach Belieben die Insel über die Wolken und die Dunstregion aufsteigen lassen kann, vermag er das Niederfallen des Regens und Taues seinen Wünschen gemäß zu verhindern. Die höchsten Wolken können nach Ansicht der Naturforscher höchstens zwei Meilen steigen; in diesem Land hat man jedenfalls diese Erfahrung gemacht.

Im Mittelpunkt der Insel befindet sich eine Spalte von fünfzig Yards im Durchmesser, durch die die Astronomen in ein großes Gewölbe steigen, das deshalb *Flandona gagnole* oder ‚Astronomenhöhle' heißt und hundert Yards über der Oberfläche des Diamanten liegt. In dieser Höhle brennen fortwährend zwanzig Lampen, die durch den Widerschein des Diamanten nach allen Seiten hin verstärktes Licht ausströmen. Der Ort ist mit einer großen Menge von Astrolabien, Sextanten, Quadranten, Teleskopen und anderen astronomischen Instrumenten ausgestattet. Die größte Merkwürdigkeit, von der das Schicksal der Insel abhängt, ist ein Magnetstein von ungeheurer Größe, der an Gestalt einem Weberschiff ähnlich ist. Er ist sechs Yards lang und am dicksten Teil wenigstens drei Yards. Dieser Magnet wird durch eine starke Stahlachse gehalten, welche die Mitte durchdringt; man hat ihn so genau im Gleichgewicht aufgestellt, daß man ihn leicht mit einer Hand drehen kann. Er ist mit einem hohlen Zylinder von Diamant eingefaßt, der vier Fuß in Tiefe und Dicke, sechs Yards im Durchmesser beträgt, und in horizontaler Lage von acht stählernen, sechs Fuß hohen Pfeilern getragen wird. In der Mitte der konkaven Seite befindet sich eine zwölf Zoll tiefe Rinne, in der die Extremitäten der Achse liegen und nach Bedarf gedreht werden können.

Der Magnetstein kann durch keine Kraft fortbewegt werden, weil Hohlzylinder, Pfeiler und jene Platte, welche den Boden der Insel bildet, aus einem Stück bestehen.

Vermöge dieses Magnetsteins wird die Insel gehoben, gesenkt und fortbewegt. In bezug auf das von dem König beherrschte Land besitzt der Stein am einen Ende eine *anziehende* und an dem anderen eine *abstoßende* Kraft. Stellt man den Magneten senkrecht, so daß das *anziehende* Ende der Erde zugerichtet ist, dann senkt sich die Insel; zeigt das *abstoßende* Ende zur Erde, dann steigt die Insel; erhält der Magnet eine schräge Richtung, so bewegt sich die Insel ebenfalls schräg durch die Luft, denn die Kräfte des Steins wirken stets *parallel* zu seiner Richtung.

Durch diese schräge Bewegung läßt sich die Insel in die verschiedenen Gegenden des Reiches lenken. Um zu erklären, wie sie sich bewegt, legen wir eine Linie AB quer durch das Gebiet von Balnibarbi; CD stellt den Magnetstein dar, D bezeichnet das Abstoßende, C das anziehende Ende; die Insel selbst schwebt über C. Nun wird der Magnetstein mit dem abstoßenden Ende nach unten in die Lage CD gebracht, dann hebt sich die Insel schräg nach oben bis D. Ist sie in D angekommen, dann wird der Stein so gedreht, bis das anziehende Ende auf E gerichtet ist, dann wird sich die Insel nach E senken. Wird der Stein nun wieder gedreht, bis er die Stellung EF annimmt, mit dem abstoßenden Ende nach unten, so wird die Insel in schräger Richtung nach F steigen, und richtet man sie durch das anziehende Ende nach G, wird sie sich nach G erheben und von G nach H kommen, wenn man das abstoßende Ende gerade nach unten stellt. Indem man so die Richtung des Steines verändert, läßt man die Insel in schräger Richtung fallen und steigen und transportiert sie von einem Teil des Landes zum anderen.

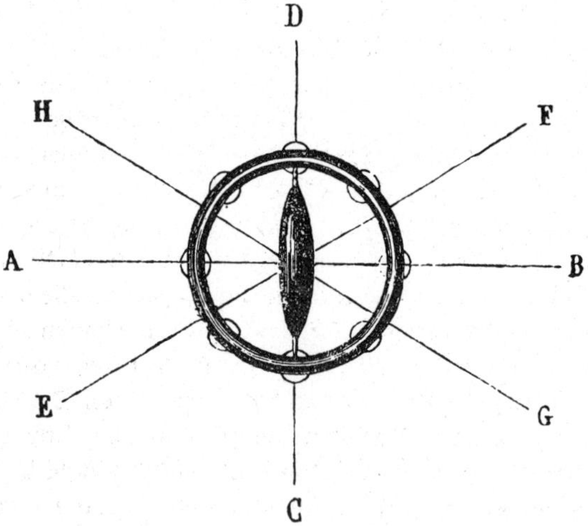

Man muß jedoch bemerken, daß diese Insel sich nicht über das Königreich hinaus bewegen und auch nicht höher als vier Meilen steigen kann. Die Astronomen, die dicke Bücher über den Stein geschrieben haben, erklären dies mit folgender Begründung: die magnetische Kraft dehne sich nicht über vier Meilen weit aus, und das Mineral, das auf den Stein einwirkt und im Innern der Erde und im Meer bis auf die Entfernung von sechs Seemeilen — vom Ufer an gerechnet — verborgen liegt, sei nicht auf dem ganzen Erdkreis so verbreitet, sondern allein auf das Reichsgebiet von Laputa beschränkt. Sonst würde es durch den Vorteil der höheren Lage sehr leicht sein, alle Länder innerhalb der Anziehungskraft des Magneten zu unterwerfen.

Liegt der Magnet mit dem Horizont parallel, so steht die Insel still. Da seine Enden alsdann in gleicher Entfernung von der Erde sich befinden, wirken sie mit gleicher Kraft. Das eine zieht nach oben, das andere nach unten; somit kann auch keine Bewegung stattfinden.

Der Magnetstein steht unter der Leitung mehrerer Astronomen, die ihm auf Befehl des Königs die verschiedenen Richtungen geben. Diese verbringen den größten Teil ihres Lebens in der Beobachtung der Himmelskörper, und zwar mit Hilfe von Fernrohren, die die unsrigen bei weitem übertreffen. Obgleich die Teleskope nur drei Fuß Länge haben, vergrößern sie dennoch mehr als unsere von hundert Fuß und zeigen auch die Sterne mit größerer Deutlichkeit. Dieser Vorteil hat die Laputier in die Lage gesetzt, Entdeckungen zu machen, die wir in Europa nicht ahnen. In ihrem Katalog befinden sich zehntausend Fixsterne, doch die größten Verzeichnisse, die wir besitzen, enthalten kaum ein Drittel dieser Zahl. Sie haben auch zwei Trabanten des Mars entdeckt, deren nächster von seinem Hauptplaneten so weit entfernt ist, wie dessen Durchmesser dreimal beträgt, und der entferntere fünfmal; der Erstgenannte dreht sich um den Mars in zehn, der Letztgenannte in einundzwanzig und einer halben Stunde. Das Quadrat der Umlaufperioden beider steht in demselben Verhältnis, wie die Kuben ihrer Entfernungen vom Zentrum des Mars; dies beweist, daß sie nach demselben Gravitationsgesetz regiert werden, wie die übrigen Himmelskörper.

Außerdem haben die Laputier neununddreißig verschiedene Kometen beobachtet und deren periodische Bahnen mit großer Sicherheit bestimmt. Wenn das zutrifft (und sie behaupten es mit dem größten Selbstvertrauen), so wäre zu wünschen, daß ihre Beobachtungen allgemein bekannt würden; die Theorie der Kometen, welche bis jetzt sehr mangelhaft ist, würde dadurch dieselbe Vollkommenheit wie andere Gebiete der Astronomie erreichen!

Der König wäre der unumschränkte Fürst der Erde, wenn er seine Minister überreden könnte, ihm hierin behilflich zu sein. Diese aber besitzen Güter auf dem Festland und meinen, das Amt eines Günstlings sei ein sehr ungewisser Besitz. Deshalb wollen sie nie ihre Einwilligung geben, ihrem Vaterland zur Sklaverei zu verhelfen.

Wenn eine Stadt Meuterei und Empörung beginnt, in heftigen Parteikampf gerät oder die gewöhnlichen Steuern nicht bezahlen will, so bringt sie der König durch zwei Methoden wieder zum Gehorsam. Das erste und mildere Verfahren besteht darin, daß er die Insel über einer solchen Stadt und dem sie umgebenden Gebiet schweben läßt, wodurch er die Einwohner des Sonnenscheins und des Regens beraubt und damit Krankheiten und Teuerung bei ihnen bewirkt. Verdient ihr Verbrechen eine größere Strafe, so werden sie von oben mit großen Steinen beworfen, gegen die sie sich nicht anders schützen können, als daß sie sich in Keller und Höhlen verkriechen, während die Dächer ihrer Häuser zertrümmert werden. Bleiben sie dann noch immer hartnäckig, und drohen sie etwa mit einem Aufstand, so läßt der König ihnen die Insel auf den Kopf fallen, wodurch Häuser wie Menschen vernichtet werden. Dies ist jedoch nur ein außerordentliches Mittel, zu dem sich der König selten genötigt sieht und das er auch nicht in Anwendung zu bringen wünscht. Schließlich wagen auch die Minister nicht, ihm eine Handlung anzuraten, mit der sie dem Volk verhaßt und ihre eigenen Güter, welche unten liegen, zerstört würden. Die Insel ist nämlich eine Domäne der Krone.

Es findet sich jedoch noch ein anderer Grund, weshalb die Könige dieses Landes einer so furchtbaren Handlung stets abgeneigt sind, wenn sie nicht durch die äußerste Not dazu gezwungen werden. Wenn nämlich die zu verwüstende Stadt große und spitze Felsen enthielte, wie dies in den größeren Städten nicht ungewöhnlich ist, da die Einwohner eine solche Lage, wahrscheinlich um jene Katastrophe zu verhindern, häufig gewählt haben, oder eine Stadt viele Kirchtürme und steinerne Pfeiler besitzen sollte, so könnte die untere Fläche der Insel, obgleich dieselbe aus Diamant besteht und zweihundert Yards dick ist, durch den plötzlichen Stoß zerbrechen, oder wenn sie den Feuern der Häuser zu nahe käme, einen Riß, wie bei uns ein Schornstein, bekommen, mag derselbe auch von Stein und Eisen erbaut sein. Das Volk ist mit allen diesen Umständen genau bekannt und weiß sehr wohl, wie weit es seinen Eigensinn treiben darf, wenn Freiheit und Eigentum in Gefahr gerät. Der König, wenn er am heftigsten gereizt und entschlossen ist, eine Stadt in einen Schutthaufen zu verwandeln, läßt die Insel nur langsam hinabsteigen, wobei er zärtliche Liebe zu seinen Unter-

tanen als Vorwand angibt, jedoch in Wirklichkeit die Besorgnis hegt, einen Riß in dem diamantenen Boden zu bewirken. Alle Naturforscher sind nämlich der Meinung, in dem Fall würde der Magnet die Insel nicht mehr tragen können und die ganze Masse würde zu Boden fallen und zerschellen.

Durch ein Grundgesetz des Königreichs dürfen weder der Monarch noch seine zwei ältesten Söhne die Insel verlassen, auch nicht die Königin, bis sie die Zeit des Kinderkriegens überstanden hat.

VIERTES KAPITEL.

Der Verfasser verläßt Laputa. Reise nach Balnibarbi; er kommt in der Hauptstadt an. Die Beschreibung der Hauptstadt Lagado und des umliegenden Landes. Der Verfasser wird von einem vornehmen Mann gastfreundlich aufgenommen. Seine Unterhaltung mit demselben.

Quälereien habe ich zwar auf dieser Insel nicht erleiden müssen, ich hielt mich jedoch für vernachlässigt und oft sogar für verachtet. Weder der König noch das Volk zeigte Neugier für irgendeine andere Sache als Mathematik und Musik, worin die Laputier mir überlegen waren und mich deshalb sehr gering achteten. Als ich die Merkwürdigkeiten der Insel gesehen hatte, war mein größter Wunsch, sie zu verlassen, denn ich war der Einwohner herzlich müde. Sie waren wirklich in zwei Wissenschaften, für die ich die größte Achtung hege und in denen ich einigermaßen beschlagen bin, im höchsten Grade ausgezeichnet, allein zugleich so sehr in ihre Spekulationen vertieft, daß ich mich niemals in unangenehmerer Gesellschaft befunden habe. Ich unterhielt mich während meines zweimonatigen Aufenthalts allein mit Weibern, Klatschern und Pagen, wodurch ich mich zuletzt sehr verächtlich machte. Diese waren jedoch die einzigen Leute, von denen ich vernünftige Antworten erhalten konnte.

Durch angestrengtes Studium hatte ich mir eine bedeutende Kenntnis der Landessprache verschafft. Es war mir aber langweilig, auf einer Insel zu bleiben, auf der ich so wenig Ermutigung erhielt und ich beschloß deshalb, sie bei der ersten Gelegenheit zu verlassen.

Am Hof befand sich ein vornehmer Herr, der mit dem König nahe verwandt war und allein deshalb mit Achtung behandelt wurde. Im übrigen hielt man ihn für die unwissendste und dümmste Person. Er hatte der Krone viele ausgezeichnete

Dienste erwiesen, besaß Talent und große Bildung, Rechtschaffenheit und Ehrgefühl, allein durchaus kein musikalisches Gehör, so daß seine Feinde behaupten konnten, er habe häufig den Takt zu unrechter Zeit angegeben. Auch konnten ihm seine Lehrer nur mit äußerster Schwierigkeit die leichtesten mathematischen Sätze beibringen. Er hatte die Güte, mir häufig Gunstbezeugungen zu erweisen und wünschte Kenntnis von den Angelegenheiten Europas, von den Gesetzen, Gewohnheiten und Wissenschaften der verschiedenen, von mir bereisten Länder zu erlangen. Er lieh mir ein aufmerksames Ohr und machte verschiedene sehr weise Bemerkungen über meinen Bericht. Er hatte zwei Klatscher, jedoch nur um sich der Sitte zu fügen, denn er gebrauchte sie nie, ausgenommen, wenn er bei Hof war oder offizielle Besuche abstattete. Wenn wir allein waren, befahl er ihnen gewöhnlich, sich zu entfernen.

Ich ersuchte diesen vornehmen Herrn, mich in einer Bitte an den König betreffs der Erlaubnis zur Abreise zu unterstützen. Er hatte die Güte, mir zu willfahren, wie er jedoch gnädigst bemerkte, nur mit Widerwillen. Er machte mir auch wirklich mehrere vorteilhafte Anträge, die ich jedoch mit dem Ausdruck größter Dankbarkeit ablehnen mußte.

Am 16. Februar nahm ich Abschied von Seiner Majestät und vom Hof. Der König machte mir ein Geschenk, das ungefähr zweihundert Pfund Sterling wert war, und mein Beschützer gab mir dieselbe Summe, zugleich mit einem Empfehlungsschreiben an einen seiner Freunde in der Hauptstadt Lagado. Als die Insel an einem drei Kilometer von Lagado entfernten Berg schwebte, wurde ich von der untersten Terrasse in umgekehrter Weise, wie ich aufgestiegen war, hinabgelassen.

Das Festland, soweit es dem Monarchen der fliegenden Insel gehört, führt den allgemeinen Namen Balnibarbi, und die Hauptstadt, wie ich schon vorhin bemerkte, heißt Lagado. Ich empfand große Freude, als ich mich wieder auf festem Boden befand. Ich ging durch die Stadt, ohne Aufsehen zu erregen,

denn ich war wie ein Eingeborener gekleidet und mit der Sprache schon genug bekannt, um mich mit den Einwohnern zu unterhalten. Bald fand ich auch das Haus des Herrn, an den ich empfohlen war, überreichte ihm den Empfehlungsbrief des Granden der Insel und wurde mit großer Höflichkeit aufgenommen. Dieser vornehme Herr, dessen Name *Munodi* war, ließ mir ein Zimmer in seinem Hause herrichten, das ich auch während meines Aufenthalts bewohnte, und bewirtete mich mit der größten Gastfreundschaft.

Am nächsten Tag fuhr er mit mir in seiner Karosse aus, um mir die Stadt zu zeigen, die ungefähr halb so groß wie London ist. Die Häuser waren aber sonderbar gebaut und die meisten dem Einsturz nahe. Die Leute in den Straßen gingen schnell, zeigten wilde Gesichter, starre Blicke und waren größtenteils zerlumpt. Wir fuhren durch ein Haupttor und alsdann auf das Land im Umkreis von drei Meilen, wo ich mehrere Arbeiter mit verschiedenen Werkzeugen die Erde aufwühlen sah, ohne den Zweck erraten zu können. Auch bemerkte ich weder Korn noch Gras, obgleich der Boden ausgezeichnet zu sein schien. Ich konnte mein Erstaunen über das sonderbare Aussehen der Stadt und des Landes nicht unterdrücken und wagte an meinen Führer die Frage, was die vielen so geschäftigen Köpfe, Hände und Gesichter zu bedeuten hätten, die ich sowohl in den Straßen als auf den Feldern erblickte; ich sähe keine gute Wirkung, die von diesen Leuten erbracht würde; im Gegenteil, nie hätte ich ein so schlecht bebautes Land, so schlecht angelegte und erhaltene Häuser oder auch ein Volk erblickt, dessen Antlitz und Äußeres so viel Elend und Mangel ausdrücke.

Dieser Herr Munodi war eine Person ersten Ranges und einige Jahre Gouverneur von Lagado gewesen, aber nach einer Ministerkabale wegen Mangel an Kenntnissen abgesetzt worden. Der König behandelte ihn jedoch mit großer Freundlichkeit als einen Mann, der nur geringe Kenntnisse und Fähigkeiten besitze.

Als ich mit solchem Freimut Land und Einwohner tadelte, meinte Herr Munodi; ich hätte wohl noch nicht lange genug im Lande gelebt, um mir ein Urteil bilden zu können; die verschiedenen Völker und Länder hätten eben auch verschiedene Sitten; dann fügte er noch einige andere Gemeinplätze hinzu, um mich abzulenken. Als wir in seinen Palast zurückgekehrt waren, fragte er mich, wie mir das Gebäude gefalle, welche Geschmacklosigkeiten ich in ihm bemerkte und was ich an Kleidung und Aussehen seiner Diener auszusetzen habe. Dies könne ich mit vollkommener Sicherheit beantworten, denn alles, was ihn umgebe, sei prächtig, regelmäßig und fein. Ich erwiderte: die Klugheit, Bildung und das Vermögen Seiner Exzellenz habe ihn von Mängeln verschont, die bei anderen durch Torheit

und Bettelei bewirkt würden. Hierauf sagte er mir: wenn ich mit ihm auf sein ungefähr fünfzehn Stunden entferntes Landhaus gehen wolle, würde er mehr Muße für ähnliche Gespräche haben. Ich sagte Seiner Exzellenz: ich stände vollkommen zu seiner Verfügung. Somit reisten wir am nächsten Morgen ab.

Während unserer Reise machte er mich auf die verschiedenen Methoden aufmerksam, die von den Bauern zur Bebauung ihrer Felder angewandt wurden, ein Umstand, den ich durchaus nicht begreifen konnte, denn mit Ausnahme weniger Punkte konnte ich keine Kornähre und keinen Grashalm entdecken.

Nach drei Stunden änderte sich jedoch die Szene; wir kamen in die lieblichste Gegend; Bauernhäuser waren in kleinen Entfernungen nett gebaut, die Felder umzäunt und enthielten Weingärten, Kornfelder und Wiesen. Nie zuvor sah ich eine schönere Landschaft. Seine Exzellenz bemerkte, daß sich mein Gesicht erheiterte. Er sagte mir mit einem Seufzer, hier beginne sein Landgut und werde denselben Anblick darbieten, bis wir an sein Haus kämen; seine Landsleute verspotteten und verachteten ihn, weil er seine Interessen nicht besser wahrnehme und dem Königreich ein so ungutes Beispiel gebe. Dieses aber werde nur von wenigen befolgt, die, wie er selbst, alt, eigensinnig und geistesschwach seien.

Zuletzt kamen wir zum Haus, das wirklich ein schönes Gebäude und nach den edelsten Regeln der antiken Baukunst errichtet war. Die Fontänen, Gärten, Spaziergänge, Wege und Wäldchen waren mit dem feinsten Geschmack angelegt. Ich erteilte jeder Einzelheit das gebührende Lob. Seine Exzellenz nahm aber hierauf nicht eher Rücksicht als bis nach dem Abendessen. Dann sagte er mir mit melancholischen Zügen: er glaube, noch gezwungen zu werden, seine Häuser auf dem Lande und in der Stadt niederreißen zu lassen, um sie nach der gegenwärtigen Mode aufzubauen; er werde noch alle seine Pflanzungen zerstören müssen, um ihnen jene Form zu geben, welche der neuere Geschmack verlange; er werde zuletzt all seinen Bauern Befehle in diesem Sinn erteilen, wenn er nicht den fortwährenden Tadel des Stolzes, der Unwissenheit und des Eigensinns auf sich laden oder vielleicht noch die Ungnade des Königs vermehren wolle. Die Bewunderung, die ich für ihn äußere, werde wahrscheinlich aufhören, wenn er mir mehrere Einzelheiten berichtet haben werde, von denen ich bei Hof nichts hätte hören können. Die Leute dort oben beschäftigten sich zu sehr mit ihren Spekulationen, um auf das, was unten geschehe, Rücksicht nehmen zu können.

Folgendes ergab sich als Hauptinhalt seines Vortrags: Vor

ungefähr fünf Jahren begaben sich mehrere Personen nach Laputa, entweder des Vergnügens oder ihrer Geschäfte wegen. Nachdem sie dort fünf Monate geblieben waren, kehrten sie mit oberflächlichen Kenntnissen der Mathematik, aber mit einer Menge Hirngespinste zurück, die sie in der oberen Region erlangt hatten. Nach ihrer Rückkehr begannen diese Leute, an allem hier unten Mißbehagen zu finden und kamen auf Entwürfe, alle Künste, Wissenschaften, Sprachen und Handwerke umzubilden. Zu dem Zweck verschafften sie sich ein königliches Patent zur Errichtung einer Akademie von Projektmachern in Lagado, und ihre Laune verbreitete sich unter dem Volk mit solcher Schnelligkeit, daß es bald keine Stadt von Bedeutung im Königreich mehr gab, in der nicht eine solche Akademie errichtet wurde. In diesen Kollegien erfinden die Professoren neue Regeln des Ackerbaues und der Baukunst, neue Instrumente für alle Handwerke und Manufakturen. Das Unternehmen geht darauf hinaus, daß ein Mann die Arbeiten von zehn verrichtet; ein Palast solle innerhalb einer Woche von so dauerhaftem Material erbaut werden, daß er, ohne der Ausbesserung je zu bedürfen, für immer feststehe. Alle Früchte der Erde sollen zu jeder beliebigen Jahreszeit reif werden und einen um hundert Prozent größeren Ertrag als gegenwärtig liefern; ähnliche Vorschläge, die genug Glück verhießen, sind in Mengen gemacht worden. Das einzige Unglück ist nur, daß keines dieser Projekte bis zur Vollkommenheit gelangte. Mittlerweile liegt das ganze Land elend und wüst, die Häuser verfallen, und die Einwohner sind ohne Kleider und Nahrung. Anstatt hierdurch entmutigt zu werden, verfolgen sie nur ihre Entwürfe mit umso größerer Hitzigkeit, zugleich voll Hoffnung und Verzweiflung. Er selbst (Seine Exzellenz) sei kein Mann mit Unternehmungsgeist; er ziehe es vor, bei den alten Formen zu bleiben, im Haus seiner Ahnen zu wohnen und in jedem Lebensverhältnis ohne Neuerungen den ruhigen Gang beizubehalten. Einige wenige Personen von Stand hätten das nämliche getan, würden aber veracht-

lich und übelwollend als Feinde der Künste, als unwissende und schlechte Staatsbürger betrachtet, welche ihre eigene faule Bequemlichkeit der allgemeinen Verbesserung ihres Vaterlandes vorzögen.

Seine Exzellenz fügte hinzu: Er wolle in keiner Weise das Vergnügen verhindern, das ich sicherlich beim Besuch der großen Akademie empfinden würde, wohin er mich zu führen entschlossen sei. Er bat mich, ein ruiniertes Gebäude an einem Berge in der Entfernung von anderthalb Stunden von seinem Haus zu betrachten, von dem er mir folgenden Bericht gab: Er hatte eine sehr gute Mühle, die, eine halbe Meile vom Haus entfernt, durch einen Wasserstrom getrieben wurde. Die Mühle genügte ihm, seiner Familie und einem großen Teil seiner Pächter. Vor sieben Jahren aber kam ein Klub von Projektemachern mit dem Vorschlag, er solle die Mühle niederreißen und eine andere an dem Abhang jenes Berges erbauen, an dessen Wand ein Kanal eingehauen werden müsse sowie ein Behälter für das Wasser, welches durch Röhren und Maschinen der Mühle zugeführt werden solle. Wind und Luft wirkten nämlich in der Höhe auf das tosende Wasser und machten es somit antriebsgeeigneter. Wenn nun das Wasser einen Abhang hinabstürze, würde es die Mühle mit der Hälfte des Stromes treiben, welcher nur wenig tiefer als das Niveau sei. Seine Exzellenz sagte: damals sei er bei Hof nicht gut angeschrieben gewesen; seine Freunde hätten ihn gedrängt, und somit sei er auf den Vorschlag eingegangen. Er habe hundert Menschen zwei Jahre lang arbeiten lassen, das Werk sei mißlungen, die Projektemacher seien davongegangen und hätten ihm allein die Schuld zugeschoben, seitdem fortwährend über ihn gespottet und andere zu demselben Experiment mit derselben Versicherung des glücklichen Erfolgs bewogen, aber auch mit derselben Vereitelung aller Hoffnungen sitzen lassen.

Nach wenigen Tagen kehrten wir zur Stadt zurück. Seine Exzellenz wollte mich, in Anbetracht des schlechten Rufes, den er bei der Akademie besaß, nicht selbst dort einführen, sondern empfahl mich einem seiner Freunde, der mich dort hinbringen sollte. Auch hatte Seine Exzellenz die Güte, mich als einen großen Bewunderer von Projekten und als eine sehr neugierige und leichtgläubige Person vorzustellen. Dies war auch wirklich einigermaßen zutreffend, denn ich war in meiner Jugend selbst eine Art von Projektemacher gewesen.

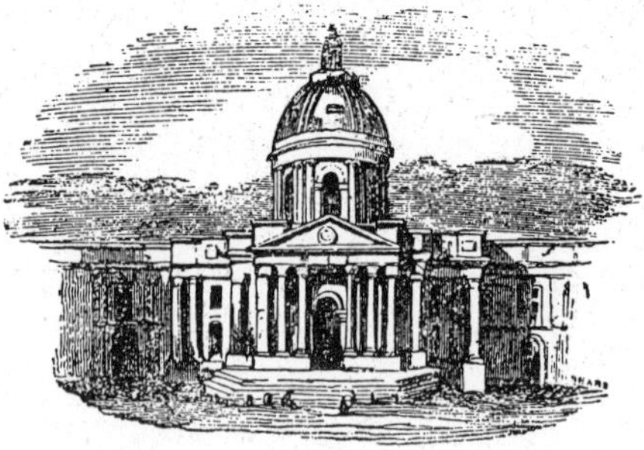

FÜNFTES KAPITEL.

Der Verfasser erhält die Erlaubnis, die große Akademie von Lagado zu besehen; die Akademie wird ausführlich beschrieben. Die Künste, mit denen sich die Professoren beschäftigen.

Die Akademie besteht nicht aus einem einzelnen Haus, sondern aus mehreren Gebäuden an beiden Seiten der Straße. Ich wurde von dem Vorsteher sehr gut aufgenommen und besuchte darauf mehrere Tage die Akademie. Jedes Zimmer hatte einen oder mehrere Projektemacher und, wie ich glaube, bin ich in nicht weniger als fünfhundert Zimmern gewesen.

Der erste, den ich erblickte, war ein magerer, zerlumpter Mann mit schmutzigen Händen und Gesicht, langem Bart, der an mehreren Stellen versengt war. Kleider, Hemd und Haut waren bei ihm von derselben Farbe. Er hatte acht Jahre lang das Projekt verfolgt, Sonnenstrahlen aus Gurken zu ziehen, die in hermetisch geschlossenen Gläsern aufbewahrt und in rauhen Sommern herausgenommen wurden, weil sie die Luft erwärmen sollten. Er sagte mir, ohne Zweifel werde er in acht Jahren oder vielleicht in noch längerer Zeit imstande sein, die Gärten des Gouverneurs zu mäßigen Preisen mit Sonnenschein zu versehen. Er beklagte sich jedoch über Mangel an Geld und bat mich, ihm zur Ermutigung des Erfindungsgeistes etwas zu geben, besonders da die Gurken derzeit wirklich sehr teuer wären. Ich gab ihm ein kleines Geschenk, denn mein adliger

Freund hatte mich zu dem Zwecke mit Geld versehen, weil er die Gewohnheit jener Leute kannte, von jedem, der sie besuchte, etwas zu erbetteln.

Ich ging in ein anderes Zimmer, war aber schon im Begriff zurückzueilen, weil mich ein furchtbarer Gestank beinahe überwältigte. Mein Führer aber drängte mich wieder voran, indem er mich mit einem Flüstern beschwor, keinen Anstoß zu nehmen, den man mir im höchsten Grad übelnehmen würde, und deshalb wagte ich nicht einmal, mir die Nase zuzuhalten. Der Projektmacher in dieser Zelle war der älteste Gelehrte der Akademie; Gesicht und Bart waren von blassem Gelb, Hände und Kleider mit Kot bedeckt. Als ich ihm vorgestellt wurde, erdrückte er mich beinahe mit einer Umarmung, ein Kompliment, das abzulehnen ich wohl Ursache gehabt hätte. Seine Beschäftigung war seit seiner ersten Anstellung in der Akademie, den Menschenkot durch Scheidung der verschiedenen Teile, durch Entfernung der Galle, des Speichels und des Geruchs wieder in die ursprüngliche Nahrung zu verwandeln. Die Gesellschaft hatte ihm wöchentlich ein mit menschlichen Exkrementen gefülltes Gefäß von der Dicke einer Schiffstonne bewilligt.

Ich sah einen anderen, der Eis durch Behandlung mit Kalk in Schießpulver verwandeln wollte. Dieser zeigte mir auch eine Abhandlung, die er über das Schmieden von Feuer geschrieben hatte und die er herausgeben wollte.

Auch befand sich dort ein wahrhaftes Genie, der eine neue Methode im Häuserbau erfunden hatte; er fing mit dem Dach an und führte den Bau von oben nach unten bis zum Fundament fort. Er rechtfertigte dieses Verfahren durch die Bauart der klügsten Insekten, der Bienen und Spinnen.

Ein Blinder hatte dort mehrere gleichfalls blinde Lehrlinge. Ihre Beschäftigung bestand darin, daß sie Farben für Maler mischten; ihr Lehrer hatte sie nämlich unterrichtet, daß man die Farben auch durch Gefühl und Geruch unterscheiden könnte. Zu meinem Unglück hatten sie damals noch keine großen Fort-

schritte gemacht, und auch der Professor versah sich jeden Augenblick. Dieser Künstler findet jedoch bei der ganzen Brüderschaft viel Ermutigung und Achtung.

In einem anderen Zimmer fand ich viel Vergnügen an einem Projektmacher, der einen Entwurf erfunden hatte, das Land durch Schweine umpflügen zu lassen, um dadurch die Kosten für Pflüge, Zugochsen und Arbeiter zu ersparen. Seine Methode ist folgende: man vergräbt in dem Acker acht Zoll tief und sechs Zoll voneinander entfernt eine Anzahl Eicheln, Datteln, Kastanien, Haselnüsse und andere zur Schweinemast dienende Pflanzen, die bei jenen Tieren besonders beliebt sind. Hierauf treibt man eine Herde von sechshundert Stück auf das Land. Die Schweine wühlen den Boden auf, um ihre Nahrung zu suchen und versehen ihn zugleich auch mit Dünger. Man hat allerdings den Versuch gemacht, fand aber Kosten wie Mühe zu groß und die Ernte zu gering; man zweifelt jedoch nicht daran, daß die Erfindung sehr verbessert werden kann.

Ich ging in ein anderes Zimmer, wo Wand und Decke gänzlich mit Spinnweben bedeckt waren. Nur ein schmaler Weg war dem Künstler zum Ein- und Ausgehen geblieben. Als ich eintrat, rief er mir mit lauter Stimme zu, ich solle seine Spinnweben nicht beschädigen. Er beklagte den unglücklichen Irrtum, den die Welt dadurch so lange gehegt habe, daß sie Seidenwürmer benütze, da man doch eine solche Menge häuslicher Insekten habe, welche die Seidenwürmer durch Festigkeit im Weben und Spinnen bei weitem überträfen. Auch war er der Meinung, durch Benützung der Spinnen würden die Kosten des Färbens

der Seide gänzlich erspart werden; er zeigte mir eine Menge sehr schön gefärbter Fliegen, mit denen er seine Spinnen fütterte und behauptete, die Spinnweben würden dadurch eine bestimmte Färbung erlangen. Da er nun Fliegen von allen Farben besitze, so hoffe er, den Geschmack eines jeden zu befriedigen, sobald er ein passendes Futter von Gummi, Ölen und gallertartigen Stoffen für die Fliegen auffinden könne, wodurch dann auch die Flächen des Gewebes Stärke und Konsistenz erhalten müßten.

Ein Astronom hatte eine Unternehmung eingeleitet, eine Sonnenuhr auf dem Wetterhahn des Stadtturms aufzustellen, die die jährlichen und täglichen Bewegungen der Erde um die Sonne anzeigen und zugleich auch den zufälligen Wechsel des Windes angeben sollte.

Da ich seit einiger Zeit unter Blähungen litt, brachte mich mein Führer in ein Zimmer, in dem ein großer Arzt wohnte, der durch die Behandlung dieser Krankheit berühmt geworden war; derselbe kurierte durch die entgegengesetzte Behandlung des Organs. Er hatte nämlich einen großen Blasebalg mit einer langen und schmalen Spitze aus Elfenbein. Diese steckte er acht Zoll tief in den After und saugte die Luft ab. Er behauptete, er könne die Eingeweide hierdurch so schmal machen wie eine getrocknete Blase. War aber die Krankheit zu hartnäckig und heftig, so steckte er die Spitze in den Leib des Patienten hinein, während der Blasebalg voll Wind war, und entlud ihn in die Eingeweide. Alsdann zog er sein Instrument zurück, um es wieder zu füllen, hielt aber unterdessen mit seinem Daumen die Öffnung des Hintern zu. Nachdem dies drei- oder viermal wiederholt worden sei, müsse der hinzugekommene Wind nach seiner Behauptung sich herausdrängen und die schädlichen Gase mit sich fortreißen, wie man Wasser in eine Pumpe schütte, um sie zu reinigen. Alsdann sei der Patient völlig hergestellt. Ich sah, wie er beide Experimente bei einem Hund machte, konnte jedoch keine Wirkung bemerken. Nach dem zweiten war das Tier

dem Bersten nah, und es erfolgte eine so furchtbare Entladung, daß diese mir und meinem Führer sehr ekelhaft wurde. Der Hund starb auf der Stelle. Wir verließen den Doktor, als er ihn durch dieselbe Operation wieder zu erwecken versuchte.

Bis dahin hatte ich bloß eine Seite der Akademie kennengelernt; die andere ist nämlich für die Freunde spekulativer Wissenschaften bestimmt; ich werde davon reden, nachdem ich zuvor noch eine ausgezeichnete Person erwähnt habe, die mit dem Namen „Universal-Künstler" bezeichnet wird. Derselbe sagte uns, er habe dreißig Jahre lang ausschließlich die Verbesserung des menschlichen Lebens projektiert. Er hatte zwei Zimmer, die mit wunderbaren Seltenheiten gefüllt, und fünfzig Menschen, die stets an der Arbeit waren. Einige verdichteten die Luft in eine trockene und berührbare Substanz, indem sie den Stickstoff ausschieden und die flüssigen Teile verdunsten ließen. Andere erweichten den Marmor zu Kissen oder versteinerten die Hufe

lebendiger Pferde, um sie vor Abnutzung zu bewahren. Der Künstler selbst beschäftigte sich damals mit zwei großartigen Projekten; das erste bestand darin, Ackerland mit Spreu zu besäen, worin er eine außerordentliche Keimkraft nachweisen wollte und worüber er auch Versuche anstellte. Das andere Projekt war ein Plan, durch eine gewisse Mischung aus Gummi, Mineral- und Pflanzenstoffen, die äußerlich angewandt werden mußten, das Wachsen der Wolle auf zwei jungen Lämmern zu verhindern; er hoffte, nach gehöriger Zeit die Aufzucht nackter Schafe in dem ganzen Königreich verbreiten zu können.

Wir gingen darauf zur anderen Seite der Akademie hinüber, wo die Projektmacher in spekulativen Wissenschaften, wie ich bereits gesagt habe, residieren.

Der erste Professor, den ich sah, befand sich in einem großen Zimmer und war von vierzig Schülern umgeben. Nach der Begrüßung bemerkte er, daß ich ernstlich einen Rahmen betrachtete, der den größten Teil des Zimmers in Länge und Breite ausfüllte, und sagte: Ich wundere mich vielleicht, daß er sich mit einem Projekt beschäftige, die spekulativen Wissenschaften durch praktische und mechanische Operationen zu verbessern. Die Welt werde aber bald die Nützlichkeit dieses Verfahrens bemerken. Er schmeichle sich mit dem Gedanken, daß eine höhere und edlere Idee noch nie dem Gehirn eines Menschen entsprungen sei. Ein jeder wisse, wieviel Mühe die gewöhnliche Erlernung der Künste und Wissenschaften bei den Menschen erfordere; er sei überzeugt, durch seine Erfindung werde die ungebildetste Person bei mäßigen Kosten und bei einiger körperlicher Anstrengung Bücher über Philosophie, Jurispudenz, Poesie, Mathematik und Theologie ohne die geringste Hilfe des Verstandes oder der Studien schreiben können. Er führte mich an einen Rahmen, wo alle seine Schüler in Reihen aufgestellt waren. Der Rahmen nahm zwanzig Quadratfuß der Bodenfläche ein und befand sich in der Mitte des Zimmers. Die Oberfläche bestand aus Holzstücken, von der Dicke eines Würfels, von denen jedoch einige größer als andere waren. Sie waren alle durch leichte Drähte miteinander verknüpft. Diese Holzstücke waren an jedem Viereck mit überklebtem Papier bedeckt, und auf diesen Papieren waren alle Wörter der Landessprache in den verschiedenen Zeiten, Konjugationen, Deklinationen etc., jedoch ohne alle Ordnung, aufgeschrieben. Der Professor bat mich, achtzugeben, da er seine Maschine in Bewegung setzen wollte. Jeder Zögling nahm auf seinen Befehl hin einen eisernen Griff zur Hand, von denen vierzig am Rand befestigt waren. Durch eine Umwendung wurde die ganze Anordnung verändert. Alsdann befahl er sechsunddreißig Knaben, die Zeilen langsam zu lesen, und wenn sie drei oder vier Worte gefunden hatten, die einen Satz bilden konnten, diktierten sie diesen vier anderen Knaben, die ihn niederschrieben. Diese Arbeit wurde drei- oder viermal wiederholt. Die Maschine war so eingerichtet, daß die Worte bei jeder Umdrehung einen neuen Platz einnahmen, sobald das ganze Viereck sich von oben nach unten drehte.

Sechs Stunden mußten die Schüler täglich bei dieser Arbeit zubringen. Der Professor zeigte mir mehrere Folianten, in denen Tausende solcher Satzfetzen gesammelt waren, und die er zusammenstellen wollte. Aus diesem reichen Material werde er einen vollständigen Inbegriff aller Wissenschaften und Künste bilden; ein Verfahren, das er jedoch verbessern und schneller beendigen könne, wenn das Publikum ein Kapital zusammenbringen wollte, um fünfhundert solcher Maschinen in Lagado zu errichten, und wenn man die Unternehmer zwingen würde,

in verschiedenen Sammlungen die gehörige Summe beizusteuern.

Er gab mir die Versicherung, diese Erfindung habe schon von Jugend auf alle seine Gedanken in Anspruch genommen; er habe seinen Rahmen so eingerichtet, daß er den ganzen Sprachreichtum umfasse, und sogar das allgemeine Verhältnis berechnet, welches in Büchern hinsichtlich der Anzahl von Partikeln, Haupt- und Zeitwörtern und anderen Satzteilen herrsche.

Ich bezeugte dieser ausgezeichneten Person meinen demütigsten Dank für seine große Güte, mir die ganze Erfindung zu erläutern und versprach, sollte ich je in mein Vaterland zurückkehren, würde ich ihm, als dem einzigen Erfinder dieser wunderbaren Maschine, Gerechtigkeit erweisen, deren Form und Einrichtung ich notierte. Ich sagte ihm: obgleich es in Europa die Gewohnheit der Gelehrten sei, die Erfindungen einander zu stehlen, wodurch sie den Vorteil hätten, daß wenigstens ein Streit über die Urheberrechte stattfinde.

Hierauf begaben wir uns in die Sprachschule, wo sich drei Professoren über die zweckmäßigste Methode, die Landessprache zu verbessern, berieten. Das Projekt des ersten bestand darin, die Rede dadurch abzukürzen, daß man die vielsilbigen Wörter in einsilbige verwandle, daß man Verben und Partizipien auslasse; alle vorstellbaren Dinge würden in Wirklichkeit nur durch Hauptwörter bezeichnet.

Das Projekt des zweiten bezweckte die Abschaffung aller Wörter, und dies wurde als eine große Verbesserung der Gesundheit wie der Kürze betrachtet. Denn es ist klar, daß jedes von uns gesprochene Wort eine Verminderung unserer Lungen durch Abreibung bewirkt, folglich auch die Verkürzung unseres

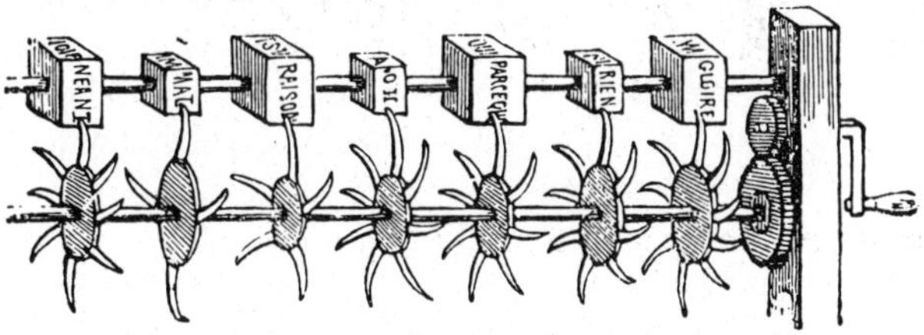

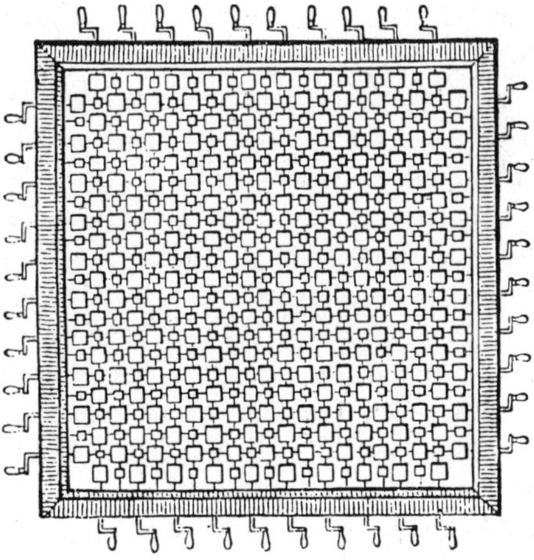

Lebens zur Folge hat. Es wurde deshalb folgendes Auskunftsmittel angeboten: da Worte allein Namen für Dinge sind, sei es passender, wenn alle Menschen solche Auskunftsmittel bei sich herumtrügen, welche das jeweilige Geschäft bezeichneten, worüber sie sich unterhalten wollten.

Zwei solcher Gelehrten habe ich oft unter ihren Bündeln beinahe zusammensinken sehen, wie dies bei Hausierern in England oft der Fall ist. Wenn sie sich in den Straßen begegneten, legten sie ihre Last nieder, öffneten ihre Säcke und hielten ein stundenlanges Gespräch; alsdann füllten sie ihren Behälter aufs neue, halfen einander, wenn sie die Last wieder auf den Rücken nahmen und empfahlen sich.

Für ein kurzes Gespräch mag jeder seinen Bedarf in der Tasche oder unter dem Arm tragen, weil ihm das genügt. Zu Hause aber kann niemand in Verlegenheit kommen. Deshalb ist ein Zimmer, in dem eine in dieser Kunst bewanderte Gesellschaft zusammenkommt, mit allen den Dingen angefüllt, die Stoff zu diesem künstlichen Gespräch darbieten.

Ein anderer Vorteil, der sich aus dieser Erfindung ergeben muß, besteht darin, daß eine Weltsprache erfunden würde, die man bei allen zivilisierten Nationen verstünde. Somit könnten Gesandte mit fremden Fürsten oder Staatsmännern leicht verhandeln, obgleich sie deren Sprache nicht verstünden.

Ich war auch in der mathematischen Schule, wo die Lehrer nach einer Methode unterrichten, von der man in Europa kaum einen Begriff hat. Lehrsatz und Beweis werden auf einer dünnen Oblate, mit einer aus Gehirnflüssigkeit hergestellten Tinte aufgezeichnet, eingegeben. Der Schüler muß dieselbe schnell hinunterschlucken und dann drei Tage lang nichts als Brot und Wasser zu sich nehmen. Ist die Oblate verdaut, so steigt die Tinktur ins Hirn und führt dort den mathematischen Satz ein. Bisher hat sich der Erfolg noch nicht erwiesen, ein Umstand, der teilweise aus einem Fehler in der Quantität der Komposition folgen mag, teilweise auch aus der Störrigkeit der Knaben, denen diese Medizin so ekelhaft ist, daß sie sich gewöhnlich fortstahlen und sich übergaben, bevor sie wirken konnte. Bis jetzt hat man sie noch nicht überreden können, so lange zu hungern, wie es bei dem Rezept notwendig ist.

SECHSTES KAPITEL.

Weitere Beschreibung der Akademie. Der Verfasser bringt einige Verbesserungen in Vorschlag, die auch mit ehrenvoller Anerkennung angenommen werden.

In der Schule der politischen Projektmacher habe ich mich nur schlecht unterhalten, denn die Professoren schienen mir übergeschnappt zu sein, und eine solche Szene macht mich immer sehr melancholisch. Diese unglücklichen Leute schlugen Entwürfe vor, die Monarchen dahin zu überreden, daß sie bei der Besetzung von Vertrauensämtern nur nach Weisheit, Fähigkeit und Tugend der Bewerber entscheiden sollten, daß Minister belehrt würden, nur das Wohl des Staates im Auge zu haben, Verdienst, Fähigkeit und Dienste zu belohnen. Sie suchten ferner die Fürsten über ihr wahres Interesse aufzukären, daß sie dieses auf derselben Grundlage, wie das Volk erblickten, und daß sie für Ämter nur entsprechend vorgebildete Personen auswählten. Es fanden sich unter diesen Vorschlägen etliche wilde und unausführbare Hirngespinste, die kein Mensch zu begreifen vermochte, und die mich von der Wahrheit jener alten Erfahrung überzeugten: Keine Meinung könnte so dumm und unvernünftig sein, daß sie nicht von einzelnen Menschen als Wahrheit aufgenommen werden könnte!

Hier muß ich jedoch einem Teil der Akademie Gerechtigkeit erweisen, daß ich zugestehe, nicht alle Mitglieder neigen zu Phantastereien. Unter anderen machte ich die Bekanntschaft eines Arztes, der mit der Natur und dem System des Regierens vollkommen vertraut zu sein schien. Diese ausgezeichnete Person konzentrierte ihre Studien auf die Erfindung von Mitteln, die allen Krankheiten und Mißständen der Staatsverwaltung Einhalt gebieten würden, die sich sowohl zu Lasten und Schwächen der Regierenden wie auch auf die Zügellosigkeit der Gehorchenden auswirken mußten. Da alle Wissenschaftler zuge-

ben müßten, es gebe keinen Unterschied zwischen dem Körper eines Bürgers und dem eines Politikers oder Beamten, so daß die Gesundheit beider erhalten und die Krankheit beider durch die nämlichen Rezepte kuriert werden müßte. Es ist bekannt, daß große Versammlungen häufig durch überflüssige, aufbrausende und andere schädliche Säfte belästigt würden, daß man Krankheiten des Kopfes und noch häufiger des Herzens bei ihnen beobachte; daß starke Konvulsionen der Nerven und Sehnen in beiden Händen, besonders aber in der rechten Faust, bei ihnen auftreten. Weiter litten sie an Spleen, an Blähungen, Schwindel und Delirien und erkrankten an saurem und stinkendem Aufstoßen, an Unverdaulichkeit und an anderen Übeln, deren Erwähnung hier überflüssig sei. Der Doktor machte deshalb den Vorschlag, sobald man im Senat zusammenkomme, sollten Ärzte bei den drei ersten Versammlungen gegenwärtig sein und nach Ende einer jeden Sitzung den Puls der Senatoren abtasten. Nachdem sie die Natur der Krankheit und ihre eventuellen Gegenmittel reiflich erwogen hätten, sollten sie am vierten Tag, von einem Pharmazeuten begleitet, in den Versammlungssaal zurückkehren. Bevor alsdann die Sitzung beginne, sollten Parlamentsmitgliedern Abführ-, Brech-, Aufputsch- oder Beruhigungsmittel, Gehörarzneien usw. gereicht werden, je nachdem dies die besonderen Fälle erforderten.

Das Projekt würde nicht viel Geld kosten und müßte, nach meiner Meinung, schnellere Beschlußfassungen in denjenigen Ländern fördern, in denen die Parlamente Mitbestimmung in der gesetzgebenden Gewalt besäßen. Die Einstimmigkeit würde dadurch erleichtert, die Debatte abgekürzt. Mancher jetzt verschlossene Mund gewänne dadurch Flüssigkeit der Rede, ein anderes zu weit geöffnetes Mundwerk würde dadurch geschlossen werden. Der Mutwille der jungen Parlamentsmitglieder würde dadurch gedämpft, das Phlegma der älteren aufgerüttelt werden. Der Dumme würde dadurch aufgeweckt und der Impertinente in seiner Hitze abgekühlt werden.

Da die Klage allgemein dahingehe, daß Günstlinge der Fürsten ein schwaches und kurzes Gedächtnis besäßen, sollte jeder, der sich zu einem Minister begeben und sein Anliegen mit der größten Kürze und Deutlichkeit vorgetragen habe, beim Abgang dem Minister einen Nasenstüber oder einen Schlag auf den Bauch versetzen, ihn dreimal am Ohr zwicken, eine Nadel in seine Beinkleider stecken oder seinen Arm braun und blau kneifen. Um fortdauernde Vergeßlichkeit zu verhindern, müsse eine solche Manipulation am Ende einer jeden Audienz wiederholt werden, bis das Gesuch genehmigt oder endgültig abgewiesen wäre.

Der Doktor gab ferner den Rat: jeder Deputierte einer Nationalversammlung solle, nachdem er seine Meinung vorgetragen habe, seine Stimme für das Gegenteil abgeben. Geschehe dies, so würde das Resultat unfehlbar zum Vorteil der Gemeinschaft ausfallen. Trieben es die Parteien in einem Staat zu heftig, dann wäre ein wirksames Mittel anzuwenden, damit der Frieden wiederhergestellt werde: man ergreife etwa hundert Parteiführer und stelle sie paarweise, ja nach Ähnlichkeit ihrer Schädelformen auf. Alsdann säge ein geschickter Chirurg den Hinterkopf eines jeden zur selben Zeit und in der Weise ab, daß er das Gehirn absolut gleichartig teile. Sodann werden die abgesägten Teile der hinteren Kopfhälften vertauscht, daß der Tory[1]) den eines Whigs[2]) erhält und umgekehrt. Der Professor gab uns jedoch die Versicherung, der Erfolg werde unfehlbar sein, wenn die Operation nur auf geschickte Weise ausgeführt würde. Seine Schlußfolgerung war die: da die beiden Gehirne alsdann in einem Schädel die Sache unter sich ausmachen müßten, würden sie sich sehr bald gegenseitig verständigen und dadurch jene Mäßigung und abgeklärte Denkmethode bewirken, die in den Köpfen derjenigen so sehr zu wünschen ist, die sich einbildeten, nur zu dem Zweck auf die Welt gekommen zu sein, um diese zu überwachen und zu beherrschen. Was nun den Unterschied der Gehirne in Quantität und Qualität betreffe, so versicherte uns der Doktor, es spielte dieser überhaupt keine Rolle!

Alsdann wohnte ich einer heftigen Debatte zweier Professoren über die bequemste und wirksamste Weise, Steuern zu erheben, ohne den Bürgern lästig zu werden, bei. Der erste behauptete, die gerechteste Methode würde darin bestehen, daß man Laster und Torheit besteuerte; die Summe für jeden müsse alsdann ehrlich durch eine Jury bestimmt werden, die sich am besten aus seinen Nachbarn zusammensetzte. Der zweite war allerdings der entgegengesetzten Meinung: man sollte diejenigen Eigenschaften des Körpers und der Seele besteuern, auf die die Menschen am meisten eitel wären; man müßte geringere oder höhere Abgaben je nach der Statur ihrer Eitelkeit bestimmen; einem jeden müßte die Entscheidung in diesem Punkt selbst überlassen bleiben. Die höchste Abgabe sollte von jenen

1) (engl.) Konservativer

2) (engl.) Liberaler

Männern erhoben werden, die stark engagierte Liebhaber des anderen Geschlechts wären, und zwar entsprechend der Quantität und der Qualität aller genossenen Gunstbezeugungen. Es sollte ihnen auch erlaubt sein, Zeugnis für sich selbst abzulegen. Witz, Tapferkeit und Höflichkeit sollten ebenfalls hoch besteuert werden, Ehre, Gerechtigkeit, Weisheit und Gelehrsamkeit allerdings nicht, weil dies Eigenschaften wären, die niemand seinem Nebenmenschen zugestehen oder bei sich selbst sehr hoch einschätzen würde.

Die Weiber müßten nach ihrer Schönheit und ihrer Geschicklichkeit, sich zu putzen, besteuert werden und dabei dasselbe Vorrecht genießen wie die Männer: also sie müßten die Höhe der Steuer selbst bestimmen; Treue, Keuschheit, Verstand und Gutmütigkeit sollten jedoch in die Steuerliste nicht aufgenommen werden, weil sie die Kosten des Steuererhebens nicht aufwiegen würden.

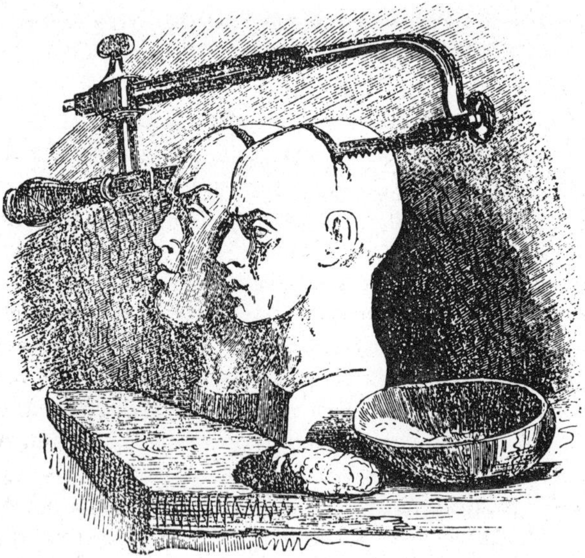

Damit die Parlamentsmitglieder stets im Interesse der Krone ihre Stimmen abgäben, wurde der Vorschlag gemacht, sie sollten um Staatsämter würfeln. Jeder müßte zuvor schwören und Bürgschaft leisten, daß er nach dem Willen des Hofes votieren würde, einerlei ob er gewinnen oder verlieren sollte. Dafür erhielten diejenigen, die verlören, die Freiheit, bei der nächsten Vakanz abermals zu würfeln. Damit würden Hoffnung und Erwartung fortwährend rege erhalten; keiner würde sich über gebrochene Versprechen beklagen, sondern jede Vereitelung seiner Hoffnungen ausschließlich der Fortuna zur Last legen, deren Schultern breiter und stärker wären als die eines Ministers. Ein anderer Professor offerierte eine lange Ausarbeitung mit Anleitungen zur Aufdeckung von Komplotten und Verschwörungen gegen die Regierung. Er riet großen Staatsmännern, die Diät verdächtiger Personen zu erforschen, sich nach ihrer Essenszeit und nach der Seite zu erkundigen, auf der sie im Bett lägen, und mit welcher Hand sie sich den Hintern wischten, um auf Grund der gewonnenen Ausscheidungen den Charakter des Betreffenden zu analysieren.

Die ganze Abhandlung war mit großem Scharfsinn geschrieben und enthielt viele für Politiker höchst merkwürdige Beobachtungen, war aber, wie ich glaubte, nicht ganz vollständig. Kritik in diesem Sinne erlaubte ich mir gegenüber dem Verfasser, und ich stellte ihm anheim, mit seiner Genehmigung noch einige Ergänzungen vorzunehmen. Er nahm meine Vorschläge mit größerer Bereitwilligkeit auf, als sonst bei Schriftstellern zu erwarten ist, besonders bei denjenigen, die sich mit dem Projektieren befaßten, mehr noch: er erklärte mir, weitere Belehrungen mit dem größten Vergnügen entgegennehmen zu wollen.

Hierauf erzählte ich ihm, daß im Königreich Tribnia, das von den Eingeborenen Langden genannt werde, und wo ich früher auf meinen Reisen einige Zeit verweilte, die größere Masse des Volkes aus Angebern, Denunzianten, Spionen und Meineidigen bestehe, die sich ihrerseits mit Handlangern und Hehlern verbänden, die samt und sonders im Auftrag der Staatsminister und ihrer Beamten arbeiteten. Verschwörungen in jenem Königreich kamen gewöhnlich durch Personen zustande, die sich einen Ruf als bedeutende Politiker verschaffen wollten; oder sie seien gewillt, eine schwache Regierung aufrechtzuerhalten, damit jene ihre Koffer mit beschlagnahmten Geldern füllten, den Staatskredit fallen oder steigen ließen, wie es zu ihrem eigenen Vorteil war. Zuerst wird festgelegt, welche verdächtigen Personen einer Verschwörung angeklagt werden sollen. Dann beschlagnahmt man ihre Briefe und Papiere, um deren Besitzer in Ketten zu schmieden. Diese Papiere werden einer Künstler-Gilde übergeben, deren Mitgliedern es gelingt, die verschlüsselten Worte, Silben und Buchstaben zu enträtseln und zu ermitteln:

Ein Nachtstuhl bedeute einen geheimen Rat;

eine Herde Gänse eine Staatsversammlung;

ein lahmer Hund einen Feind,
der einen Angriff von außen beabsichtigt;

eine Pest ein stehendes Heer;

ein Maikäfer einen Premierminister;

das Podagra einen Hohenpriester;

ein Galgen einen Staatssekretär;

ein Nachttopf einen Ausschluß von Lords;

ein Sieb eine Hofdame;

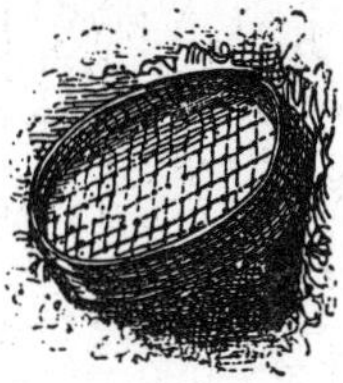

ein Besen eine Revolution;

eine Mausefalle ein öffentliches Amt;

ein bodenloser Brunnen eine Schatzkammer;

ein Abzugskanal einen Hof;

eine Narrenkappe einen Günstling;

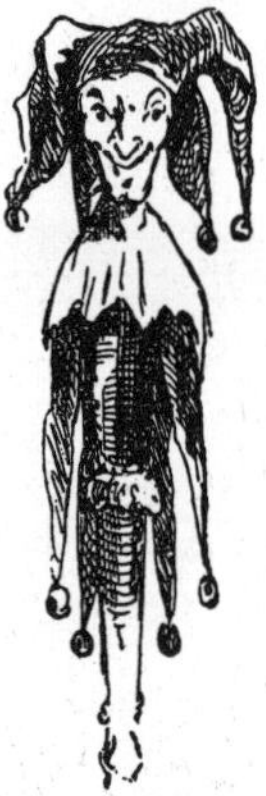

ein zerbrochenes Rohr einen Gerichtshof;

ein leeres Faß einen General und

eine eiternde Wunde die Staatsverwaltung.

Ist diese Methode nicht ausreichend, so werden zwei andere von größerer Wirksamkeit in Anwendung gebracht, welche bei den Gelehrten mit dem Namen ‚Akrostichon' und ‚Anagram'[1]) bezeichnet werden. Erstens können sie in allen Anfangsbuchstaben eine politische Bedeutung dechiffrieren. So soll N eine politische Verschwörung,

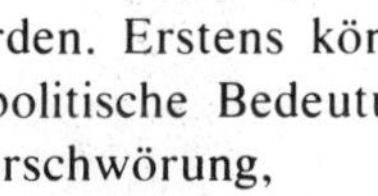

B ein Kavallerieregiment,

1) Akrostichon: Anfangsbuchstaben,-silben oder -wörter der Verszeilen eines Gedichtes, die ein Wort oder einen Satz ergeben — Anagram: Wortumbildung durch Buchstabenversetzung (z. B.: Leib-Blei-Beil)

L eine Flotte zur See bedeuten.

Oder man versetzt den Buchstaben in einem verdächtigen Papier und entdeckt so die tiefsten Pläne einer unzufriedenen Partei. Wenn ich z. B. schreibe: unser Bruder Tom hat einen Hämorrhoidalknoten, so kann dies auf folgende Weise dechiffriert werden: Wir haben ein Komplott organisiert, das (durch Hämorrhoidalknoten bezeichnet) bald ausbrechen wird.

Der Professor bezeugte mir die größte Dankbarkeit für meine Mitteilungen und versprach, mich auf ehrenvolle Weise in seinem Projekt-Bericht zu erwähnen.

Ich erkannte im Land Balnibarbi nichts Weiteres, das mich zum längeren Bleiben hätte anregen können und ich begann deshalb, an meine Rückkehr nach England zu denken.

SIEBENTES KAPITEL.

Der Verfasser verläßt Lagado und kommt in Maldonada an. Kein segelfertiges Schiff liegt dort bereit. Er unternimmt eine kurze Reise nach Glubbdubdrib. Sein Empfang beim Gouverneur.

Landwärts dehnt sich das Festland, dessen Teil dieses Königreich bildet, nach allem, was ich bemerkt habe, gegen Osten hin aus, und zwar zu dem unbekannten, westlich von Kalifornien liegenden Teil Amerikas. Nördlich reicht es an den stillen Ozean, der nur ungefähr einhundertundfünfzig Meilen von Lagado entfernt ist. Dort befindet sich ein guter Hafen, wo viel Handel mit der großen Insel Luggnagg betrieben wird, welche im neunundzwanzigsten Grad nördlicher Breite und im hundertundvierzigsten der Länge nordwestlich liegt. Diese Insel Luggnagg erhebt sich aus dem Meer südöstlich von Japan und ist ungefähr hundert Meilen davon entfernt. Zwischen dem Kaiser von Japan und dem König von Luggnagg besteht ein festes Bündnis, so daß man oft von einer Insel zur anderen reisen kann. Ich be-

schloß, mich dorthin zu begeben, um nach Europa zurückkehren zu können, mietete zwei Maulesel und einen Führer, der mir den Weg weisen und mein kleines Gepäck tragen sollte. Ich nahm Abschied von meinem edlen Beschützer, der mir so viele Gunstbezeigungen erwiesen hatte und mir bei meiner Abreise noch ein kostbares Geschenk machte.

Meine Reise verlief ohne Abenteuer oder Ereignisse, die des Erzählens wert wären. Als ich im Hafen von Maldonada (das ist der Name) ankam, fand ich kein Schiff nach Luggnagg. Auch war es unwahrscheinlich, daß bald eines ankommen würde. Die Stadt ist etwa so groß wie Portsmouth. Ich machte bald einige Bekanntschaften und wurde sehr gastfreundlich aufgenommen. Ein Herr von höherem Stande sagte mir, da Schiffe nach Luggnagg erst in einem Monat absegeln würden, möchte es mir keine unangenehme Unterhaltung gewähren, eine kleine Reise nach der Insel Glubbdubdrib zu machen, die ungefähr fünf Stunden entfernt südwestlich liege. Er und einer seiner Freunde machten mir den Vorschlag, mich zu begleiten und ein passendes Fahrzeug für die Reise zu beschaffen.

Glubbdubdrib bedeutet, soweit ich die Sprache verstehe, eine Insel von Hexenmeistern und Zauberern. Sie ist ungefähr ein Drittel so groß wie die Insel Wight, sehr fruchtbar und wird vom Häuptling eines Stammes regiert, der ausschließlich aus Magiern besteht. Die Mitglieder dieses Stammes verheiraten sich nur untereinander, und der älteste Sohn wird stets ihr Fürst oder Gouverneur. Er besitzt einen herrlichen Palast und einen Park von etwa dreitausend Morgen, der von einer zwanzig Fuß hohen Mauer aus gehauenem Stein umgeben ist. In diesem Park befinden sich kleine Einfriedigungen für Viehweiden, Kornfelder und Gärten.

Der Gouverneur und seine Familie werden von einer etwas sonderbaren Dienerschaft betreut. Durch seine Geschicklichkeit in der Zauberkunst ist er in der Lage, jeden Toten ins Leben zurückzurufen und dessen Dienst für vierundzwanzig Stunden, jedoch nicht länger, in Anspruch zu nehmen. Auch darf er dieselbe Person erst nach drei Monaten erneut herbeirufen.

Als wir gegen elf Uhr vormittags an der Insel gelandet waren, ging einer der Herren, die mich begleiteten, zum Gouverneur und bat um Audienz für einen Fremden, der gekommen sei, die Ehre derselben von Seiner Hoheit zu erlangen. Dieser Bitte wurde sogleich entsprochen, und wir gingen alle drei durch eine Reihe von Garden, die sehr altertümlich gekleidet und bewaff-

net waren, und die einen Schauder in mir erweckten, dessen ich mich nicht erwehren konnte. Wir liefen durch mehrere Zimmer, in denen sich reihenweise aufgestellte Diener derselben Art befanden. Im Audienzsaal wurde uns nach drei tiefen Verbeugungen und einigen allgemeinen Fragen die Erlaubnis erteilt, uns auf drei Stühle neben dem Thron Seiner Hoheit niederzusetzen.

Dieser Fürst verstand die Sprache von Balnibarbi, obgleich sie von der dieser Insel sehr verschieden war. Er bat mich, ihm einen Bericht von meinen Reisen zu geben, und um mir zu zeigen, daß er sich mit mir auf vertrautem Fuß fühle, entließ er mit einem Wink seines Fingers alle seine Begleiter, die dann auch augenblicklich wie visionale Spukgestalten verschwanden. Eine Zeitlang war ich sehr bestürzt, bis mir der Gouverneur die Versicherung gab, ich brauche keine Befürchtungen zu haben. Als ich nun bemerkte, daß meine beiden Gefährten durchaus gleichmütig blieben, faßte ich wieder Mut und erzählte Seiner

Hoheit meine Abenteuer; jedoch fühlte ich noch immer Bedenken und sah mich häufig nach dem Platz um, wo die gespenstischen Diener verschwunden waren.

Ich hatte die Ehre, mit dem Gouverneur zu speisen, wobei eine neue Schar von Geistern das Essen auftrug und bei Tisch aufwartete. Ich konstatierte, daß ich allmählich weniger Angst verspürte als am Morgen. Ich blieb bis Sonnenuntergang und bat untertänig, Seine Hoheit möge mir verzeihen, wenn ich seine Einladung, im Palast zu schlafen, nicht annehmen könne. Meine Freunde und ich verbrachten die Nacht in einem Privathaus der nahen Stadt, die die Hauptstadt dieser kleinen Insel ist. Am nächsten Morgen nahmen wir uns aber die Freiheit, dem Gouverneur nochmals unsere Aufwartung zu machen, wie er uns befohlen hatte.

Auf diese Weise blieben wir zehn Tage auf der Insel, tagsüber beim Gouverneur, des Nachts in unserer Wohnung. Ich war bald mit dem Anblick der Geister so vertraut, daß sie nach dem dritten oder vierten Mal durchaus keinen Eindruck mehr auf mich machten, aber, wenn dies auch der Fall war, so war meine Neugier zuletzt doch stärker. Seine Hoheit befahl mir nämlich, alle diejenigen Toten von Anfang der Welt bis gegenwärtig, die ich zu sehen wünschte, mit Namen, wie es mir gerade einfiel, aufzurufen. Er werde ihnen befehlen, alle Fragen, die ich stellen wollte, zu beantworten, unter der Bedingung, daß die Fragen sich nur auf die Zeit bezögen, in der jeder Tote gelebt hätte. Ich könne mich völlig darauf verlassen, daß sie alle mir die reine Wahrheit sagen würden, da es in der anderen Welt die Lüge nicht gäbe.

Ich dankte seiner Hoheit für diese große Gnadenbezeigung. Wir befanden uns in einem Zimmer, von dem aus wir eine schöne Aussicht in den Park genossen. Weil nun meine erste Neigung dahin zielte, mich mit Szenen des Prunks und der Pracht unterhalten zu lassen, so wünschte ich *Alexander den Großen* an der Spitze seines Heeres nach der Schlacht bei Arbela zu se-

hen, und auf eine Fingerbewegung des Gouverneurs erschien der Feldherr.

Alexander wurde in das Zimmer gebeten, und nur mit einiger Schwierigkeit verstand ich sein Griechisch, ebenso wie er auch von dem meinigen nichts verstehen konnte. Er gab mir sein Wort, er sei nicht vergiftet worden, sondern infolge unmäßigen Trinkens an einem Fieber gestorben.

Hierauf sah ich, wie *Hannibal* die Alpen passierte. Er sagte mir, er habe keinen einzigen Tropfen Essig in seinem Lager gehabt.[1])

Alsdann wurden mir *Cäsar* und *Pompejus* an der Spitze ihrer Truppen vorgeführt, vor der Schlacht von Pharsalus. Den Erstgenannten sah ich auch bei seinem letzten großen Triumphzug.

1) Bekanntlich soll *Hannibal*, auf seinem Marsch über die Alpen, erhitzte Felsen durch Essig gesprengt haben.

Der Gouverneur gab auf mein Verlangen *Cäsar* und *Brutus* ein Zeichen, zu uns heranzutreten. Beim Anblick des *Brutus* war ich von höchster Ehrerbietung erfüllt und konnte in jedem seiner Gesichtszüge die vollkommenste Tugend, die größte Unerschrockenheit und Seelenfestigkeit, die reinste Vaterlandsliebe und allgemeines Wohlwollen gegenüber der Menschheit erkennen.

Ich bemerkte mit großem Vergnügen, daß diese beiden Personen in gutem Einverständnis miteinander standen, und *Cäsar* gestand mir freimütig, die großen Handlungen seines eigenen Lebens seien überhaupt nicht mit dem Ruhme dessen vergleichbar, der ihn ermordet habe.

Ich hatte die Ehre eines langen Gesprächs mit *Brutus* und erfuhr von ihm, sein Vorfahr *Junius* und *Sokrates, Epaminondas, Cato der Jüngere, Sir Thomas More* und er selbst befänden sich in immerwährender Gesellschaft, ein Verein von sechs Männern, dem alle Zeitalter der Welt den siebenten nicht hatten hinzufügen können.

ACHTES KAPITEL.

Weitere Nachrichten über Glubbdubdrib. Ältere und neuere Geschichtsereignisse werden berichtigt.

Ich würde im Leser gewiß Langeweile erwecken, wollte ich die ungeheure Anzahl aller erlauchten Personen hier anführen, die zur Befriedigung meines unersättlichen Verlangens, die Welt in jeder Periode des Altertums zu erblicken, von dem Gouverneur herbeigerufen wurden. Ich weidete meine Augen hauptsächlich an den Vernichtern der Tyrannen und Usurpatoren und an denjenigen Helden, die die Freiheit unterdrückter und ausgebeuteter Nationen wieder herstellten. Es ist mir jedoch unmöglich, das Vergnügen meines Herzens in der Art auszudrücken, daß der Leser einen Begriff davon erhalte.

Da ich jene Alten, die wegen ihres Verstandes und ihrer Gelehrsamkeit berühmt sind, zu sehen wünschte, bestimmte ich einen besonderen Tag für deren Besuch. Ich machte den Vorschlag, *Homer* und *Aristoteles* sollten an der Spitze aller ihrer Kommentatoren erscheinen. Diese waren aber so zahlreich, daß Hunderte im Hof und in den äußeren Räumen des Palastes und im Vorhof warten mußten. Ich erkannte die beiden Helden auf den ersten Blick und konnte sie nicht nur in der Menge, sondern auch voneinander unterscheiden. *Homer* war größer und im Wesen zierlicher als *Aristoteles;* er hatte, oblgeich ein Greis, einen aufrechten Gang und die lebhaftesten und durchdringendsten Augen, die ich jemals gesehen habe. Aristoteles ging sehr gebeugt und bediente sich einer Krücke. Sein Gesicht war mager, sein Haar schmal und dünn, seine Stimme klang hohl. Ich bemerkte, daß beide der Gesellschaft gänzlich fremd waren und daß sie nie von den übrigen gehört hatten. Ein Geist, den ich nicht nennen will, flüsterte mir auch zu, diese Kommentatoren hielten sich in der Geisterwelt von ihren Autoren soweit wie möglich entfernt. Dies werde durch die Scham und das Be-

wußtsein ihrer Schuld bewirkt, weil sie auf so furchtbare Weise den Sinn entstellt und der Nachwelt übergeben hätten. Hierauf stellte ich *Didymus* und *Eustathius* dem Homer vor und bewog ihn, sie besser zu behandeln, als sie verdienten, denn er fand bald, daß sie nicht genug Verstand besaßen, um in den Geist eines Dichters einzudringen. *Aristoteles* aber geriet in Wut über den Bericht, den ich ihm von *Scotus* und *Ramus* gab, als ich ihm diese beiden Herren vorstellte. Er fragte sie, ob alle übrigen ihres Standes ebensolche Dummköpfe wären wie sie selbst.

Alsdann bat ich den Gouverneur, *Descartes* und *Gassendi* zu zitieren und bewog diese, dem Aristoteles ihre Systeme darzulegen. Dieser große Philosoph gestand offen sein Versehen in der Physik ein, weil er in vielen Dingen nur Vermutungen aufstellte, wie dies bei allen Menschen notwendig ist. Er war der Meinung, das System *Gassendis,* das die Lehre *Epikurs* so genießbar wie möglich zugerichtet habe, sowie die Wirbel des *Descartes* müßten aus dem gleichen Grunde verworfen werden. Dasselbe Schicksal sagte er der Anziehungskraft voraus, die die Gelehrten jetzt mit so viel Eifer verfochten. Er sagte: Neue Natursysteme glichen den Moden, die mit jedem Zeitalter wechselten; sogar diejenigen, welche sie nach mathematischen Grundsätzen beweisen wollen, würden nur einige Zeit lang blühen, und sobald diese verflossen sei, in Vergessenheit geraten.

Fünf Tage lang habe ich mich mit vielen alten Gelehrten unterhalten. Auch sah ich die meisten römischen Imperatoren der ersten Kaiserzeit. Ferner bewog ich den Gouverneur, die Köche des *Heliogabalus* zu beschwören, damit uns diese ein Mittagessen bereiteten. Sie konnten uns jedoch aus Mangel an Material ihre Geschicklichkeit nicht beweisen. Ein Helot des *Agesilaus* bereitete uns eine Schüssel spartanischer Suppe. Es war mir jedoch unmöglich, mehr als einen Löffel davon hinunterzuschlucken.

Die beiden Herren, welche mich zu der Insel begleitet hatten, mußten wegen ihrer Privatgeschäfte in zwei Tagen zurückkehren. Ich benutzte diese Zeit, um einige neuere Tote kennenzulernen, die während der drei letzten Jahrhunderte in meinem Vaterland und im übrigen Europa die bedeutendste Rolle gespielt hatten. Da ich nun von jeher ein Bewunderer erlauchter Familien war, bat ich den Gouverneur, ein oder zwei Dutzend Könige mit ihren Vorfahren, in der Reihe von acht oder neun Generationen zu beschwören. Ich wurde jedoch auf eine traurige und unerwartete Weise in meiner Erwartung enttäuscht. An-

statt eines langen Zuges mit königlichen Diademen sah ich in einer Familie zwei Fiedler, drei muntere Hofleute und einen italienischen Prälaten, in einer anderen einen Barbier, einen Abt und zwei Kardinäle.

Ich hege zu große Verehrung für gekrönte Häupter, um bei einem so heiklen Punkt länger zu verweilen, muß jedoch gestehen, daß ich mit großem Vergnügen den Gesichtszügen, durch die sich einzelne Familien auszeichnen, bis auf die Originale nachspüren konnte. Ich konnte deutlich entdecken, weshalb die eine Familie ein langes Kinn besaß, weshalb eine andere zwei Generationen lang an Schurken und noch zwei andere Menschenalter an Dummköpfen Überfluß hatte; weshalb eine dritte verrückt und eine vierte spitzbübisch wurde; woher es gekommen sei, was *Polydorus Virgilius* von einem gewissen großen Hause sagte: *Nec vir fortis, nec femina casta;*[1]) wie Grau-

1) Kein Mann ist tapfer, keine Frau keusch.

samkeit, Falschheit und Feigheit zu charakteristischen Merkmalen wurden, die in gerader Linie, wie skrofulöse Geschwülste, auf die Nachkommenschaft übergingen. Auch durfte ich mich hierüber gar nicht wundern, als ich eine solche Unterbrechung der Geschlechter durch Pagen, Laikaien, Kutscher, Spieler, Fiedler, Schauspieler, Offiziere und Gauner erkannte.

Vor allem empfand ich Ekel an der neueren Geschichte. Als ich nämlich alle hochberühmten Personen an den Höfen der Fürsten seit hundert Jahren genau beobachtet hatte, fand ich, wie die Welt durch charakterlose Schriftsteller irregeführt wurde, die die größten Kriegstaten den Feiglingen, die klügsten Ratschläge den Toren, Aufrichtigkeit den Schmeichlern, nationale Tugend den Vaterlandsverrätern, Frömmigkeit den Atheisten, Keuschheit widernatürlichen Wollüstlingen, Wahr-

heit den Spionen und Angebern zuschreiben. Wie viele unschuldige und ausgezeichnete Personen zum Tode oder zur Verbannung deshalb verurteilt worden sind, weil mächtige Minister die Verderbnis der Richter und die Bosheit der Parteien ausnutzten. Wie viele Schurken zu den höchsten Vertrauensämtern, zu Macht und Würde und Spitzeneinkommen erhoben wurden: welch ein Anteil an den Vorschlägen und Ereignissen der Höfe, Ratsversammlungen und Senate, Dirnen, Kupplern, Schmarotzern und Lustigmachern zuzuschreiben ist. Eine wie niedrige Meinung bildete ich mir von der menschlichen Weisheit und Rechtschaffenheit, als ich die Quellen und Hintergründe der großen Weltrevolutionen und die albernen Zufälligkeiten, denen sie ihren Erfolg verdankten, erkennen mußte!

Hier entdeckte ich die Schurkerei und Unwissenheit derer, welche anekdotisch die geheime Geschichte zu schreiben be-

haupten, welche so viele Könige durch einen Becher Gift ins Grab schicken, die die Unterredung zwischen einem Fürsten und einem Premierminister wiederholen, wenn auch kein Zeuge gegenwärtig war, die die Gedanken und Kabinette der Staatssekretäre erschließen und fortwährend das Unglück haben, sich zu irren.

Hier entdeckte ich die wahren Ursachen vieler senationeller Ereignisse, die die Welt überrascht haben: wie eine Hure das geheime Boudoir, das geheime Boudoir einen geheimen Rat, der geheime Rat eine Senatsversammlung beherrschen kann.

Ich hörte, wie ein General in meiner Gegenwart gestand, er habe einen Sieg nur durch die Macht der Feigheit und schlechter Führung wegen gewonnen, und ein Admiral erzählte, er habe aus Mangel an Nachrichten den Feind geschlagen, dem er die Flotte verraten wollte. Drei Könige behaupteten, sie hätten während ihrer ganzen Regierung niemals einen Mann von Verdienst befördert, es sei denn aus Versehen oder durch die Verräterei eines Ministers, dem sie vertraut hatten. Sie würden dies auch nicht tun können, wenn sie wieder zum Leben erweckt würden. Und sie bewiesen in logischer Darlegung, der königliche Thron könne nie ohne Korruption erhalten bleiben, weil Tugendhaftigkeit allein guten Willen, Zuversicht und Standhaftigkeit in den Menschen erwecke, solche Eigenschaften den Staatsgeschäften jedoch nur hinderlich statt förderlich sein mußten.

Aus Neugierde erkundigte ich mich, auf welche Art und Weise viele Menschen hohe Ehrentitel und wertvolle Landgüter erworben hätten, und ich beschränkte meine Frage auf eine Zeit, die uns noch sehr nahe ist. Ich rührte jedoch nicht im geringsten an der Gegenwart, weil ich auf keine Weise Anstoß erregen wollte. Auch brauche ich dem Leser hoffentlich nicht zu versichern, daß ich in allem, was ich hier berichte, mein eigenes Vaterland nicht im Auge habe.

Eine große Anzahl von Personen, die in dieser Hinsicht beteiligt waren, wurde aufgerufen und enthüllte mir bei selbst nur flüchtiger Untersuchung soviel Schmach und Schande, daß ich ohne ernsten Tadel nicht darüber reden kann. Meineid, Verrat, Unterdrückung, Verführung, Betrug und Kuppelei gehörten dabei noch zu den am ehesten entschuldbaren Manipulationen, und ich war auch so vernünftig, deswegen nachsichtig zu sein. Als mir aber einige gestanden, sie verdankten ihren Reichtum und ihre Bedeutung unnatürlichen Lastern, andere ihrer Bereitschaft, Frauen und Töchter preiszugeben oder dem Verrat des Vaterlandes und ihres Fürsten, einige dem Giftmord und viele der Rechtsbeugung, mit Hilfe deren sie Unschuldige zugrunderichteten, da hoffe ich auf des Lesers Verzeihung, wenn diese Entdeckung die große Verehrung ein wenig vermindert, die ich gegen Personen von hohem Rang zu hegen pflege.

Ich hatte oft von großen Diensten gelesen, die manchen Fürsten und Staaten erwiesen wurden und wünschte deshalb, die Personen zu sehen, die solche Dienste einmal geleistet hatten. Nach näherer Untersuchung wurde mir aber gesagt, derlei Namen befänden sich in keinem Geschichtsbuch, mit Ausnahme weniger, die man als die schändlichsten Schurken und Verräter dargestellt hätte. Von den übrigen war mir kein einziger Name bekannt. Sie alle erschienen mit gesenkten Blicken und in den schlechtesten Kleidern, und die meisten sagten mir, sie seien in Armut und Schande, die anderen am Galgen oder auf einem Schafott gestorben.

Unter anderen erblickte ich einen Mann, dessen Fall mir als etwas Besonderes erschien. An seiner Seite stand ein Jüngling von ungefähr achtzehn Jahren. Er sagte mir: Mehrere Jahre lang sei er der Befehlshaber eines Schiffes gewesen und in der Seeschlacht von Actium habe er das Glück gehabt, die Schlachtlinie des Feindes zu durchbrechen, drei Hauptschiffe zu versenken und ein viertes zu erbeuten. Hierdurch sei Antonius zur Flucht gezwungen worden, und sie wären die Sieger gewesen. Der neben ihm stehende Jüngling sei sein Sohn, welcher

in diesem Kampf sein Leben verloren habe. Er fügte hinzu: Im Vertrauen auf sein Verdienst sei er nach Beendigung des Krieges nach Rom gegangen und habe am Hofe des Augustus um Beförderung als Befehlshaber eines größeren Schiffes nachgesucht, dessen Kommandant in der Schlacht gefallen war. Die Stelle sei jedoch ohne Rücksicht auf sein Ersuchen einem Knaben gegeben worden, der noch nie das Meer gesehen hatte, dem Sohn einer ehemaligen Sklavin Libertina, die einer Geliebten des Kaisers diente. Als er dann zu seinem eigenen Schiff zurückgekehrt sei, habe man ihm Vernachlässigung des Dienstes zum Vorwurf gemacht und den Befehl über sein Schiff einem Lieblingspagen des Vizeadmirals Publicola übertragen. Hierauf habe er sich auf ein kleines, von Rom weit entferntes Landgut zurückgezogen und dort sein Leben beendet.

Ich war so neugierig, die Wahrheit dieser Geschichte zu erfahren, daß ich mir erbat, *Agrippa,* der Admiral in jener Schlacht, möchte heraufbeschworen werden. Dieser erschien und bestätigte mir den ganzen Bericht noch mehr zum Vorteil des Kapitäns, dessen Bescheidenheit einen großen Teil seiner Verdienste verschwiegen hatte.

Ich war erstaunt, die Korruption in jenem Reich zufolge des eingeführten Luxus so weit und schnell verbreitet zu sehen, weshalb ich mich über mehrere Parallelfälle in anderen Ländern weniger wunderte, wo Laster jener Art weit länger geherrscht haben, wo der ganze Ruhm und die Beute ausschließlich vom ersten Befehlshaber beansprucht wurden, der offenbar auf beides selbst nicht das geringste Anrecht hatte.

Da jeder beschworene Geist äußerlich vor mir so erschien wie einst in seinem früheren Leben, mußten sich bei mir die melancholischen Gedanken einschleichen, das Menschengeschlecht sei im letzten Jahrhundert besonders entartet. Die Franzosenkrankheit[1]), unter jeder Benennung und mit allen Folgen, hätten jeden Zug der englischen Physiognomie entstellt, die Körpergröße vermindert, die Nerven geschwächt, die Spannkraft der Sehnen und Muskeln verringert, eine bleiche Gesichtsfarbe hervorgebracht sowie das Fleisch locker und träge gemacht.

Ich stieg so weit hinunter, daß ich auch einige englische Yeomen[2]) vom alten Schlag heraufbeschwören ließ, die wegen der Einfachheit ihrer Sitten, ihrer Lebensart und Kleidung, wegen der Gerechtigkeit in ihrem Tun, wegen ihres freien Geistes, ihrer Tapferkeit und Vaterlandsliebe so sehr berühmt waren.

Ich konnte eine gewisse Erregung nicht unterdrücken, als ich die Toten mit den Lebenden verglich und dabei bedachte, wie alle diese reinen und angeborenen Tugenden von ihren Kindern

1) Syphilis (Lues)

2) Freisassen: Eigentümer von „Freihöfen", Besitzer von Landgütern, die nicht zu Diensten (Fronen) herangezogen werden konnten.

und Kindeskindern für Geld preisgegeben werden, die beim Verkauf ihrer Stimmen und durch Wahlkorruption jedes Laster und jedes Verderbnis einhandelten, die nur an einem Hof erworben werden können.

NEUNTES KAPITEL.

Der Verfasser kehrt nach Maldonada zurück und segelt nach dem Königreich Luggnagg. Er wird eingesperrt und an den Hof gebracht. Die Art, wie er dort Audienz erhält. Des Königs Milde gegen seine Untertanen.

Lange genug war ich auf der Insel gewesen. Ich nahm deshalb Abschied von Seiner Hoheit, dem Gouverneur, und kehrte mit meinen beiden Reisegefährten nach Maldonada zurück. Nach vierzehn Tagen Wartezeit war ein Schiff nach Luggnagg segelfertig. Die beiden Herren und einige andere waren so großzügig, mich mit Lebensmitteln zu versehen und mich an Bord zu geleiten. Auf dieser Reise brachte ich einen Monat zu. Wir überstanden einen heftigen Sturm und mußten lange westwärts steuern, um wieder auf Kurs zu gelangen. Am 21. April 1708 fuhren wir in die Flußmündung bei Clumegnig ein, einer Hafenstadt an der südöstlichen Spitze von Luggnagg. Wir warfen eine Stunde von der Stadt entfernt Anker und signalisierten mit der Flagge nach einem Lotsen. Zwei derselben kamen nach einer halben Stunde an Bord und führten uns dann durch Sandbänke und gefährliche Felsen, die die Durchfahrt sehr gefährlich machten, in ein breites Hafenbecken, in dem eine ganze Flotte, unweit der Stadtmauer, ankern konnte.

Einige unserer Matrosen hatten aus Unbedachtsamkeit dem Lotsen gesagt, ich sei ein großer Reisender. Deshalb wurde ich von einem Zollbeamten bei meiner Landung sehr genau untersucht. Dieser Beamte redete mit mir in der Sprache von Balnibarbi, denn wegen des starken Handels in dieser Stadt wird diese Sprache gewöhnlich, hauptsächlich von Seeleuten und Zollbeamten, verstanden. Ich gab ihm einen kurzen Bericht und erzählte meine Geschichte so glaubhaft wie möglich. Ich hielt es jedoch für notwendig, mein Vaterland zu verschweigen und mich als Holländer auszugeben, weil ich nach Japan reisen wollte

und weil ich wußte, die Holländer waren die einzigen Europäer, die in dieses Land gelangen konnten. Ich sagte deshalb dem Beamten: nachdem ich auf der Küste von Balnibarbi Schiffbruch erlitten und auf einen Felsen geworfen worden wäre, hätte man mich in Laputa oder der schwebenden Insel aufgenommen (wovon der Beamte gehört hatte), und ich wolle jetzt nach Japan, um dort eine Gelegenheit zur Rückkehr in mein Vaterland zu finden. Der Beamte sagte: Ich müsse in Haft genommen werden, bis er Gegenorder von Hof erhalten habe; er werde sogleich dorthin berichten und wahrscheinlich in vierzehn Tagen eine Antwort bekommen. Hierauf wurde ich in eine bequeme Wohnung gebracht, und vor der Tür wurde eine Schildwache aufgestellt. Ich durfte jedoch einen großen Garten zu Spaziergängen benutzen und wurde mit aller Menschlichkeit behandelt und auf Kosten des Königs ernährt. Auch erhielt ich Besuch mehrerer Personen, die aus Neugier kamen, weil man berichtete, ich sei aus sehr entfernten Ländern gekommen, von denen man bisher noch nichts gehört habe.

Ich mietete mir einen jungen Mann als Dolmetscher, der im gleichen Schiff die Überfahrt gemacht hatte. Er war in Luggnagg geboren, hatte aber mehrere Jahre in Maldonada gelebt und besaß genaue Kenntnis beider Landessprachen. Somit war es mir möglich, mich mit denjenigen, die mich besuchten, zu unterhalten. Leider bestand das Gespräch allein aus ihren Fragen und meinen Antworten.

Die Depesche vom Hof kam zur erwarteten Zeit. Sie enthielt einen Haftbefehl, mich und mein Zubehör nach Traldragdubh oder Trildrogdrib (soweit ich mich erinnere, wird das Wort auf beiderlei Art ausgesprochen) mit zehn Mann Kavallerie zu transportieren. Mein ganzes Zubehör bestand aber aus dem armen jungen Dolmetscher, den ich überredet hatte, in meinen Dienst zu treten. Auf mein untertäniges Gesuch hin erhielten wir zwei Maulesel. Ein Bote wurde auf eine halbe Tagesreise vorausgeschickt, um dem König Nachricht von unserer Ankunft zu geben und den Wunsch auszudrücken, Seine Majestät möge gnädigst geruhen, Tag und Stunde zu bestimmen, wann Seine Majestät mir gestatten würde, „den Staub vor Seinem Fußschemel abzulecken." Dies ist der Hofstil; auch fand ich, daß es nicht eine bloße Förmlichkeit sei. Als ich nämlich zwei Tage nach meiner Ankunft die erbetene Audienz erhielt, wurde mir befohlen, auf dem Bauch zu kriechen und den Boden abzulecken, während ich vorwärts kroch. Da ich jedoch, gemäß alter Tradition, ein gut zu behandelnder Fremder war, hatte man zuvor dafür gesorgt, den Fußboden so sorgfältig zu pflegen, daß der Staub mich nicht genieren würde. Dieses war jedoch eine besondere Gnade, welche nur Personen von Rang zugebilligt

wird, wenn sie eine Audienz zu erhalten wünschen. Bisweilen wird sogar der Boden absichtlich mit Staub bestreut, wenn die Person, die Zutritt erhält bei Hof einflußreiche Feinde hat. Auch habe ich gesehen, daß der Mund eines vornehmen Herrn so mit Dreck vollgestopft war, daß er kein einziges Wort aussprechen konnte. Dagegen gibt es auch kein Mittel, weil es für diejenigen, welche Audienz erhalten, als Todesverbrechen gilt, wenn sie in Gegenwart Ihrer Majestät ausspucken oder sich den Mund abwischen. Es gibt noch eine andere Gewohnheit, die ich durchaus nicht billigen kann; wenn der König die Absicht hat, einen seiner Edelleute in sanfter, unauffälliger Weise zu töten, so läßt er den Fußboden mit einem gewissen braunen Pulver, einem tödlichen Gift, bestreuen, das jeden, der es aufleckt, binnen vierundzwanzig Stunden tötet. Um jedoch der großen Milde dieses Königs und der Sorgfalt, die er hinsichtlich des Lebens seiner Untertanen hegt, genügend Gerechtigkeit widerfahren zu lassen (und ich wünschte, daß die europäischen Monarchen ihm hierin nachahmten), so muß ich zu seiner Ehre erwähnen, daß dezidierte Befehle gegeben wurden, die vergifteten Partien des Fußbodens nach einer solchen Hinrichtung genügend abzukehren und zu waschen. Unterlassen dies seine Hausbedienten, so könnten sie sich die königliche Ungnade zuziehen. Ich hörte selbst, wie der König Befehl erteilte, einen seiner Pagen, der die Reinigung des Fußbodens besorgen sollte, es aber boshafterweise unterlassen hatte, auszupeitschen. Durch des Bediensteten Unterlassungssünde wurde ein junger hoffnungsvoller Lord, der eine Audienz erhalten hatte, unglücklicherweise vergiftet, obgleich der König damals gar nicht die Absicht hatte, ihm das Leben zu nehmen. Dennoch war der gutmütige Fürst so gnädig, dem armen Pagen die Peitschenhiebe zu erlassen, als dieser versprach, dergleichen ohne besonderen Befehl nie wieder zu tun.

Ich kehre nun nach meiner Digression (Abschweifung) zu meinem Bericht zurück. Als ich mich bis auf vier Yards dem Thron kriechend genähert hatte, erhob ich mich langsam auf meine Knie, schlug dreimal mit der Stirn auf den Fußboden und

sprach in der Landessprache einen Satz, den ich am Abend vorher erlernt hatte und den ich folgendermaßen übersetze: „Möge Eure Himmlische Majestät die Sonne um elf und einen halben Monat überleben!“ Dieses ist das gesetzmäßige Kompliment des Landes für alle Leute, die Audienz erhalten. Der König gab eine Antwort, die ich jedoch nicht verstand, und ich fuhr fort, wie ich zuvor gelernt hatte: „Meine Zunge ist im Munde meines Freundes“, worauf der junge, von mir schon erwähnte Dolmetscher hereingeführt wurde; mit seiner Hilfe beantwortete ich so viele Fragen, wie Seine Majestät in einer Stunde nur an mich richten konnte. Ich sprach im Balnibarbischen, und mein Dolmetscher übersetzte meine Worte sinngemäß ins Luggnaggische.

Der König fand an meiner Gesellschaft viel Vergnügen und befahl seinem *Bliffmarklub* oder Hofkämmerer, eine Wohnung für mich und meinen Dolmetscher am Hofe bereitzustellen. Ein bestimmter Betrag von Lebensmitteln für meine Tafel sowie ein großer Beutel mit Goldstücken für meine täglichen Ausgaben wurden zusätzlich bewilligt.

Um dem König zu willfahren, blieb ich drei Monate im Land; er hatte die Gnade, mir hohe Gunstbezeugungen zu erweisen und machte mir sehr ehrenwerte Anträge. Ich hielt es jedoch nur für klug und gerecht, den Rest meines Lebens bei meiner Frau und den Kindern zu verbringen.

ZEHNTES KAPITEL.

Die Luggnaggianer sind zu loben. Eine besondere Beschreibung der Struldbruggs. Gespräche des Verfassers mit einigen ausgezeichneten Persönlichkeiten.

Luggnagg wird von einem höflichen und großzügigen Volk bewohnt. Obgleich die Luggnaggianer den Stolz besitzen, der allen östlichen Nationen gemein ist, so zeigen sie sich dennoch höflich gegen Fremde, besonders wenn diese beim Hof in Gunst stehen. Ich hatte viele Bekannte, darunter Personen der besten Gesellschaft. Da ich nun stets von meinem Dolmetscher begleitet wurde, so waren die Unterhaltungen durchaus nicht unangenehm.

Eines Tages fragte mich ein Mann von Stande in einer großen Gesellschaft, ob ich die *Struldbruggs* oder die Unsterblichen

des Landes gesehen hätte. Ich verneinte dies und bat ihn, mir zu erklären, was diese Benennung, die sterblichen Geschöpfen erteilt würde, denn eigentlich bedeute. Der Herr sagte mir nun: es ereigne sich bisweilen, obgleich sehr selten, daß ein Kind mit einem runden roten Flecken an der Stirn, gerade über der linken Braue, in einer Familie geboren werde. Dieser Fleck sei ein unfehlbares Zeichen der Unsterblichkeit. Wie der Herr den Fleck beschrieb, wäre derselbe ungefähr von der Größe eines silberen Dreipennystücks,werde aber mit der Zeit größer und verändere die Farbe. Im zwölften Jahr werde er grün und behalte jedoch diese Farbe bis zum fünfundzwanzigsten Lebensjahr, in welchem er dunkelblau, dann kohlschwarz und so groß wie ein englischer Shilling werde. Der Herr sagte: solche Geburten seien so selten, daß es im ganzen Königreich nicht mehr als elfhundert Struldbruggs beiderlei Geschlechter gebe; darunter befinde sich ein kleines, vor drei Jahren geborenes Mädchen. Diese Wesen seien keiner Familie eigentümlich, sondern ein bloßes Werk des Zufalls; die Kinder der Struldbruggs selbst seien ebenso sterblich wie das übrige Volk.

Ich muß offen gestehen, daß ich mit unaussprechlichem Vergnügen diesen Bericht anhörte. Da nun der Herr, mit dem ich sprach, das Balnibarbische verstand, das ich sehr gut sprach, konnte ich es nicht unterlassen, Ausdrücke zu gebrauchen, die vielleicht ein wenig zu überschwenglich waren. Ich rief, wie in Entzücken, aus: „O glückliche Nation, wo wenigstens jedes Kind das Glück haben kann, unsterblich zu sein! O glückliches Volk, das noch so viele lebende Beispiele der alten Tugend besitzt und Lehrer hat, die es in der Weisheit früherer Zeiten unterrichten können! Am glücklichsten vor allen sind jene Struldbruggs, die durch Geburt vom allgemeinen Unglück der Menschennatur ausgenommen sind, einen freien und ungefesselten Geist besitzen, weil sie die Last und die Niedergeschlagenheit der Todesfurcht nicht kennen."

Ich drückte mein Erstaunen aus, daß ich noch keine dieser erlauchten Personen bei Hof gesehen habe, denn der schwarze Fleck auf der Stirn sei ja ein so auffallendes Zeichen, daß ich dies schwerlich hätte übersehen können. Es sei unmöglich, daß ein so verständiger Fürst wie Seine Majestät sich nicht mit einer bedeutenden Anzahl solcher weisen und brauchbaren Ratgeber hätte versehen sollen. Vielleicht aber sei die Tugend solcher ehrwürdigen Weisen zu streng für die verdorbenen und freien Sitten eines Hofes. Wir sehen ja häufig durch Erfahrung, daß junge Leute zu eigensinnig und oberflächlich seien, um sich durch den verständigen Rat Älterer leiten zu lassen. Da jedoch Seine Majestät mir die Gnade erteilte, den Zutritt zu ihrer königlichen Person zu bewilligen, sei ich entschlossen, bei der ersten Gelegenheit ihm offen und ausführlich meine Meinung, mit Hilfe meines Dolmetschers, hierüber zu sagen. Ob der König meinen Rat annehme oder nicht, so habe ich dennoch in einem Punkt einen festen Entschluß gefaßt. Seine Majestät habe mir häufig eine Versorgung in Ihrem Hause angeboten. Ich würde mit größter Dankbarkeit diese Gnade annehmen und mein Leben im Gespräch mit jenen uns überlegenen Wesen, den Struldbruggs, zubringen, wenn diese die Güte hätten, mich in ihrer Gesellschaft zuzulassen.

Der Herr, an den ich diese Worte richtete, antwortete mir (wie ich schon bemerkte, verstand er die Sprache von Balnibarbi) mit einem Lächeln des Mitleids mit einem Unwissenden. Es sei ihm sehr angenehm, eine Gelegenheit gefunden zu haben, die mich veranlassen könnte, im Lande zu bleiben, und er bäte mich um Erlaubnis, der übrigen Gesellschaft meine Absicht zu verraten. Dies geschah; die Anwesenden unterhielten sich in ihrer Landessprache, wovon ich keine Silbe verstand. Ich konnte am Ausdruck ihrer Züge den Eindruck nicht erkennen, den meine Worte auf sie gemacht hatten. Nach einem kurzen Schweigen sagte mir derselbe Herr: Seine Freunde und die meinigen (in dieser Art hatte er die Güte, sich auszudrücken) seien sehr erfreut über die verständigen Bemerkungen, die ich über das Glück und die Vorteile des unsterblichen Lebens gemacht habe, und sie wünschten besonders zu erfahren, welchen Lebensplan ich mir selbst erdacht hätte, wäre mir das Schicksal zuteil geworden, als Struldbrugg geboren zu werden.

Ich erwiderte, es sei nicht schwer, bei einem so umfassenden und sympathischen Thema Beredsamkeit zu zeigen; insbesondere, da ich mich oft an Visionen ergötzte, was ich unternehmen würde, wäre ich König, General oder Lord. Auch im Falle der Unsterblichkeit hätte ich mir bereits ein System ersonnen, wie ich wirken und mir die Zeit vertreiben wollte, wäre es mir möglich, ewig zu leben.

Wäre ich so glücklich gewesen, als Struldbrugg auf die Welt zu kommen, würde ich mir Reichtümer zu schaffen versuchen; durch Geschicklichkeit und gute Verwaltung könnte ich alsdann, nach vernünftiger Erwartung, in ungefähr zweihundert Jahren diese so stark vermehren, daß ich der reichste Mann des Königreichs wäre. Dann würde ich mich von meiner frühesten Jugend an mit den Studien der Künste und Wissenschaften beschäftigen, wodurch ich zuletzt erreichen müßte, alle anderen an Gelehrsamkeit zu übertreffen. Zuletzt würde ich jede Handlung und jedes Ereignis von Wichtigkeit notieren, die Charaktere der aufeinanderfolgenden Fürsten und Staatsminister und meine Bemerkungen darüber niederschreiben. Ich würde mir die verschiedenen Veränderungen der Gewohnheiten, Sprachen, Moden, Lebensarten und Vergnügungen merken. Durch alle diese Erwerbungen müßte ich ein lebendiger Schatz der Gelehrsamkeit, Weisheit — und sicherlich das Orakel der Nation werden.

Ich würde mich nach sechzig Jahren nicht mehr verheiraten, sondern ein offenes Haus führen, jedoch weiterhin Geld sparen. Ich würde den Geist hoffnungsvoller Jünglinge bilden und leiten und sie nach meiner Erinnerung, Erfahrung und Beobachtung durch viele Beispiele von der Nützlichkeit der Tugend im öffentlichen und privaten Leben überzeugen. Meine gewöhnliche und ständige Gesellschaft würde jedoch ein Kreis meiner unsterblichen Bruderschaft sein. Ich würde aus diesem ein Dutzend der ältesten bis zu meinen Zeitgenossen auswählen. Wo es einigen an Vermögen fehlte, würde ich sie mit passenden Wohnungen in der Nähe meines Gutes ausstatten und sie stets an

meine Tafel laden, alsdann nur wenige der trefflichsten Sterblichen hinzuziehen, deren Verlust ich, durch die Zeit verhärtet, mit geringem Widerstreben zu ertragen lernen müßte.
Wir würden uns gegenseitig unsere Bemerkungen und Denkwürdigkeiten über den Verlauf der Zeiten mitteilen, Beobachtungen anstellen, wie die Verderbnis sich allmählich einschleiche, ihr bei jedem Schritt widerstehen, indem wir die Menschen belehrten und warnten. Käme diesem Umstand der starke Einfluß des eigenen guten Beispiels hinzu, so müßte dies die fortwährende Entartung der Menschennatur, über die man sich zu Recht zu allen Zeiten beklage, verhindern.

Zu diesen glücklichen Voraussetzungen müßte sich noch das Vernügen gesellen, daß man die verschiedenen Revolutionen der Staaten und Reiche, die Veränderungen der oberen und niederen Welt bemerkte, wie alte Städte in Trümmer fielen, und unbedeutende Dörfer sich zu Residenzen erhöben.
Welche wunderbaren Entdeckungen würde man in der Astronomie machen, die unsere eigenen Vorhersagungen überleben oder bestätigen müßten! Man könnte die Wanderungen und die Wiederkehr der Kometen im Verhältnis zum Wechsel der Bewegung von Sonne, Mond und Sternen beobachten.

Ich sprach noch lange über andere Teilgebiete, die mir der natürliche Wunsch nach einem endlosen Leben und einer Glückseligkeit unter dem Mond sehr rasch einfielen. Als ich geendet hatte, der Inhalt meiner Rede, wie zuvor, der übrigen Gesellschaft übersetzt worden war, entstand unter den Einheimischen ein langes Gespräch in der Landessprache, verbunden mit einigem Gelächter auf meine Kosten. Zuletzt aber sagte derselbe Herr, der mein Dolmetscher war, die übrigen Anwesenden hätten den Wunsch geäußert, er möge einige Irrtümer berichtigen, auf die ich durch die allgemeine Schwäche der menschlichen Natur verfallen und daher auch nicht zu tadeln sei: Die Rasse der Struldbruggs sei seinem Vaterland eigentümlich, denn es fänden sich solche Leute weder in Balnibarbi noch in Japan, wo er

die Ehre gehabt habe, Gesandter Seiner Majestät zu sein. Dort habe er bemerkt, daß die Einwohner beider Königreiche nicht glauben wollten, jene Tatsache sei möglich. In den beiden erwähnten Königreichen, wo er während seines Aufenthalts mit einer großen Anzahl Personen ins Gespräch gekommen sei, habe er bemerkt, langes Leben sei ein allgemeiner Wunsch des Menschengeschlechts. Jeder, der schon mit einem Fuß im Grabe stehe, halte sicher den andern so fest wie möglich zurück. Der älteste Greis hoffe, noch einen Tag länger zu leben und betrachtet den Tod als ein großes Übel, zu dem die Natur ihn fortwährend zwinge. Nur auf der Insel Luggnagg sei die Begierde zu leben nicht so heftig, weil man die Struldbruggs fortwährend vor Augen habe.

Der von mir aufgestellte Lebensplan sei unvernünftig und ungerecht, weil er eine immerwährende Blüte der Jugend, Gesundheit und Lebenskraft voraussetze. Kein Mensch könne jedoch so töricht sein, das zu hoffen, so ausschweifend er auch in seinen Wünschen sein möge. Die Frage handle sich deshalb nicht darum, ob ein Mensch stets in der Blüte der Jugend bei Gesundheit und Reichtum leben möge, sondern wie er ein „ewiges Leben" mit allen Nachteilen und Beschwerden des Greisenalters führen würde. Zwar wollten wenige Menschen ihren Wunsch, unter so harten Bedingungen unsterblich zu bleiben, eingestehen; er habe jedoch in den vorher erwähnten Königreichen, Balnibarbi und Japan, die Bemerkung gemacht, daß jeder Mensch seinen Tod noch etwas aufschieben möchte, wäre sein Leben auch bereits noch so weit vorgerückt. Noch habe er niemals gehört, ein Mensch sei gern gestorben, ausgenommen er leide im höchsten Grade an Körper- und Seelenqualen. Er

berufe sich auf meine eigenen Erfahrungen, ob ich nicht in den von mir bereisten Ländern diese allgemeinen Neigungen vorgefunden habe.

Nach dieser Vorrede gab mir der Herr einen besonderen Bericht über die Struldbruggs im Land. Er sagte: Jene Menschen handelten wie gewöhnliche Sterbliche bis zum dreißigsten Lebensjahr. Dann würden sie jedoch melancholisch und niedergeschlagen, und diese Stimmung steige bis zum achtzigsten Jahr. Er habe dies durch ihre eigenen Geständnisse erfahren. Gelangten sie nun zum achtzigsten Jahr, das sonst als äußerster Daseinspunkt in diesem Land angenommen wird, so zeigten sie nicht allein die Torheiten und Schwächen anderer Greise, sondern dazu auch die Bedrückung durch die schreckliche Aussicht, niemals sterben zu können. Sie wären nicht nur eigensinnig, hölzern, habgierig, mürrisch, eitel und geschwätzig, sondern auch zu jeder Freundschaft und jeder natürlichen Zuneigung unfähig. Neid und unstillbare Begierden sind ihre wesentlichen Leidenschaften. Hauptsächlich betreffe ihr Neid jedoch gerade diejenigen Potenzen, die die Laster beim jüngeren Geschlecht und den Tod bei dem älteren bewirkten. Gedächten sie der früheren Zeiten, so fänden sie, daß ihnen jede Möglichkeit des Vergnügens abgeschnitten sei. Sähen sie ein Begräbnis, beklagten und beneideten sie, daß andere in den Hafen der Ruhe gelangten, von dem sie selbst auf ewig ausgeschlossen seien. Sie erinnern sich, fuhr der Herr weiter fort, nur an diejenigen Dinge, die sie in ihrer Jugend und in ihrem Mannesalter beobachteten; aber auch in diesem Punkt ist ihr Gedächtnis sehr unvollkommen. Was aber die Wahrheit und die Einzelheiten einer Tatsache betrifft, so ist es besser, sich auf die gewöhnliche Tradition, als auf ihr Gedächtnis zu verlassen. Die Unglücklichsten unter den Struldbruggs sind diejenigen, die kindisch werden und ihr Gedächtnis verlieren. Diese erlangen mehr Mitleid und Hilfe, weil sie die vielen schlechten Eigenschaften, die man bei den Übrigen findet, gar nicht besitzen.

Wenn ein Struldbrugg ein Weib seiner eigenen Spezies heiratet, wird die Ehe nach dem Gesetz des Königreichs aufgelöst, sobald der jüngere Teil das achtzigste Lebensjahr erreicht hat. Nach dem Gesetz wird es nämlich für recht und billig gehalten, daß denjenigen, die ohne ihre Schuld dazu verdammt sind, fortwährend auf dieser Welt zu leben, ihr Elend nicht mehr durch die Last eines Weibes verdoppelt werde.

Sobald sie das achtzigste Jahr erreicht haben, werden sie gesetzlich als tot betrachtet. Ihre Erben folgen ihnen sogleich in der Besitzergreifung ihrer Güter. Nur eine kleine Summe wird für ihre Ernährung zurückbehalten. Die Ärmeren werden auf Kosten des Staates ernährt. Nach dieser Zeit dürfen sie jedoch kein Amt mehr, mit oder ohne Gehalt, verwalten, dürfen kein Grundstück kaufen oder pachten, und es wird ihnen nicht erlaubt, in einem Zivil- oder Strafprozeß als Zeuge aufzutreten, nicht einmal bei der Entscheidung über Grenzen und Marken.

Im neunzigsten Jahr verlieren sie Zähne und Haare sowie den Geschmack. Sie essen und trinken, was sie erhalten können, ohne Vergnügen und Appetit. Die Krankheiten, an denen sie früher litten, dauern fort, ohne sich zu verschlimmern oder zu bessern. Beim Sprechen vergessen sie die gewöhnlichsten Dinge und die Namen der Personen, sogar derjenigen, welche ihre nächsten Freunde und Verwandte sind. Aus demselben Grund können sie sich nicht mehr mit Lesen vergnügen, weil ihr Gedächtnis vom Anfang des Satzes bis zum Ende nicht mehr durchhält. Dadurch werden sie der einzigen Unterhaltung beraubt, deren sie sonst noch fähig sein könnten.

Da die Landessprache fortwährenden Veränderungen unterworfen ist, verstehen die Struldbruggs des einen Zeitalters die eines anderen nicht mehr. Auch sind sie nach zweihundert Jahren nicht mehr imstande, irgendein Gespräch mit ihren Nachbarn, den Sterblichen, zu führen, mit Ausnahme weniger Worte. Somit erleiden sie auch den Nachteil, als Fremde in ihrem eigenen Vaterland leben zu müssen!

Dies war der Bericht, soweit ich mich erinnern kann, der mir über die Struldbruggs gegeben wurde. Nachher lernte ich fünf oder sechs dieser „Unsterblichen" aus verschiedenen Zeitaltern, die von einigen meiner Freunde mehrmals vorgeführt wurden, kennen. Obgleich man ihnen sagte, ich sei ein weitgereister Mann und habe die ganze Welt gesehen, hegten sie nicht die geringste Neugier, mir auch nur eine Frage vorzulegen. Sie baten mich nur, ich möge ihnen ein *Slumskudask* oder ein Geschenk zum Andenken geben. Dieses ist eine bescheidene Art des Bettelns, zur Umgehung des Gesetzes, das ihnen Bettelei streng verbietet, weil sie vom Staat unterhalten werden, obgleich sie nur eine sehr kärgliche Nahrung erhalten.

Sie werden von jeder Volksklasse verachtet, ja gehaßt. Wenn ein Struldbrugg geboren wird, hält man dies für ein böses Vorzeichen. Man kann ihr Alter erfahren, indem man die Register um Rat fragt, die jedoch nicht über tausend Jahre hinaus erhalten werden. Die gewöhnliche Art, ihr Alter zu berechnen, besteht darin, daß man sie fragt, an welche Könige oder große Personen sie sich erinnern können, und man dann die Geschichte nachschlägt. Dieses Verfahren ist untrüglich, denn der letzte Fürst, an den sie sich erinnern, hat seine Regierung vor ihrem achtzigsten Lebensjahr begonnen.

Sie boten mir den scheußlichsten Anblick, der mir jemals zuteil geworden ist; die Frauen waren noch furchtbarer anzusehen als die Männer. Neben den Entstellungen des Alters zeigten sie im Verhältnis zu ihren Jahren eine furchtbare Totenfarbe, die ich nicht näher beschreiben kann, und unter einem halben Dutzend erkannte ich bald die ältesten, obgleich nicht mehr als ein oder zwei Jahrhunderte den Unterschied ihres Alters ausmachten.

Der Leser wird mir gewiß glauben, daß mein Wunsch nach einem fortwährenden Leben auf Erden nun sehr herabgestimmt wurde. Ich schämte mich herzlich der phantasiereichen Visionen, die ich mir vorgestellt hatte und dachte mir, kein Tyrann könne einen so schmerzhaften Tod erfinden, daß ich diesen nicht einem solchen Leben vorziehen möchte. Der König hörte alles, was zwischen mir und meinen Freunden bei dieser Gelegenheit vorgegangen war und hatte die Güte, mich hierüber zu necken. Er wünschte, ich könnte ein paar Struldbruggs in mein Vaterland senden, um unser Volk gegen die Todesfrucht zu immunizieren. Dies aber war, wie es schien, durch die Grundgesetze des Königreichs verboten, sonst hätte ich gern die Last und die Kosten des Transports auf mich genommen.

Ich mußte gestehen, daß die Gesetze des Königreichs betreffs der Struldbruggs auf Vernunftgründen beruhten und daß jedes andere Land unter ähnlichen Umständen zu demselben Verfahren gezwungen sein würde. Da nämlich Geiz die notwendige Folge des Greisenalters ist, so müßten diese Unsterblichen zuletzt die Eigentümer des Vermögens der ganzen Nation werden und sich dadurch die Regierungsgewalt verschaffen, die sie aus Mangel an Fähigkeiten nicht ausüben könnten, so daß der Untergang des Staates die unausbleibliche Folge sein müßte.

ELFTES KAPITEL.

Der Verfasser verläßt Luggnagg und segelt nach Japan. Von dort kehrt er auf einem holländischen Schiff nach Amsterdam und von dort nach England zurück.

Ich habe geglaubt, mein Bericht über die Struldbruggs könne den Leser interessieren, weil er etwas Ungewöhnliches biete. Ich erinnere mich wenigstens, niemals etwas Ähnliches in irgendeiner Reisebeschreibung, die mir in die Hände gekommen ist, gelesen zu haben. Habe ich mich getäuscht, so mag es zu meiner Entschuldigung dienen, daß Reisende, die dasselbe Land beschreiben, häufig bei den gleichen Schilderungen verweilen müssen, ohne den Tadel zu verdienen, sie hätten von ihren Vorgängern abgeschrieben.

Es herrscht ein beständiger Handelsverkehr zwischen diesem Königreich und dem Kaisertum Japan. Somit ist es wahrscheinlich, daß auch japanische Schriftsteller bereits von den Struldbruggs etwas berichtet haben. Mein Aufenthalt in Japan aber war so kurz, und ich war mit der Sprache so gänzlich unvertraut, daß ich nicht imstande war, mich danach zu erkundigen. Ich hoffe jedoch, die Holländer werden nach dieser von mir gegebenen Notiz neugierig und bereit sein, meinen unvollkommenen Bericht zu erweitern.

Seine Majestät hatte mich oft gebeten, eine Stelle an seinem Hof anzunehmen, erkannte aber bei mir den festen Entschluß, in mein Vaterland zurückzukehren. Er erteilte mir darauf Erlaubnis zur Abreise und händigte mir einen eigenhändig geschriebenen Empfehlungsbrief für den Kaiser von Japan aus. Seine Majestät schenkte mir ferner vierhundervierundvierzig große Goldstücke (die Luggnaggianer haben eine Vorliebe für gleiche Zahlen) und einen roten Diamanten, den ich in England für elfhundert Pfund Sterling verkaufte.

Am 6. Mai 1709 nahm ich von Seiner Majestät und allen meinen Freunden feierlich Abschied. Der König war so gnädig, mir eine Garde bis nach Glanguenstald, dem königlichen Hafen im südwestlichen Teil der Insel, mitzugeben. Nach sechs Tagen war ein Schiff nach Japan segelfertig, so daß ich fünfzehn Tage auf dieser Reise zubrachte. Wir landeten in einer kleinen Hafenstadt, mit Namen Xamoschi, die im südöstlichen Teil von Japan liegt. Die Stadt ist auf der westlichen Spitze erbaut, wo eine schmale Meerenge nordwärts in eine Bucht führt, an der sich nordwestlich die Hauptstadt Yedo erhebt. Beim Landen zeigte ich den Zollbeamten den Brief des Königs von Luggnagg an Seine Kaiserliche Majestät. Als die Beamten der Stadt von meinem Brief hörten, empfingen sie mich wie einen Staatsminister, versahen mich mit Wagen und Dienern und ließen mein Gepäck nach Yedo schaffen, wo ich eine Audienz erhielt und meinen

Brief überreichte. Dieser wurde unter vielen Zeremonien geöffnet und durch einen Dolmetscher dem Kaiser übersetzt, der mir auf Befehl seiner Majestät mitteilte, ich möge meinen Wunsch aussprechen, wie dieser immer auch laute, er werde mir, seinem königlichen Bruder, den Monarchen von Luggnagg, zuliebe, erfüllt werden.

Dieser Dolmetscher war ein Beamter, der die Geschäfte mit den Holländern besorgte. Er vermutete aus meinen Gesichtszügen, ich sei ein Europäer, und wiederholte deshalb den Befehl des Kaisers auf Holländisch, das er vollkommen verstand. Ich erwiderte, wie ich mir vorgenommen hatte: Ich sei ein holländischer Kaufmann, der in einem sehr entfernten Land Schiffbruch erlitten habe. Von dort sei ich zu Wasser und zu Land nach Luggnagg gereist und endlich nach Japan eingeschifft worden. Ich wüßte, daß meine Landsleute dort Handel trieben und hoffte, durch einige von ihnen Gelegenheit zur Rückkehr nach Europa zu erlangen. Deshalb erbäte ich mir die königliche Gunst, nach Nagasaki gebracht zu werden.

Hier fügte ich auch noch eine weiter Bitte hinzu: Mit Rücksicht auf meinen Beschützer, den luggnaggischen König, möge Seine Majestät so gnädig sein, mir die meinen Landsleuten ansonsten auferlegte Zeremonie zu erlassen: das Kruzifix mit Füßen treten zu müssen. Ich sei ja, ohne Absicht, Handel zu treiben, durch ein Unglück in dieses Königreich geraten. Als diese letzte Bitte dem Kaiser übersetzt worden war, schien er ein wenig erstaunt zu sein und äußerte: Ich sei der erste meiner Landsleute, der in diesem Punkt Bedenken äußerte, somit hege er Zweifel, ob ich wirklich ein Holländer und nicht ein Christ sei. Wegen der Gründe, die ich anführte, vorzüglich aber, um dem König von Luggnagg durch eine besondere Gunstbezeigung gefällig zu sein, werde er meiner besonderen Laune sich nachgiebig erweisen. Die Angelegenheit müsse mit Geschick behandelt werden; die Offiziere würden Befehl erhalten, mich so passieren zu lassen, als ob sie mich nicht bemerkt hätten.

Er könne mir allerdings versichern, daß meine Landsleute, die Holländer, mir auf hoher See den Hals abschneiden würden, wenn sie dieses Geheimnis entdeckten. Ich dankte durch meinen Dolmetscher auf die verbindlichste Weise für eine so außerordentliche Gunstbezeigung. Da nun einige Truppen damals nach Nagasaki marschierten, erhielt der kommandierende Offizier Befehl, mich dorthin in Sicherheit zu bringen, und außerdem noch besondere Instruktionen in bezug auf das Kruzifix.

Am 9. Juni 1709 war ich nach langer und umständlicher Reise in Nagasaki angelangt. Ich machte bald Bekanntschaft mit einigen holländischen Matrosen der „Amboyna", eines Amsterdamer Handelsschiffes von vierhundertfünfzig Tonnen.

Ich hatte in Holland gelebt, weil ich früher in Leyden studierte und verstand deshalb die Sprache. Die Matrosen hatten bald erfahren, woher ich zuletzt gekommen war und erkundigten sich neugierig nach meinen früheren Reisen und nach meinem Lebenslauf. Ich erfand deshab eine Geschichte, so kurz und wahrscheinlich wie möglich, verschwieg jedoch das meiste aus meinem Leben. Ich kannte viele Personen in Holland und konnte Namen für Verwandte leicht erfinden, von denen ich vorgab, sie wären kleine Unbedeutende in der Provinz Geldern.

Ich hätte dem Kapitän Theodorus Vangruet sehr gern be-

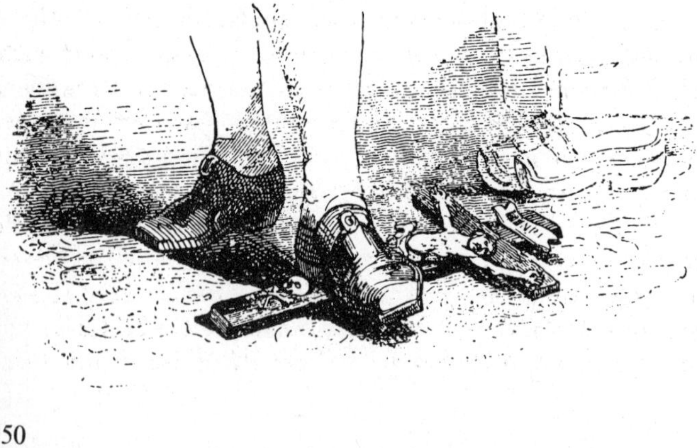

zahlt, was er mir für die Reise nach Holland abverlangt haben würde. Als er aber erfuhr, ich sei ein Wundarzt, benügte er sich damit, mir nur die halbe Taxe der Überfahrt abzuverlangen, unter der Bedingung, daß ich ihm als Schiffsarzt zur Verfügung stünde. Ehe wir in See stachen, wurden mir von einigen aus der Schiffsmannschaft immer wieder die Frage vorgelegt, ob ich die oben erwähnte Zeremonie absolviert hätte. Ich wich dieser Frage durch die allgemeine Antwort aus, ich wäre dem Kaiser und seinem Hof in jeder Hinsicht zuwillen gewesen. Ein boshafter Schurke von einem Bootsknecht ging aber zu einem Offizier und sagte diesem, wobei er auf mich wies, ich hätte noch nicht auf das Kruzifix getreten; der Offizier jedoch, der Instruktionen hatte, mich passieren zu lassen, verabfolgte dem Burschen zwanzig Hiebe mit einem Bambusrohr auf den Rücken, worauf ich dann nicht weiter mit derlei Fragen belästigt wurde.

Auf dieser Reise ereignete sich nichts Erwähnenswertes. Wir segelten unter günstigem Wind zum Kap der guten Hoffnung, wo wir nur vor Anker gingen, um Trinkwasser an Bord zu nehmen. Am 10. April 1710 liefen wir wohlbehalten im Hafen von Amsterdam ein, nachdem wir auf der Reise drei Mann durch

Krankheit und einen vierten durch einen Sturz vom Vordermast verloren hatten. Von Amsterdam aus segelte ich bald darauf nach England.

Am 16. April ankerten wir in den Downs. Ich ging am nächsten Morgen an Land und sah mein Vaterland nach einer Abwesenheit von fünf Jahren und sechs Monaten wieder. Ich machte mich geradewegs nach Redriff auf, wo ich am selben Tag gegen zwei Uhr nachmittags anlangte und meine Frau und Familie in bester Gesundheit antraf.

4e PARTIE
VOYAGE
AU PAYS
DES HOUYHNHNMS

IV.

Reise in das Land der Houyhnhnms

ERSTES KAPITEL.

Der Verfasser sticht als Kapitän eines Schiffes in See. Seine Besatzung meutert und sperrt ihn für längere Zeit in seiner Kajüte ein. An einer unbekannten Küste wird er an Land gesetzt. Der Verfasser reist in das Innere des Landes und begegnet dort einem sonderbaren Tier, dem „Yahoo".[1]) Zwei Houyhnhnms retten den Verfasser.

Ich blieb ungefähr fünf Monate bei meiner Frau und meinen Kindern, und war sehr glücklich. Hätte ich nur begreifen können, daß ich hier wahrhaft glücklich war! Jedoch ich ließ meine arme Frau, die guter Hoffnung war, erneut allein und nahm ein vorteilhaftes Anerbieten an, Kapitän des zweimastigen Segelschiffes „Adventure", von dreihundertfünfzig Tonnen, zu werden. Ich beherrschte die Nautik vollkommen und war einer Beschäftigung als Schiffsarzt überdrüssig geworden. Deshalb musterte ich einen geschickten jungen Mann dieses Standes, namens Robert Purefoy, an. Wir segelten am 7. September 1710 von Portsmouth ab und trafen am 14. des gleichen Monats bei Teneriffa den Kapitän Pocock aus Bristol, der nach Mexiko segelte, um Campecheholz zu fällen. Am 16. wurde er durch einen Sturm von uns getrennt. Ich habe seitdem gehört, daß er kenterte und die ganze Mannschaft mit Ausnahme eines Küchenjungen zugrunde ging. Er war ein ehrlicher Mann und seines Handwerks vollkommen kundig, jedoch zu eigensinnig in seinen Meinungen, und dies war der Grund seines Untergangs, wie auch bei vielen anderen. Wäre er meinem Rat gefolgt, säße er jetzt in derselben Sicherheit wie ich bei seiner Familie.

Mehrere Leute auf meinem Schiff waren am hitzigen Fieber der tropischen Gegenden gestorben, so daß ich genötigt war, Matrosen in Barbados und auf den Leeward-Inseln anzuheuern, wo ich nach dem Auftrag der Schiffsherren anlegen sollte. Bald

1) Yahoo (engl.) = Viehkerl

aber hatte ich Grund, dieses zu bereuen, denn ich fand nachher, daß die meisten „Buccaneer"[1]) gewesen waren. Ich hatte fünfzig Mann unter meinem Befehl und den Auftrag, mit den Südsee-Insulanern Handel zu treiben und neue, noch unbekannte Inseln zu erschließen. Jene Schurken, die ich aufgenommen hatte, wiegelten meine anderen Leute auf, und alle rotteten sich zusammen, um sich des Schiffes zu bemächtigen und mich zu beseitigen. Eines Morgens stürzten sie in meine Kajüte, banden mich an Händen und Füßen und drohten, mich über Bord zu werfen, wenn ich mich wehrte. Ich unterwarf mich ihnen. Alsdann nahmen sie mir hierüber einen Eid ab, banden mich los, fesselten mich mit dem linken Fuß an mein Bett, stellten vor meine Tür eine Schildwache mit geladener Pistole und dem Befehl, mich zu erschießen, sobald ich mich zu befreien suchte. Sie schickten mir Lebensmittel und Getränke herunter und übernahmen selbst das Kommando über mein Schiff. Es war ihre Absicht, Piraten zu werden und spanische Schiffe zu kapern, was sie jedoch nicht eher ausführen konnten, als bis sie mehr Matrosen angeworben hatten. Zuerst aber beschlossen sie, die Schiffsladung zu verkaufen. Alsdann wollten sie nach Madagaskar segeln, um Rekruten zu werben, da mehrere Seeleute seit meiner Gefangennahme gestorben waren. Sie kreuzten mehrere Wochen lang in den Gewässern und handelten mit den Indianern. Ich wußte nicht, welchen Kurs sie nahmen, da ich als Gefangener in der Kajüte eingeschlossen und stets gewärtig war, gehängt oder erschossen zu werden, eine Drohung, die mir häufig gemacht wurde.

Am 9. Mai 1711 erschien ein gewisser James Welch in meiner Kajüte und sagte, er habe vom Kapitän Befehl, mich an Land zu setzen. Ich erhob Einwendungen, jedoch vergeblich! Der Mann wollte mir nicht einmal sagen, wer denn der neue Kapitän sei. Man zwang mich, das Beiboot zu besteigen, erlaubte mir, mei-

1) Die Seeräuber jenes Zeitalters in den westindischen Meeren, die auch unter dem Namen Flibustier (Freibeuter) bekannt sind.

nen besten Anzug anzulegen, der noch so gut wie neu war, ein Bündel Wäsche, aber keine Waffen mitzunehmen, mit Ausnahme meines Hirschfängers. Auch erwies man mir die Höflichkeit, meine Taschen nicht zu durchsuchen, in denen ich mein ganzes Geld und unentbehrliche Utensilien bewahrte. Die Meuterer ruderten ungefähr eine Seemeile weit und setzten mich dann auf einem Strand aus. Ich flehte sie an, mir zu sagen, in welchem Land ich mich befände. Sie schwuren jedoch, dies ebensowenig zu wissen wie ich. Der Kapitän (wie sie ihn nannten) habe beschlossen, sobald die Ladung verkauft sei, sich meiner zu entledigen, wenn man Land entdecke. Sie stießen ab, rieten mir, mich zu beeilen, damit ich von der Flut nicht überrascht würde und sagten mir Lebewohl.

In diesem traurigen Zustand schritt ich vorwärts und gelangte bald auf festen Boden, wo ich mich auf eine Düne niedersetzte, um auszuruhen und zu überlegen, was ich am zweckmäßigsten beginnen könne. Als ich mich ein wenig erholt hatte, ging ich in das Innere des Landes und beschloß, mich dem ersten besten Wilden zu ergeben, den ich anträfe, und mein Leben mit Armbändern, Glasringen und anderem Krimskrams, wovon ich etliches bei mir trug, zu erkaufen. Das Land war von langen Reihen von Baumreihen, die jedoch nicht regelmäßig angepflanzt waren, sondern durcheinander wuchsen, durchzogen; auch befanden sich dort sehr viele Graswiesen und Haferfelder. Ich schritt sehr vorsichtig voran, aus Furcht, überrascht oder mit Pfeilen beschossen zu werden. Alsdann gelangte ich auf einen ausgetretenen Pfad, auf dem ich viele Spuren von Menschen und Rindern entdeckte, die meisten waren jedoch solche von Pferdehufen. Plötzlich sah ich vor mir mehrere Tiere auf einem Feld und eines oder zwei derselben Art, die auf Bäumen saßen. Ihre Form war sonderbar und sehr häßlich, so daß ich ein wenig aus der Fassung geriet und mich hinter einen Busch legte, um sie besser beobachten zu können. Einige kamen dem Platz näher, an dem ich mich versteckt hatte, und boten mir dadurch Gelegenheit, ihre Form näher zu betrachten. Kopf und Brust war mit dichtem Haar besetzt, einiges gelockt und anderes lang herabhängend. Sie hatten Bärte wie Ziegen, einen langen Haarstreifen auf dem Rücken und an den vorderen Teilen ihrer Beine; der übrige Teil des Körpers war nackt, so daß ich die Haut erkennen konnte, welche von schmutzig dunklem Braun und verwittert war. Sie waren nicht geschwänzt und hatten auch kein Haar an den hinteren Lenden mit Ausnahme des buschig bewachsenen Anus Die Natur mußte diesen Körperteil mit Haaren versehen haben, um sie beim Sitzen zu schützen, denn sie befanden sich meist in kauernder oder hockender Stellung, zuweilen legten sie sich nieder oder sie standen aufrecht auf den Hinterfüßen. Sie erklommen hohe Bäume so behend wie Eichhörnchen, denn sie besaßen starke und gekrümmte Klauen, die in scharfen Haken endeten. Sie pflegten mit wunderbarer Be-

hendigkeit zu hüpfen und zu springen. Die Weibchen waren nicht so groß wie die Männchen; sie hatten lang herabhängendes Haar auf ihren Köpfen, aber mit Ausnahme von After und Scham waren die übrigen Körperteile unbehaart. Ihre Brustspitzen hingen zwischen ihre Vorderpfoten und streiften im Gehen beinahe den Boden. Die Haarfarbe beider Geschlechter war braun, rot, schwarz und gelb. Auf allen meinen Reisen sah ich niemals ein so unangenehmes Tier, das in mir eine ähnliche Abneigung erweckt hätte. Somit dachte ich, jetzt hätte ich genug gesehen, stand voll Verachtung und Abscheu auf, folgte dem Weg und hoffte, er werde mich zu der Hütte eines Indianers

führen. Ich war noch nicht weit gegangen, als ich einem jener vorigen Geschöpfe auf meinem Weg begegnete. Als das häßliche Ungeheuer mich erblickte, schnitt es mir ein Gesicht und starrte mich an, als habe es ein ähnliches Lebewesen noch nie gesehen. Dann kam es näher und hob seine Vorderpfoten in die Höhe, vielleicht aus Neugier, vielleicht auch aus Aggressivität. Ich aber zog meinen Hirschfänger und versetzte ihm einen derben Schlag mit der flachen Klinge quer über's Gesicht. Als das Tier den Schmerz empfand, fuhr es zurück und brüllte so laut, daß eine Herde von wenigstens vierzig Stück vom nächsten Felde herangerannt kam und mich umschwärmte, laut heulte und mir boshafte Gesichter schnitt. Ich aber lief auf einen Baumstamm zu, lehnte mich mit dem Rücken dagegen und wehrte die Biester mit dem Hirschfänger ab. Mehrere Individuen dieses verfluchten Geschlechts ergriffen die Zweige hinter mir, sprangen auf den Baum und beschmutzten meinen Kopf mit ihrem

Kot; ich kam übrigens noch gut davon, denn ich drückte mich dicht an den Stamm, erstickte aber beinahe am Gestank des Kotes, der von allen Seiten neben mir herabfiel.

Plötzlich liefen alle so schnell wie möglich davon. Hierauf wagte ich es, den Baum zu verlassen und den Weg zu verfolgen, voll Erstaunen, wodurch jene Tiere erschreckt worden waren. Als ich nach links blickte, erkannte ich ein Pferd, das langsam auf dem Feld spazierenging; dies war wohl der Grund, weshalb meine Verfolger flohen, als sie das Tier erblickt hatten. Das Pferd stutzte ein wenig, als es mich bemerkte, erholte sich jedoch bald von seinem Schrecken und sah mir ins Gesicht mit deutlichen Anzeichen des Erstaunens. Es besah meine Hände und Füße und ging mehrere Male um mich herum. Ich wollte meinen Pfad verfolgen; es stellte sich mir jedoch in den Weg, blickte mit sanften Ausdruck und zeigte nicht die geringste Neigung zur Gewalttätigkeit. Wir blieben stehen, indem wir eine Zeitlang einander ansahen; zuletzt war ich so kühn, meine Hand zu seinem Hals zu erheben in der Absicht, es zu streicheln, und pfiff dabei, wie dies Jockeys zu tun pflegen, wenn sie mit einem fremden Pferd umgehen müssen. Das Tier aber schien meine Höflichkeit mit Verachtung anzunehmen, schüttelte das Haupt, senkte seine Brauen und erhob sanft seinen Vorderfuß, um meine Hand zu entfernen. Alsdann wieherte es drei- oder viermal, jedoch in so verschiedenem Ton, daß ich auf den Gedanken kam, es spreche in einer ihm eigentümlichen Sprache mit sich selbst.

Als wir beide uns auf diese Weise miteinander beschäftigten, kam ein anderes Pferd hinzu. Dieses wandte sich förmlich an das erste, dann berührten sie sich sanft mit den Vorderhufen, wieherten abwechselnd mehrer Male und veränderten dabei den Ton, so daß sie beinahe richtig artikulierten. Sie gingen einige Schritte zurück, als wollten sie sich miteinander beraten, spazierten nebeneinander her, rückwärts und vorwärts, wie Personen, die sich über eine wichtige Angelegenheit unterhalten, wobei sie häufig ihre Blicke auf mich richteten, als wollten sie mich bewachen, damit ich nicht entwische. Ich erstaunte, ein solches Benehmen bei vernunftlosen Tieren zu bemerken und dachte bei mir selbst, wenn die Einwohner dieses Landes einen entsprechend höheren Grad von Vernunft besäßen, dann müßten sie das intelligenteste Volk der Erde sein. Dieser Gedanke machte mir Mut, so daß ich weiterzugehen beschloß, bis ich ein Haus oder ein Dorf entdecken oder mit den Eingeborenen zusammentreffen könnte, indem ich die beiden Pferde sich nach Belieben miteinander unterhalten ließ. Das eine Pferd jedoch, das eine scheckige graue Farbe hatte, wieherte, als ich mich fortstehlen wollte, in so ausdrucksvollem Ton, daß ich glaubte, seinen Willen zu verstehen. Ich drehte mich um und ging auf es zu, um seine weiteren Befehle abzuwarten, wobei ich jedoch meine Furcht so gut wie möglich zu verbergen suchte. Ich fühlte Besorgnis, wie dies Abenteuer wohl enden würde, und der Leser wird gewiß verstehen, daß ich mit meiner gegenwärtigen Lage nicht sehr zufrieden war.

Die beiden Pferde kamen mir näher und besahen sehr ernsthaft mein Gesicht und meine Hände. Der Apfelschimmel rieb meinen Hut mit dem Vorderhuf und verrückte ihn so sehr, daß ich genötigt war, ihn abzunehmen, um ihn wieder besser aufzusetzen. Das andere befühlte meinen Rockschoß, und als es fand, daß dieser locker um mich herumhing, sahen mich beide mit neuen Zeichen der Verwunderung an. Es streichelte meine rechte Hand und schien die Zartheit und Farbe derselben zu bewundern, drückte sie aber so stark zwischen Hufen und Fesselgelenk, daß ich vor Schmerz aufschrie. Sie gerieten auch sehr in Verlegenheit wegen meiner Schuhe und Strümpfe, die sie oft befühlten, worauf sie einander mit verschiedenen Bewegungen zuwieherten, welche denen eines Philosophen glichen, wenn er ein neues und schwieriges Phänomen lösen will.

Das Benehmen dieser Tiere war so ordentlich und vernünftig, so scharfsinnig und klug, daß ich zuletzt daraus schließen muß-

te, es seien Zauberer, die sich zu irgendeinem Zweck verwandelt und beschlossen hätten, sich an einem Fremden zu belustigen, den sie unterwegs anträfen. Ich hielt nun an sie folgende Rede: „Meine Herren, wenn Sie Zauberer sind, wie ich zu vermuten Ursache habe, so müssen Sie jede Sprache verstehen können. Ich bin darum so frei, Euer Gnaden wissen zu lassen, daß ich ein armer Engländer bin, der durch Unglück in dieses Land verschlagen wurde. Deshalb bitte ich einen von Ihnen, mich auf seinem Rücken reiten zu lassen, als wären Sie wirkliche Pferde, um mich zu einem Haus oder zu einer Stadt zu bringen, wo ich Hilfe finde. Als Belohnung für diese Gefälligkeit werde ich Ihnen dieses Messer und dieses Armband geben." (Ich hatte beide zuvor aus meiner Tasche gezogen.) Die beiden Geschöpfe schwiegen, während ich sprach, schienen mir jedoch mit großer Aufmerksamkeit zuzuhören. Als ich geendet hatte, wieherten sich beide häufig zu, als wären sie in ein ernsthaftes Gespräch vertieft. Ich bemerkte deutlich, daß ihre Sprache die Leidenschaften sehr gut ausdrückte, und daß die Worte in ein Alphabet aufgelöst werden könnten,welches bei weitem einfacher als das chinesische sein müßte.

Ich konnte häufg das Wort „Yahoo“ unterscheiden, das mehrere Male von ihnen wiederholt wurde, und obgleich es mir unmöglich war, die Bedeutung zu erraten, so bemühte ich mich, während beide Pferde sich miteinander unterhielten, es meiner Zunge geläufig zu machen. Sobald sie schwiegen, sprach ich deshalb *Yahoo* mit lauter Stimme aus, indem ich zugleich, so gut wie möglich das Wiehern eines Pferdes nachahmte. Hierüber schienen beide sehr erstaunt, und der Schecke wiederholte mir das Wort zweimal, als wollte er mir den richtigen Akzent erklären. Ich sprach es ihm nach, so gut ich konnte und fand, daß ich mich jedesmal verbesserte, obgleich ich von Vollkommenheit

noch sehr weit entfernt war. Alsdann machte der Braune den Versuch mit einem zweiten Wort, das noch schwerer auszusprechen war. Um es in unserer Orthographie auszudrücken, werde ich es „*Houyhnhnms*" schreiben müssen. Diese Aussprache gelang mir nicht so gut, doch nach zwei oder drei Versuchen hatte ich mehr Glück, und beide staunten über meine Gelehrigkeit.

Nach einem weiteren Gespräch, von dem ich vermutete, daß es sich auf mich bezog, nahmen die beiden Freunde voneinander Abschied, indem sie dasselbe Kompliment, die Hufe zu berühren, wiederholten. Das braune Pferd gab mir durch ein Zeichen zu verstehen, ich sollte ihm vorangehen, und ich hielt es für klug zu gehorchen, bis ich einen besseren Wegweiser fände. Als ich anfing, langsamer zu gehen, schrie es: „*Hhuun! Hhuun!*" Ich erriet seinen Willen und gab ihm so gut wie möglich zu verstehen, ich wäre müde und könnte nicht schneller gehen, worauf es stillstand, um mich ausruhen zu lassen.

ZWEITES KAPITEL.

Der Verfasser wird von einem Houyhnhnm in dessen Haus geführt. Beschreibung des Hauses. Aufnahme des Verfassers. Die Nahrung der Houyhnhnms. Der Verfasser gerät in Not wegen Mangels an Nahrung. Wie er aus dieser Not gerettet wird. Seine Nahrung in diesem Lande.

Als wir ungefähr drei Meilen gegangen waren, kamen wir zu einer Art Haus, das aus eingerammten und kreuzweise gelegten Balken bestand. Das Dach war niedrig und mit Stroh gedeckt. Ich faßte wieder Mut und zog einiges Spielzeug, das die Reisenden als Geschenke für Wilde in Amerika und anderen Weltteilen mitzubringen pflegen, aus der Tasche, denn ich hoffte, die Bewohner des Hauses würden dadurch bewogen werden, mich freundlich aufzunehmen. Das Pferd ließ mir durch ein Zeichen den Vortritt. Ich betrat einen großen Raum mit Lehmboden und mit Trögen und Krippen, die sich an der Wand hin ausdehnten. Ich sah dort drei junge Hengste und zwei Stuten, die nicht fraßen, sondern zu meiner Verwunderung aufrecht auf ihren Schenkeln saßen; noch mehr aber wunderte ich mich, als ich sah, daß andere Pferde mit Hausarbeiten beschäftigt waren, obgleich sie offenbar nicht besonders edle Tiere zu sein schienen. Dies bestätigte meine Vermutung: ein Volk, welches unvernünftige Tiere so sehr zu zivilisieren verstehe, müsse alle Nationen der Welt an Weisheit übertreffen. Der Braune kam gleich hinter mir her und verhinderte dadurch eine böse Behandlung, die ich vielleicht von den anderen hätte erleiden müssen. Er wieherte mehrere Male im Befehlston und erhielt sogar Antwort.

Außer diesem Raum befanden sich in dem Haus noch drei andere, die, der Länge des Gebäudes nach, einander gegenüber lagen, in dem die Türen sich in gerader Linie vis à vis befanden. Wir gingen durch den zweiten Raum zum dritten. Hier trat der

Braune zuerst ein, wobei er mir winkte, ihm zu folgen. Ich wartete im zweiten Raum und hielt meine Geschenke für den Herrn und die Herrin des Hauses bereit. Sie bestanden aus zwei Messern, drei Armbändern von falschen Perlen, einem kleinen Spiegel und einem Halsband aus gläsernen Kugeln. Das Pferd wieherte zwei- oder dreimal, und ich erwartete eine Menschenstimme als Erwiderung zu hören, vernahm jedoch keine andere Antwort als denselben Dialekt und ein paar Töne, die ein wenig heiserer klangen. Deshalb dachte ich, das Haus gehöre einer Person von Ansehen unter diesem Volk, weil so viele Formalitäten vorausgehen mußten, bevor ich Zutritt erhielt. Der Um-

stand, daß eine Person von Stand durch Pferde bedient würde, lag jedoch außerhalb meines Begriffsvermögens, ich wähnte, mein Gehirn sei durch Unglück und Leiden verwirrt. Dann faßte ich wieder Mut und sah mich in dem Raum um, in dem ich jetzt alleine war, und der mit denselben Möbeln wie der erste, jedoch bei weitem zierlicher, ausgestattet war. Ich rieb mir die Augen, allein ich sah stets nur dieselben Gegenstände. Ich kniff mir in die Arme und die Seiten, um mich zu wecken, denn ich hoffte, alles sei nur ein Traum. Aus all dem schloß ich, der ganze Trug könne nur durch Zauberei und Magie bewirkt worden sein. Ich hatte jedoch keine Zeit, mich meinen Gedanken hinzugeben. Der Braune kam zur Tür herein und bedeutete mir durch ein Zeichen, ihm in den dritten Raum zu folgen, wo ich eine sehr schöne Stute mit zwei Füllen erblickte, die mit ihren Hinterfüßen auf künstlich geflochtenen und vollkommen reinen Strohmatten saßen.

Nachdem ich eingetreten war, erhob sich die Stute von ihrem Sitz, trat nahe an mich heran, untersuchte genau mein Gesicht und meine Hände und warf mir einen im höchsten Grad verächtlichen Blick zu. Alsdann wandte sie sich zu dem Hengst, und ich hörte, wie das Wort Yahoo zwischen beiden häufig gewechselt wurde. Die Bedeutung des Wortes konnte ich nicht erfassen, obgleich es das erste war, dessen Aussprache ich erlernt hatte. Bald wurde ich zu meiner ewigen Kränkung darüber unterrichtet. Der Hengst winkte mir mit dem Kopf und wiederholte mir das „*Hhuun! Hhuun!*“, wie unterwegs, was ich bereits verstand, und womit er andeutete, ich solle ihm folgen. Alsdann führte er mich in den Hof, wo ein anderes Gebäude in einiger Entfernung vom Hause stand. Wir traten ein, und ich sah drei dieser scheußlichen Kreaturen, welche ich bei meiner Landung zuerst angetroffen hatte; sie nährten sich von Wurzeln und vom Fleisch einiger Tiere, wie ich nachher erfuhr, von Hunden und Eseln und bisweilen auch von krepierten Kühen. Mit dem Hals waren sie durch starke Weidenruten an einem Balken festgebun-

den. Sie hielten ihre Nahrung mit den Vorderpfoten und zerrissen dieselbe mit ihren Zähnen.

Das Herr-Pferd befahl einem fuchsroten Klepper, der sein Diener war, das größte dieser Tiere loszubinden und in den Hof zu bringen. Die Bestie und ich wurden nahe aneinandergestellt und unsere Gesichtszüge sowohl vom Herrn wie vom Diener aufmerksam verglichen, worauf sie beide das Wort „*Yahoo*“ mehrere Male wiederholten.

Hier kann ich meinen Abscheu und mein Erstaunen nicht beschreiben, als ich in diesem verabscheuungswürdigen Tier eine vollkommene Menschenfigur erblickte. Das Gesicht war allerdings flach und breit, die Nase eingedrückt, die Lippen wulstig, und das Maul reichte fast von einem Ohr zum anderen. Diese Verschiedenheiten von unserer Gesichtsbildung sind aber allen wilden Völkern eigen, die ihre Kinder auf dem Bauch herumkriechen lassen oder sie auf dem Rücken tragen, so daß die Kinder mit dem Gesicht über den Schultern ihrer Mütter gesäugt werden. Die Vorderfüße der Yahoos waren von meinen Händen nur durch Länge der Nägel, durch die Rauhheit und Bräune der Handflächen und durch die haarige Rückseite verschieden. Dieselbe Ähnlichkeit zeigte sich im Vergleich unserer Füße, wie ich sehr wohl wußte; die Pferde jedoch ahnten dieses nicht, weil ich Schuhe und Strümpfe trug. Die sonstigen Körperteile unterschieden sich nur durch die Farbe der Haut und die Dichte der Behaarung.

Die größte Schwierigkeit, die sich den beiden Pferden zu bieten schien, bestand darin, daß sie meinen Körper von dem des Yahoo so sehr verschieden sahen. Dies verdankte ich meinen Kleidern, die sie wohl für angewachsene Haut hielten. Der fuchsrote Klepper bot mir eine Wurzel, die er nach Art der Houyhnhnms, die ich gelegentlich noch beschreiben werde, zwischen seinem Huf und dem Fußgelenk hielt. Ich nahm sie in meine Hand, roch daran und gab sie ihm betont höflich wieder zurück. Alsdann brachte er aus dem Stall der Yahoos ein Stück Eselsfleisch. Es stank aber so furchtbar, daß ich mit dem Brechreiz kämpfte. Hierauf warf er es dem Yahoo zu, der es gierig verschlang. Alsdann zeigte er mir ein Bündel Heu und etwas Hafer, jedoch ich schüttelte den Kopf, um anzudeuten, beides sei kein Futter für mich. Auch fürchtete ich schon wirklich den Hungertod, wenn ich nicht endlich ein Individuum meiner Gattung fände, denn, was die schmutzigen Yahoos betraf, so muß ich gestehen, daß ich nie so verabscheuungswürdige Geschöpfe gesehen habe, obgleich es damals nur wenige gab, die im gleichen Maße wie ich Menschenfreunde waren. Je näher ich

den Yahoos kam, desto verhaßter sind sie mir geworden, solange ich im Lande blieb. Dies erkannte das Herren-Pferd aus meinem Benehmen und schickte deshalb den Yahoo in seinen Stall zurück. Alsdann legte es seinen Vorderhuf ans Maul, worüber ich erstaunte, zumal es diese Bewegung fast anmutig und ganz natürlich ausführte; zugleich gab es mir auch durch andere Zeichen zu verstehen, ich möge andeuten, was ich denn zu essen wünsche. Ich konnte ihm aber keine Antwort geben, die es zu begreifen vermochte, und wäre dies auch selbst der Fall gewesen, so sah ich keine Möglichkeit, mir irgendeine Nahrung zu verschaffen. Während wir uns so gegenseitig verständlich zu machen suchten, bemerkte ich, daß eine Kuh vorbeiging; ich zeigte auf dieselbe und drückte meinen Wusch aus, sie melken zu dürfen. Dies hatte Wirkung. Das Pferd führte mich ins Haus zurück und befahl einer Stutenmagd, mir ein Zimmer zu öffnen, wo ein ziemlicher Vorrat Milch in irdenen und hölzernen Gefäßen, reinlich und in Ordnung, verwahrt war. Die Magd gab mir hierauf eine große Schale voll Milch, die ich mit bestem Appetit trank und die mich sehr erfrischte.

Gegen Mittag sah ich ein komisches Fuhrwerk, einem Schlitten ähnlich, von vier Yahoos gezogen, vor der Hütte anlangen; darin befand sich ein altes Pferd, welches eine Person von Stand zu sein schien. Es stieg mit den Hinterfüßen zuerst aus, da es unglücklicherweise am linken Vorderfuß verletzt worden war. Es wollte offenbar mit unserem Pferd zu Mittag speisen und wurde von diesem mit großer Ehrerbietung empfangen. Sie speisten im besten Zimmer und erhielten Hafer, in Milch gekocht, als zweiten Gang der Tafel. Das alte Pferd aß diese Speise warm, die übrigen aber kalt. Die Krippen wurden inmitten des Zimmers kreisförmig, durch Zwischenwände voneinander abgegrenzt, aufgestellt und in mehrere Abteilungen geschieden. Die Pferde saßen dabei mit ihren Hinterschenkeln auf Strohbündeln. In der Mitte befand sich eine große Krippe mit Winkeln, welche jeder Abteilung der Tröge entsprach, so daß jedes Pferd sein ihm bestimmtes Heu nebst dem Gemisch von Milch und Hafer sehr anständig und regelmäßig aß. Das Benehmen der männlichen und weiblichen Füllen war sehr bescheiden und das des Herrn und seiner Gemahlin außerordentlich heiter und gefällig gegenüber dem Gast. Der Braune befahl mir, mich an seine Seite zu stellen; er und sein Freund hielten über mich eine lange Unterredung, wie ich aus den Blicken des Fremden und aus der häufigen Wiederholung des Wortes Yahoo schließen konnte.

Ich trug zufällig meine Handschuhe. Als dies der Braune, das Herr-Pferd, bemerkte, schien er sehr erstaunt und gab mir durch Zeichen seine Verwunderung zu verstehen, was ich mit meinen Händen angefangen habe; er legte seinen Huf drei- oder viermal darauf, als wollte er mir andeuten, ich sollte meinen Händen das frühere Aussehen wiedergeben. Dies tat ich dann auch; ich zog sogleich meine Handschuhe aus und steckte sie in die Tasche. Dies bewirkte ein weiteres Gespräch, und ich sah: die Gesellschaft war mit meinem Betragen zufrieden. Auch bemerkte ich bald die guten Folgen. Mir wurde befohlen, die wenigen Worte, die ich verstand, auszusprechen. Während die Gesellschaft bei Tisch saß, lehrte mich der Herr die Namen für Hafer, Milch, Feuer, Wasser und einige andere Gegenstände, diese konnte ich ihm sehr bald nachsprechen, da ich von früher Jugend an viel Gewandtheit im Erlernen fremder Sprachen besessen habe.

Als das Mittagessen vorbei war, nahm mich das Herr-Pferd beiseite und gab mir durch Zeichen zu verstehen, es täte ihm sehr leid, daß ich nichts zu essen bekommen hätte. Hafer wird in der Sprache der Houyhnhnms „*Hluunh*" genannt. Obgleich ich diese Speise zuerst zurückgewiesen hatte, fiel mir doch gleich darauf ein, ich könnte daraus eine Art Brot machen, das zusammen mit der Milch genügen würde, mich am Leben zu erhalten, bis ich in ein anderes Land und zu Geschöpfen meiner eigenen Art fliehen könnte. Das Pferd befahl sogleich einer weißen Magd-Stute aus seiner Familie, mir eine Portion Hafer in einer Art hölzernem Trog zu bringen. Dieses Getreide erhitzte ich so gut wie möglich über dem Feuer, bis die Hülsen absprangen, worauf ich diese vom Korn zu lösen suchte; die Körner zermahlte ich zwischen zwei Steinen, vermischte sie mit Wasser und verrührte sie zu einem Brei, den ich am Feuer röstete und warm mit Milch verspeiste. Anfänglich schien mir dies eine recht unschmackhafte Speise, obgleich sie in vielen Teilen Europas genossen wird; aber mit der Zeit gewöhnte ich mich daran, und da ich schon oft in meinem früheren Leben zu noch magerer Kost genötigt gewesen war, erkannte ich hier nicht zum ersten Male, wie wenig man von Natur aus zum Leben brauchte. Auch muß ich erwähnen, daß ich nie auch nur eine Stunde lang krank war, solange ich auf der Insel der Houyhnhnms weilte. Allerdings bemühte ich mich gelegentlich, Kaninchen oder Vögel mit Schlingen aus Yahoohaar zu fangen; oft auch sammelte ich nahrhafte Kräuter, die ich kochte oder als Salat zum Brot aß. Bisweilen machte ich mir ein wenig Butter und trank die Buttermilch. Der Mangel an Salz machte mir zu schaf-

fen, allein die Gewöhnung söhnte mich bald auch mit diesem Manko aus. Ich neige jetzt zu der Überzeugung, der häufige Gebrauch des Salzes sei bei uns nur eine Folge der heute üblichen Völlerei und sei zuerst als ein Anreizmittel zum Trinken eingeführt worden, mit Ausnahme des Falles, in welchem es dazu dient, das Fleisch auf langen Reisen oder in den Gegenden, die abseits von großen Märkten liegen, vor Fäulnis zu bewahren. Wir bemerken ja, daß kein Tier außer dem Menschen das Salz liebt, und was mich betrifft, so hat es mich viel Mühe gekostet, den Geschmack des Salzes in irgendeiner Speise zu ertragen, nachdem ich das Land der Houyhnhnms verlassen hatte.

Dies mag genügen, um meine Lebensweise in bezug auf das Essen darzustellen, mögen auch andere Reisende Bücher damit füllen, als sei den Lesern nur daran gelegen zu erfahren, ob wir gut oder schlecht äßen. Es war allein notwendig, dieses Thema anzuschneiden, weil anders die Welt es für unmöglich halten würde, daß ich drei Jahre lang in einem solchen Land und unter solchen Einwohnern meine Nahrung fand.

Gegen Abend befahl das Herr-Pferd, mir einen Raum als Schlafstelle zu bereiten. Dieser war nur sechs Schritt von der Hütte entfernt und durch eine Wand vom Stall der Yahoos getrennt. Hier schüttete ich mir etwas Stroh auf, bedeckte mich mit meinen Kleidern und hatte einen gesunden Schlaf. In kurzer Zeit hatte ich mich noch besser an meine Lage gewöhnt, wie der Leser später erfahren wird, wenn ich über mein Leben genauer sprechen werde.

DRITTES KAPITEL.

Der Verfasser versucht, die Sprache der Houyhnhnms zu erlernen; sein Herr ist ihm dabei behilflich. Beschreibung der Sprache. Mehrere Houyhnhnms von Stand kommen aus Neugier, den Verfasser zu sehen. Er gibt seinem Herrn einen kurzen Bericht von seiner Reise.

Mein hauptsächlichstes Bemühen galt der Erlernung der houyhnhnmischen Sprache, worin mich mein Herr (von nun an werde ich den Schimmel so nennen), dessen Kinder und das Gesinde des Hauses unterrichteten. Sie betrachteten es nämlich als ein Wunder, daß ein dummes Tier so viele Spuren eines vernünftigen Geschöpfes offenbarte. Ich zeigte auf jedes Ding in meiner Umgebung, fragte nach dem Namen, zeichnete denselben in meinem Tagebuch auf, sobald ich allein war, und verbesserte dadurch den Akzent, daß ich die Mitglieder der Familie ersuchte, mir die Wörter öfter vorzusprechen. Bei dieser Beschäftigung war mir der fuchsrote Klepper, einer der unteren Bedienten, im höchsten Grade behilflich.

Die Houyhnhnms sprechen hauptsächlich nasal und kehlig. Ihre Sprache kommt von allen europäischen, die ich kenne, dem Hochdeutschen am nächsten, ist jedoch weitaus zierlicher und ausdrucksvoller. Kaiser Karl V. machte ja eine ähnliche Bemerkung, als er sagte, spreche er je mit seinen Pferden, so werde er Deutsch reden.

Neugier und Ungeduld meines Herrn waren so groß, daß er oft seine Mußestunden opferte, um mich zu unterrichten. Er war überzeugt (wie er mir später sagte), ich sei ein Yahoo; aber meine Gelehrigkeit, Höflichkeit und Reinlichkeit setzten ihn in Erstaunen; jene Eigenschaften waren nämlich denen der Yahoos völlig entgegengesetzt. Er war sehr im Zweifel hinsichtlich meiner Kleider, und fragte sich, ob sie wohl ein Teil meines Körpers wären, denn nie legte ich sie ab, ehe die ganze Familie

eingeschlafen war und ich bekleidete mich schon, bevor sie morgens wieder erwachten. Mein Herr war begierig zu erfahren, woher ich käme, wie ich mir diesen Anschein von Vernunft erworben habe, die ich in allen meinen Handlungen erkennen ließe. Zudem hoffte er, auch meine Geschichte aus meinem eigenen Mund zu hören; er erwartete, ich würde bei den großen Fortschritten, die ich im Erlernen der Worte und Sätze machte, bald imstande sein, ihm diese zu erzählen. Um mein Gedächtnis zu unterstützen, schrieb ich alles, was ich erlernt hatte, in englischer Orthographie nieder und fügte den Worten die Übersetzung hinzu. Es kostete viel Mühe, ihm auseinanderzusetzen, was ich da täte, denn die Eingeborenen dort haben nicht die geringste Vorstellung von Büchern und Literatur.

Nach ungefähr zehn Wochen konnte ich die meisten seiner Fragen verstehen, nach drei Monaten ihm verständliche Antworten geben. Er war außerordentlich neugierig zu erfahren, aus welchem Teil des Landes ich gekommen wäre und wie ich gelernt hätte, vernunftbegabte Geschöpfe nachzuahmen, weil die Yahoos (denen ich in Gesicht, Kopf und Händen, den allein sichtbaren Teilen, glich) die ungelehrigsten aller Tiere seien, obgleich sie einen größeren Anflug von List und die stärkste Neigung zur Stiftung von Unheil zeigten. Ich erzählte, ich sei über das Meer von einem sehr entfernten Platz mit vielen anderen meiner Art in einem großen hohlen Gefäß, aus dem Holz der Bäume verfertigt, hergekommen. Meine Gefährten hätten mich gezwungen, an dieser Küste zu landen und mich alsdann mir selbst überlassen. Nur mit Schwierigkeit und durch viele Zeichen brachte ich ihn dahin, daß er mich verstand. Er antwortete: ich müßte mich notwendig irren oder hätte Dinge gesagt, die gar nicht existierten. (Die Houyhnhnms haben in ihrer Sprache kein Wort für Lüge oder Unwahrheit). Er wüßte, es sei unmöglich, daß sich noch ein Land jenseits des Meeres befände und daß ein Haufen Tiere auf dem Wasser ein hölzernes Gefäß nach Belieben lenken könnte. Er wußte ferner, kein Houyhnhnm könne solch ein Gefäß verfertigen und würde dessen Leitung den Yahoos auch nimmer anvertrauen.

Das Wort „Houyhnhnm" bedeutet in der Landessprache Pferd und in seiner sprachgeschichtlichen Bedeutung: *„die Vollkommenheit der Natur"*. Ich sagte meinem Herrn: Jetzt wäre ich noch in Verlegenheit hinsichtlich meines Wortschatzes; ich würde diesem Mangel jedoch so schnell wie möglich abhelfen und hoffte, ihm in kurzer Zeit wunderbare Dinge sagen zu können. Er hatte die Güte, seiner eigenen Stute, seinen beiden Füllen und den Bedienten der Familie Befehl zu erteilen, jede Gelegenheit zu meinem Unterricht zu nutzen. Jeden Tag gab er sich zwei oder drei Stunden lang selbst die Mühe. Mehrere Hengste und Stuten von Stand aus der Nachbarschaft kamen oft in unser Haus, nachdem das Gerücht von einem wunderbaren Yahoo verbreitet war, der wie ein Houyhnhnm sprechen könne und in allen Handlungen einige Funken von Vernunft offenbare. Diese fanden Vergnügen daran, sich mit mir zu unterhalten. Sie legten mir mehrere Fragen vor und erhielten Antworten, wie ich sie geben konnte. Durch all diese Vorteile machte ich so bedeutende Fortschritte, daß ich in fünf Monaten nach meiner Ankunft alles verstand, was mir gesagt wurde und ich mich ziemlich unmißverständlich ausdrücken konnte.

Die Houyhnhnms, die meinen Herrn besuchten, um mich zu sehen und um mit mir zu sprechen, konnten kaum glauben, ich sei ein wirklicher Yahoo, weil mein Körper eine andere Bedekkung habe als die anderen meines Geschlechts. Sie erstaunten, mich ohne Haar und Haut, mit Ausnahme meines Kopfes und meiner Hände zu sehen, allein ich hatte dies Geheimnis meinem Herrn nach einem Ereignis entdeckt, das sich ungefähr vierzehn Tage zuvor begeben hatte.

Ich habe dem Leser schon gesagt, daß es jede Nacht meine Gewohnheit war, mich auszuziehen und mich mit meinen Kleidern zu bedecken, sobald die Familie zu Bett gegangen war.

Einst geschah es, daß mein Herr mich eines Morgens durch den fuchsroten Klepper holen ließ, der sein Diener war. Als er kam, schlief ich noch, meine Kleider waren an einer Seite heruntergefallen, mein Hemd über den Leib abgestreift. Ich erwachte bei dem Geräusch, das er machte und bemerkte, daß er seine Botschaft in Verlegenheit ausrichtete. Hierauf ging er zu meinem Herrn und gab demselben mit einigem Schrecken einen verwirrten Bericht von dem, was er gesehen hatte. Dies bemerkte ich sogleich, denn als ich angekleidet war und meine Aufwartung machte, fragte mich mein Herr nach der Bedeutung des Berichts, den ihm der Diener gegeben habe. Ich sei nämlich nicht dasselbe Geschöpf im Schlaf, das ich in anderen Zeiten zu sein scheine. Sein Diener habe ihm die Versicherung gegeben, ein Teil von mir sei weiß, ein anderer gelb oder wenigstens nicht so weiß und einige andere Teile sogar von brauner Farbe.

Bis dahin hatte ich das Geheimnis meiner Kleidung verhehlt, um mich so weit wie möglich von jenem verfluchten Geschlecht der Yahoos zu distanzieren. Jetzt aber, fand ich, war mir dies nicht länger möglich. Außerdem bedachte ich, meine Kleider und Schuhe würden bald abgenützt sein, denn sie befanden sich bereits in schlechtem Zustand. Ich mußte sie also durch irgendein Mittel aus den Fellen der Yahoos oder anderer Tiere ersetzen. Dadurch hätte das Geheimnis ohnedies verraten werden müssen. Somit sagte ich meinem Herrn: in dem Land, aus dem ich komme, bedecke sich das ganze Geschlecht den Leib mit Haaren verschiedener Tiere, die man künstlich zubereite. Dies geschehe sowohl des Anstandes wegen als auch, um die unangenehmen Einflüsse der Luft, bei Hitze wie bei Kälte, zu vermeiden. Was mich selbst betreffe, so wolle ich ihn sogleich hiervon überzeugen, wenn er die Güte habe, mir den Befehl zu erteilen.

Mein Herr beobachtete mein ganzes Verfahren mit großer Neugier und Verwunderung. Er nahm alle meine Kleider mit dem Fußgelenk auf und untersuchte eines nach dem anderen mit großer Genauigkeit, alsdann streichelte er sanft meinen Leib und besah mich von allen Seiten. Hierauf sagte er: ich sei ein vollkommener Yahoo, sei jedoch von den übrigen meines Geschlechtes in der Weiße und Sanftheit meiner Haut sehr verschieden; ferner auch durch den Mangel an Haaren an mehreren Teilen meines Körpers; durch die Form und die Größe meiner Vorder- und Hinterklauen; endlich auch durch mein Bestreben, fortwährend auf meinen Hinterpfoten zu gehen. Er wünschte nichts weiter zu sehen und erteilte mir Erlaubnis, meine Kleider wieder anzulegen, denn ich schauderte vor Kälte.

Ich sagte ihm, wie unangenehm es mir sei, daß die Benennung Yahoo, dieses verhaßten Tieres, gegen das ich äußersten Abscheu und Verachtung hege, mir so häufig beigelegt werde und bat ihn deshalb, er möge das Wort nicht ferner auf mich anwenden und dasselbe seiner Familie und seinen Freunden sagen, denen er erlaube, mich zu besuchen. Ich bat ihn ferner, das Geheimnis meiner falschen Körperbedeckung zu bewahren, solange meine gegenwärtige Kleidung aushalten würde, denn wie sein Diener, der fuchsrote Klepper, bemerkt habe, werde es im Interesse seiner Ehre sein, nicht davon zu reden.

Zu all dem gab mein Herr sehr gnädig seine Einwilligung, und so wurde das Geheimnis bewahrt, bis meine Kleider abgenutzt waren, so daß ich genötigt wurde, dieselben auf verschiedene Weise zu ersetzen. Alsdann sprach der Herr seinen Wunsch aus, ich möge unterdessen die Landessprache erlernen. Er sei nämlich über meine Fähigkeit der Rede und Vernunft noch mehr erstaunt als über die Gestalt meines Körpers, ich möge mich bedecken oder nicht. Auch warte er voll Ungeduld auf die wunderbaren Dinge, die ich ihm erzählen wolle.

Von da an verdoppelte er seine Mühe, mich durch seinen Unterricht zu fördern, er brachte mich in alle Gesellschaften und trug Sorge, daß ich höflich behandelt wurde; er raunte nämlich seinen Freunden zu, dies werde mich in guter Laune erhalten und mich für sie unterhaltender machen.

An jedem Tag legte er mir mehrere Fragen vor, die ich so gut wie möglich beantwortete; hierdurch hatte er bereits ein allgemeines, wenn auch noch unvollkommenes Bild gewonnen. Es würde langweilig sein, das ganze Verfahren zu beschreiben, wie ich zu einer regelmäßigen Unterhaltung gelangte. Der erste Bericht, den ich jedoch in einiger Ordnung und Ausführlichkeit über mich gab, lautete etwa so:

Ich sei aus einem sehr entfernten Lande gekommen, nebst fünfzig anderen meiner Art; wir seien in einem großen hölzernen Fahrzeug, das bei weitem größer gewesen sei als das Haus meines Herrn, über das Meer gereist. Ich beschrieb ihm das Schiff und erklärte ihm an Hand meines Schnupftuches, wie der Wind es vorwärts treibe. Nach einem Zwist unter uns sei ich hier an der Küste ausgesetzt worden und ich sei weitergegan-

gen, ohne zu wissen wohin, bis er mich von der Verfolgung der verabscheuungswürdigen Yahoos befreit habe. Mein Herr fragte mich hierauf, wie das Schiff gebaut sei und wie die Houyhnhnms meines Landes dasselbe der Führung von Tieren überlassen konnten. Meine Antwort war: Ich würde in meinem Bericht nicht fortzufahren wagen, wenn er mir nicht sein Wort geben, daß er sich nicht ärgern wolle, und alsdann würde ich ihm die Wunder erzählen, die ich so oft versprochen. Er bewilligte meine Bitte, und ich gab ihm dann die Versicherung, das Schiff sei von Geschöpfen, die mir auf's Haar glichen, verfertigt worden. In meinem Vaterland sowie in allen Ländern, die ich durchreiste, seien die Yahoos allein die vernünftigen und herrschenden Kreaturen; bei meiner Ankunft sei ich so erstaunt gewesen, als ich ihn erblickte, daß die Houyhnhnms als vernünftige Geschöpfe handelten, wie er und seine Freunde sich verwunderten, einige Spuren von Vernunft bei einem Geschöpf zu finden, das er Yahoo zu nennen die Güte habe. Ich gestand ein, daß ich den Yahoos in jedem Teil meines Körpers gleiche, daß ich mir jedoch ihre entartete und viehische Natur nicht erklären könne. Ich sagte ferner: Wenn das Glück mich jemals in mein Vaterland zurückführe, und wenn ich alsdann meine Reisen hierher, wie ich beschlossen habe, erzähle, so würde jeder glauben, ich habe etwas berichtet, was nirgendwo existiere und ich habe eine Geschichte ins Blaue erfunden; ich müsse bei aller Achtung, die ich gegen ihn, seine Familie und Freunde hege und unter der Bedingung, daß er sich nicht beleidigt fühle, offen eingestehen, daß meine Landsleute mir schwerlich glauben würden, ein Houyhnhnm sei irgendwo das herrschende Geschöpf einer Nation und der Yahoo das Vieh.

VIERTES KAPITEL.

Begriff der Houyhnhnms von Wahrheit und Lüge. Des Verfassers Bericht wird von seinem Herrn nicht gebilligt. Der Verfasser gibt einen genauen Bericht über sich selbst und die Ereignisse seiner Reise.

Mein Herr hörte mich mit Zeichen des Ärgers in seinen Zügen an, denn Bezweifeln oder Nichtglauben ist in diesem Land so wenig bekannt, daß die Einwohner nicht wissen, wie sie sich unter solchen Umständen zu verhalten haben. Auch erinnere ich mich mehrerer Unterredungen mit meinem Herrn, in denen ich gelegentlich von Lügen und falscher Darstellung sprach, da wir uns gerade über die Natur der Menschheit in anderen Ländern unterhielten, so daß er nur mit Schwierigkeit den Sinn meiner Worte verstand, obgleich er sonst eine scharfsinnige Urteilsgabe besaß. Seine Schlußfolge war nämlich diese: der Gebrauch der Rede ist uns zum gegenseitigen Verständnis und zur Kenntnis der Tatsachen gegeben. Sagt nun jemand irgend etwas, das nicht existiert, so wird der Zweck verfehlt, weil man ja von mir nicht sagen kann, daß ich den Sinn seiner Rede begreife, auch bin ich soweit davon entfernt, etwas zu erfahren, daß ich schlimmer daran bin, als wüßte ich gar nichts. Ich glaubte zuletzt, etwas Weißes sei schwarz und etwas Kurzes lang. Dieses waren alle Begriffe, die er über das Vermögen des Lügens be-

saß, das von allen Menschengeschöpfen so vollkommen verstanden und so allgemein ausgeübt wird.

Ich kehre von dieser Abschweifung zurück. Als ich behauptete, die Yahoos seien ausschließlich in meinem Vaterland die herrschenden Tiere, sagte mein Herr, dies übersteige seine Begriffe. Alsdann wünschte er zu wissen, ob wir auch Houyhnhnms hätten und was diese täten. Ich erwiderte ihm, wir besäßen eine große Anzahl Houyhnhnms; sie grasten im Sommer auf den Wiesen und würden des Winters in Häusern mit Heu und Hafer ernährt. Yahoo-Bediente wären bei ihnen angestellt, um ihr Fell zu striegeln, ihre Mähnen zu kämmen, ihre Hufe zu putzen, ihnen Futter zu reichen und ihr Lager zu bereiten. „Ich verstehe dich wohl", sagte mein Herr, „wie sehr die Yahoos auch auf die Vernunft Anspruch erheben, die

Houyhnhnms sind dennoch die Herren. Ich wünsche nur, daß man mit euren Yahoos ebenso gut umgehen kann.“ Ich bat ihn, er möge mich entschuldigen, daß ich nicht weiter fortfahre. Ich sei überzeugt, der Bericht, den ich ihm geben werde, müsse ihm im höchsten Grad mißfallen. Mein Herr bestand jedoch auf seinem Befehl, ihm Gutes und Schlimmes zu erzählen. Alsdann berichtete ich, um ihm zu gehorchen: Die Houyhnhnms, die wir bei uns Pferde nennen, seien die großmütigsten und zierlichsten Tiere, die wir besäßen; sie hätten ausgezeichnete Vorzüge durch ihre Körperkraft und Schnelligkeit; wenn sie Personen von Stand gehörten, würden sie zu Reisen, Wettrennen und Wagenziehen gebraucht. Sie würden sehr sorgfältig und gütig behandelt, bis sie krank oder an den Füßen lahm wären. Alsdann aber verkaufe man sie und plage sie auf jede nur mögliche Art,

bis sie tot seien; hierauf ziehe man ihnen die Haut ab und verkaufe diese nach dem Wert. Den Leichnam aber lasse man von Hunden oder Raubvögeln verschlingen. Die gewöhnliche Pferderasse sei jedoch nicht so glücklich; sie werde von Bauern, Fuhrleuten und anderem gemeinem Volk gehalten, das schwerere Arbeit verlange und schlechteres Futter gebe.

Ich beschrieb so gut wie möglich unsere Art zu reiten, die Form und den Gebrauch des Zaums, des Sattels, des Sporns, der Peitsche, des Geschirrs und der Räder. Ich fügte hinzu: Wir befestigten Platten von einer gewissen harten Substanz, welche wir Eisen nennen, unten an die Füße, um zu verhindern, daß die Hufe auf steinigen Wegen zerbrechen, auf denen wir gewöhnlich reiten.

Nachdem mein Herr seinen Unwillen ausgedrückt hatte, sprach er sein Erstaunen aus, wie wir uns auf den Rücken eines Houyhnhnms wagen könnten. Er sei überzeugt, der schwächste

Diener seines Hauses sei imstande, den stärksten Yahoo abzuwerfen, oder wenn er sich niederwerfe und auf dem Rücken rolle, jenes Tier zu Tode zu drücken. Ich erwiderte, unsere Pferde würden vom dritten und vierten Jahr an für den Zweck, den wir

beabsichtigten, zugeritten; würden einige von ihnen als schlecht erkannt, so gebrauche man sie zum Wagenziehen; für jede boshafte Laune würden sie in ihrer Jugend gehörig gepeitscht. Die Hengste, die man gewöhnlich zum Reiten oder Ziehen bestimme, würden gewöhnlich im zweiten Jahr nach ihrer Geburt kastriert, um ihnen das Feuer zu nehmen und um sie zahmer und sanfter zu machen. Sie seien allerdings für Belohnungen und

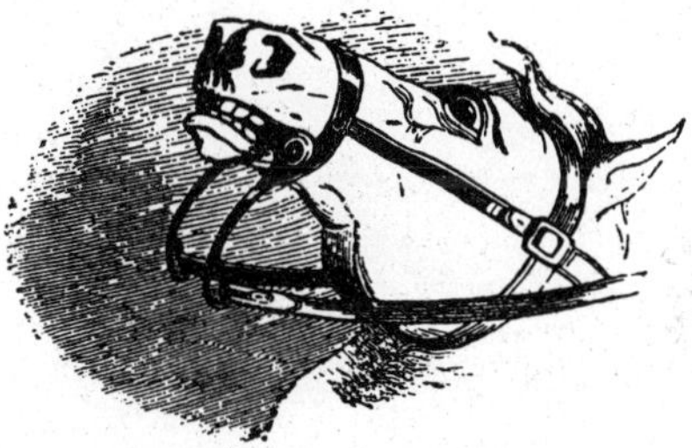

Strafen empfänglich, Seine Gnaden möge jedoch bedenken, daß sie nicht die geringste Spur von Vernunft besäßen, ebenso wenig wie die Yahoos in diesem Land.

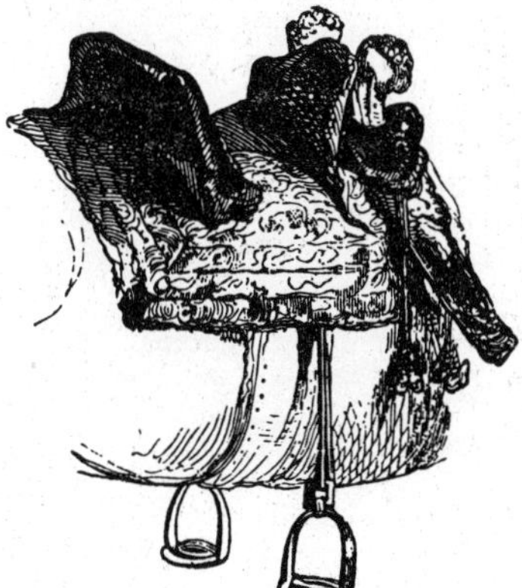

Ich benutzte viele Umschreibungen, um meinem Herrn eine richtige Vorstellung von allem, was ich gesagt hatte, zu vermitteln. Die Sprache der Houyhnhnms ist nämlich nicht sehr reich an Wörtern, weil ihre Bedürfnisse und Leidenschaften bei wei-

tem geringer sind als bei uns. Es ist mir jedoch unmöglich seinen edlen Unwillen über die harte Weise, wie wir die Houyhnhnms behandeln, zu beschreiben, besonders nachdem ich ihm die Art und Weise erklärte, wie wir die Pferde bei uns kastrierten, um zu verhindern, daß sie ihr Geschlecht fortflanzten und um ihren Sinn zur Sklaverei herabzustimmen. Mein

Herr sagte: Wenn es möglicherweise ein Land geben könne, wo nur die Yahoos Vernunft besäßen, so müßten sie notwendig die herrschende Tierrasse bilden. Vernunft werde mit der Zeit stets die brutale Gewalt besiegen. Wenn er jedoch die Form unserer Körper und vorzüglich die des meinigen betrachte, so müsse er zu der Vermutung geraten, kein Geschöpf von meinem Bau müsse für die Anwendung der Vernunft in den gewöhnlichen

Geschäften des Lebens so schlecht geeignet sein. Er wünsche deshalb zu wissen, ob meine Landsleute mir oder den Yahoos seines Vaterlandes glichen. Ich gab ihm die Versicherung, ich

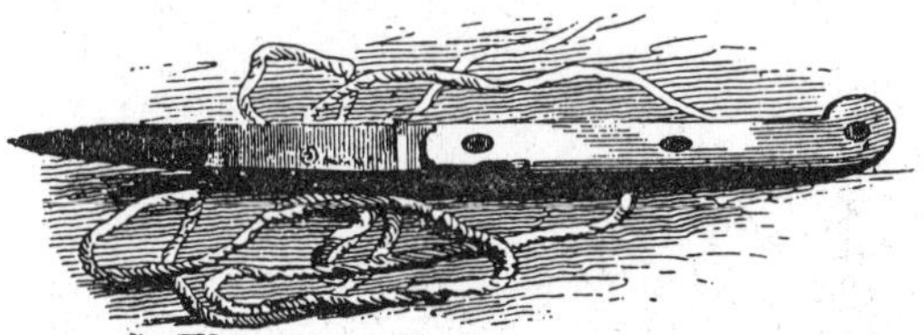

sei so gebaut wie die meisten meines Alters. Die Frauen seien jedoch bei weitem zarter und sanfter, die Haut dieser sei gewöhnlich so weiß wie Milch. Er erwiderte, ich sei wirklich von ande-

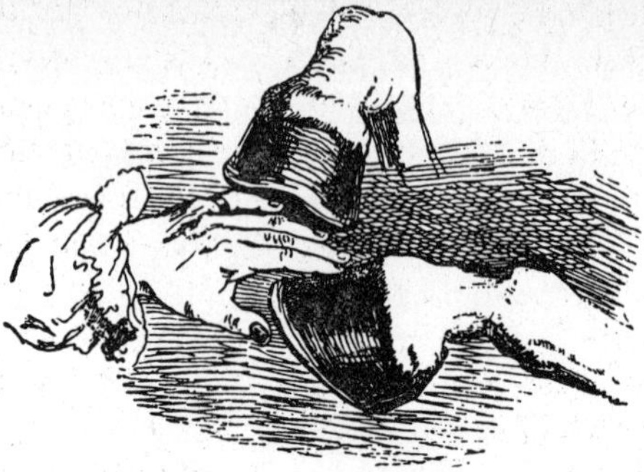

ren Yahoos sehr verschieden, reinlicher und nicht so häßlich; hinsichtlich der Lebenstüchtigkeit sei ich jedoch, wie er glaube, im Nachteil; meine Nägel sowohl an den Vorder- als auch an den Hinterfüßen seien völlig nutzlos, meine Vorderfüße könne er nicht mit diesem Namen bezeichnen, denn er habe nie bemerkt, daß ich auf denselben einhergehe; sie seien zu sanft, um die Härte des Bodens zu ertragen, denn ich halte sie gewöhnlich gar nicht bedeckt. Die Bedeckung jedoch, die ich dabei anwende, sei nicht von derselben Form und auch nicht so stark wie bei den Hinterfüßen. Ich könne nicht mit Sicherheit gehen, denn sobald einer meiner Hinterfüße ausgleite, müsse ich unfehlbar zu Boden fallen. Alsdann fand er auch an anderen Teilen meines Körpers manches auszusetzen; die Flachheit meines Gesichts, meine herausragende Nase, die Stellung meiner Augen vor der Stirn, so daß ich nicht nach beiden Seiten hin sehen könnte, ohne den Kopf umzuwenden. Ich sei ja auch nicht imstande, mich zu ernähren, ohne meinen Vorderfuß zum Mund zu heben, weshalb auch die Natur jene Gelenke so gestellt habe, daß sie dem Bedürfnis entsprächen. Er könne nicht begreifen, wozu die vielen Gelenke und Abteilungen an meinen Hinterfüßen dienten; sie seien zu weich, um die Härte und Schärfe der Steine zu ertragen, wenn ich nicht die Haut von anderen Tieren zu Hilfe nehme; mein ganzer Leib bedürfe des Schutzes gegen Hitze und Kälte, den ich täglich mit meinem lästigen Verfahren anziehen und ablegen müsse; zuletzt bemerkte er, jedes Tier in diesem Land weiche den Yahoos aus. Wenn er nun zugäbe, daß wir Vernunft besäßen, so könne er deshalb nicht begreifen, wie wir jene natürliche Abweichung überwänden, wie wir überhaupt jene anderen Tiere zähmten und uns dienstbar machten. Er wolle jedoch mit mir über diese Angelegenheit nicht streiten, sondern wünsche, meine eigene Geschichte, das Land, wo ich geboren sei und die verschiedenen Handlungen und Ereignisse meines Lebens, bevor ich hierher kam, zu erfahren.

Ich gab ihm die Versicherung, daß ich ihn in jedem Punkt zufriedenzustellen wünsche. Ich bezweifle jedoch, daß es mir möglich sein werde, in vielen solchen Punkten mich deutlich auszudrücken, von denen Seine Gnaden gar keinen Begriff haben könne, weil ich nichts in diesem Land sehe, womit ich diese zu vergleichen vermöge.

Ich erzählte, wie ich von ehrlichen Eltern auf einer Insel, mit Namen England, geboren sei; dieselbe liege von diesem Land so viele Tagereisen entfernt, wie der stärkste Diener Seiner Gnaden im jährlichen Lauf der Sonne zurücklegen könne. Ich sei als Arzt in einem Beruf ausgebildet worden, der Wunden und Verletzungen am Körper, die man durch Gewalttätigkeit oder Zufall erlange, wieder heile. Mein Vaterland werde von einem weiblichen Menschen, der Königin heißt, beherrscht. Auf meiner letzten Reise sei ich der Befehlshaber eines Schiffes gewesen und habe fünfzig Yahoos unter mir gehabt. Von diesen seien viele auf See gestorben, so daß ich dieselben durch andere Leute aus verschiedenen Nationen hätte ersetzen müssen. Unser Schiff sei zweimal in Gefahr gewesen zu sinken, das erste Mal durch einen heftigen Sturm und das zweite Mal durch Anlaufen gegen einen Felsen. Hier unterbrach mich mein Herr mit der Frage, wie ich Fremde von verschiedenen Ländern nach so vielen Verlusten und Wagnissen hätte überreden können, sich mit mir aufs Meer zu wagen. Ich sagte, es wären Leute in verzweifelten Umständen gewesen, die gezwungen worden seien, wegen Verbrechen oder aus Armut aus ihrem Vaterland zu fliehen. Einige seien durch Prozesse zugrundegerichtet worden und andere hätten all ihr Vermögen im Trinken, Spielen und anderen Ausschweifungen vergeudet; andere seien wegen Hochverrats, wegen eines Mordes, Diebstahls, wegen Vergiftung, Raub, Meineid, Fälschung, Falschmünzerei, Notzucht und wegen unnatürlicher Laster, wegen Fahnenflucht oder wegen Überlaufens zum Feind geflohen; die meisten seien aus Gefängnissen ausgebrochen. Keiner wage, in sein Vaterland zurückzukehren aus Furcht, gehängt zu werden oder in einem Gefängnis zu verhungern; deshalb seien sie gezwungen, sich ihren Lebensunterhalt an anderen Orten zu erwerben.

Während dieser Unterredung hatte mein Herr mehrere Male die Güte, mich zu unterbrechen. Ich mußte häufige Umschreibungen gebrauchen, um ihm die Art der verschiedenen Verbrechen darzustellen, deretwegen ein Teil meiner Schiffsmannschaft aus dem Vaterland hatte fliehen müssen. Diese Aufklärungsarbeit erforderte Gespräche von mehreren Tagen, bevor er mich verstehen konnte. Er war durchaus nicht imstande zu begreifen, wozu die Ausübung dieser Laster notwendig und nützlich sei. Um ihm dieses klar zu machen, suchte ich ihm einen Begriff von dem Wunsch, Reichtümer und Macht zu erwerben, beizubringen; ferner auch von den furchtbaren Folgen der Wollust, Unmäßigkeit, der Bosheit und des Neides. Alles dies mußte ich ihm durch Beispiele und durch erfundene Fälle erläutern. Hierauf glich er einem Menschen, der über etwas früher nie Gesehenes und Gehörtes von dem heftigsten Erstaunen ergriffen wird. Er erhob seine Augen mit Schrecken und Unwillen. Für Macht, Regierung, Krieg, Gesetz, Strafe und für tausend andere Dinge fand sich kein Ausdruck in jener Sprache; deshalb war die Schwierigkeit, meinem Herrn einen allgemeinen Begriff von dem, was ich sagen wollte, zu vermitteln, beinahe unüberwindlich. Da er jedoch einen ausgezeichneten und durch

Überlegung sowie auch durch Gespräche geschulten Verstand besaß, erwarb er sich zuletzt ein genügendes Urteil über alles, was die Menschennatur in unseren Weltteilen auszuführen imstande ist; er bat mich deshalb, ihm einen besonderen Bericht von dem Land, welches Europa heißt, insbesonders von meinem Vaterland, zu erstatten.

FÜNFTES KAPITEL.

Der Verfasser gibt seinem Herrn auf dessen Befehl einen Bericht über die Zustände in England. Die Ursachen der Kriege unter den europäischen Fürsten. Der Verfasser beginnt mit Darstellungen der englischen Staatsverfassung.

Der Leser möge gütigst beachten, daß der folgende Auszug vieler Gespräche, die ich mit meinem Herrn hielt, die wesentlichsten Punkte enthält, die ungefähr zwei Jahre lang verschiedene Male besprochen wurden. Seine Gnaden verlangte näm-

lich häufig eine ausführliche Auskunft, nachdem ich in der Houyhnhnm-Sprache größere Fortschritte gemacht hatte.

Ich stellte meinem Herrn so gut wie möglich die Zustände in Europa dar; ich sprach von Handel und Industrie, von Kunst und Wissenschaften, und die Antworten, die ich ihm auf alle Fragen gab, bildeten schier unerschöpflichen Stoff für unsere Gespräche. Ich werde hier jedoch allein das Wichtigste dessen niederschreiben, was mein Vaterland betrifft, indem ich es so gut wie möglich ordne, wobei ich jedoch auf Zeit und andere Umstände wenig Rücksicht nehme und mich allein streng an die Wahrheit halte. Es tut mir leid, daß ich kaum imstande sein werde, der Beweisführung und der Ausdrucksweise meines Herrn Gerechtigkeit widerfahren zu lassen. Beide müssen durch meine geringere Auffassungsgabe sowie durch die Übersetzung in unser barbarisches Englisch notwendig viel Nachteil erleiden.

Um den Befehlen Seiner Gnaden zu gehorchen, erzählte ich Ihr zuerst von der Revolution unter dem Prinzen von Oranien, von dem langen Krieg mit Frankreich, den der genannte Fürst begann, und den seine Nachfolgerin, die gegenwärtige Königin[1]) erneuerte, wie alle großen Mächte der Christenheit daran teilnahmen und wie er jetzt noch fortgesetzt wird.[2]) Ich berechnete auf seine Bitte, daß ungefähr eine Million Yahoos im Verlauf desselben umgekommen seien; ungefähr hundert Städte oder eine größere Anzahl seien eingenommen und fünfmal so viel Schiffe verbrannt oder versenkt worden.

Mein Herr fragte mich alsdann, welche Beweggründe dergleichen Kriege gewöhnlich hätten. Ich erwiderte, der Ursachen gäbe es unzählige, aber ich würde nur einige der hauptsächlichsten erwähnen. Bisweilen gäbe es Kriege durch Fürsten, die niemals glaubten, daß sie genug Land und Leute zu beherrschen hätten; manchmal auch durch die Korruption der Minister, die

1) Der spanische Erbfolgekrieg unter Königin Anna.

2) Der Leser wird leicht erkennen, daß Swift seine Erzählung in die Zeit vor dem Utrechter Frieden versetzt.

ihren Herrn zu einem Krieg überredeten, um das Geschrei der Untertanen über eine schlechte Verwaltung im Kleinen zu ersticken oder in eine andere Richtung abzulenken. Meinungsverschiedenheiten haben schon mehrere Millionen Leben gekostet, ob Fleisch Brot oder Brot Fleisch sei; ob der Saft einer gewissen Beere aus Blut oder Wein bestehe; ob man das Pfeifen als Laster oder Tugend annehmen müsse; ob es besser sei, einen Pfahl zu küssen oder ihn ins Feuer zu werfen; wie man sich am besten kleiden müsse, ob schwarz, weiß, rot oder grau; ob der Rock lang oder kurz, eng oder weit, schmutzig oder reinlich sein solle. Auch seien keine Kriege so wütend und blutig und dauerten so lange wie diejenigen, die durch Verschiedenheit der Meinungen erregt würden, besonders wenn die strittigen Gegenstände unbedeutend seien.

Bisweilen entstehe Zank zwischen zwei Fürsten, darum, welcher von ihnen einen dritten seiner Besitzungen berauben solle, worauf keiner von beiden einen rechtmäßigen Anspruch habe.

Manchmal zanke der eine Fürst mit dem anderen aus Besorgnis, dieser werde Zank mit ihm anfangen; bisweilen, weil er zu schwach sei; zuweilen, fuhr ich fort, wollen unsere Nachbarn etwas haben, was wir besitzen, oder sie besitzen jene Dinge, die wir haben wollen, und dann kämpfen wir beide, bis der eine gibt, was dem anderen fehlt oder wir das ihrige haben. Es ist eine leicht zu rechtfertigende Ursache des Krieges, ein Land anzugreifen, wenn das Volk durch Hungersnot geschwächt, durch Pest zerstört und durch bürgerlichen Parteikampf verwirrt ist. Es ist leicht zu rechtfertigen, wenn wir unseren nächsten Alliierten den Krieg erklären, sobald eine seiner Städte sich für uns eignet oder wenn ein Landstrich eine solche Lage hat, daß er unseren Besitz abrunden und zusammenhängender machen

würde. Wenn ein Fürst seine Streitkräfte einer Nation sendet, in der das Volk arm und unwissend ist, so darf er mit Recht die eine Hälfte töten und die andere zu Sklaven machen, um sie zu zivilisieren und von ihrer barbarischen Lebensweise abzubringen. Und wenn ein Fürst um die Hilfe eines anderen nachsucht, um sich vor fremdem Angriff zu retten, so ist es ein königliches, ehrenvolles und häufiges Verfahren, daß der Bundesgenosse, wenn er den angreifenden Feind vertrieben hat, das Land für sich selbst in Besitz nimmt und den geretteten Fürsten tötet, verhaftet oder verbannt. Blutsverwandtschaft oder Ehe ist eine häufige Ursache zu Kriegen zwischen Fürsten, und je näher die Verwandtschaft ist, desto größer ist auch die Neigung zu Zwistigkeiten. Arme Nationen sind hungrig, reiche sind stolz; Stolz und Hunger werden stets miteinander in Streit geraten. Deshalb wird das Handwerk eines Soldaten für das ehrenvollste von allen gehalten. Ein Soldat ist nämlich ein Yahoo, der gemietet wird, um so viele Individuen seiner Gattung wie möglich, die ihn nie beleidigt haben, kalten Blutes zu töten.

Es gibt ferner eine Art bettelhafter Fürsten in Europa, die selbst nicht imstande sind, Kriege zu führen und deshalb ihre Truppen an reichere Nationen für einen bestimmten Geldbetrag pro Kopf und Tag vermieten. Davon behalten sie drei Viertel für sich selbst, und dies ist das beste Einkommen für ihren Unterhalt. Dergleichen gibt es besonders in den Nordstaaten Europas.

Mein Herr erwiderte: „Was du mir über den Krieg gesagt hast, zeigt wirklich auf bewunderungswürdige Weise, daß ihr der Vernunft entbehrt, worauf ihr dennoch Anspruch erhebt; es scheint jedoch ein glücklicher Umstand, daß die Schande größer ist als die Gefahr und daß die Natur euch versagt hat, noch viel größeres Unheil anzurichten. Da nämlich euere Mäuler zu flach im Gesicht liegen, könnt ihr, ohne gegenseitige Einwilligung, einander nicht beißen. Eure Vorder- und Hinterklauen sind so kurz und schwach, daß einer unserer Yahoos Dutzende von euch vor sich hertreiben würde. Berechne ich deshalb die Anzahl derjenigen, die du, als in einer Schlacht getötet, anführst, so muß ich annehmen, daß du etwas gesagt hast, was nicht existiert.“

Ich konnte es nicht unterlassen, über seine Unwissenheit den Kopf zu schütteln und ein wenig zu lächeln. Da ich nun selbst mit der Kriegskunst nicht unvertraut war, gab ich ihm eine genaue Beschreibung von Kanonen, Feldschlangen, Musketen,

Karabinern, Kugeln, Pistolen, Pulver, Degen, Schlachten, Belagerungen, Rückzügen, Angriffen, Minen, Konterminen, Bombardements, Seeschlachten, Schiffen mit tausend Mann, die untergingen, zwanzigtausend Mann, die auf beiden Seiten fielen, dem Röcheln der Sterbenden, von Gliedern, die in die Luft flögen; von Rauch, Lärm, Verwirrung, wie Menschen durch Pferdehufe zertreten würden, von Flucht, Verfolgung und Sieg. Wie die Felder alsdann mit Leichen bedeckt seien, die als Futter für Wölfe, Hunde und Raubvögel liegenblieben; vom Plündern, Berauben, Notzüchten, Verbrennen und Zerstören.

Um die Tapferkeit meiner teuren Landsleute darzulegen, fügte ich hinzu: Ich habe gesehen, wie sie hundert Feinde bei einer Belagerung auf einmal in die Luft sprengten und dieselbe Zahl auf einem Schiff; die toten Körper seien stückweise von den Wolken zum Ergötzen der Zuschauer herabgefallen.

Ich wollte noch mehr Einzelheiten hinzufügen, als mein Herr mir zu schweigen befahl. Er äußerte: Jeder, welcher mit der Natur des Yahoos bekannt sei, werde bei einem so elenden Tier alles, was ich gesagt habe, für möglich halten, wenn Körperkraft und List ihrer Bosheit gleichkämen. Während nun aber mein Vortag seinen Abscheu gegen das ganze Geschlecht vermehrt habe, sei dadurch zugleich in seiner Seele ein störendes Gefühl entstanden, das er bis jetzt durchaus nicht gekannt habe. Er glaube, seine Ohren möchten sich allmählich an so schändliche Worte gewöhnen und sie dann auch mit geringerem Abscheu anhören; obgleich er die Yahoos dieses Landes hasse, tadle er sie nicht mehr wegen ihrer Eigenschaften, als einen Gnnayh (einen Raubvogel) wegen seiner Grausamkeit oder einen scharfen Stein, an dessen Kanten er sich verletze. Wenn aber ein Geschöpf, das Anspruch auf Vernunft erhebe, die Fähigkeit zu solchen Scheußlichkeiten besitze, so glaube er, die Verderbnis dieser Eigenschaften werde noch schlimmer sein als die bloße tierische Rohheit. Er sei deshalb vollkommen überzeugt, daß wir anstatt der Vernunft nur irgendeine Eigenschaft besäßen, welche sich dazu eigne, unsere natürlichen Laster zu vermehren, so wie der Widerschein einer gestörten Wasserfläche das Bild eines schlecht gebildeten Körpers nicht allein größer, sondern auch verdreht wiedergebe.

Er fügte hinzu, sowohl in dieser als in anderen Unterredungen habe er schon zu viel über Krieg gehört. Jetzt könne er nur noch einen anderen Punkt nicht recht begreifen. Ich habe ihm gesagt, einige Matrosen meiner Mannschaft hätten ihr Vaterland verlassen, weil sie durch das Gesetz ruiniert worden seien. Ich habe ihm die Bedeutung des Wortes schon erklärt, er könne jedoch nicht begreifen, wie das Gesetz, welches man doch zur Erhaltung aller bestimme, irgendeinen Menschen zugrunde richten könne. Deshalb wünsche er, ich möge ihm eine weitere Erklärung von dem geben, was ich unter Recht verstehe, und zwar nach dem gegenwärtigen Verfahren in meinem Vaterland. Er glaube, Natur und Vernunft seien vernünftigen Tieren genügende Führer, und wir erhöben ja auf Vernuft sehr viel Anspruch. Beide zeigten uns doch, was wir tun und vermeiden müßten.

Ich gab Seiner Gnaden die Versicherung, das Recht sei eine

Wissenschaft, von der ich nicht viel erlernt habe; ich habe nur bei manchen mir erwiesenen Ungerechtigkeiten Advokaten genommen, jedoch würde ich ihm alle mir mögliche Aufklärung geben.

Es gibt, fuhr ich fort, bei uns eine Gesellschaft Menschen, die von Jugend an in der Kunst aufgezogen werden, durch Worte, die man zu dem Zwecke vervielfacht, deutlich zu beweisen, Schwarz sei Weiß und Weiß sei Schwarz, natürlich im Verhältnis wie man bezahlt. Zum Beispiel, wenn mein Nachbar meine Kuh zu haben wünscht, so findet er auch einen Rechtsgelehrten, der beweisen will, er müsse diese Kuh von mir erhalten. Alsdann muß ich einen anderen Rechtsgelehrten mieten, der mein Recht verteidigt. Es widerstreitet nämlich allen Rechtsregeln, daß ein Mensch für sich selbst sprechen darf. In diesem Fall bin ich, der rechtmäßige Eigentümer, zwei großen Nachteilen ausgesetzt; erstens ist mein Rechtsanwalt, da er von der Wiege an gewöhnt ist, Falschheiten zu verteidigen, durchaus nicht in seinem Element, soll er als Advokat der Wahrheit auftreten. Dies ist nämlich ein unnatürlicher Dienst, den er mit großer Ungeschicklichkeit, wenn nicht gar mit bösem Willen leistet. Zweitens muß mein Advokat mit großer Vorsicht verfahren, sonst erhält er einen Verweis von den Richtern und wird von den anderen Advokaten als ein Mensch verabscheut, welcher die Rechtspraxis gern vermindern möchte. Deshalb kann ich nur durch zwei Verfahrensarten meine Kuh retten. Die erste besteht darin, daß ich den Rechtsgelehrten meines Gegners durch ein doppeltes Honorar für mich besteche. Alsdann wird er seinen Klienten dadurch fallenlassen, daß er ihm zu verstehen gibt, ich habe das Recht auf meiner Seite. Die zweite Verfahrensart besteht darin, daß mein Rechtsgelehrter meine Sache so günstig wie möglich darstellt, indem er zugibt, meine Kuh gehöre meinem Gegner; geschieht dies mit Geschicklichkeit, so wird dadurch die günstige Stimmung der Richter für mich gewonnen. Nun müssen Eure Gnaden wissen, daß diese

Richter Personen sind, die der Staat besoldet, um Fragen über das Eigentum zu entscheiden, wie auch über Verbrecher zu befinden. Man wählt sie aus den geschicktesten Rechtsgelehrten, die alt und träge geworden sind. Da sie nun ihr ganzes Leben hindurch gegen Wahrheit und Billigkeit voreingenommen waren, sind sie der unglücklichen Notwendigkeit unterworfen, Betrug, Meineid und Unterdrückung zu begünstigen. Einige habe ich gekannt, die lieber eine große Bestechungssumme der Seite, die recht hatte, ausschlugen als daß sie eine der Natur ihres Amtes unwürdige Handlung begingen.

Es ist Grundsatz unter diesen Rechtsgelehrten, daß alles, was früher geschehen ist, rechtmäßig wieder geschehen darf. Deshalb bewahren sie alle früheren Entscheidungen gegen Gerechtigkeit und gegen den allgemeinen und gesunden Menschenverstand sorgfältig auf. Diese Urteile heißen Präzedenzfälle.

Bei den Verhandlungen vermeiden die Advokaten und Richter sehr sorgfältig, auf die gute Seite ihres Prozesses einzugehen, sie werden laut, heftig und langweilig und verweilen bei allen Umständen, die nicht zur Sache gehören. In dem bereits erwähnten Fall wollen sie niemals wissen, welchen rechtlichen Anspruch mein Gegner auf meine Kuh besitzt, sondern ob er gesagt habe, die Kuh sei rot oder schwarz mit langen oder kurzen Hörnern; ob das Feld, worauf sie grase, rund oder viereckig sei; ob sie im Stall oder auf der Weide gemolken werde; an welchen Krankheiten sie leide usw. Alsdann werden die Präzedenzfälle nachgeschlagen, der Prozeß immer wieder vertagt und erst nach zehn, zwölf, dreizehn Jahren entschieden.

Es ist auch zu bemerken, daß diese Gesellschaft ein besonderes Rotwelsch oder einen Jargon spricht, den kein anderer Mensch versteht, und in dem alle Gesetze geschrieben sind. Mit besonderer Sorgfalt wird dieser vermehrt. Dadurch wird die wahre Essenz der Wahrheit und Unwahrheit, von Recht und Unrecht so durcheinandergebracht, daß die Entscheidung, ob das Feld, das mir von meinen Vorfahren durch sechs Generationen hinterlassen wurde, mir oder einem dreihundert Meilen weit entfernten Fremdem gehört, die Zeit von dreißig Jahren beansprucht[1]). Bei Prozessen gegen Personen, die wegen eines Verbrechens gegen den Staat angeklagt wurden, ist die Verfahrensart bei weitem kürzer und empfehlenswerter. Der Richter sucht zuerst die Stimmung der Machthaber zu erforschen und kann alsdann einen Verbrecher sehr leicht retten oder hängen lassen, indem er alle Rechtsformen mit der gehörigen Genauigkeit beachtet.

Hier unterbrach mich mein Herr und sagte: Wie schade, daß Personen, welche nach meiner Beschreibung der Rechtsgelehrten so wunderbare Geistesfähigkeiten besitzen, nicht besser an-

1) Nach dem englischen Recht gilt keine Verjährung hinsichtlich des Grundeigentums. Ein Besitztitel ist ungültig, sobald irgendein Fehler in der Urkunde sich vorfindet, mag derselbe auch erst nach Jahrhunderten entdeckt werden!

gestellt werden, um andere in Weisheit und Kenntnissen zu unterrichten! Ich erwiderte, mit Ausnahme ihres eigenen Geschäftes seien sie die unwissendsten, dümmsten Bewohner meines Vaterlandes, im gewöhnlichen Gespräch durchaus verächtlich, erklärte Feinde aller Wissenschaft und Gelehrsamkeit, überall geneigt, den gesunden Verstand und jeden Gegenstand, über den man spreche, in derselben Weise wie in ihrem Geschäft völlig auf den Kopf zu stellen.

SECHSTES KAPITEL.

Die Beschreibung über die Verhältnisse in England, unter Königin Anna, wird fortgesetzt. Der Charakter eines Staatsministers an europäischen Höfen.

Mein Herr konnte durchaus nicht begreifen, aus welchen Beweggründen die Rechtsgelehrten solche Verdrießlichkeit, Unruhe und Zänkerei unter ihrer eigenen Gilde erregten und sich zu einem Bunde, welcher Ungerechtigkeit bezwecke, vereinigten, und zwar ausschließlich, um den Nebentieren Unrecht zuzufügen. Auch konnte er den Sinn meiner Worte nicht verstehen, als ich ihm sagte, sie täten dies für Honorar. Es machte mir somit viel Mühe, ihm den Gebrauch des Geldes und die Stoffe, woraus es verfertigt wird, zu beschreiben. Ich sagte, habe ein Yahoo genügenden Vorrat an dieser kostbaren Substanz, so sei er imstande, sich alles anzuschaffen, was er zu besitzen wünsche, die schönsten Kleider, die prächtigsten Häuser, große Landstrecken, kostbare Speisen und Getränke; er könne unter den schönsten Frauen wählen. Da nur das Geld allein imstande sei, alle diese Wünsche zu befriedigen, so glaubten unsere Yahoos, sie könnten nie genug haben, um es auszugeben oder zu sparen, je nachdem sie durch ihren natürlichen Charakter Neigung zur Verschwendung oder zum Geiz besäßen. Der Reiche genieße die Früchte aus der Arbeit des Armen, und die Zahl der Reichen verhielte sich zu der der Armen wie eins zu tausend. Die Masse unseres Volkes werde gezwungen, jeden Tag für geringen Lohn zu arbeiten, damit wenige im Überfluß leben könnten.

Ich sprach weitläufig über diese und manche anderen Dinge, mein Herr konnte mich aber durchaus nicht verstehen, denn er ging von der Annahme aus, alle Tiere besäßen Anteil an den Produkten der Erde, vorzüglich aber diejenigen, welche die übrigen beherrschten. Deshalb bat er mich, ihm zu sagen, worin jene kostbaren Speisen beständen und weshalb denn jemand ihrer bedürfe. Hierauf zählte ich ihm alle Gerichte auf, die mir gerade einfielen, auch die Arten ihrer Zubereitung. Letzteres könne nicht geschehen, ohne daß Schiffe nach verschiedenen Teilen des Meeres ausgesendet würden, um Flüssigkeiten und unzähli-

ge andere Delikatessen herbeizuholen. Ich gab ihm die Versicherung, der ganze Erdkreis müsse dreimal umschifft werden, bevor ein vornehmer weiblicher Yahoo ein Frühstück oder ein Geschirr dafür bekommen könne. Mein Herr antwortete, mein Vaterland müsse ein sehr elendes sein, da es seinen Einwohnern keine Nahrung verschaffen könne. Am meisten aber staunte er über den Umstand, daß die ungeheuren, von mir erwähnten Landstriche gänzlich ohne frisches Wasser wären und daß unser Volk Getränke über das Meer herbeiholen müsse. Ich erwiderte, England, mein teures Vaterland, bringe ungefähr das dreifache an Früchten hervor, als seine Einwohner verzehren könnten und auch ebensoviel Flüssigkeiten, die man aus Korn und aus Früchten gewisser Bäume presse.

Um jedoch die Unmäßigkeit und den Luxus unserer männlichen und die Eitelkeit unserer weiblichen Einwohner zu befriedigen, schickten wir den größeren Teil unserer Bedürfnisse in andere Länder und erhielten dafür Materialien für Krankheit, Laster und Torheit zum Verbrauch. Daraus ergebe sich als notwendige Folge, daß ein großer Teil unseres Volkes gezwungen werde, seinen Lebensunterhalt durch Betteln, Rauben, Stehlen, Betrügen, Kuppeln, Schmeicheln, Verführen, Falschschwören, Fälschen, Spielen, Lügen, Kriechen, Aufschneiden, Prophezeien, Buhlen, Schwatzen, Klatschen, durch Freidenkerei und andere Beschäftigungen zu erlangen. Es war jedoch viel Mühe erforderlich, einen jeden dieser Ausdrücke meinem Herrn zu erklären.

Wein werde aus fremden Ländern bei uns eingeführt, nicht um den Mangel an Wasser oder anderen Getränken auszugleichen, sondern weil er eine Flüssigkeit sei, die uns munter macht, indem sie uns den Verstand nimmt, alle melancholischen Gedanken zerstreut, wilde und ausschweifende Ideen im Hirn erzeugt, unsere Hoffnung erhöht und unsere Furcht verbannt, jede Wirkung der Vernunft auf einige Zeit unterbricht und uns an dem Gebrauch unserer Glieder hindert, bis wir in einen tiefen Schlummer fallen. Wir erwachen jedoch jedesmal krank und

entmutigt, und der Gebrauch dieses Getränkes erweckt bei uns Krankheiten,welche unser Leben verbittern und verkürzen.

Außerdem ernährt sich die Volksmasse durch den Umstand, daß sie die Bequemlichkeiten des Lebens den Reicheren liefert und sich gegenseitig damit versorgt. Angenommen, ich bin zu Hause und kleide mich nach meinem Stande, so trage ich an meinem Leib die Arbeit von hundert Handwerkern. Der Bau und die Möblierung meines Hauses erfordert dieselbe Anzahl; die fünffache Zahl ist jedoch notwendig, meine Frau zu schmükken.

Alsdann erzählte ich von einer anderen Art Leute, welche sich ihren Lebensunterhalt dadurch erwerben, daß sie sich mit den Kranken abgeben. Vorher hatte ich nämlich meinem Herrn schon gesagt, ein großer Teil meiner Matrosen sei an Krankheiten gestorben. Hier konnte ich ihm jedoch nur mit größter Schwierigkeit meine Worte verständlich machen. Ich finde es natürlich, daß ein Houyhnhnm wenige Tage vor seinem Tod alt und schwach werden oder daß dieser durch irgendeinen Zufall sich ein Glied verletzten könne; er hielt es aber für unmöglich, daß die Natur, welche doch stets nur Vollkommenes hervorbringe, es dulden sollte, daß Krankheiten in unseren Körpern sich erzeugten. Er wünschte deshalb die Ursache eines derart unnatürlichen Übels zu erfahren.

Ich sagte ihm, wir nährten uns von tausend Dingen, die einander entgegenwirkten; wir äßen, ohne hungrig zu sein und tränken, ohne Durst zu fühlen. Wir wachten oft in den Nächten und genössen starke Getränke, ohne etwas zu essen; dies erwecke Trägheit, entzünde unsere Körper und beschleunige oder ver-

hindere die Verdauung. Verdorbene weibliche Yahoos erlangten eine gewisse Krankheit, die Fäulnis der Knochen bei denjenigen bewirke, die sich mit ihnen abgäben. Diese Krankheit sowie viele andere würden vom Vater auf den Sohn übertragen.

„Somit kommen", fuhr ich fort, „viele Yahoos auf die Welt mit komplizierten Krankheiten; ich kann hier unmöglich den ganzen Katalog menschlicher Krankheiten anführen, denn diese bestehen aus fünf- bis sechshundert, die sich über jedes Glied

und Gelenk verbreiten. Um diesem abzuhelfen, wird bei uns eine gewissen Menschenklasse in dem Geschäft oder unter dem Vorwand, die Kranken zu heilen, aufgezogen.

Weil ich in diesem Geschäft einige Kenntnisse und Fähigkeiten besitze, kann ich Euer Gnaden das ganze Geheimnis und die Methode darlegen, nach welcher diese Leute zu verfahren pflegen.

Ihr Hauptgrundsatz besteht darin, daß alle Krankheiten durch Überfüllung entstehen. Daraus schließen sie, eine große Ausleerung des Körpers sei notwendig, entweder aus dem natürlichen Kanal oder aus dem Mund. Ihr zweites Geschäft besteht darin, daß sie aus Kräutern, Mineralien, Gummi, Ölen, Wurzeln, Salzen, Pflanzensäften, Seegräsern, Exkrementen, Baumrinden, Schlangen, Kröten, Fröschen, Spinnen, Fleisch und Knochen von toten Menschen, Vögeln, Tieren, Fischen eine Mischung bilden, die durch Geschmack und Geruch so abscheulich und ekelhaft wie möglich gemacht wird, so daß der Magen sie sogleich wieder auswirft. Dies heißt ein „Brechmittel“. Oder aber sie bilden aus Stoffen desselben Warenlagers, indem sie noch einige andere giftige Materien hinzufügen, eine oben oder unten (wie der Arzt gerade gelaunt ist) einzunehmende Medizin, die auf gleiche Weise den Eingeweiden ekelhaft und unerträglich ist. Diese erleichtert die Gedärme und treibt alles darin Befindliche hinaus. Dieses letzte Mittel heißt ein „Klistier“. Da die Natur, wie der Arzt behauptet, die obere

Öffnung für Einführung fester und flüssiger Nahrung, die untere zum Auswerfen bestimmt hat, so stellt die Kunst den genialen Grundsatz auf: die Natur, welche in jeder Krankheit gestört sei, müsse dadurch wieder in ihre gehörige Stellung geraten, daß man den Leib in einer durchaus entgegengesetzten Weise behandle, indem man die Funktionen einer jeden Öffnung austausche, feste und flüssige Substanzen hinten einführe und Ausleerungen durch den Mund bewirke.

Außer wirklichen Krankheiten sind wir jedoch auch eingebildeten ausgesetzt, wofür die Ärzte besondere Kuren erfinden; diese Krankheiten haben ihre besonderen Namen und besonderen Mittel. Hieran leiden aber fortwährend unsere weiblichen Yahoos".

Früher hatte ich mit meinem Herrn über die Natur des Regierens im allgemeinen und im besonderen über unsere ausgezeichnete Konstitution gesprochen, welche mit Recht das Erstaunen und den Neid der ganzen Welt erregt. Da ich aber zufällig einen Staatsminister hier erwähnte, befahl er mir zu sagen, was für eine Art von Yahoo ich unter dieser Benennung verstehe.

Ich sagte ihm, ein Premierminister, den ich zu beschreiben beabsichtige, sei ein Geschöpf ohne Freude und Kummer, ohne Liebe und Haß, ohne Mitleid und Zorn; er hege wenigstens keine anderen Leidenschaften als ein heftiges Verlangen nach Reichtum, Macht und Titeln, und er gebrauche seine Rede zu allen Dingen, nur nicht um seine wirklichen Gedanken zu verkünden; er sage nie die Wahrheit, außer man halte sie für eine Lüge.

„Es gibt", fuhr ich fort, „drei Methoden, wodurch ein Yahoo Minister wird; die erste besteht darin, daß man mit Klugheit über Frau, Tochter oder Schwester zu verfügen weiß; die zweite, daß man den Vorgänger schlecht macht oder seine Stellung untergräbt. Die dritte besteht in einem wütenden Angriff gegen die Korruption bei Hof, in öffentlichen Versammlungen erho-

ben. Ein kluger Fürst wählt vornehmlich diejenigen, die die letztgenannte Methode zur Anwendung bringen, denn solche Hitzköpfe sind nämlich meistens die gehorsamsten Diener ihres Herrn. Dann erhalten diese Minister ihre Stellen durch den Umstand, daß alle Ämter zu ihrer Verfügung stehen, indem sie die Mehrheit eines Senats oder Rates bestechen; zuletzt lassen sie sich, um das Nachrechnen zu verhindern, eine *Act of indem-*

nity[1]) (ich beschrieb meinem Herrn die Natur derselben) geben, und ziehen sich, mit der Beute der Nation beladen, vom Amt zurück.

Der Palast eines Premierministers gilt als Lehranstalt, um andere zu diesem Geschäft aufzuziehen; Pagen, Lakaien und Portiers werden in verschiedenen Departements Staatsminister, indem sie ihren Herrn nachahmen und erwerben sich eine große Vollkommenheit in den drei Haupteigenschaften: der Frechheit, des Lügens und der Bestechung. Demgenäß wird auch ihnen von Personen des höchsten Ranges ein untergeordneter Hof gebildet; bisweilen gelingt es ihnen, durch Geschick und Unverschämtheit mehrere Stufen zu überspringen und Nachfolger ihres Herrn zu werden.

Gewöhnlich ist er einem heruntergekommenem Frauenzimmer oder einem Lieblingslakaien hörig. Dies sind die Kanäle, aus denen alle Gnadenbezeigungen fließen werden. Man kann sie die eigentlichen Beherrscher des Königreichs nennen."

Als mein Herr eines Tages hörte, daß ich den hohen Adel meines Vaterlandes erwähnte, hatte er die Güte, mir ein unverdientes Kompliment zu machen. Er sagte nämlich, ich entstamme gewiß einer edlen Familie, weil ich in Gestalt, Proportion und Reinlichkeit alle Yahoos seines Vaterlandes übertreffe, obgleich ich ihnen in Kraft und Behendigkeit nachstehe, ein Umstand, der meiner besonderen Lebensart zuzuschreiben sei, worin ich von jenen Tieren abweiche; außerdem sei ich nicht nur mit der Fähigkeit zu sprechen begabt, sondern besitze Vernunft in solchem Grade, daß ich bei allen seinen Bekannten als ein Wundertier betrachtet werde.

Er fügte die Bemerkung hinzu: bei den Houyhnhnms seien die Schimmel, Füchse und Grauen nicht ganz so gestaltet wie die Braunen, die Apfelschimmel und die Rappen, auch kämen

1) Sobald von einer britischen Regierung etwas Unkonstitutionelles geschehen war, wurde häufig eine solche Amnestie eingebracht, welche Straflosigkeit den Machthabern zusicherte; dies geschieht schon seit langer Zeit nicht mehr.

sie nicht mit denselben Talenten oder mit derselben Anlage, sich zu entwickeln, zur Welt. Deshalb blieben sie immer nur im Dienerstand und paarten sich auch niemals außerhalb ihrer Rasse. Letzteres würde auch als unnatürlich angesehen werden.

Ich sagte meinem Herrn verbindlichsten Dank für die gute Meinung, die er von mir gewonnen hätte und fügte hinzu, daß ich aus niederem Stand von einfachen Eltern geboren wäre, die mir nur eine einfache Erziehung vermitteln konnten. Der höhere Adel entspreche durchaus nicht der Vorstellung, die Seine Gnaden sich von demselben machte. Unsere jungen Adligen würden von Kindheit an in Müßiggang und Überfluß aufgezogen. Sobald es ihr Alter erlaube, verschwendeten sie ihre Manneskraft und zögen sich schmähliche Krankheiten bei ordinären Weibern zu, oder sie schlössen Ehen mit häßlichen Reichen aus niederem Stand, und zwar nur um des Geldes willen. Die Sprößlinge aus solchen Ehen seien rachitische, skrofulöse und verwachsene Kinder. Somit bestehe ein Adelsgeschlecht nicht länger als drei Generationen, es sei denn, die Frau hole sich für weiteren Nachwuchs einen gesunden Vater bei Nachbarn oder erwähle einen Diener dazu.

Ein schwacher und kranker Körper, ein mageres Gesicht, eine blasse Hautfarbe seien untrügliche Zeichen adliger Herkunft. Ein gesunder und starker Körperbau gelte bei Männern von Stand als eine Schmach, weil die Welt daraus den Schluß ziehe, der leibliche Vater sei ein Stalldiener oder Kutscher gewesen. Die Mängel bestehen aus einer Mischung von Laune, Dummheit, Unwissenheit, Eigensinn, Sinnlichkeit und Stolz. Ohne die Zustimmung dieser „erlauchten" Adligen könne kein Gesetz erlassen, aufgehoben oder geändert werden. Sie bildeten außerdem einen Gerichtshof, gegen dessen Urteile keine Berufung möglich sei.

SIEBENTES KAPITEL.

Des Verfassers Vaterlandsliebe. Die Bemerkungen seines Herrn über die Konstitution und die Regierung Englands werden vom Verfasser mit Parallelfällen und Vergleichen beschrieben. Die Ansichten seines Herrn über die menschliche Natur.

Der Leser wird sich vielleicht darüber wundern, daß ich eine so freimütige Beschreibung über mein eigenes Geschlecht gegeben habe. Ich muß jedoch offen gestehen, die vielen Tugenden dieser ausgezeichneten Vierfüßler gegenüber der menschlichen Verderbnis hatten mir die Augen geöffnet und meinen Verstand erweitert, so daß ich die Handlungen und Leidenschaften der Menschen von einem anderen Gesichtspunkt aus betrachtete, und daß ich die Meinung hegte, es sei nicht der Mühe wert, die Ehre meines Geschlechtes zu schonen. Dies wäre mir ohnehin unmöglich gewesen, da mein Herr außerordentlichen Scharfsinn besaß. Er wies mich täglich auf eine Menge Fehler hin, die mir eigen waren, obgleich ich diese früher nicht im geringsten geahnt hatte; unter Menschen würden dieselben nicht einmal als allgemeine Schwächen gelten. Durch sein Beispiel hatte ich ebenfalls den größten Abscheu vor Lüge und Verstellung gelernt, und die Wahrheit schien mir so liebenswert, daß ich ihr alles zu opfern beschloß.

Um aufrichtig zu sein, muß ich jedoch zugeben, daß noch ein stärkerer Beweggrund mich zu der Freiheit verleitete, die ich mir in der Darstellung der Dinge nahm. Als ich noch kaum ein Jahr in diesem Land gewesen war, empfand ich bereits so viel Liebe und Verehrung für die Einwohner, daß ich den festen Entschluß faßte, niemals mehr zu den Menschen zurückzukehren, sondern mein Leben in Betrachtung und Ausübung aller Tugenden bei den bewunderungswürdigen Houyhnhnms zuzubringen, von denen ich weder ein Beispiel noch Anregung zum Laster erhalten konnte. Das Schicksal, mein ewiger Feind, hatte jedoch beschlossen, mir ein so großes Glück nicht angedeihen zu lassen. Jetzt gereicht mir jedoch der Gedanke zum Trost, daß ich bei allem, was ich von meinen Landsleuten sagte, ihre Fehler so sehr milderte, wie ich es nur vor einem so strengen Examinator durfte, und bei jedem Abschnitt gab ich der Sache eine möglichst günstige Wendung. Welcher Mensch würde durch Liebe zu seinem Geburtsland nicht doch parteiisch urteilen!?

Den Hauptinhalt der Gespräche, die ich mit meinem Herrn während der Zeit, da ich in seinen Diensten war, führte, habe ich angegeben; der Kürze halber jedoch weit mehr ausgelassen, als hier aufgezeichnet ist.

Als ich alle seine Fragen beantwortet hatte, und damit seine Neugier vollkommen befriedigt schien, ließ er mich eines Morgens rufen und befahl mir, mich in einiger Entfernung von ihm zu setzen; eine Ehre, die er mir zuvor noch nie erwiesen hatte. Er sagte: Mit großem Ernst habe er über meine ganze Geschichte nachgedacht und uns als eine Art von Tieren betrachtet, denen durch irgendeinen, ihm unbegreiflichen Zufall ein kleiner Teil Vernunft zugefallen sei. Wir beraubten uns jedoch selbst der wenigen uns gegebenen Fähigkeiten; wir seien in der Vermehrung unserer ursprünglichen Bedürfnisse sehr glücklich gewesen und schienen unser ganzes Leben in vergeblichen Bemühungen zuzubringen, dieselben durch eigene Erfindungen zu befriedigen. Was mich betreffe, so besitze ich weder die Kraft noch die Geschicklichkeit eines gewöhnlichen Yahoo, schreite schwach auf meinen Hinterfüßen dahin, habe ein Verfahren ausfindig gemacht, meine Krallen nutzlos zu machen, so daß sie mir auch nicht zur Verteidigung dienen könnten, mein Kinnhaar, das zum Schutzmittel vor Sonne und Wetter bestimmt sei, habe ich entfernt. Endlich könne ich weder schnell laufen noch Bäume erklimmen, wie die Yahoos dieses Landes (diese nannte er gütigst „meine Brüder“).

Unsere Institutionen — Regierung und Gesetze — resultierten offenbar aus unserem Mangel an Vernunft und somit auch an Tugend. Vernunft allein sei ausreichend, ein vernünftiges Geschöpf zu regieren, wir dürften deshalb keinen Anspruch auf diesen Titel erheben. Dies aber müsse er aus meinem Bericht über mein eigenes Volk schließen, obgleich er sehr wohl sehe, ich habe, um dasselbe zu begünstigen, manches verschwiegen und auch öfters Dinge gesagt, die gar nicht existierten.

Seine Meinung werde umso mehr bestätigt, als er bemerke, ich gleiche den anderen Yahoos in allen Teilen meines Körpers, mit Ausnahme derjenigen, deren Unterschiedlichkeit in bezug auf Stärke, Schnelligkeit, Geschicklichkeit, Behendigkeit mir zum wirklichen Nachteil gereiche, so in der Kürze meiner Klauen und einiger anderer Einzelheiten, wobei die Natur nicht mitgewirkt habe. Nach der Darstellung, die ich ihm von unserer Lebensart, unseren Sitten und Handlungen gab, müsse er dieselbe Ähnlichkeit hinsichtlich der geistigen Eigenschaften finden. Er sagte, es sei bekannt, daß die Yahoos einander haßten, und zwar in noch höherem Grade als die übrigen Tierarten. Der Grund liege in der Häßlichkeit ihrer Körperformen, die sie sämtlich bei den übrigen, aber nicht bei sich selbst erblicken könnten. Er sei somit auf den Gedanken gekommen, daß wir nicht unklug handelten, wenn wir unsere Leiber bedeckten, da wir dadurch manche Häßlichkeiten voreinander versteckten, die sonst kaum zu ertragen wären. Jetzt aber gebe er zu, daß er sich geirrt habe, als er behauptet hatte, die Zwistigkeiten jener Tiere in seinem Vaterland entstünden aus demselben Grund wie bei den unsrigen. „Denn“, fuhr er fort, „wenn ihr fünf Yahoos so viel Futter vorwerft, wie für fünfzig genügen müßte, so werden sie, anstatt friedlich zu essen, übereinander herfallen: jeder einzelne ist so gierig, daß er alles für sich allein haben will. Deshalb steht gewöhnlich ein Diener in der Nähe, wenn man sie außerhalb des Stalles füttert, und diejenigen, die im Stall bleiben, werden in einiger Entfernung voneinander angebunden. Stirbt eine Kuh aus Alter oder durch Zufall, bevor ein Houyhnhnm dieselbe für seine eigenen Yahoos in Sicherheit bringen kann, so stürzen alle, die in der Nachbarschaft weilen, herdenweise hinzu, und es entsteht ein Kampf, wie du ihn beschrieben hast. Auf beiden Seiten versetzen sie einander furchtbare Wunden mit ihren Klauen, können sich aber nur selten töten, weil ihnen die dazu bestimmten Mordwerkzeuge, die ihr erfunden habt, fehlen. Oft sind auch ähnliche Kämpfe zwischen den Yahoos verschiedener Gegenden, ohne sichtbare Ursache, ausgefochten worden; die Yahoos eines Distrikts nutzen eine passende Gelegenheit, die eines anderen zu überraschen, bevor diese darauf vorbereitet sind. Ist aber ihr Plan mißlungen, so kehren sie nach Hause zurück und beginnen aus Mangel an Feinden unter sich jenen Kampf, den du einen Bürgerkrieg genannt hast.

In einigen Feldern dieses Landes gibt es auch gewisse glänzende Steine von verschiedenen Farben, auf die die Yahoos sehr gierig sind. Liegen einige derselben, wie dies zuweilen der Fall ist, fest in der Erde, so wühlen sie tagelang mit ihren Klauen, um diese freizulegen und verstecken sie dann in ihren Ställen. Dabei schauen sie sich sehr vorsichtig nach allen Seiten um, aus Furcht, ihre Kameraden könnten den Schatz bemerken." Mein Herr fügte hinzu, er habe nie die Ursache dieses unnatür-

lichen Hungers und, wozu die Steine gebraucht würden, erkennen können. Jetzt aber glaube er, dies sei dieselbe Habsucht, die ich beim Menschengeschlecht beschrieben habe. Einst habe er, versuchshalber, einen Haufen dieser Steine heimlich von dem Ort entfernt, an dem einer seiner Yahoos diesen verborgen hatte. Dann habe das schmutzige Tier, sobald es seinen Schatz vermißte, durch lautes Klagegeschrei die ganze Herde auf jenem Platz versammelt, elend geheult und die übrigen gebissen und zerkratzt. Es habe sich abgehärmt, nicht mehr essen, trinken und arbeiten wollen, bis der Herr seinem Diener befahl, die Steine zu dem Loch zu tragen und dort, wie früher, zu verbergen. Als nun der Yahoo seine Steine wiederfand, sei er sogleich munter und guter Laune geworden, habe sie mit großer Sorgfalt versteckt und sei seitdem ein sehr fleißiges und brauchbares Tier geworden.

Ferner gab mir mein Herr die Versicherung, auf den Feldern, wo sich jene kostbaren Steine im Überfluß vorfänden, würden die heftigsten und häufigsten Kämpfe geliefert, weil die benachbarten Yahoos dort immerwährende Überfälle ausführten.

Er fügte hinzu: „Wenn zwei Yahoos einen solchen Stein auf einem Feld entdeckt haben, und wenn ein Streit entsteht, wer der Besitzer sein soll, so nimmt ein dritter gewöhnlich den Vorteil wahr und trägt ihn als sein Eigentum hinweg." Mein Herr behauptete, dies habe einige Ähnlichkeit mit unseren Prozessen. Hier aber hielt ich es für zweckmäßig, ihn zu enttäuschen, denn die von ihm erwähnte Entscheidung war weit billiger als manches bei uns gebräuchliche Verfahren, denn der Kläger und der Beklagte verlieren nichts als den streitigen Stein. Unsere Gerichtshöfe hätten den Prozeß nicht eher aufgegeben, als bis beiden Parteien überhaupt nichts mehr übriggeblieben wäre.

Mein Herr sagte weiter, nichts habe die Yahoos verhaßter gemacht als ihre rohe Gier, alles, was sie erlangen könnten, zu verschlingen. Sie fräßen Kräuter, Wurzeln, Beeren, verfaultes Fleisch von Tieren, oder alles dies durcheinander gemischt, und es sei ihre eigentümliche Eigenschaft, daß sie am liebsten äßen, was sie sich durch Diebstahl und Raub hatten verschaffen können. Wenn ihre Beute ausreiche, so fräßen sie, bis sie beinahe platzten. Hierauf äßen sie eine von der Natur ihnen bestimmte Wurzel, die eine allgemeine Ausleerung bewirke. Auch suchten die Yahoos noch eine andere Wurzel, die sehr saftig, aber selten aufzufinden sei, mit großer Begierde und sögen sie mit viel Entzücken aus. Diese Wurzel bewirke bei ihnen dieselben Folgen wie der Wein bei uns. Nach deren Genuß pflegten sie sich zu umarmen oder zu zerreißen, sie heulten, lachten, drehten sich, stolperten und schliefen dann im Morast ein.

Ich bemerkte auch tatsächlich, daß die Yahoos in diesem Land die einzigen Tiere waren, die krank werden konnten. Diese Krankheiten waren jedoch nicht so zahlreich wie die der Pferde bei uns und wurden durch keine schlechte Behandlung, sondern durch den Schmutz und die Eier des ekelhaften Tieres erregt. Auch befindet sich in der Sprache der Houyhnhnms nur eine allgemeine Benennung für diese Krankheiten, die von dem Namen des Tieres herrührt, *Hnea-Yahoo* ausgesprochen wird,

und Yahoo-Übel bedeutet. Die Kur besteht aus einem Gemisch von Dünger und Urin der Yahoos, das ihnen in den Mund gestopft wird. Später habe ich öfter bemerkt, daß dies Mittel mit Erfolg angewendet wurde, und ich empfehle es freimütig meinen Landsleuten als ein bewunderungswürdiges Spezifikum gegen alle durch Überfüllung bewirkten Übel.

Was Gelehrsamkeit, Regierung, Künste und Manufakturen betrifft, so gestand mein Herr, er könne keine Ähnlichkeit zwischen den Yahoos seines und unseres Vaterlandes entdecken. Die einzige Vergleichbarkeit, die er bemerke, liege in unserer Natur. Er habe zuvor von einigen neugierigen Houyhnhnms gehört, daß es in vielen Herden einen herrschenden Yahoo gebe (wie in den englischen Parks ein leitender Hirsch sich findet), der gewöhnlich häßlicher und boshafter als die übrigen Yahoos sei. Dieser Führer nehme gewöhnlich als Günstling denjenigen, der ihm am meisten gleiche; das Geschäft dieses Günstlings bestehe darin, daß er an den Füßen und einem anderen Teil seines Herrn lecke und die weiblichen Yahoos in seinen Stall treibe; dafür erhalte er mitunter zur Belohnung ein Stück Eselsfleisch. Dieser Günstling werde von der ganzen Herde gehaßt und bleibe deshalb, um geschützt zu sein, stets in der Nähe seines Herrschers. Er bleibe gewöhnlich im Amt bis ein noch Schlimmerer

gefunden werde; sobald er aber entlassen sei, komme sein Nachfolger an der Spitze aller Yahoos im Distrikt, junger und alter, männlicher und weiblicher, die auf ihm ihre Exkremente fallen ließen. Inwiefern dies auf unsere Höfe, Günstlinge und Minister anwendbar sei, müsse ich am besten selbst bestimmen können.

Ich wagte nicht, diese boshafte Bemerkung zu beantworten, die den menschlichen Verstand unter die Spürkraft eines gewöhnlichen Hundes herabsetzte, der Urteil genug besitzt, um das Gebell des geschicktesten Hundes im Rudel zu unterscheiden und ihm zu folgen, ohne sich jemals zu irren.

Mein Herr sagte alsdann, es seien noch einige Eigenschaften bei den Yahoos auffallend, die ich in meiner Beschreibung des Menschengeschlechts, wie er sehr wohl merke, übergangen oder nur oberflächlich berührt habe. Die Yahoos hätten, wie andere Tiere, ihre Weibchen gemeinschaftlich, sie seien aber darin verschieden, daß die weiblichen Yahoos sogar während ihrer Schwangerschaft sich mit männlichen abgäben; die männlichen aber zankten und schlügen sich mit den weiblichen ebenso erbittert wie untereinander. Beide Fakten verrieten aber eine so schändliche Roheit, wie sie bei keinem Geschöpf mit Gefühl überhaupt anzutreffen sei.

Auch wundere er sich über die Neigung der Yahoos zum Schmutz, da alle anderen Tiere doch eine natürliche Liebe zur Reinlichkeit bewiesen. Was die beiden ersten Anklagen betraf, so ging ich gern ohne Antwort darüber hinweg. Jedoch hätte ich in der letztgenannten Beschuldigung das Menschengeschlecht sehr leicht rechtfertigen können, wenn es Schweine im Land gegeben hätte, was aber unglücklicherweise nicht der Fall war. Dies mag zwar ein sanfteres Tier als der Yahoo sein, kann aber, wie ich demütig behaupten möchte, auf keine größere Reinlichkeit Anspruch erheben. Dies würde Seine Gnaden selbst mir zugestanden haben, hätte sie jemals die schmutzige Nahrungsweise und Gewohnheiten dieser Tiere gesehen, sich im Morast zu wälzen und zu schlafen.

Mein Herr erwähnte noch eine andere Eigenschaft, die seine Diener bei mehreren Yahoos entdeckt hatten und die ihm durchaus unerklärbar schien. Er sagte, ein Yahoo habe oft die Laune,

sich in einen Winkel zurückzuziehen, sich auf den Boden zu legen, zu heulen und zu seufzen, alle, die ihm näherkämen, zurückzustoßen, obgleich er jung und fett wäre und weder an Essen noch an Trinken Mangel litte. Auch habe dann sein Diener nicht recht begreifen können, was dem Yahoo denn eigentlich fehle. Das einzige Mittel, wodurch diesem Übel abgeholfen werde, bestehe darin, daß man den Yahoo sehr stark arbeiten ließe. Alsdann könne er jedesmal wieder zur Besinnung kommen. Hierzu schwieg ich aus Parteilichkeit für mein Geschlecht. Ich konnte darin jene Launenhaftigkeit erkennen, der allein die Faulen, Üppigen und Reichen ausgesetzt seien. Würden diese zur nämlichen Kur gezwungen, so möchte ich mich für die Heilung verbürgen.

Seine Gnaden bemerkte ferner, weibliche Yahoos pflegten sich oft hinter einem Hügel oder Busch zu verstecken, um die jungen männlichen vorübergehen zu sehen, alsdann zu erscheinen, sich wieder zu verstecken und viele narrenhafte Grimassen und Bewegungen zu zeigen. Kämen männliche Yahoos, so entfernten sie sich, sähen sich aber mehrere Male um und liefen mit verstellter Furcht an einen Ort, zu dem der männliche Yahoo ihnen folgen könne.

Wenn nun aber eine fremde weibliche Yahoo in die Gesellschaft anderer weiblicher Yahoos gerät, so gehen drei oder vier um sie herum, starren sie an, schnattern, grinsen und beriechen sie an allen Seiten. Alsdann wenden sie sich ab mit Bewegungen, die Verachtung auszudrücken scheinen.

Vielleicht hätte sich mein Herr in diesen Spekulationen sehr verfeinern können, die er sich aus eigener Beobachtung oder nach dem Hörensagen bildete; ich erstaunte jedoch und fühlte wirklich viel Kummer, daß Koketterie und Klatscherei dem weiblichen Geschlecht so angeboren zu sein schienen.

Ich befürchtete stets, mein Herr werde die Yahoos auch einiger widernatürlicher Laster anklagen, wie solche bei uns ja oft genug vorkommen. Die Natur ist aber diesbezüglich keine listige Lehrerin gewesen, denn diese verbreiteten Genüsse scheinen allein das Produkt von Kunst und Raffinesse auf unserer Halbkugel zu sein.

ACHTES KAPITEL.

Einzelheiten über die Eigenschaften der Yahoos. Die großen Tugenden der Houyhnhnms. Erziehung und Übungen während der Jugend. Die Generalversammlung.

Ich mußte natürlich mit der menschlichen Natur besser als mein Herr bekannt sein, und somit wurde es mir leicht, den Charakter der Yahoos, wie er ihn darstellte, mit mir und meinen Landsleuten zu vergleichen. Auch glaubte ich, durch eigene Beobachtung weitere Entdeckungen machen zu können. Deshalb bat ich meinen Herrn oft, mir die Erlaubnis zu erteilen, daß ich unter die benachbarten Herden der Yahoos gehen dürfe; er hatte auch die Güte, seine Einwilligung zu geben, denn er hegte die vollkommene Überzeugung, der Haß, den ich gegen dieses Vieh hege, werde verhindern, daß ich dadurch verdorben würde. Alsdann befahl er einem Diener, dem fuchsroten Klepper, welcher sehr stark, ehrlich und gutmütig war, mich zu bewachen. Ohne diesen Schutz hätte ich niemals die Abenteuer, die ich beschreiben will, gewagt.

Ich habe ja dem Leser schon erzählt, wie ich bei meiner Ankunft von jenen Tieren belästigt wurde. Später wäre ich beinahe in ihre Klauen gefallen, als ich ohne meinen Hirschfänger zufällig in einiger Entfernung von meiner Wohnung spazierenging. Auch habe ich Grund zu der Annahme, daß sie glaubten, ich gehörte zu ihrer Gattung. Daran war ich aber selbst schuld, denn ich hatte oft meine Rockärmel aufgekrempelt und wenn mein Beschützer bei mir war, Arme und Füße ihnen nackt gezeigt. Alsdann kamen sie mir so nahe, wie sie dies wagten und pflegten meine Bewegungen wie Affen nachzuahmen, wobei sie jedoch immerwährend Zeichen des Hasses offenbarten, so wie ein zahmer Affe mit Mütze und Strümpfen in Gesellschaft der wilden seiner Spezies stets verfolgt wird.

Von Kindheit auf sind die Yahoos außerordentlich behende.

Einst fing ich einen dreijährigen Jungen und suchte, diesen durch alle Arten von Liebkosungen zu beruhigen, allein der kleine Kobold begann zu kreischen und mich mit solcher Heftigkeit zu beißen und zu kratzen, daß ich ihn aufgeben mußte; auch war es Zeit, daß ich ihn losließ, denn eine ganze Herde von alten Yahoos lief auf das Gekreisch herbei; als sie fanden, der Junge sei unverletzt (denn er rannte mit größter Schnelligkeit), und da der fuchsrote Klepper in der Nähe stand, wagte kein Yahoo, mir nahezukommen. Ich bemerkte, daß das Fleisch des jungen Yahoo sehr stank; er hatte einen Geruch wie der eines Wiesels und eines Fuchses zusammengesetzt, aber noch bei weitem unangenehmer. Ich vergaß noch einen Umstand (und wahrscheinlich würde ich die Verzeihung des Lesers erlangen, hätte ich denselben gänzlich ausgelassen); während ich das verhaßte Geschöpf mit den Händen festhielt, entleerte es seinen Kot über meine Kleider; glücklicherweise war ein kleiner Bach in der Nähe, wo ich mich abwaschen konnte. Ich wagte jedoch nicht, vor

meinem Herrn zu erscheinen, bevor ich mich gehörig ausgelüftet hatte.

Nach allem, was ich entdecken konnte, scheinen die Yahoos die ungelehrigsten Tiere zu sein. Ihre Fähigkeiten eigneten sich nicht einmal zum Ziehen oder Tragen von Lasten. Ich glaube jedoch, dieser Mangel bezog sich nur auf ihren verkehrten und störrischen Charkater. Sie sind listig, verräterisch, boshaft und rachsüchtig. Sie sind stark und kräftig, aber zugleich auch feige, unverschämt, niederträchtig und grausam. Man hat bemerkt, die Rothaarigen beiderlei Geschlechts sind wollüstiger und boshafter als die anderen, die sie jedoch an Stärke und Behendigkeit übertreffen.

Die Houyhnhnms verwahren die Yahoos, die sie gewöhnlich benötigen, in Hütten, die von ihren Wohnungen nicht sehr entfernt liegen. Die übrigen werden auf bestimmte Felder geschickt, auf denen sie Wurzeln ausgraben, Kräuter essen, bisweilen Wiesel oder *Luhimuhs* (eine Art wilder Ratten) fangen oder sogar Aas verschlingen.

Die Natur hat sie gelehrt, mit den Nägeln tiefe Löcher in ansteigendes Gelände zu graben, in die sie sich einzeln niederlegen; die Lagerstätten für die Weibchen sind jedoch größer, so daß sie auch zwei oder drei Junge bei sich aufnehmen können.

Von Kindheit an können sie wie Frösche schwimmen und auch lange unter Wasser bleiben, wo sie häufig Fische fangen, welche die Weibchen für ihre Jungen mit nach Hause nehmen. Ich hoffe, der Leser wird mir verzeihen, wenn ich bei dieser Gelegenheit ein sonderbares Abenteuer erzähle.

Als ich eines Tages bei sehr heißem Wetter mit meinem Beschützer, dem fuchsroten Kelpper, unterwegs war, bat ich ihn um die Erlaubnis, in einem nahen Fluß baden zu dürfen. Er gab seine Einwilligung, und ich zog mich sogleich nackt aus und ging langsam in den Fluß hinein. Zufällig stand eine junge weibliche Yahoo hinter einer Anhöhe und sah mir zu. Sie kam sogleich, von Lüsternheit gepackt, in aller Eile herbei und sprang, fünf Yards von mir entfernt, ins Wasser hinein. Nie in meinem Leben habe ich einen solchen Schreck empfunden. Der Klepper graste in einiger Entfernung, da er nichts Böses ahnte. Die Yahoo umarmte mich in der ekelhaftesten Weise. Ich brüllte laut, worauf der Klepper zu mir galoppierte; das Weibchen ließ mich nur mit größtem Widerstreben los und sprang auf das entgegengesetzte Ufer, wo es während der ganzen Zeit, da ich meine Kleider anlegte, zusah und heulte.

Dies gab meinem Herrn und seiner ganzen Familie viel Stoff zur Belustigung, mir aber zur Kränkung. Ich konnte nämlich jetzt nicht mehr leugnen, ich sei ein wirklicher Yahoo mit jedem Glied, und nach meinen Gesichtszügen fühlten doch selbst deren Weibchen sich in geschlechtlicher Beziehung zu mir hingezogen. Dabei war das Haar dieses Tieres nicht einmal von roter Farbe, was ihre ungewöhnliche Lüsternheit hätte entschuldigen können, sondern schwarz wie Teer, und im Ganzen so häßlich wie bei anderen, so daß ich annehme, sie konnte höchstens elf Jahre alt sein.

Da ich drei Jahre in diesem Land lebte, erwartet der Leser, wie ich glaube, daß ich wie andere Reisende ihm einen Bericht von den Sitten und Gewohnheiten der Einwohner gebe, deren Kenntnis wirklich mein Hauptstudium hier ausmachte.

Da die edlen Houyhnhnms von Natur aus mit allen Tugenden begabt sind und keine Vorstellung vom Bösen besitzen, so besteht ihr Hauptgrundsatz darin, die Vernunft auszubilden, und sich von dieser leiten zu lassen. Auch hat die Vernunft für sie nichts Problematisches an sich, wie dies bei uns der Fall ist, wo man plausible Gründe für und gegen diese vorbringen kann, vielmehr erweckt sie bei ihnen die augenblickliche Überzeugung, daß diese Vernunft überall notwendig sei, sofern sie nicht durch Leidenschaft oder persönliche Interessen verwischt, verdunkelt oder verfärbt wird.

Ich erinnere mich noch, wie ich meinem Herrn einen Begriff von der Bedeutung des Wortes ‚Meinung' oder über die Möglichkeit des Disputierens nur mit größter Schwierigkeit beibringen konnte. Er meinte nämlich, die Vernunft lehre uns ja, nur da zu leugnen oder zu behaupten, wo wir unserer Sache gewiß seien; läge irgend etwas jenseits unserer Kenntnisse, sei beides für uns unmöglich. Somit sind Kontroversen, Zänkereien, Disputationen über falsche und zweifelhafte Sätze bei den Houyhnhnms durchaus unbekannte Übel. In derselben Art pflegte er mich auszulachen, wenn ich ihm unsere verschiedenen Systeme der Naturphilosophie zu erklären versuchte, weil ein Geschöpf, das auf Vernunft Anspruch erhebe, sich auf die Vermutungen anderer Leute so viel einbilde, und besonders auch in Dingen, in denen diese Kenntnis, selbst wenn sie gewiß wäre, zu nichts helfen könnte. Hierin stimmte er vollkommen mit den Gedanken des *Sokrates* überein, wie sie *Plato* uns darlegt, und ich glaube, durch diese Bemerkung jenem Fürsten der Philosophen die größte Ehre zu erweisen. Oft habe ich überlegt, wie ungeheure Verluste die europäischen Bibliotheken durch eine solche Leh-

re des Houyhnhnm erleiden müßten und wieviele Wege zum Ruhm der gelehrten Welt dadurch verschlossen würden.
Freundschaft und Wohlwollen sind die zwei hauptsächlichsten Tugenden der Houyhnhnms, und diese werden nicht auf einzelne Individuen beschränkt, sondern über das ganze Geschlecht hin Gemeingut. Ein Fremder aus dem entferntesten Teil des Landes wird ebenso freundlich behandelt wie der nächste Nachbar; wohin er kommen mag, er benimmt sich sogleich, als sei er zu Hause. Die Houyhnhnms beobachten Anstand und Höflichkeit im höchsten Grade, Komplimente aber sind ihnen gänzlich unbekannt. Sie verzärteln Fohlen keineswegs; die Sorgfalt, die sie jedoch auf ihre Erziehung verwenden, entspringt ausschließlich der Vernunft. Ich bemerkte auch, daß mein Herr dieselbe Zuneigung zu den Kindern seines Nachbarn hegte wie zu seinen eigenen. Sie glauben, die Natur wolle, daß man die ganze Gattung liebe; es sei ferner vernünftig, daß man bloß diejenigen Individuen auszeichne, welche einen höheren Grad von Verstand besäßen.

Wenn eine Matrone der Houyhnhnms mit einem Füllen niedergekommen ist, so kommt sie mit ihrem Gatten geschlechtlich nur dann noch zusammen, wenn sie durch irgendeinen bösen Zufall ein Füllen ihrer Nachkommenschaft verlieren. Ein Umstand, der sich jedoch nur selten ereignet. Betrifft ein solches Unglück ein Individuum, dessen Gattin schon sehr alt ist, so erhält dieses ein Füllen von einem anderen Paar, das dann wieder zusammenlebt. Diese Vorsicht ist notwendig, damit das Land nicht zu stark bevölkert wird. Die Rasse der niederen Houyhnhnms muß sich jedoch nicht auf diese Zahl beschränken; ihre Füllen dürfen von jedem Geschlecht drei betragen, die dann später als Diener in den vornehmen Familien angestellt werden.

Bei den Ehen zeigen die Houyhnhnms besondere Sorgfalt in der Wahl der Farben, um keine unschönen Mischungen in der Rasse zu ermöglichen. Kraft wird hauptsächlich bei den männlichen und Schönheit bei den weiblichen Individuen geschätzt, jedoch nicht um der Liebe willen, sondern um die Entartung des Geschlechtes zu vermeiden. Wo sich ein Weibchen durch Körperstärke auszeichnet, wird der Gatte mit besonderer Rücksicht auf Schönheit gewählt.

Werbung, Zärtlichkeiten, Geschenke und Mitgift sind unbekannte Begriffe. Das junge Paar kommt zusammen und wird ganz allein deshalb verbunden, weil dies der Wille seiner Eltern und Verwandten ist. Die jungen Leute betrachten dies als etwas ganz Gewöhnliches und als eine Handlung der Vernunft. Eine Verletzung der Ehe und eine andere unmoralische Handlung kennen sie nicht, und das verheiratete Paar verbringt sein Leben in derselben gegenseitigen Freundschaft und mit demselben Wohlwollen, die auch anderen, die mit ihnen zusammenkom-

men, erwiesen werden. Streit und Eifersucht sind, ebenso wie übertriebene Zärtlichkeit, völlig unbekannte Begriffe.

In der Erziehung der Jungen beiderlei Geschlechts ist die Methode der Houyhnhnms bewunderungswürdig und verdient unsere Nachahmung. Die Füllen dürfen bis zu ihrem achtzehnten

Lebensjahr kein Korn oder Hafer berühren, mit Ausnahme bestimmter Tage. Milch erhalten sie nur selten, und im Sommer grasen sie nur zwei Stunden am Morgen und am Abend, wobei sie von ihren Eltern beobachtet werden. Den Dienern wird nicht mehr als die Hälfte dieser Zeit zugestanden, und ein großer Teil des Grases, von dem sie sich ernähren, wird ins Haus geschafft. Sie essen dann, wenn sie am besten bei der Arbeit entbehrt werden können.

Mäßigkeit, Fleiß, Körperbewegung und Reinlichkeit werden als immerwährende Lehren den Füllen beider Geschlechter eingeprägt. Auch hielt es mein Herr für ein widernatürliches Verhalten, daß wir den weiblichen Personen unserer Spezies eine andere Erziehung als den männlichen geben, mit Ausnahme einiger Punkte, die die Haushaltungsarbeiten betreffen. Er bemerkte mit vollkommenem Recht, die Hälfte unserer Eingeborenen sei deshalb zu nichts anderem zu gebrauchen als zum Erzeugen von Kindern. Der Umstand jedoch, daß man die Erziehung der Kinder solchen nutzlosen Personen anvertraue, sei ein noch größerer Beweis unserer barbarischen Natur.

Die Houyhnhnms erziehen ihre Jugend zur Kraft, Schnelligkeit und Abhärtung. Sind die Füllen in Schweiß gebadet, dann müssen sie bis über die Ohren in einen Teich oder Fluß tauchen. Viermal im Jahr kommt die Jugend eines bestimmten Distrikts zusammen, um ihre Fortschritte im Laufen und Springen zu zeigen, wobei der Sieger oder die Siegerin mit einer Lobeshymne geehrt wird. Bei dieser Festlichkeit treiben die Bedienten eine Herde Yahoos aufs Feld, die mit Heu, Hafer und Milch, zur Bewirtung der Houyhnhnms bestimmt, beladen sind. Alsdann werden die Tiere sogleich wieder zurückgetrieben, damit sie der Gesellschaft nicht lästig fallen.

Alle vier Jahre wird im Frühlingsäquinoktium eine Repräsentativ-Versammlung der ganzen Nation auf einer Ebene abgehalten, die etwa zwanzig Meilen von unserem Haus entfernt liegt. Hier untersuchen die Houyhnhnms den Zustand und die Lebensbedingungen der einzelnen Distrikte, ob dieselben Überfluß an Heu, Hafer, Milchkühen und Yahoos besitzen oder daran Mangel leiden. Herrscht irgendwo Mangel (was jedoch nicht oft der Fall ist), so wird sogleich eine einstimmige Hilfsaktion eingeleitet. Hier werden auch die Regulierungen hinsichtlich der Kinder festgesetzt: wenn ein Houyhnhnm zwei männliche Kinder hat, so vertauscht er eines mit dem anderen, der zwei weibliche besitzt; ist ferner ein Kind durch Zufall verlorengegangen und die Mutter alt, so wird beschlossen, welche Familie ein anderes Kind zu zeugen hat, um den Verlust auszugleichen.

NEUNTES KAPITEL.

Lebhafte Debatte in der Generalversammlung der Houyhnhnms und was darin beschlossen wird. Die Gelehrsamkeit der Houyhnhnms. Ihre Baukunst. Ihre Begräbnisart. Die Mängel ihrer Sprache.

Eine dieser großen Versammlungen wurde zu meiner Zeit, ungefähr drei Monate vor meiner Abreise, abgehalten. Mein Herr, als Repräsentant seines Distrikts, nahm auch daran teil. In dieser Versammlung wurde die alte Debatte wieder aufgenommen, die beinahe die einzige in dem Land ist. Mein Herr gab mir darüber nach seiner Rückkehr einen ausführlichen Bericht.

Die Frage betraf die Vertilgung der Yahoos von der Erde. Ein Parlamentsmitglied sprach dafür und führte mehrere gewichtige Gründe für seine Meinung an. Es behauptete: so wie die Yahoos die schmutzigsten, unruhigsten und häßlichsten Tiere seien, die die Natur jemals hervorgebracht habe, so zeigten sie sich auch störrisch, ungelehrig und boshaft. Heimlich sögen sie Milch aus den Eutern der Kühe, die den Houyhnhnms gehörten, erwürgten und fräßen die Katzen derselben, zerträten Ha-

fer und Gras, wenn man nicht ein genaues Auge auf sie habe und richteten tausend andere Schäden an.

Yahoos habe es nicht ewig in seinem Vaterland gegeben. Vor langer Zeit seien zwei dieser Tiere auf einem Berg erschienen. Ob sie von der Hitze der Sonne, aus verfaultem Morast und Schlamm oder aus dem Schaum oder von Ausdünstungen des Meeres entstanden seien, bleibe ungewiß. Diese Yahoos hätten eine Nachkommenschaft gezeugt, die bald so zahlreich geworden wäre, daß die ganze Nation von ihnen überschwemmt und verseucht worden sei. Die Houyhnhnms hätten, um das Übel loszuwerden, eine allgemeine Jagd angestellt und zuletzt die ganze Herde eingeschlossen, wobei die älteren getötet wurden. Jeder Houyhnhnm habe zwei junge Yahoos in seinem Stall gehalten und sie zu einem solchen Grad von Zahmheit, wie sie ein von Natur so wildes Tier nur erlangen könne, gebracht, so daß er sie zum Ziehen und Lasttragen verwenden konnte.

Diese Tradition scheine wahr zu sein, denn jene Geschöpfe könnten nicht *Ylnhniamshy* (Ureinwohner) des Landes sein, weil die Houyhnhnms wegen des heftigen Hasses, welchen sie wie

andere Tiere gegen die Yahoos mit vollem Recht hegten, unmöglich zu der Höhe von Vollkommenheit hätten gelangen können. Wären Yahoos die Ureinwohner, so wären die Houyhnhnms wahrscheinlich längst ausgerottet worden. Die Einwohner hätten hierauf eine besondere Vorliebe für den Dienst der Yahoos gefaßt und dadurch unvorsichtigerweise die Fortpflanzung und Pflege der Esel vernachlässigt, die artige, ordentliche, zahme und anstellige Tiere seien und auch keinen unerträglichen Geruch besäßen. Sie seien auch stark genug zur Arbeit, obgleich sie den Yahoos an Behendigkeit nachstünden; zwar sei auch ihr I-ah-Geblöke kein angenehmer Schall, aber doch melodischer als das Geheul der Yahoos.

Mehrere Abgeordnete sprachen ihre Ansicht in derselben Weise aus, worauf mein Herr der Versammlung einen Vorschlag machte, zu dem ich ihm in der Tat einen Wink gegeben hatte. Er gestand die Wahrheit der Tradition zu, welche sein ehrenwerter Vorredner angeführt habe. Jedoch die beiden Yahoos, die man zuerst im Land erblickte, müßten auf dem Meer hierher verschlagen und von ihren Gefährten verlassen worden sein. Sie hätten sich ins Gebirge zurückgezogen, seien dort allmählich entartet und wilder als die Menschen geworden, von denen sie stammten. „Den Grund zu dieser Behauptung", fuhr der andere fort, „sehe ich in dem Umstand, daß ich jetzt einen wunderbaren Yahoo besitze" (damit war ich gemeint). „Die meisten von euch haben wohl schon davon gehört und viele ihn auch gesehen" (der Redner schilderte alsdann die Art, wie er mich gefunden habe). „Sein Körper ist mit einer künstlichen Zusammensetzung von Häuten und Haaren anderer Tiere bedeckt. Er hat eine eigene Sprache, versteht jedoch auch die unsere. Er hat mir die Begebenheiten erzählt, die ihn hierher brachten. Ich habe ihn auch ohne Bedeckung gesehen. Er ist ein vollkommener Yahoo in jedem Körperteil, jedoch von weißer Farbe, weniger haarig und er besitzt keine Klauen. Dieser Yahoo behauptet, daß die Yahoos in seinem Vaterland die regierenden und vernünftigen Tiere sind und die Houyhnhnms zu ihrem Dienst gebrauchen. Er hat alle Eigenschaften eines Yahoo, ist aber durch einen Anflug von Vernunft ein wenig verfeinert; dieser ist jedoch in demselben Grad geringer als unsere Vernunft, als die der Yahoos seines Vaterlandes im Vergleich mit der unsrigen. Er hat mir unter anderem einen Brauch derselben erzählt, wonach die Houyhnhnms in ihrer Jugend kastriert werden, um sie dadurch zeugungsunfähig und dienstwilliger zu machen. Diese Operation ist leicht und gefahrlos durchzuführen. Auch ist es ja keine Schande, von Tieren zu lernen; Fleiß lernt man von der Ameise, das Bauen von der Schwalbe" (so übersetze ich das Wort *Lyhannh,* obgleich dieser Vogel etwas größer ist als der erwähnte). „So läßt sich diese Erfindung bei den jüngeren Yahoos anwenden, welche ohnedies leichter zu behandeln und zu gebrauchen sind. Dadurch wird das ganze Geschlecht der Yahoos ohne Tötung innerhalb einer Generation aufhören. Zugleich müssen aber die Houyhnhnms die Zucht der Esel fördern, die in jeder Hinsicht wertvollere

Tiere sind und zugleich den Vorteil gewähren, daß sie schon mit fünf Jahren, und nicht wie die Yahoos erst mit zwölf Jahren dienstfähig sind.“

Dies war alles, was mir mein Herr über den Vorgang in der Ratsversammlung damals sagen wollte. Er hatte die Güte, mir einen Umstand zu verschweigen, der sich auf mich persönlich bezog, und dessen unheilvolle Wirkung ich bald empfand, wie der Leser zu gegebener Zeit noch erfahren wird.

Die Houyhnhnms kennen keine Schrift, und deshalb beruht ihr ganzes Wissen auf mündlicher Überlieferung. Da jedoch bei einem Volk, in dem alle befreundet und zu jeder Tugend von Natur aus geneigt sind, das ferner ausschließlich von der Vernunft regiert wird und vom Verkehr mit anderen Völkern abgeschnitten ist, ereignet sich bei einem solchen Volk nur wenig von Belang, auch wird der historische Teil seines Wissens im Gedächtnis sehr leicht bewahrt. Ich erwähnte bereits, daß die Houyhnhnms keinen Krankheiten ausgesetzt sind und sie deshalb keine Ärzte brauchen. Sie haben jedoch ausgezeichnete Arzneimittel, die aus Kräutern gefertigt sind, um zufällige Quetschungen und Schnittwunden im Fußgelenk oder in der Hufgabel, die durch scharfe Steine bewirkt werden, wie auch andere Verletzungen an den verschiedenen Körperteilen zu heilen.

Das Jahr berechnen sie nach den Positionen des Mondes und der Sonne, sie kennen jedoch keine Unterteilungen in Wochen. Mit den Bewegungen der Himmelskörper sind sie wohl vertraut, wie auch mit der Ursache ihrer Verfinsterungen. Hierauf aber beschränkt sich ihr Wissen in der Astronomie.

Man muß zugeben, daß sie in der Dichtkunst alle Völker übertreffen. Die Treffsicherheit ihrer Gleichnisse sowie die Genauigkeit ihrer Beschreibungen sind wirklich unübertrefflich. In ihren Gedichten findet man viele der beiden Eigenschaften im Überfluß, und sie enthalten gewöhnlich exaltierte Begriffe von Freundschaft und Güte oder den Ruhmeshymnen zur Ehre der Sieger bei Wettrennen oder anderen körperlichen Übungen. Ihre Gebäude, obgleich sehr roh und einfach, sind sehr wohnlich, um sie vor jeder schädlichen Einwirkung durch Kälte und Hitze zu schützen. Sie besitzen einen Baum, der, sobald er vierzig Jahre alt ist, an der Wurzel sich lockert und beim ersten Sturm niederfällt. Er wächst ganz gerade in die Höhe und wird mit scharfen Steinen (der Gebrauch des Eisens ist den Houyhnhnms unbekannt) wie ein Stock zugespitzt; die so gebildeten Balken werden in der Entfernung von je zehn Zoll in den

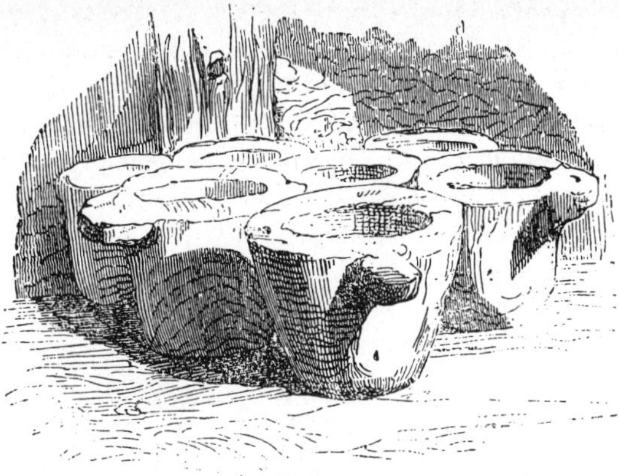

Erdboden gesteckt, mit Haferstroh und Weizengerten durchflochten. Dach und Tür werden in derselben Art hergestellt.

Die Houyhnhnms gebrauchen den hohlen Teil ihres Vorderfußes zwischen Huf und Fersengelenk wie wir unsere Hände, und zwar mit größerer Geschicklichkeit als ich zuerst glauben konnte. Ich habe selbst gesehen, wie eine Schimmelstute aus unserer Familie mit diesem Gelenk eine Nadel einfädelte, die

ich ihr zu dem Zweck geliehen hatte. Sie melken ihre Kühe, mähen ihren Hafer und verrichten mit ihren Hufen alles, wozu sonst Hände erforderlich sind. Sie haben ferner eine Art Feuerstein, den sie durch Schleifen an anderen Steinen zu Werkzeugen formen, deren sie sich als Keile, Äxte, Hämmer und Meißel bedienen. Mit Werkzeugen aus diesen Feuersteinen schneiden sie auch das Heu und den Hafer ab, der auf ihren Feldern wächst; alsdann ziehen Yahoos die Garben auf Wagen nach Hause, und die Diener stampfen aus diesen in geeigneten, verdeckten Hütten das Korn heraus, das dann in Speichern aufbewahrt wird. Sie verfertigen ferner eine rohe Art hölzerner und irdener Gefäße und trocknen die letztgenannten in der Sonne.

Wenn die Houyhnhnms zufällige Unglücksfälle vermeiden können, so sterben sie relativ schmerzlos an Altersschwäche und werden dann an abgelegenen Orten begraben, wobei Freunde und Verwandte weder Kummer noch Freude zeigen. Auch offenbart die sterbende Person nicht den geringsten Schmerz, daß sie die Welt verlassen muß, sondern äußert dieselbe Stimmung, als kehre sie von einem Besuch bei Nachbarn nach Hause zurück. Ich erinnere mich: einst hatte mein Herr mit einem Freund und dessen Familie die Verabredung getroffen, in seinem Haus eine wichtige Angelegenheit zu besprechen. An dem festgesetzten Tag kam die Gemahlin desselben mit ihren zwei Kindern, jedoch sehr spät. Sie brachte zwei Entschuldigungen vor. Die erste betraf ihren Mann, der, wie sie sagte, den Morgen gerade *Ihnuwhn* wäre; dies Wort ist sehr ausdrucksvoll in der Sprache und läßt sich nicht leicht übersetzen. Es bedeutet: *„sich zu seiner ersten Mutter zurückziehen.“* Die zweite Entschuldigung dafür, daß sie nicht früher kam, betraf sie selbst. Als ihr Mann spät am Morgen gestorben sei, habe sie sich mit ihren Bedienten beraten, an welchen Platz der Leichnam wohl zu begraben sei. Ich bemerkte, sie benahm sich in unserem Haus genauso heiter wie alle anderen. Drei Monate später starb auch sie.

Die Houyhnhnms leben gewöhnlich bis zum siebzigsten oder fünfundsiebzigsten, selten bis zum achtzigsten Jahr. Einige Wochen vor ihrem Tod fühlen sie eine allmähliche Abnahme ihrer Kräfte, jedoch ohne Schmerz zu empfinden. Während dieser Zeit werden sie häufig von ihren Freunden besucht, weil sie nicht mehr mit der gewöhnlichen Bequemlichkeit und Heiterkeit ausgehen können. Zehn Tage vor ihrem Tod, dessen Augenblick sie mit ziemlicher Sicherheit vorhersagen können, erwidern sie die Besuche ihrer nächsten Nachbarn, zu denen sie von Yahoos in einem bequemen Sessel getragen werden. Diese Sessel gebrauchen sie nicht allein bei dieser Gelegenheit, sondern auch, wenn sie alt werden, sich auf großen Reisen befinden oder einen Unfall erlitten haben. Die sterbenden Houyhnhnms, die diesen Besuch abstatten, nehmen feierlich Abschied von ihren Freunden, als zögen sie sich in einen entfernten Teil des Landes zurück, um dort den Rest ihres Lebens zu verbringen.

Ich würde mit großem Vergnügen die Sitten und Tugenden dieses ausgezeichneten Volkes noch eingehender beschreiben, habe jedoch die Absicht, in kurzer Zeit ein besonderes Buch über dieses Thema herauszugeben und muß den Leser deshalb hierauf verweisen. Mittlerweile will ich meine traurige Katastrophe, die ich zu guter Letzt noch bei den Houyhnhnms erlebte, hier erzählen.

ZEHNTES KAPITEL.

Des Verfassers glückliches Leben bei den Houyhnhnms. Seine Fortschritte in der Tugend durch den Umgang mit denselben. Ihre Unterhaltungen. Dem Verfasser wird von seinem Herrn mitgeteilt, daß er das Land verlassen müsse. Er fällt aus Gram in Ohnmacht, unterwirft sich jedoch seinem Unglück. Er erfindet und verfertigt einen Kahn mit Hilfe des fuchsroten Kleppers und sticht auf gut Glück in See.

Ich hatte meinen kleinen Haushalt durchaus zu meiner Zufriedenheit eingerichtet. Mein Herr hatte befohlen, mir eine Hütte nach der Landessitte zu erbauen, welche sechs Yards vom Hauptgebäude entfernt war. Die Seiten und den Fußboden bedeckte ich mit Lehm und Binsenmatten, die ich selbst erfand. Ich hatte mir Hanf, der dort wild wächst, zubereitet und machte daraus eine Art Inlett. Dieses füllte ich mit Federn verschiedener Vögel, die ich in Schlingen aus Yahoohaaren einfing, und die

mir eine treffliche Nahrung boten. Ich hatte zwei Stühle mit meinem Messer geschnitzt, wobei der fuchsrote Klepper mir bei den größeren und mühseligeren Arbeiten half. Als meine Kleider zerrissen waren, machte ich mir andere aus den Fellen von Kaninchen und von schönen Tieren derselben Größe, die *Nnuhnoh* heißen und deren Fell mit dem zartesten Flaum bedeckt ist. Daraus machte ich mir auch ganz passable Strümpfe. Meine Schuhe besohlte ich mit Holz, das ich aus Bäumen geschnitten und zugerichtet hatte, so daß ihre Sohle an das Oberleder paßte; als auch dieses abgenutzt war, ersetzte ich es durch Fell von Yahoos, das an der Sonne getrocknet war. Oft nahm ich auch Honig aus ausgehöhlten Bäumen, vermischte ihn mit Wasser oder aß ihn zu meinem Brot. Niemand hat somit wie ich die Wahrheit der zwei Grundsätze erfahren: „Die Natur ist mit wenigem zufrieden“, und „Not macht erfinderisch.“

Ich war körperlich vollkommen gesund und von Herzen froh. Ich härmte mich nicht über die Verräterei oder Unbeständigkeit eines Freundes noch über die Beleidigungen eines offenen oder geheimen Feindes. Ich hatte keine Gelegenheit zum Bestechen, Heucheln oder Kuppeln, um mir die Gunst eines mächtigen Mannes oder seines Lieblings zu verschaffen. Ich brauchte keinen Schutz gegen Betrug oder Unterdrückung. Es gab dort weder Ärzte, meinen Leib, noch Juristen, mein Vermögen zu ruinieren; keine Spione, meine Worte und Handlungen zu belauschen oder Anschuldigungen für Geld gegen mich zu erheben. Hier gab es keine Spötter, Klatscher, Verleumder, Taschendiebe, Räuber, Sachwalter, Kuppler, Narren, Spieler, Politiker, Witzlinge, launenhafte Menschen, langweilige Schwätzer, Zänker, Notzüchter, Mörder und Virtuosen, keine Parteihäupter und Parteigänger, keine Provokateure zum Laster durch Verführung oder Beispiel, keine Gefängnisse, Beile, Galgen, Prügelpfosten oder Schandpfähle, keine betrügerischen Wirte oder Handwerker, keinen Stolz, keine Eitelkeit, keine Stutzer, Trunkenbolde und Huren; keine zänkischen, ungetreuen oder kostbaren Gattinnen, keine dummen und stolzen Pedanten, keine zudringlichen, herrschsüchtigen, zänkischen, unruhigen, schreienden, dummen, launenhaften, fluchenden Gesellschafter, keine Schufte, die aus dem Staub durch das Verdienst des Lasters sich erheben; keinen Adel, keine Lords, Fiedler, Richter und Tanzmeister.

Ich hatte die Ehre, mehreren Houyhnhnms vorgestellt zu werden, welche meinen Herrn besuchten oder bei ihm speisten. Seine Gnaden erteilte mir dann die Erlaubnis, im Zimmer zu bleiben und die Unterredung mit anzuhören.

Sowohl mein Herr als auch seine Gesellschaft legten mir oft Fragen vor und hörten dann meine Antworten an. Bisweilen wurde mir auch erlaubt, meinen Herrn bei seinen Besuchen zu anderen zu begleiten. Ich nahm mir nie heraus, etwas zu sagen, wenn ich nicht gefragt wurde.

Die Houyhnhnms sind der Ansicht, bei Unterhaltungen werde das Gespräch durch ein kurzes Stillschweigen sehr verbessert. Auch fand ich, daß sich dies wirklich so verhielt, denn während der Pause entstanden neue Ideen, die die Unterhaltung belebten. Ihre gewöhnlichen Gespräche betreffen Freundschaft und Wohlwollen, Ordnung und Sparsamkeit, bisweilen auch die sichtbaren Wirkungen der Natur oder alte Traditionen, die Grenzen der Tugend, die nie fehlschlagenden Andeutungen der Vernunft, oder auch Beschlüsse, die man bei der nächsten großen Versammlung fassen sollte, oft auch die verschiedenen Vorzüge der Poesie.

Ohne Eitelkeit darf ich behaupten, daß auch meine Gegenwart ihnen öfters Stoff zur Unterhaltung bot, weil sie meinem Herrn Gelegenheit gab, seine Freunde in meine Geschichte und die meines Vaterlandes einzuweihen, worüber sie alle die Güte hatten, sich in keiner schmeichelhaften Weise gegen das Menschengeschlecht auszusprechen. Deshalb will ich nicht wiederholen, was die Houyhnhnms sagten; der Leser wird mir jedoch die Bemerkung erlauben, daß mein Herr zu meinem Er-

JOURN
CRITIQ
VERDEIL.

staunen die Natur der Yahoos weit besser kannte als ich selbst. Er sprach über all unsere Laster und Torheiten und entdeckte viele derselben, die ich nie erwähnte, und zwar ausschließlich durch die Vermutung, welche Eigenschaften die Yahoos seines Vaterlandes bei einiger Vernunft besitzen müßten. Alsdann bildete er ganz natürlich den Schluß, wie elend und erbärmlich ein solches Geschöpf sein müßte.

Durch Umgang mit den Houyhnhnms und durch Bewunderung ihrer Eigenschaften konnte ich es nicht unterlassen, ihren Gang und ihre Bewegungen nachzuahmen, welches mir so zur Gewohnheit geworden ist, daß meine Freunde mir die Versicherung geben, ich trabte wie ein Pferd, und dieses halte ich in der Tat für ein großes Kompliment; auch will ich nicht leugnen, daß ich beim Sprechen geneigt bin, Stimme und Art der Houyhnhnms anzunehmen und ohne die geringste Kränkung Spöttereien hierüber anhören kann.

In der Mitte dieses Glücks, und als ich schon wähnte, ich würde mein ganzes Leben lang im Land bleiben können, ließ mich mein Herr einmal früher als gewöhnlich rufen. Ich bemerkte an seinem Gesicht, daß er in einiger Verlegenheit war und nicht wußte, wie er das, was er sagen wollte, mir eröffnen könnte. Nach kurzem Schweigen sagte er mir, er wisse nicht, wie ich das, was er mir zu sagen habe, aufnehmen werde. Bei der letzten allgemeinen Versammlung hätten die Repräsentanten, als die Angelegenheit der Yahoos besprochen wurde, die Tatsache in Betracht gezogen, daß er ein Individuum dieser Gattung in seiner Familie halte, das mehr einem Houyhnhnm als einem unvernünftigen Tier gleiche; daß er ferner sich häufig mit ihm unterhalte, als ob er Vorteil oder Vergnügen an meiner Gesellschaft erlangen könne. Ein solches Verfahren sei mit Natur und Vernunft nicht vereinbar. Die Versammlung ermahne ihn deshalb, mich entweder wie die übrigen meines Geschlechts zu behandeln oder mich zu zwingen, daß ich zu dem Ort, von dem ich gekommen, wieder zurückschwimmen möge. Der erste dieser

Anträge sei jedoch sogleich von allen Houyhnhnms, die mich je in ihrem Haus gesehen hätten, verworfen worden sie hätten angeführt: da ich einige Elemente der Vernunft besäße, und da jene Tiere so boshaft wären, so möchte ich sie verführen, in die waldigen und gebirgigen Teile des Landes zu fliehen und sie alsdann in der Nacht in Haufen herunterführen, um das Vieh der Houyhnhnms zu töten. Die Yahoos seien ja von der Natur als Raubtier geschaffen und der Arbeit abgeneigt.

Mein Herr fügte hinzu: er werde alle Tage von den Houyhnhnms der Nachbarschaft dringend dazu aufgefordert, den Beschluß der Versammlung endlich zu respektieren und er könne dies jetzt auch nicht länger aufschieben. Er glaube wohl, daß es mir unmöglich sei, nach einem anderen Land zu schwimmen, er wünsche deshalb, daß ich mir ein Fahrzeug verschaffe, das demjenigen gleiche, das ich ihm bereits beschrieben und durch das ich auf dem Meer hergekommen sei. Bei dieser Arbeit würde mir von seinen Bedienten und von denen aller Nachbarn geholfen werden. Er fügte am Schluß noch hinzu: er seinerseits hätte mich gern lebenslang in seinem Dienst behalten; er habe beobachtet, daß ich mich von mancher schlechten Gewohnheit und Neigung dadurch geheilt habe, daß ich mich bemühte, soweit meine untergeordnete Natur dies zulasse, den Houyhnhnms in jeder Hinsicht nachzueifern.

Ich hätte dem Leser schon erklären müssen, daß ein Beschluß der Generalversammlung in diesem Land *Hnhloaijn* genannt wird, was soviel wie Ermahnung bedeutet, soweit ich das Wort übersetzen kann. Die Houyhnhnms haben nämlich keine Vorstellung davon, daß ein vernünftiges Geschöpf gezwungen werden könne, anstatt sich nur raten oder ermahnen zu lassen.

Kein Geschöpf könne nämlich der Vernunft die Gefolgschaft aufkündigen, ohne seine Ansprüche auf Vernunft aufzugeben.

Die Rede meines Herrn erfüllte mich mit äußerstem Kummer und Verzweiflung, und da es mir unmöglich war, meinen Schmerz zu ertragen, fiel ich ohnmächtig zu Boden.

Als ich die Besinnung wiedererlangt hatte, sagte mir mein Herr, er habe geglaubt, ich sei tot. Die Houyhnhnms seien nämlich solchen Schwächen nicht unterworfen. Ich erwiderte mit schwacher Stimme: Der Tod wäre ein zu großes Glück für mich gewesen. Ich könnte zwar die Ermahnung der Versammlung und das dringende Verlangen seiner Freunde nicht tadeln. Ich glaube jedoch, meinem schwachen und verdorbenen Verstand gemäß, auch eine geringere Strenge hätte der Vernunft nicht widersprochen. Ich könne keine Stunde weit schwimmen, und das nächste Land würde über hundert Meilen entfernt liegen. Eine Menge Materialien, die zur Verfertigung eines Fahrzeuges notwendig seien, fehlten in diesem Land. Ich würde jedoch aus Gehorsam und Dankbarkeit gegen Seine Gnaden den Versuch machen, obgleich ich die Ausführung für unmöglich hielte, so daß ich mich schon als verloren betrachtete; die sichere Aussicht auf einen unnatürlichen Tod sei das geringste meiner Übel. Sollte ich nämlich durch irgendeinen besonderen Umstand dem Tode entgehen, so könne ich doch unmöglich mit Gelassenheit daran denken, mein Leben wieder bei Yahoos zuzubringen und in die alte Verderbnis wieder zu versinken, aus Mangel an Beispielen, die mich auf die Pfade der Tugend führen und auf diesen erhalten würden. Ich wisse sehr wohl, daß die Beschlüsse der weisen Houyhnhnms zu korrekt begründet seien, als daß ich, ein erbärmlicher Yahoo, sie anfechten könnte. Ich sage ihm deshalb meinen demütigen Dank für die mir angebotene Hilfe seiner Diener bei dem Bau eines Schiffes, bitte um die erforderliche Zeit für ein so schwieriges Werk und wolle mich bemühen, mein elendes Leben zu erhalten. Würde ich jemals nach England zurückkehren, so hege ich einige Hoffnung, meinem Ge-

schlecht dadurch nützlich zu werden, daß ich den Ruhm der berühmten Houyhnhnms feierte und ihre Tugenden dem Menschengeschlecht als beispielhaft hinstellte.

Mein Herr gab mir mit wenigen Worten eine sehr gnädige Antwort; er bewilligte mir die Zeit von zwei Monaten zum Bau meines Bootes und befahl dem fuchsroten Klepper, meinem Kameraden im Dienst (so darf ich ihn jetzt, da ich so weit von ihm entfernt bin, wohl nennen), meine Anleitungen zu befolgen. Ich sagte nämlich meinem Herrn, die Hilfe dieses einen werde genügen.

Mein erstes Geschäft in seiner Gesellschaft bestand nun darin, daß ich zu jenem Teil der Küste ging, auf dem mich meine rebellische Schiffsmannschaft hatte an Land setzen lassen. Ich bestieg eine Höhe, schaute nach allen Seiten übers Meer und glaubte, eine kleine Insel im Nordosten zu erkennen. Alsdann nahm ich mein Taschenperspektiv zur Hand und konnte dieselbe nach meiner Berechnung in einer Entfernung von etwa fünf Seemeilen deutlich erkennen. Der fuchsrote Klepper hielt jedoch die Insel nur für eine blaue Wolke, denn er hatte keinen Begriff, daß es noch ein Land außer dem seinigen gebe. Er konnte deshalb entfernte Gegenstände auf der See nicht erblikken wie wir, die wir mit diesem Element sehr vertraut sind.

Als ich diese Insel entdeckt hatte, überlegte ich nicht lange, sondern beschloß, diese solle fürs erste mein Verbannungsort werden. Das Übrige überließ ich dem Glück.

Ich kehrte nach Hause zurück, und nachdem ich mich mit dem fuchsroten Klepper beraten hatte, gingen wir beide in ein nicht weit von unserem Haus entferntes Gebüsch, wo ich mit meinem Messer und er mit einem scharfen Feuerstein, der nach Landessitte sehr geschickt an einem hölzernen Griff befestigt war, Eichenzweige von der Dicke eines Spazierstocks und einige größere Stöcke abschnitt. Ich will jedoch den Leser mit einer zu exakten Beschreibung meines Verfahrens nicht langweilen; es genüge die Bemerkung, daß ich im Verlauf von sechs Wochen mit Hilfe des fuchsroten Kleppers, der die mühsamste Arbeit verrichtete, eine Art indianisches Kanu — nur weitaus größer — baute. Ich bedeckte es mit Yahoo-Häuten und heftete diese mit Fäden aus Hanf, die ich selbst erfunden, dicht aneinander. Mein Segel bestand ebenfalls aus der Haut dieses Tieres; ich gebrauchte jedoch dazu die Häute der jüngeren, denn die älteren waren viel zu rauh und dick. Auch versah ich mich mit vier Paddeln, legte in das Kanu einen Vorrat gekochten Fleisches von Kaninchen und Vögeln sowie auch zwei Gefäße, eines voll Milch und das andere voll Wasser.

Ich probierte mein Kanu in einem großen Teich bei dem Haus meines Herrn und verbesserte dann die Mängel, die ich bemerkte, indem ich die Ritzen mit Yahoo-Talg verstopfte, bis das Fahrzeug imstande war, mich und meine Fracht zu tragen. Als es nun in jeder Hinsicht vollständig erschien, wurde es von Yahoos auf einem Wagen langsam an das Ufer gezogen, wobei der fuchsrote Klepper und noch ein anderer Bedienter die Treiber waren.

Als alles bereit und der Tag meiner Abreise angebrochen war, nahm ich von meinem Herrn, seiner Gemahlin und der ganzen

Familie Abschied. Meine Augen schwammen in Tränen, und mein Herz war durch Gram bedrückt. Seine Gnaden beschloß jedoch, teils aus Neugier, teils aus Freundschaft (wenn ich ohne Eitelkeit dies Wort gebrauchen darf), mich in meinem Kanu zu sehen und nahm mehrere seiner Freunde mit sich, die in der Nachbarschaft wohnten. Ich mußte ungefähr eine Stunde auf die Flut waren; als ich dann bemerkte, daß der Wind für meine Fahrt nach der Insel günstig war, nahm ich zum zweiten Mal Abschied von meinem Herrn. Als ich mich nun niederwerfen wollte, um seinen Huf zu küssen, erwies er mir die Ehre, ihn sanft an meinen Mund zu erheben. Ich weiß sehr wohl, daß man mich wegen der Erwähnung dieses letzten Umstandes sehr getadelt hat. Verleumder haben es für unwahrscheinlich gehalten, daß eine so erlauchte Person sich so weit herabließ, gegenüber einem so tief unter ihm stehenden Geschöpf. Auch habe ich nicht vergessen, wie gern einige Reisende sich außerordentlicher Gunstbezeugungen rühmen. Wären aber diese Verleumder mit dem edlen und höflichen Charakter der Houyhnhnms besser vertraut, so würden sie bald ihre Meinung ändern.

Ich grüßte die übrigen Houyhnhnms in Gesellschaft Seiner Gnaden, stieg in mein Kanu und stieß vom Ufer ab.

ELFTES KAPITEL.

Des Verfasser gefährliche Reise. Er kommt nach Neuholland und hofft, dort an Land gehen zu können. Er wird von einem Eingeborenen durch einen Pfeil verwundet. Er wird gefangengenommen und mit Gewalt in ein portugiesisches Schiff gebracht. Die große Höflichkeit des Kapitäns. Der Verfasser kommt schließlich in England an.

Ich begann meine verzweifelte Reise am 15. Februar 1715 um 9 Uhr morgens. Der Wind war sehr günstig. Zuerst machte ich nur von meinen Paddeln Gebrauch. Da ich bedachte, daß ich bald müde sein werde und daß der Wind umschlagen könne, wagte ich es, mein kleines Segel aufzuziehen und kam hierdurch und mit Hilfe der Flut ziemlich schnell vorwärts. Mein Herr und seine Freunde blieben am Ufer, bis ich außer Sicht war. Auch hörte ich, wie der fuchsrote Klepper, der mich immer liebte, mir mehrere Male nachrief: „*Hnuy illa, nyha majah Yahoo!*", das heißt: „Nimm dich in acht, lieber Yahoo!"

Ich beabsichtigte, eine kleine, unbewohnte Insel zu entdekken, die jedoch genügen würde, mich bei einiger Arbeit mit den notwendigen Bedürfnissen des Lebens zu versehen; dies hätte ich für ein größeres Glück gehalten, als wäre ich Premierminister am vornehmsten europäischen Hof geworden, so furchtbar war mir der Gedanke, in die Gesellschaft und unter die Regierung von Yahoos zurückzukehren. In solcher Einsamkeit, wie ich sie mir wünschte, konnte ich wenigstens meinen Gedanken nachhängen und mit Entzücken an die Tugenden der unnachahmlichen Houyhnhnms denken, wobei mir keine Gelegenheit geboten wäre, wieder in die Laster und Verderbnisse meines Geschlechts zu entarten.

Der Leser wird sich an meine frühere Erzählung erinnern, wie ich nach der Verschwörung meiner Schiffsmannschaft und während meiner Gefangenschaft in der Kajüte mehrere Wochen lang eingesperrt blieb, ohne den Kurs, den wir eingeschlagen hatten, zu kennen, wie mir ferner die Matrosen, als ich in das Beiboot gebracht wurde, mit wahren oder falschen Eiden die Versicherung gaben, sie wüßten nicht, in welchem Teil der Welt wir wären. Ich glaubte jedoch damals, wir befänden uns zehn Grad südlich vom Kap der guten Hoffnung, ungefähr im fünfundvierzigsten Grad südlicher Breite. Dies konnte ich aus einigen Worten, die ich zufällig hörte, schließen, und die mir, wie ich glaubte, andeuteten, daß sie südöstlich nach Madagaskar steuerten. Obgleich diese Worte mir nur eine Vermutung an die Hand gaben, so beschloß ich doch, östlich zu steuern; ich hoffte, die südwestliche Küste von Neuholland oder vielleicht eine westwärts von diesem Land gelegene, einsame Insel zu erreichen. Der Wind blies aus Westen, und um 6 Uhr abends war ich wenigstens 18 Seemeilen nach Osten gefahren, als ich eine kleine, ungefähr eine halbe Seemeile weit entfernte Insel entdeckte, die ich dann auch bald erreichte. Sie bestand nur aus einem Felsen, mit einem durch die Gewalt der Stürme natürlich gebildeten Damm. Hier brachte ich mein Kanu in Sicherheit, bestieg einen Teil des Felsens und konnte im Osten deutlich Land entdecken, das sich von Süden nach Norden hin ausdehnte. Die ganze Nacht blieb ich in meinem Kanu liegen; alsdann setzte ich meine Reise am Morgen weiter fort und erreichte nach sieben Stunden die südöstliche Spitze von Neuholland. Alles bestätigte die von mir schon früher gehegte Meinung, daß die geographischen Karten dieses Land wenigstens um drei Grad zu weit nach Osten verzeichneten. Vor mehreren Jahren machte ich hierüber meinem würdigen Freund, dem Geographen Mr. Herman Moll, eine Mitteilung und sagte ihm die Gründe, weshalb ich meine Gedanken für wahr halte. Er hat es jedoch vorgezogen, die Angaben anderer Schriftsteller zu bestätigen.

Ich sah keine Einwohner an der Stelle, wo ich landete. Da ich unbewaffnet war, wagte ich es nicht, zu tief ins Land einzudringen. An der Küste fand ich einige Schaltiere, die ich roh aß;

denn ich wollte kein Feuer anzünden aus Furcht, von Eingeborenen entdeckt zu werden. So lebte ich drei Tage lang von Austern und Muscheln, um meine Lebensmittelvorräte zu sparen. Glücklicherweise entdeckte ich auch einen klaren Bach, der mich mit ausgezeichnetem Wasser versorgte.

Als ich mich am vierten Tag frühmorgens etwas zu weit in das Innere hineinwagte, erblickte ich ungefähr zwanzig bis dreißig

Einwohner auf einer knapp fünfhundert Yards von mir entfernten Höhe. Sie saßen alle, Männer, Frauen und Kinder, nackt um ein Feuer, das ich durch seinen Rauch erkennen konnte. Einer dieser Wilden entdeckte mich und gab den anderen ein Zeichen. Sogleich sprangen fünf Mann auf und rannten auf mich zu, während sie Weiber und Kinder beim Feuer zurückließen. Ich lief so schnell wie möglich zum Ufer zurück, sprang in mein Kanu und stieß ab. Als die Wilden mich fliehen sahen, liefen sie hinter mir her, und einer schoß einen Pfeil gegen mich ab, der mir tief ins linke Knie drang. (Ich werde die Narbe mit ins Grab nehmen!) Da ich fürchtete, der Pfeil könnte vergiftet sein, bemühte ich mich, als ich aus dem Bereich der Wilden fortgepaddelt war,

(an diesem Tag herrschte Windstille), die Wunde auszusaugen und sie dann so gut wie möglich zu verbinden.

Ich wußte nicht, was ich tun sollte, denn ich wagte nicht, an den ersten Landungsplatz zurückzukehren. Somit steuerte ich nordwärts. Es erhob sich ein sanfter Wind, der aber nordwestlich meiner Richtung entgegengesetzt war; ich wurde dadurch zum Paddeln genötigt. Als ich mich nun nach einem anderen sicheren Landungsplatz umsah, bemerkte ich in Nord-Nord-Ost ein Segel, das rasch näherkam. Ich überlegte lange, ob ich dasselbe erwarten sollte oder nicht; zuletzt aber behielt mein Abscheu gegen die Yahoos die Oberhand, ich drehte bei, segelte und paddelte südwärts bis ich den Damm erreichte, von dem ich am Morgen in See gestochen war. Ich zog mein Kanu so nahe wie möglich an Land. Dann versteckte ich mich hinter einem Stein in der Nähe des kleinen Bachs, der, wie schon gesagt, ein ausgezeichnetes Wasser enthielt.

Der Segler kam bis auf eine halbe Seemeile an diesen Damm heran und setzte ein großes Boot aus mit Gefäßen, um Trinkwasser zu holen (wie es schien, war der Bach Seefahrern hinlänglich bekannt). Ich bemerkte dies nicht eher, bis das Boot beinahe das Ufer erreicht hatte. Nun war es für mich zu spät, noch einen anderen Ort zu suchen, an dem ich mich verstecken konnte. Die Matrosen sahen mein Kanu, durchstöberten es und schlossen aus dem Befund, daß der Eigentümer in der Nähe sein müsse. Vier von ihnen durchschnüffelten jede Ritze und jedes Loch, bis sie mich am Ende auffanden. Ich lag flach auf dem Boden hinter dem Stein. Eine Zeitlang beglotzten sie mit Staunen meine sonderbare und ungewöhnliche Kleidung, meinen Rock aus Häuten, meine Schuhe mit hölzernen Sohlen und meine Strümpfe aus Pelzwerk. Daraus, daß ich nicht nackt war, schlossen sie, ich könnte kein Eingeborener sein, zumal diese Kleidung gänzlich unbekannt war. Ein Matrose befahl mir schließlich in portugiesischer Sprache, aufzustehen und zu sa-

gen, wer ich sei. Ich verstand das Portugiesische, erhob mich und sagte: Ich sei ein armer, von den Houyhnhnms verbannter Yahoo und bäte nur, daß man mich abreisen ließe. Sie wunderten sich, daß ich in ihrer eigenen Sprache antwortete und erkannten an meiner Gesichtsfarbe, ich müßte ein Europäer sein; sie konnten jedoch nicht begreifen, wen oder was ich mit Yahoos und Houyhnhnms meinte und brachen zugleich über meine sonderbare Sprechweise, die dem Wiehern eines Pferdes glich, in lautes Gelächter aus. Furcht und Haß lösten bei mir heftiges Zittern aus. Ich bat sie aufs neue, mich abreisen zu lassen und näherte mich langsam meinem Kanu. Die Matrosen packten mich jedoch an der Brust und fragten mich, aus welchem Land und woher ich gekommen wäre. Außerdem wurden mir noch manche andere Fragen vorgelegt. Ich erwiderte, ich sei in England geboren und habe mein Vaterland vor ungefähr fünf Jahren verlassen; damals habe Frieden zwischen England und Portugal geherrscht, ich hoffe deshalb, daß man mich nicht als Feind behandeln würde, ich beabsichtigte durchaus nicht, ihnen irgendeinen Schaden zuzufügen; ich sei nur ein armer Yahoo, der sich irgendeinen einsamen Ort suche, um seine restlichen unglücklichen Lebenstage dort zuzubringen.

Als jene Seeleute miteinander sprachen, glaubte ich, nie etwas Unnatürlicheres gehört zu haben; es kam mir vor, als wollte ein Hund und eine Kuh in England, oder ein Yahoo in Houyhnhnmland sprechen. Die ehrlichen Portugiesen staunten über meine sonderbare Kleidung und über meine Aussprache, die sie jedoch sehr gut verstanden. Sie bewiesen mir in ihren Reden sehr viel Menschlichkeit und sagten, ihr Kapitän würde mich gewiß umsonst nach Lissabon mitnehmen, von wo aus ich dann in mein Vaterland zurückkehren könnte. Zwei Matrosen würden jetzt zum Schiff zurückkehren, dem Kapitän von dem, was sie gesehen hätten, berichten und sich seine Befehle holen. Mittlerweile würden sie mich mit Gewalt in Sicherheit bringen, wenn ich nicht einen feierlichen Eid leistete, nicht zu fliehen. Sie waren sehr neugierig, meine Geschichte zu erfahren. Ich befriedigte aber ihre Neugier nur wenig, so daß sie glaubten, mein Unglück habe mir den Verstand verwirrt. Nach zwei Stunden kehrte das Boot, mit Wassergefäßen beladen, und mit dem Befehl des Kapitäns, mich an Bord zu bringen, wieder zurück. Ich flehte auf den Knien, mir die Freiheit zu lassen; allein alles war vergeblich. Die Männer banden mich mit Stricken und hoben mich in das Boot, von wo ich in das Schiff und dann in die Kajüte des Kapitäns gebracht wurde.

Er hieß Pedro de Mendez und war ein höflicher und großzügiger Mann. Er bat mich, ihm einen Bericht über mich zu geben und wünschte zu wissen, was ich essen und trinken wollte. Ich sollte ebenso gut bewirtet werden, wie er selbst lebe. Zugleich sagte er mir so viele verbindliche Dinge, daß ich mich wunderte, so viel Höflichkeit bei einem Yahoo zu finden. Ich blieb jedoch still und mürrisch, denn der Geruch, der von ihm und seinen Leuten ausging, brachte mich einer Ohnmacht nahe. Zuletzt bat ich, man möge mir aus meinem Kanu etwas zu essen bringen; der Kapitän aber ließ mir ein Huhn und eine Flasche ausgezeichneten Wein auftragen und befahl alsdann, mich in einer sehr reinlichen Kajüte zu Bett zu bringen. Ich wollte mich nicht auskleiden, sondern legte mich , wie ich war, auf das Bett; nach einer halben Stunde, als ich glaubte, die Mannschaft halte ihr Mittagsmahl, stahl ich mich aus meiner Kajüte, ging auf die Schiffsseite, um ins Meer zu springen und lieber schwimmend mich zu retten, als in Zukunft bei den Yahoos zu leben. Ein Matrose hinderte mich jedoch an der Ausführung meines Vorhabens und erstattete dem Kapitän hierüber Bericht. Daraufhin wurde ich gefesselt in meine Kajüte gebracht.

Nach dem Mittagessen kam Don Pedro zu mir und bat mich, ich möge ihm den Grund jener so verzweifelten Handlung sagen. Er gab mit die Versicherung, daß er mir alle ihm möglichen Dienste erweisen wolle und sprach dabei so rührend, daß ich mich zuletzt herabließ, ihn als ein Tier zu behandeln, das einen

kleinen Teil von Vernunft besitze. Ich gab ihm einen kurzen Bericht von meiner Reise, von der Verschwörung meiner Leute, von dem Land, in das sie mich aussetzten und von meinem dortigen fünfjährigen Aufenthalt. Der Kapitän betrachtete dies alles als einen Traum oder als Hirngespinste, so daß ich außerordentlich zornig wurde, denn ich hatte die Eigenschaft des Lügens, welche allen Yahoos, wo sie auch immer wohnen mochten, so eigentümlich ist, durchaus vergessen. Ich fragte ihn deshalb, ob es in seinem Vaterland Brauch wäre, Dinge zu sagen, die nicht existierten und gab ihm die Versicherung, ich hätte beinahe die Bedeutung der Wörter Falschheit und Lüge vergessen, und hätte ich tausend Jahre im Houyhnhnmland gelebt, so würde ich doch nie eine Lüge von dem geringsten Diener gehört haben. Es sei mir gleichgültig, ob er selbst mir glaube oder nicht; als Dank für seine mir erwiesenen Gefälligkeiten wollte ich der Verderbnis seiner Natur so viel zugestehen, daß ich jeden Einwurf, den er mir machte, beantworten würde, so daß er die Wahrheit leicht erkennen könnte.

Der Kapitän, ein verständiger Mann, bemühte sich mehrere Male, mich auf Widersprüchen zu ertappen und hegte zuletzt eine bessere Meinung von meiner Wahrhaftigkeit; er fügte jedoch hinzu: da ich eine so unverletzliche Anhänglichkeit an die Wahrheit besitze, müsse ich ihm mein Ehrenwort geben, ihm auf dieser Reise Gesellschaft zu leisten, ohne mir irgend etwas anzutun, sonst müßte er mich gefangenhalten, bis wir nach Lissabon kämen. Ich gab ihm das verlangte Versprechen, zugleich aber auch die Versicherung, ich wolle lieber die größten Leiden ertragen als zu den Yahoos zurückkehren.

Unsere Reise verlief ohne bemerkenswerten Vorfall. Aus Dankbarkeit zu dem Kapitän setzte ich mich bisweilen auf seine ernstlichen Bitten mit ihm zu Tisch und suchte meine Abneigung gegen das Menschengeschlecht zu verbergen, obgleich dieselbe sich mehrmals Luft machte; dies schien der Kapitän aber nicht zu bemerken. Den größten Teil des Tages schloß ich mich jedoch in meine Kajüte ein und vermied es, irgendjemanden von dem Schiffsvolk zu erblicken. Der Kapitän bat mich öf-

ter, meine Kleidung eines Wilden abzulegen und wollte mir seinen besten Anzug leihen. Ich ließ mich jedoch nicht bewegen, irgendein Gewand anzulegen, welches auf dem Rücken eines Yahoo geruht hatte. Ich bat ihn lediglich, mir zwei reine Hemden zu leihen, welche, wie ich glaubte, mich nicht sehr beschmutzen könnten, da dieselben, seit er sie getragen, gewaschen worden waren. Diese wechselte ich stets jeden zweiten Tag und pflegte sie auch selbst zu waschen.

Am 5. November 1715 landeten wir in Lissabon. Der Kapitän lieh mir, als ich ausstieg, seinen Mantel. Er brachte mich in sein eigenes Haus und gab mir auf meine Bitte das höchste Zimmer im obersten Stockwerk an der Hinterseite des Gebäudes. Ich beschwor ihn, allen Leuten zu verheimlichen, was ich ihm über die Houyhnhnms erzählt hätte, weil der geringste Hinweis auf diese Geschichte nicht allein viele Personen herbeiführen würde, die mich sehen wollten, sondern weil ich auch dadurch wahrscheinlich in Gefahr geraten müßte, verhaftet und von der Inquisition verbrannt zu werden. Der Kapitän überredete mich, einen neuen Anzug anzulegen, ich wollte jedoch dem Schneider nicht erlauben, mir Maß zu nehmen. Da aber Don Pedro beinahe von demselben Körperbau war, so paßten mir die Kleider. Er versah mich auch mit allen möglichen anderen Sachen, die ich vierundzwanzig Stunden lüftete, ehe ich sie benutzte.

Der Kapitän hatte keine Frau und nicht mehr als drei Bediente, von denen keiner bei Tisch aufwarten durfte; sein ganzes Benehmen war auch so artig und sein Verstand so ausgezeichnet, daß ich wirklich anfing, seine Gesellschaft erträglich zu finden. Er überredete mich, aus dem Hinterfenster zu sehen. Allmählich wurde ich auch in andere Zimmer gebracht, von wo ich auf die Straße blicken konnte, sogleich aber fuhr ich erschrocken wieder zurück. Nach einer Woche verführte mich der Kapitän, vor die Tür zu gehen; ich fand, daß mein Grauen sich allmählich verminderte, Haß und Verachtung schienen jedoch zu wachsen. Zuletzt war ich so kühn, in seiner Gesellschaft durch die Straßen zu gehen, verstopfte mir aber die Nase gehörig mit Kräutern und bisweilen mit Tabak.

Nach zehn Tagen legte Don Pedro, dem ich einige Kenntnis von meinen familiären Verhältnissen gegeben hatte, mir als meine Pflicht ans Herz, in mein Vaterland zurückzukehren und bei Frau und Kindern zu leben. Er sagte mir, ein englisches Schiff liege gerade im Hafen bereit, und er werde mich mit allem Notwendigen versehen. Es würde langweilig sein, die Gründe, die er anführte, oder meine Widersprüche zu wiederholen. Er sagte, es sei rein unmöglich, eine so einsame Insel, wie ich sie mir als Wohnort wünschte, aufzufinden. Ich könnte jedoch über mein eigenes Haus verfügen und meine Zeit so abgeschlossen verbringen, wie ich es wünschte.

Zuletzt gab ich nach, da ich nicht anders konnte. Ich verließ Lissabon am 24. November in einem englischen Kauffahrteischiff. Wer der Kapitän war, wollte ich nicht fragen. Don Pedro begleitete mich an Bord und lieh mir zwanzig Pfund. Er nahm von mir höflichen Abschied und umarmte mich bei der Trennung, was ich so gut wie möglich zu ertragen wußte. Während dieser letzten Reise gab ich mich weder mit dem Kapitän noch mit einem seiner Leute ab, sondern ich verschloß mich in meiner Kajüte, indem ich Krankheit als Vorwand angab. Am 5. Dezember 1715, 9 Uhr morgens, gingen wir in den Downs vor Anker, und um 3 Uhr nachmittags betrat ich wohlbehalten mein Haus in Redriff.

Meine Frau und meine Kinder empfingen mich mit großer Überraschung und Freude, weil sie mich bereits für tot gehalten hatten. Ich muß jedoch offen gestehen, ihr Anblick erfüllte mich nur mit Haß, Ekel und Verachtung, und dies umso mehr, wenn

ich an die nahe Verbindung mit ihnen dachte. Obgleich ich mich seit meiner unglücklichen Verbannung aus Houyhnhnmland bereits daran gewöhnt hatte, den Anblick der Yahoos zu ertragen und mich mit Don Pedro de Mendez zu unterhalten, so war dennoch meine Einbildungskraft wie mein Gedächtnis fortwährend mit den Tugenden und Ideen der erhabenen Houyhnhnms angefüllt. Wenn ich nun ferner bedachte, daß ich durch die Verbindung mit einer weiblichen Yahoo der Vater mehrerer Yahoos geworden sei, so empfand ich die äußerste Scham und Geistesverwirrung sowie auch den heftigsten Abscheu.

Sobald ich in mein Haus getreten war, umarmte mich meine Frau und gab mir einen Kuß. Da ich nun an die Umarmungen eines so verhaßten Tieres schon lange nicht mehr gewöhnt war, fiel ich in eine Ohnmacht, die beinahe eine Stunde anhielt. Seit meiner Rückkehr nach England sind jetzt bereits fünf Jahre verflossen; im ersten Jahr konnte ich die Gegenwart meiner Frau und Kinder nicht ertragen; ihr Geruch war mir sogar unausstehlich; noch weniger konnte ich es leiden, daß sie mit mir in demselben Zimmer aßen. Bis auf diesen Augenblick dürfen sie nicht wagen, mein Brot zu brechen oder mit mir aus demselben Becher zu trinken; auch konnte ich es nicht erlauben, daß irgendeine Person meiner Familie mir die Hand berührte. Das erste Geld, das ich besaß, verwendete ich zum Ankauf zweier junger Hengste, die ich mir in einem guten Stall halte; sie sind meine besten Freunde zugleich mit dem Stallknecht, denn meine gute Laune wird durch den Geruch, der im Stall herrscht, wieder hergestellt. Meine Pferde verstehen mich ziemlich gut; ich unterhalte mich mit ihnen jeden Tag vier Stunden lang. Sie sind Zaumzeug und Sattel nicht gewöhnt und leben in enger Freundschaft mit mir sowie untereinander.

ZWÖLFTES KAPITEL.

Des Verfassers Wahrheitsliebe. Weshalb er dieses Buch schrieb und veröffentlichte. Sein Tadel an Reiseschriftstellern, die von der Wahrheit abweichen. Der Verfasser rechtfertigt sich gegen den Vorwurf böser Absichten. Widerlegung eines bestimmten Einwandes. Die Methode des Anbaues neuer Kolonien. Lob seines Vaterlandes. Das Anrecht der Krone auf die vom Verfasser beschriebenen Länder wird bewiesen. Schwierigkeit der Eroberung. Der Verfasser nimmt Abschied von seinem Leser, spricht von seiner künftigen Lebensweise, gibt guten Rat und beendet damit das vorliegende Buch.

Also, lieber Leser, habe ich dir die getreuliche Schilderung meiner Reisen, die 16 Jahre und 7 Monate dauerten, vorgelegt. In der Beschreibung habe ich weniger auf stilistische Brillanz der Rede, als auf die Wahrheit Wert gelegt. Vielleicht hätte ich wie andere, mit sonderbaren und unwahrscheinlichen Geschichten das Erstaunen des Lesers erregen können; allein ich habe es vorgezogen, nur die Tatsachen, und zwar in aufrechter Art und im einfachsten Stil darzustellen. Mein Hauptzweck war nämlich, dich zu belehren, aber durchaus nicht, dich zu unterhalten.

Für uns, die wir fremde Länder bereisen, welche von Engländern und anderen Europäern selten besucht werden, ist es sehr leicht, wunderbare Land- und Seetiere zu beschreiben. Dagegen sollte es der Hauptzweck der Reisenden sein, durch Berichte von fremden Orten die Menschen besser und klüger zu machen, ihre Seelen durch schlechtes und gutes Beispiel zu vervollkommnen.

Ich wünsche sehr, das Parlament möge ein Gesetz erlassen, wonach jeder Reisende, bevor er seine Berichte herausgibt, dem Lord-Kanzler einen feierlichen Eid schwören müßte, er wolle nur das drucken lassen, was seinem besten Willen gemäß vollkommen wahr sei. Alsdann würde die Welt nicht länger der gegenwärtig üblichen Täuschung ausgesetzt sein, weil manche Schriftsteller, damit ihre Bücher im Publikum noch mehr gelesen werden, den arglosen Leser mit den gröbsten Verfälschungen betrügen. Ich habe in meiner Jugend mehrere Reisebeschreibungen mit dem höchsten Entzücken durchgelesen. Da ich aber seitdem den größten Teil des Erdkreises bereist habe und somit instand gesetzt war, manchen fabelhaften Berichten nach näherer Beobachtung zu widersprechen, so habe ich einen heftigen Abscheu gegen solche Bücher erlangt, und ich ärgerte mich häufig, wenn ich die Leichtgläubigkeit des Menschengeschlechts mißbraucht sah. Da nun meine Bekannten die Güte hatten, ihre Meinung dahin auszusprechen, meine unbedeutenden Bemühungen, meine Landsleute zu belehren, würden von denselben nicht übel aufgenommen werden, so stellte ich als meinen hauptsächlichsten Grundsatz auf, nie von der Wahrheit abzuweichen und mich mit aller Strenge daran zu halten. Auch kann mir die geringste Versuchung zum Lügen durchaus nichts anhaben, solange ich die Lehren und das Beispiel meines edlen Herrn und der erlauchten Houyhnhnms vor Augen habe, deren Schüler zu sein ich so lange die Ehre hatte.

Nec, si miserum fortuna sinonem
Finxit, vanum etiam mendacemque improba finget.
Hat das Geschick den Sinn als elend gebildet,
Wird es ihn nie zum Lügner, der Schmähliches kündet,
auch bilden.

Ich weiß sehr wohl, daß nur wenig Ruhm durch Schriften erlangt wird, denen weder Genie noch Gelehrsamkeit und überhaupt kein Talent, sondern nur ein gutes Gedächtnis und ein genaues Tagebuch zugrunde liegen. Ich weiß ferner, daß Reisebeschreiber, wie die Verfasser von Wörterbüchern, durch das Gewühl und die Masse derer in Vergessenheit geraten, welche zuletzt kommen und deshalb oben schwimmen. Auch ist wahrscheinlich, daß Reisende, die später die von mir beschriebenen

Länder besuchen, Irrtümer entdecken werden, wenn dieselben wirklich vorhanden sind, daß sie neue Entdeckungen hinzufügen und mich um meinen Ruf bringen, so daß sie meine Stelle einnehmen, worauf dann die Welt vergessen wird, daß ich jemals ein Schriftsteller gewesen bin. Dies würde mir wirklich eine große Kränkung bereiten, wenn ich des Ruhmes wegen dies Buch verfaßt hätte; da ich jedoch ausschließlich das Wohl meines Vaterlandes im Auge hatte, so kann ich mich in meiner Erwartung unmöglich trügen. Wer wird meine Berichte der ruhmwürdigen Houyhnhnms lesen können, ohne sich seiner eigenen Laster zu schämen, obgleich er sich als das vernünftige und herrschende Tier seines Vaterlandes betrachtet? Ich will von den entfernten Nationen, wo Yahoos die Regierung führen, nichts weiter sagen. Von diesen sind aber die Brobdingnager gewiß am wenigsten verdorben. Es würde zu unserem Glück gereichen, wenn wir die weisen Grundsätze derselben in Moral und Regierung beachteten. Ich vermeide es jedoch, noch weiterzusprechen und überlasse dem urteilsfähigen Leser seine eigenen Bemerkungen und die Anwendung der von mir gegebenen Beispiele.

Es ist mir sehr angenehm, daß dieses Werk wahrscheinlich keine Tadler finden wird. Welche Vorwürfe können einem Schriftsteller gemacht werden, der nur einfache Tatsachen erzählt, die sich in den entferntesten Ländern zutrugen, die uns nicht das geringste Interesse durch Handel oder durch diplomatische Verhandlungen darbieten. Ich habe jeden Fehler sorgfältig vermieden, den man Reisebeschreibern zu oft und mit zu viel Recht zum Vorwurf macht. Außerdem lasse ich mich durchaus in keine Parteistreitigkeiten ein und zeige weder Voreingenommenheit nochBöswilligkeit gegen irgendeinen Menschen, oder gegen irgendeine Klasse von Menschen. Ich schreibe zu dem edlen Zweck, das Menschengeschlecht zu belehren und zu unterrichten. Auch kann ich, ohne die Regel der Bescheidenheit zu verletzen, mit aller Dreistigkeit behaupten, daß ich demselben überlegen bin, denn ich habe mancherlei Vorzüge durch meinen längeren Verkehr mit den ausgezeichneten Houyhnhnms erlangt. Ich schreibe, ohne Absicht auf Ruhm oder Nutzen zu hegen. Ich habe es mir nie erlaubt, ein Wort niederzuschreiben, welches als Tadel gelten oder durch Beleidigung verletzten könnte; sogar die empfindlichsten Leute werden dergleichen nicht vorfinden. Somit habe ich vollkommenes Recht, mich als durchaus tadellosen Schriftsteller hinzustellen, und die Zünfte der Erwiderer, Bemerker, Rezensenten, Spione und Entdecker werden niemals Gelegenheit finden, ihre Talente bei mir auszuüben.

Ich muß jedoch gestehen, daß mir folgender Wink gegeben wurde: als Untertan von England sei ich verpflichtet gewesen, nach meiner ersten Rückkehr einem Staatssekretär irgendeine Denkschrift zu überreichen; jedes von einem Untertan entdeckte Land gehöre der Krone. Ich bezweifle jedoch, daß Eroberungen in den von mir entdeckten Ländern so leicht sein würden, wie die des *Fernando Cortez* über nackte Amerikaner. Die Liliputaner sind, wie ich glaube, durchaus nicht die Kosten wert, die eine Flotte und Armee zu ihrer Eroberung erfordern würde. Es ist ferner eine große Frage, ob ein Angriff auf die Brobdingnager sinnvoll und ausführbar wäre. Ein englisches Heer oder eine Flotte würde auch in eine schlimme Lage geraten, wenn die fliegende Insel über ihren Häuptern schwebte. Die Houyhnhnms sind zwar auf Kriege jetzt nicht vorbereitet, in der Kunst desselben sind sie vollkommen unerfahren und sie besitzen auch keine Wurfgeschütze. Jedoch angenommen, ich sei Staatsminister, so würde ich abraten, einen Angriff gegen sie auszuführen. Ihre Klugheit, Einigkeit und Unbekanntschaft mit Furcht sowie ihre Vaterlandsliebe würden allen Mangel an Kriegskunst leicht ersetzen. Man denke sich 20.000 Houyhnhnms, die in die Mitte einer europäischen Schlachtlinie einbrechen, die Reihen verwirren, die Wagen umstürzen und die Gesichter der Soldaten durch furchtbare Hiebe ihrer Hinterhufe zu Mumien zerschlügen; sie würden sicher den Charakter verdienen, den man Augustus erteilte: *Recalcitrat undique tutus.*[1]) Anstatt eine Eroberung dieser großmütigen Nation vorzuschlagen, wünschte ich vielmehr, sie wären fähig oder geneigt, eine genügende Anzahl Einwohner abzusenden, um auch Europa zu zivilisieren und uns die ersten Grundsätze der Ehre, Wahrheit, Gerechtigkeit, Mäßigkeit, Vaterlandsliebe, Tapferkeit, Keuschheit, Freundschaft, des Wohlwollens und der Treue zu lehren. Die Ausdrücke für alle diese Tugenden befinden sich noch in jeder Sprache und kommen bei den älteren wie bei den neueren Schriftstellern häufig genug vor, eine Behauptung, die ich ungeachtet meiner geringen Belesenheit wagen darf.

Außerdem war ich noch aus einem anderen Grund nicht sehr geneigt, die Besitzungen Seiner Majestät durch meine Entdekkungen zu vergrößern. Um die Wahrheit zu gestehen, so fühlte ich einige Gewissensbisse in Hinblick auf die Gerechtigkeit, mit der Fürsten bei dieser Gelegenheit verfahren. Zum Beispiel: eine Piratenmannschaft wird durch Sturm in eine unbekannte Gegend verschlagen; zuletzt entdeckt ein Matrose Land vom Hauptmast aus; die Piraten ziehen an den Strand, um zu rauben und zu plündern, sehen aber ein harmloses Volk und werden mit Güte bewirtet. Alsdann geben sie dem Land einen neuen Namen, ergreifen davon förmlichen Besitz für ihren König, stellen ein verfaultes Brett oder einen Stein als Denkzeichen auf, ermorden zwei, drei Dutzend Einwohner, nehmen ein paar andere gewaltsam mit sich fort, kehren nach Hause zurück und werden in Gnaden aufgenommen. Hier nun beginnt eine neue Herrschaft, welche unter dem Besitztitel des gottgegebenen Rechtes erworben ist. Mit der ersten Gelegenheit werden Schiffe dorthin gesandt, die Eingeborenen vertrieben oder ausgerottet, ihre Fürsten gefoltert, um ihre Geldverstecke zu erpressen; es wird eine vollkommene Straflosigkeit für alle Handlungen der Unmenschlichkeit und Begierde ausgesprochen, so daß die

1) Auf allen Seiten gesichert, schlägt er nach hinten aus.

Erde von dem Blut der Eingeborenen dampft, und diese verabscheuungswürdige Mannschaft von Schlächtern, welche zu einer so frommen Expedition gebraucht wird, bildet eine moderne, zur Bekehrung und Zivilisierung eines barbarischen und heidnischen Volkes bestimmte Kolonie.

Diese Beschreibung hat jedoch, wie ich gestehen muß, durchaus keine Beziehung auf die britische Nation, welche wegen ihrer Weisheit, Sorgfalt und Gerechtigkeit in Anlegung ihrer Kolonien der ganzen Welt zum Muster dienen kann, welche durch freigebige Schenkungen zur Verbreitung der Religion und Wissenschaft, durch die Wahl frommer, geschickter Missionare zur Ausbreitung des Christentums, durch Vorsicht, ihre entlegenen Provinzen mit nüchternen und verständigen Leuten aus dem Mutterland zu bevölkern, durch genaue Verteilung der Gerechtigkeit, durch Ernennung von fähigen, der Bestechung unzugänglichen Kronbeamten und endlich durch die Absendung von wachsamen und tugendhaften Gouverneuren sich im höchsten Grade auszeichnet, wovon diese keine anderen Zwecke verfolgen, als das Glück des Volkes, das sie regieren und die Ehre ihres Königs zu fördern.

Da jedoch die Völker, die ich beschrieben habe, durchaus nicht wünschen, erobert und unterworfen oder durch Kolonisten ermordet und vertrieben zu werden; da sie auch keinen Überfluß an Gold, Silber, Zucker und Tabak besitzen, so hegte ich auch die Meinung, sie seien kein passender Gegenstand für unseren Eifer, unsere Tapferkeit und unser Interesse. Wenn jedoch diejenigen, deren Geschäft es ist, sich mehr um diese Sache zu bekümmern, zufällig anderer Meinung sein sollten, so bin ich bereit, sobald ich gesetzlich aufgefordert werde, mein Zeugnis abzulegen, daß kein Europäer vor mit diese Länder besucht hat. Hierunter verstehe ich jedoch nur, insoweit man den Einwohnern Glauben beimessen darf, falls kein Streit über die beiden Yahoos entstehen sollte, die man vor vielen Jahren auf einem Berg in Houyhnhnmland gesehen haben will.

Die Idee jedoch, im Namen meines Fürsten von dem Land Besitz zu ergreifen, ist mir niemals gekommen. Wäre dies aber auch wirklich der Fall gewesen, so hätte ich in Anbetracht meiner damaligen Angelegenheiten wahrscheinlich aus Klugheit und Selbsterhaltung die Sache auf eine gelegenere Zeit verschoben.

Nachdem ich so den einzigen Tadel, der gegen mich, als Reisenden, erhoben werden kann, entfernt habe, nehme ich zuletzt noch Abschied von allen meinen höflichen Lesern und kehre zu meinen Spekulationen in meinem kleinen Garten in Redriff zurück. Ich werde jetzt die ausgezeichnetsten Tugenden lehren, die ich bei den Houyhnhnms erlernte, anwenden und die Yahoos meiner eigenen Familie, soweit solche Tiere dieselben begreifen können, darin unterrichten und so mich allmählich daran gewöhnen, den Anblick menschlicher Geschöpfe zu ertragen; ich werde die viehische Natur der Houyhnhnms in meinem Vaterland stets beklagen, allein aus Rücksicht auf meinen edlen Herrn, seine Familie, seine Freunde und das ganze Houyhnhnm-Geschlecht, ihre Personen stets mit großer Rücksicht behandeln, denn sie gleichen denselben in allen ihren Zügen, wie sehr auch ihr Verstand entartet ist.

Vergangene Woche erlaubte ich meiner Frau, mit mir zu essen; sie mußte jedoch an dem entferntesten Ende eines langen Tisches sitzen und die ihr vorgelegten Fragen in aller Kürze beantworten. Da mir jedoch der Geruch eines Yahoos noch immer anstößig ist, verstopfe ich mir die Nase mit Kräutern, Lavendel und Tabak. Obgleich es einem Mann in vorgerückten Jahren sehr schwer ankommen muß, alte Gewohnheiten zu unterdrükken, so hege ich doch noch die Hoffnung, daß ich bald meinen Yahoo-Nächsten in meiner Gesellschaft werde dulden können, ohne, wie es jetzt noch der Fall ist, mich vor seinen Zähnen und Klauen fürchten zu müssen.

Meine Wiederaussöhnung mit der Yahoo-Rasse im allgemeinen würde nicht so schwierig sein, wenn sie sich nur mit den

Lastern und Torheiten begnügen wollte, die die Natur ihnen mitgegeben hat. Ich ärgere mich nicht im geringsten über den Anblick eines Taschendiebes, Obersten, Narren, Lords, Spielers, Politikers, Kupplers, falschen Zeugen, Verführers zum falschen Zeugnis, eines Sachwalters, Verräters usw. Alle diese Erscheinungen sind dem natürlichen Lauf der Dinge gemäß. Sehe ich aber eine Masse von Häßlichkeit und Krankheit sowohl des Körpers als der Seele noch vor Stolz sich aufblähen, dann ist meine Geduld sofort am Ende. Auch kann ich nicht begreifen, wie solch ein Laster und solch ein Tier zusammenpassen können. Die weisen und tugendhaften Houyhnhnms, die an allen ausgezeichneten Eigenschaften, die ein vernünftiges Geschöpf nur zieren können, so viel Überfluß haben, besitzen in ihrer Sprache keinen Namen für dieses Laster. Diese entbehrt ohnehin der Ausdrücke, welche etwas Böses kennzeichnen, mit Ausnahme dessen, was sie an den verabscheuungswürdigen Yahoos bemerken. Das Laster des Stolzes konnten sie aber bei diesen nicht entdecken, weil sie die menschliche Natur nicht in dem Grade zu kennen vermögen, wie dies in den Ländern, wo der Yahoo herrscht, der Fall sein muß. Ich, der ich jedoch mehr Erfahrung hatte, konnte einige Elemente des Stolzes bei den Yahoos andeuten. Die Houyhnhnms, die unter der Herrschaft der Vernunft leben, hegen nicht mehr Stolz auf ihre guten Eigenschaften, wie ich z.B., daß mir weder ein Arm noch ein Bein fehlt. Jedermann wird sich dessen wohl nicht rühmen, solange er nicht verrückt ist, obgleich der Mangel jener Glieder ihn unglücklich machen müßte. Ich verweile länger bei diesem Gegenstand, weil ich die Gesellschaft eines englischen Yahoo erträglicher zu machen wünsche, und deshalb bitte ich diejenigen, die auch nur einen Anflug von diesem Laster haben, mir in Zukunft vom Leibe zu bleiben.